DES PAPILLONS DANS LE CŒUR

PETRA HÜLSMANN

DES PAPILLONS DANS LE CŒUR

roman

traduit de l'allemand
par Anne-Judith Descombey

l'Archipel

Cet ouvrage a été publié sous le titre
Hümmeln im Herzen
par Bastei Lübbe AG, Köln.

Notre catalogue est consultable à l'adresse suivante :
www.editionsarchipel.com

Éditions de l'Archipel
34, rue des Bourdonnais
75001 Paris

ISBN 978-2-8098-2448-3

À mon mari, parce qu'avec lui
même ce qui est difficile devient simple.

À mes parents, parce qu'ils n'ont jamais voulu faire de moi
autre chose que ce que j'étais.

À mes sœurs, parce que ce sont les femmes
les plus merveilleuses du monde.

CHAPITRE 1

Où j'ai l'impression que je dois jouer en Ligue 1, alors que je suis seulement en District.

C'est la dernière fois que je me marie, pensais-je, alors qu'une semaine avant le grand jour je visitais avec mon Simon adoré le lieu des festivités, une somptueuse villa ancienne à Blankenese.

— Nous avons hélas un petit ennui, annonça d'un air funèbre Mme Lennart, chargée de l'organisation de notre mariage.

Je me ratatinai d'angoisse en entendant cette phrase.

— Oh non, encore! m'exclamai-je en me cramponnant au bras de Simon.

— Je crains que si, hélas. Pour être brève, il faudra renoncer au barbecue.

La voilà, l'énième tuile depuis le début de nos préparatifs de mariage, me dis-je.

Je sentis le sang me monter à la tête et mon pouls s'accélérer.

— Renoncer au barbecue? répétai-je au bord de la crise de nerfs. Qu'est-ce que ça signifie?

Professionnelle jusqu'au bout des ongles, Mme Lennart garda son calme. Elle fit passer sous son autre bras le classeur bourré à craquer qu'elle apportait à chacun de nos rendez-vous.

— Nous n'avons pas reçu l'autorisation de l'Office de protection des monuments historiques, au motif que la fumée dégagée par le barbecue endommagerait le matériau de construction ultrasensible de cette villa, expliqua-t-elle.

— Mais nous ne ferons pas le barbecue à l'intérieur ! m'écriai-je en résistant à l'envie d'abattre ce maudit classeur sur la coiffure inoxydable de Mme Lennart.

— Non, bien sûr, mais s'il pleut il aura lieu sur la terrasse, c'est la raison pour laquelle l'autorisation nous est refusée.

Désemparée, je m'adressai à Simon.

— Mais enfin, dis quelque chose, toi aussi ! Tu es avocat ! lançai-je.

Il haussa les épaules.

— Je suis désolé, Lena, mais il n'y a rien à faire, répondit-il. La loi est la loi.

Son téléphone portable sonna juste à cet instant, comme il le faisait si souvent depuis peu. Au lieu de répondre plus tard et de rester au côté de sa future femme, il s'excusa auprès de nous et s'éloigna de quelques pas. Depuis quelques mois, il était responsable d'un projet ultra-important dans son cabinet d'avocats. Depuis, il passait tellement de temps au téléphone que j'avais peur que son portable prenne racine dans son oreille.

Je me détournai de lui, m'approchai de la fenêtre et regardai le jardin. Ce mariage virait au cauchemar. Plus le grand jour approchait, plus tout allait de travers. Heureusement que je ne crois pas aux signes, sinon j'aurais pu interpréter les événements de ces dernières semaines comme de mauvais présages.

Ce qui était arrivé à nos alliances, par exemple. Nous avions commandé des anneaux en platine sur mesure qui étaient des pièces uniques, comme le bijoutier ne se lassait pas de nous le répéter. Quand nous étions allés les chercher deux semaines plus tôt, nous avions constaté qu'elles étaient bel et bien uniques, car celle de Simon était sertie d'un beau petit diamant, tandis que la mienne brillait par sa sobriété de simple anneau. Comment de telles choses peuvent-elles arriver ? J'aimerais bien le savoir. Nous avions dû commander de nouvelles alliances et le bijoutier avait eu le culot de nous dire qu'elles seraient prêtes à temps, si nous avions de la chance.

Et l'église. Six semaines auparavant, le prêtre de la petite église romantique où nous voulions nous marier nous avait annoncé que c'était impossible parce qu'un autre couple s'y marierait justement à la même date. Et ce couple avait eu la priorité sur nous, parce que le marié n'était nul autre que le boxeur Wladimir Klitschko. Je me demandais ce que Dieu pouvait penser en voyant l'un de ses représentants sur terre donner froidement la priorité à un homme qui en tabasse d'autres pour de l'argent. J'étais fermement résolue à abjurer ma foi aussitôt après le mariage. Et ma relation avec Wladimir Klitschko en avait pris un sacré coup. En regardant récemment la retransmission d'un de ses combats, je m'étais surprise à encourager son adversaire : « Droite-gauche ! Uppercut ! Mets-le KO ! » Ce qu'il n'a évidemment pas fait. Le combat s'est achevé sur un KO, mais, bien entendu, ce n'est pas Wladimir qui est resté étendu sur le ring. Il était vainqueur, comme d'habitude.

Un soir, la mère de Simon nous avait annoncé qu'elle avait trouvé une autre église pour le mariage. J'exultai, jusqu'au moment où elle nous dit laquelle : l'église Saint-Michaelis, que nous autres Hambourgeois appelons affectueusement « Michel ». Merveilleux ! Dans cette église, qui pouvait accueillir deux mille cinq cents personnes, il faudrait chercher à la loupe notre misérable centaine d'invités. Je remonterais l'allée vers l'autel comme une reine qui n'aurait que trois pelés et un tondu à son mariage. Voilà ce que je n'aurais jamais imaginé, même dans mes pires cauchemars.

Et les festivités ne se dérouleraient pas au bord de l'Elbe, comme j'en avais toujours eu envie, car Simon trouvait que ça manquait d'allure. Elles auraient lieu dans la vénérable villa Amsinck de Blankenese, qui est très belle, mais si luxueuse et imposante que j'osais à peine respirer entre ses murs.

Et maintenant, comble de bonheur, pas de barbecue !

Avec un soupir, je me détournai de la fenêtre pour rejoindre Mme Lennart qui feuilletait consciencieusement son classeur.

— Madame Klein, je sais bien que cela ne correspond pas à vos projets, mais le traiteur nous propose divers menus vraiment délicieux, dit-elle. Et un dîner à table s'harmonisera mieux avec le cadre de la villa. Si vous voulez bien examiner ceci, poursuivit-elle en me tendant quelques feuilles de papier artisanal sur lesquelles plusieurs menus étaient rédigés dans une écriture cursive. Et elle me parla de filet de bœuf en croûte de tagaroshi et de panko garni de purée de pommes de terre au wasabi. Je fis un gros effort pour l'écouter, car je regrettais de m'être énervée tout à l'heure. Après tout, elle ne faisait que son boulot.

Simon, qui avait entre-temps mis fin à sa conversation téléphonique, nous rejoignit. Il regarda à son tour les menus, mais aussi distraitement que moi. Un instant plus tard, guidés par les conseils de Mme Lennart, nous avions fait notre choix.

— Bien, voilà qui est réglé. Maintenant, plus moyen de revenir en arrière, conclut Mme Lennart en riant.

Elle s'attendait visiblement à ce que nous l'imitions, mais je n'avais pas le cœur à rire et, de toute évidence, Simon non plus. Il desserra sa cravate. Des perles de sueur brillaient sur son front. Comme il était pâle...

— Eh oui, le piège va se refermer, répondis-je avec un petit rire contraint pour rompre le silence pesant.

— Êtes-vous déjà sur des charbons ardents ? demanda Mme Lennart alors que nous nous dirigions vers le portail.

— Non, nous restons parfaitement détendus. Nous nous réjouissons seulement, n'est-ce pas, chéri ? demandai-je à Simon avec un sourire, mais il évita mon regard.

— 'sûr, marmonna-t-il.

Nous sommes sortis après avoir pris congé de notre organisatrice. J'étais soulagée de laisser derrière moi le froid et le silence de la villa. Dehors, le soleil brillait, les oiseaux gazouillaient et l'air sentait le gazon fraîchement coupé. C'était un merveilleux mois de juin et il était difficile d'imaginer un temps catastrophique pour la semaine suivante. Nous avons descendu la longue rampe d'accès menant à notre voiture, une Audi Q7 flambant neuve qui m'embarrassait et pour laquelle je m'étais souvent excusée en pensée auprès de Greenpeace et de l'environnement. Mais c'était la voiture dont Simon rêvait et, grâce à une prime bien méritée, il avait enfin pu se l'offrir.

— Bon sang, quelle poisse! m'exclamai-je. Enfin, l'essentiel, c'est de nous marier, tu ne crois pas?

— Hum, répondit Simon.

— Allons manger, ou bien on pourrait aller voir un film d'horreur? comme ça, tu pourras me rassurer...

— Impossible, coupa-t-il. Ce coup de fil que j'ai reçu... je dois retourner au cabinet.

Je le saisis par la manche de sa veste et le forçai à s'arrêter.

— Oh non, je t'en prie! C'est vendredi soir, je ne t'ai pas vu depuis une éternité et j'aimerais vraiment passer un peu de temps avec toi, pour changer!

Simon se dégagea et j'eus l'impression qu'il résistait à l'envie de me repousser.

— Arrête, Lena! C'est comme ça et on ne peut rien y changer!

J'ouvris la portière de la voiture, m'assis, puis la claquai.

— C'est vraiment merveilleux, Simon! J'espère que ce projet de malheur sera bientôt plié, sinon tu me laisseras en plan à l'église pour répondre encore à un appel urgent! Je commence à en avoir ma claque!

La descente de l'Elbchaussee se fit en silence. De splendides villas défilaient devant nous, entre lesquelles on voyait l'Elbe étinceler. Alors que la température extérieure était de 24 °C, l'atmosphère à l'intérieur de la voiture était polaire. Mon téléphone portable sonna et ce bruit me parut strident dans le silence glacial. C'était un SMS de Juli, ma meilleure amie.

Salut ma Leni, comment ça s'est passé avec Mme Rottweiler? Viens à la maison, on fait un barbecue! Bises, Juli.

Juli, ma sauveuse... toujours là au bon moment, comme si elle avait des antennes.

Je fus bien obligée de rompre mon vœu de silence.

— Tu peux me déposer chez Juli et Michel? demandai-je à Simon.

— Bien sûr, acquiesça-t-il.

Un instant plus tard, nous empruntions la Carmenstrasse, dans le quartier d'Ottensen, où Juli habitait avec Michel, mon grand frère. Ils vivaient ensemble depuis quatre ans et Juli était ma meilleure amie depuis trois ans et trois cent quarante jours.

— Tu ne veux pas passer un petit moment avec nous ? demandai-je à Simon alors que nous nous arrêtions devant l'immeuble.

Et je me détestai aussitôt pour cette supplication.

Simon inspira profondément.

— Je t'en prie, Lena… Je ne peux plus continuer comme ça, répondit-il.

Cette curieuse formulation me laissa perplexe, mais je chassai cette impression avant de pouvoir saisir ce qu'elle impliquait.

— Je t'aime, ne l'oublie pas, d'accord ? lui dis-je.

Il ferma les yeux et hocha la tête.

— Comment pourrais-je l'oublier ?

— Alors à ce soir, peut-être ?

— Non, je crois que je rentrerai trop tard.

— Alors à demain.

— À demain.

Je l'embrassai et descendis de la voiture. J'avais à peine refermé la portière qu'il démarra sur les chapeaux de roues. Je le suivis du regard, pensive. Ça s'arrangera, me dis-je pour apaiser mon malaise. Dans une semaine, il sera mon mari, nous décamperons pour notre lune de miel et tout redeviendra comme avant, mais en mieux.

Je me détournai avec un soupir et entrai dans l'immeuble. J'adorais ce quartier agréable et vivant. Toutes sortes de gens s'y côtoyaient : étudiants, artistes, adeptes de chaussettes en pure laine, porteurs de cravates et gens normaux, sans compter Juli et Michel. Et j'allais oublier Ben, qui partageait son appartement avec eux. Michel et Ben se connaissaient depuis la crèche et étaient restés inséparables, au point que Juli était venue vivre avec Michel dans cet appartement au lieu de chercher un logement pour deux. C'était d'ailleurs compréhensible, car il y avait largement assez de place pour trois. D'autant plus compréhensible que Juli et Michel avaient fait connaissance grâce à Ben, puisque Juli et lui travaillaient à la clinique universitaire d'Eppendorf, lui comme chirurgien aux urgences et elle comme laborantine.

Je grimpai les cinq étages et arrivai hors d'haleine devant la porte de l'appartement. Je me promis de retourner à mon club de sport lundi. Non, car je serais sur l'île Maurice, mais après ma lune de miel. Je m'essuyai le front, puis frappai à la porte qui s'ouvrit aussitôt. Alors que je m'attendais à voir l'aimable visage criblé de taches de rousseur de Juli, je me retrouvai face à Ben. Les sourcils levés, il me toisa.

— Toutes nos félicitations ! Vous êtes arrivée au camp de base de l'Everest, déclara-t-il.

Mon sourire pâlit quelque peu.

— Ben ! Qu'est-ce que tu fais ici ? haletai-je.

— Il se trouve que j'habite ici, c'est pourquoi j'y suis de temps à autre. Peut-être que même quelqu'un comme toi finira par le comprendre.

— Très drôle ! Pourquoi n'es-tu pas à l'hôpital ? Tu n'as plus personne à charcuter ?

— Hélas non, répondit-il avec un air de regret. Ce n'est pas faute de l'espérer, j'ai demandé au service de gériatrie de me prêter quelques patients, mais ils ne veulent rien savoir.

— C'est déjà surprenant qu'on veuille bien te confier des êtres vivants.

Ben lança un regard inquisiteur au-dessus de ma tête.

— Où est donc l'heureux fiancé ? s'enquit-il. Il monte la garde dans votre panzer à yuppies pour que personne ne vienne en érafler la laque ?

— Il a dû repartir à son travail. Dis-moi, puis-je entrer ou dois-je passer la soirée sur le palier à te faire la conversation ?

— Mais non, entre donc, mon petit rayon de soleil, pépia-t-il ironiquement. Tu es décidément en pleine forme, ce soir.

Je pénétrai dans l'appartement. J'avais passé toute mon enfance sur les talons de Ben et Michel. Je les adorais comme des divinités, mais comme ils avaient six ans de plus que moi, je leur tapais sur les nerfs et ils ne rataient jamais une occasion de m'en faire baver. Heureusement, mes relations avec Michel s'étaient entre-temps apaisées, mais Ben n'avait pas changé d'attitude envers moi.

Je sortis sur le toit-terrasse qui offrait une vue de rêve sur les maisons d'Ottensen. Juli était allongée dans la balancelle, la tête sur les genoux de Michel. Ben se laissa tomber dans l'un des vieux fauteuils à oreilles. L'autre était occupé par Maren, sa flamme du moment. En me voyant, Juli se leva et vint à ma rencontre avec un grand sourire.

— Lena ! C'est merveilleux de te voir ! s'écria-t-elle, et elle me serra dans ses bras. Où est Simon ?

— Au turf, répondit Ben à ma place.

— Encore ? s'exclama mon grand frère, qui se leva à son tour, m'attira à lui et ébouriffa mes cheveux.

« Hmmpfff », fut tout ce que je pus répondre, le visage pressé contre sa vaste poitrine. Un instant plus tard, je parvins à me dégager et, en suffoquant, j'essayai de remettre de l'ordre dans ma coiffure.

— Salut, Lena, dit Maren en m'observant d'un œil si critique que je pouvais presque l'entendre m'annoncer : « Désolée, mais je n'ai pas de photo à te donner. »

Comme toutes les petites amies de Ben, elle était très jolie. Contrairement à mes cheveux blonds en bataille, les siens étaient impeccablement coiffés et d'une chaude couleur caramel, et ses yeux d'un vert intense alors que les miens ont la nuance des olives vertes. Si je suis plutôt satisfaite de mon apparence en général, ces beautés à visage de poupée ont toujours eu le don de me crisper.

— Salut, Maren, répondis-je avant de m'asseoir sur la balancelle à côté de Juli et Michel.

— Une bibine ? proposa Ben en me tendant une bouteille d'Astra.

Je l'acceptai avec gratitude et bus à grandes goulées.

— Ouh là, t'es vraiment déshydratée ! commenta Michel.

Ben sourit.

— Tu parles, elle a dû se taper cinq étages à pied. J'ai rarement rencontré quelqu'un d'aussi peu sportif, dit-il.

Maren gloussa.

— Raconte un peu, demanda Juli en lançant un regard noir à Ben. Quoi de neuf ?

Je pris une saucisse sur le gril.

— Savourez bien vos grillades ! Vous n'en aurez pas la semaine prochaine, annonçai-je avant de mordre dans ma saucisse.

— Mais pourquoi ? s'exclama Juli.

— Parce que nous n'avons pas l'autorisation de l'administration. Mais, pas de problème, on aura à la place un menu ultrachic de cinq plats ! répondis-je avec un entrain un peu forcé, dans l'attente de l'approbation générale.

Mais mon annonce tomba à plat et j'en fus pour mes frais côté applaudissements.

— Un menu ? Tu veux dire qu'on va passer tout ce temps à table ? demanda mon frère, visiblement déçu, mais Juli lui donna un coup de coude dans les côtes. Je veux dire… c'est génial ! rectifia-t-il en hâte.

— Et puis ce n'est que pour le dîner, ajouta Juli. Et qu'y aura-t-il de bon à manger ?

— Des trucs super, comme dans les grands restaurants. D'abord des amuse-gueules, ensuite…

— Des amuse-quoi ? demanda Michel.

— Bon sang, des machins à grignoter pour commencer, quelque chose de chic, quoi ! Ensuite, du bœuf au wasabi et au takari-lari… euh, attends, répondis-je en fouillant dans mon sac à main à la recherche du menu. Tenez, regardez vous-mêmes.

Juli prit la feuille et lut le menu à voix haute.

— Ça m'a l'air vraiment super ! conclut-elle, mais elle paraissait plutôt perplexe.

— Et c'est toi qui as choisi tout ça ? s'enquit Ben.

— Oui, bien sûr. Qui d'autre veux-tu que ce soit ?

— Tu veux manger du wasabi alors que tu trouves les chips au paprika trop épicées ? Et puis tous ces chichis, ce n'est pas ton genre.

— Ah oui, bien sûr, parce que pour toi je ne suis qu'une pétasse de dernière zone, c'est ça ?

— Ce n'est pas du tout ce que j'ai dit !

— Je me contrefous de ce que tu peux dire ! J'ai mon compte pour aujourd'hui. Je me marie dans une semaine et tout va de travers, alors je n'ai vraiment pas besoin qu'on se paie ma tête par-dessus le marché !

Ben, Juli et Michel me regardèrent d'un air peiné.

— Oooh, tu te maries ? intervint Maren dans un silence pénible. C'est magnifique ! Tu en as de la chance ! déclara-t-elle en adressant de ses gros yeux de vache un regard appuyé à Ben, qui l'ignora consciencieusement et se concentra sur sa bière.

Je compris aussitôt d'où soufflait le vent. C'était toujours la même chose : la capacité de Ben à garder une petite amie ne dépassait jamais trois mois. Pour tout dire, le concept de relation était étranger à son vocabulaire. Sans parler de celui de fidélité. Les jours de Maren avec lui étaient visiblement comptés et elle allait bientôt finir KO sur le ring.

— Ben ne t'a pas encore demandé si tu voulais l'accompagner au mariage ? lui dis-je de mon air le plus innocent. Ça alors… mais il oublie toujours ce genre de choses ! Tu devrais vraiment venir. Peut-être même que tu attraperas le bouquet ? Vous faites un si joli couple tous les deux, vous devriez ab-so-lu-ment vous marier !

D'accord, c'était un coup bas, mais Ben devait me payer son insinuation sur mon manque de raffinement. Bon, il ne l'avait pas vraiment dit de cette manière, mais ça sautait aux yeux qu'il le pensait.

Maren s'illumina et se blottit contre l'épaule de Ben, qui avala sa bière de travers et se mit à tousser violemment. Je lui adressai un sourire suave avant de mordre dans ma saucisse.

— À ta place, je mangerais autre chose, dit-il une fois remis de sa quinte. Sinon, tu ne pourras même plus rentrer dans ta robe vendredi. Tu n'as pas vraiment maigri ces dernières semaines, acheva-t-il avec un sourire aussi suave que le mien.

Moi, grossi ? Moi qui vivais en ascète depuis plusieurs semaines... à part mon smoothie à la fraise quotidien, mais ça ne comptait pas puisque c'était du fruit. Et chacun sait qu'il n'y a pas un gramme de graisse dans les oursons gélifiés ! Quant au chocolat fourré au yaourt, même les grands sportifs en prennent, la pub ne pourrait quand même pas nous mentir aussi effrontément ! Wladimir Klitschko lui-même en mangeait ! Non, je n'avais pas grossi, c'était honteux d'insinuer une chose pareille ! Je fonçai sur Ben et lui fourrai ma saucisse dans la bouche.

— Étouffe-toi avec !

— Bon, ça suffit ! décréta Juli. Lena et Ben, retournez chacun dans votre coin !

— Pouwqwa moi ? Ch'est elle qu'a commenché ! protesta Ben, la bouche pleine.

— Tu parles ! C'est lui qui m'a traitée de grosse ! ripostai-je en le désignant d'un index accusateur.

— Tu débloques !

Juli se leva de son fauteuil.

— Je ne veux plus rien entendre, trancha-t-elle, et elle me saisit par le bras. Viens avec moi, ma petite demoiselle.

— Oh, oh, Super Nanny est de retour, commenta Michel avec un sourire. Lena va-t-elle aller au coin ?

Juli l'ignora et m'entraîna à l'intérieur. Je me dégageai.

— Où est la robe ? demandai-je.

— Calme-toi d'abord. Qu'est-ce qui ne va pas ?

— Je suis parfaitement calme ! hurlai-je. La robe ! Où est-elle ?

Juli poussa un soupir, me précéda dans la chambre qu'elle partageait avec Michel, ouvrit la penderie et en retira ma robe de mariée qu'elle y gardait soigneusement. J'enlevai mon jean, mon T-shirt, arrachai la robe de sa housse, la passai par-dessus ma tête et restai empêtrée dans ses nombreuses épaisseurs. Je ne pouvais même plus remuer. De toute évidence, la robe était devenue si étroite qu'elle ne m'allait plus.

— Je ne rentre plus dedans ! sanglotai-je. C'est vrai, j'ai tellement grossi que je ne rentre même plus dedans !

— Lève les bras, ordonna Juli.

J'obéis. Elle s'affaira, tira ici et là pour dégager ma tête, ajusta les différentes épaisseurs et s'attaqua à la fermeture éclair. Dans l'angoisse de l'entendre m'annoncer : « Rien à faire. Demande donc à Bibendum s'il peut te prêter quelque chose pour le mariage », je fermai les yeux. Après tous les obstacles rencontrés depuis le début, ce serait le bouquet. La mariée, trop grosse pour rentrer dans sa robe, a dû emprunter un chapiteau de cirque en dernière minute. Félicitations !

— Ça y est, annonça Juli.

— La fermeture éclair est remontée ? demandai-je sans oser rouvrir les yeux.

— Mais oui, bécasse ! Regarde-toi dans le miroir.

Je m'exécutai. Une folle en robe de mariée me dévisageait de l'autre côté du miroir. À voir ses cheveux, on aurait cru qu'elle venait de mettre les doigts dans une prise, son visage était écarlate et son regard dément. Juli se tenait à côté d'elle, visiblement blessée. J'eus soudain honte de moi. Je lui sautai au cou et la serrai contre moi.

— Je suis désolée, Juli ! m'exclamai-je.

— Ça ne fait rien, je suis ton témoin, je suis donc là pour que tu m'engueules, répondit-elle.

Elle se dégagea et remit gentiment un peu d'ordre dans mes cheveux en bataille.

— Regarde-moi, lui dis-je en désignant mon reflet. J'ai vraiment l'air d'avoir une araignée au plafond.

— Pas seulement l'air.

Je gloussai malgré moi.

— Mais au moins, je rentre dans ma robe, observai-je.

— Évidemment. Ben est un idiot, et tu le sais aussi bien que moi. Maintenant que tu as parlé de mariage, Maren va le tanner pour qu'il lui passe la bague au doigt et il va être obligé de la larguer. Ce qui veut dire qu'il devra probablement faire ceinture ce soir. Il a juste voulu te rendre la monnaie de ta pièce.

J'examinai mon reflet d'un œil critique. Non, je n'étais pas vraiment grosse. Je me retournai pour observer mon derrière. Hum! Il avait l'air plutôt… disons qu'il n'était pas précisément… enfin, au moins, je rentrais dans ma robe sans retenir ma respiration.

J'étais donc là, une semaine avant mon mariage, dans ma robe de mariée. Elle était magnifique. On aurait pu me prendre pour une princesse… mais en étais-je vraiment une?

— Juli?

— Moui?

— Trouves-tu normal de ne pas pouvoir vraiment se réjouir de son mariage?

— Qu'est-ce que tu veux dire?

— Oh, je ne sais pas… cette fête ultrachic avec tous ces chichis et la cérémonie dans la plus grande église de Hambourg… j'ai l'impression que je dois jouer en Ligue 1, alors que je suis seulement en District.

— Tu es nerveuse, c'est tout, répondit Juli après un silence. Avec tous les tracas de ces dernières semaines, c'est normal que tu perdes un peu les pédales. Et le jour de ton mariage est aussi celui de tes trente ans: les femmes ont souvent les nerfs à fleur de peau dans ces moments-là. Mais l'essentiel, c'est que vous vous aimiez.

Pensive, je contemplai mon alliance. Un mauvais pressentiment m'envahit, mais il était trop vague pour que je puisse le formuler.

— Tu as raison, dis-je à Juli.

— Tu vois! Et dis-toi bien ceci: tu n'es pas en District, OK? Tu as l'envergure nationale, Lena Klein! Mets-toi bien ça dans le crâne. Et maintenant, redresse les épaules et garde la tête haute! ordonna Juli en me pressant les épaules et en relevant mon menton. Allez, souris un peu, ça ressemble à quoi, une mariée qui fait la gueule?

— La prochaine fois, c'est avec toi que je me marierai, déclarai-je en lui donnant un gros baiser mouillé.

Juli m'aida à ôter ma robe et à la ranger dans sa housse.

— Salut, ma jolie, à vendredi, dis-je à ma robe avant de refermer la penderie.

Et nous sommes retournées sur la terrasse. Ben et Maren avaient, Dieu merci, disparu entre-temps, le soleil s'était couché et des lucioles voletaient joyeusement autour de nous. Juli et Michel se câlinaient sur la balancelle et je me prélassais dans le fauteuil que Ben avait abandonné. Nous n'avons pas beaucoup parlé, nous avons bu encore une bière et contemplé le ciel étoilé. Quelqu'un s'exerçait au saxophone quelque part et les notes de « Moon River » voguaient vers nous dans la nuit d'été, douces-amères et nostalgiques. Ma tension se dissipa peu à peu et je me sentis calme et en paix comme cela ne m'était plus arrivé depuis longtemps.

CHAPITRE 2

Où j'assassine sauvagement un nain de jardin !

Je fus réveillée le lendemain par un rayon de soleil qui s'était glissé par un interstice du store pour me chatouiller le nez. « Bonjour, petit rayon de soleil », pensai-je avec un sourire. Encore endormie, je voulus me blottir contre Simon, mais son côté du lit était vide. Il n'avait sans doute pas voulu me réveiller parce qu'il était rentré tard et il devait dormir dans la chambre d'amis, comme cela lui arrivait bien trop souvent depuis quelque temps. Un coup d'œil à mon réveil m'apprit qu'il était beaucoup trop tôt pour un samedi matin, mais comme j'avais à faire, je me levai, pris une douche rapide et descendis l'escalier pieds nus, à pas de velours, pour ne pas réveiller Simon.

Cela faisait deux ans que je vivais avec lui dans sa petite maison à Volksdorf. Tout y était disposé comme je l'aimais : à portée de main et surtout propre et en ordre. On peut considérer ça comme de la névrose de ménagère, mais je pense que le monde et la vie sont déjà assez tumultueux sans que ce chaos doive régner entre mes quatre murs par-dessus le marché. À la cuisine, je me préparai un café au lait avec la machine à expresso high-tech qui était la petite chérie de Simon. Il m'avait fallu au moins quatre semaines pour apprendre à m'en servir et elle me faisait encore un peu peur. J'avais eu avec le bidule pour faire mousser le lait un accident plutôt pénible sur lequel je ne tiens pas à revenir. Ma tasse à la main, je traversai la salle de séjour pour sortir sur la terrasse. J'inspirai profondément l'air de ce matin d'été et savourai la chaleur du soleil. Les oiseaux jacassaient, le ciel était bleu et je me sentais merveilleusement bien. Je m'installai confortablement sur l'une des chaises longues en teck et sirotai mon café.

À l'idée que, dans moins d'une semaine, Simon et moi-même scellerions notre union devant Dieu et les hommes, un sourire se dessina sur mes lèvres et je me surpris à fredonner la marche nuptiale. Nous étions vraiment faits l'un pour l'autre. C'était une relation sans fausse note, du moins jusqu'au début de ce projet de malheur sur lequel Simon travaillait jour et nuit. Depuis, il y avait comme un ver dans le fruit et j'avais l'impression qu'il n'était jamais content. Il était néanmoins compréhensible qu'il soit tendu, mais ça ne durerait pas éternellement. Notre mariage devait passer en premier…

Mon portable sonna. Je regardai l'écran et levai les yeux au ciel. C'était ma mère. Elle téléphonait presque tous les jours ces derniers temps pour savoir où en étaient les préparatifs du mariage et elle me rappelait à chaque fois deux ou trois choses que je ne devais pas oublier. Aujourd'hui, elle m'expliqua fébrilement que l'oncle Theo était allergique aux fraises. On ne devait donc surtout pas lui en servir, sinon il gonflerait comme un soufflé et s'étoufferait avec sa langue.

Je lui assurai que ce serait un problème facile à régler. Je pus clore cette conversation au bout de cinq minutes et me levai de ma chaise longue avec un soupir pour me mettre au travail. J'étalai sur le parquet de la salle de séjour une gigantesque feuille de papier sur laquelle j'avais dessiné la disposition des tables le jour du mariage et je m'attaquai au plan de table avec des punaises représentant les invités. J'avais en réalité expédié cette corvée depuis longtemps, mais quelques contretemps m'obligeaient à repartir de zéro : par exemple, comme tante Hiltrud venait de se séparer d'oncle Heinz, nous ne pouvions pas les placer à la même table, d'autant plus qu'oncle Heinz viendrait avec sa petite amie Gerda. Or il ne restait plus qu'une seule place libre, à la table des mariés. Et tante Hiltrud à notre table… avec les mariés et les témoins ? Mais elle me faisait vraiment pitié, toute seule dans son coin. J'avais un peu l'impression d'être l'un des aubergistes de Bethléem qui avaient chassé Joseph et Marie avec un : « Non, vous ne pouvez pas dormir ici, c'est complet. » Je me demandais si la villa était pourvue d'une élégante étable quand j'entendis une clé tourner dans la serrure de l'entrée. Je levai les yeux de mon plan, surprise. Simon n'était donc pas rentré hier soir ? Il apparut dans la salle de séjour, les traits tirés, visiblement éreinté.

— Bonjour mon trésor, tu as vraiment une mine affreuse ! Tu as travaillé toute la nuit ? demandai-je. Mon pauvre chou ! Tu veux que je te fasse un café ?

— Non, merci.

— Tu es sûr ? Bon. Regarde, je suis en train de préparer notre plan de table, expliquai-je en lui montrant la punaise de tante Hiltrud plantée à côté des platines du DJ. Ça t'ennuierait que tante Hiltrud soit à notre table ? Je sais bien que ce n'est pas idéal, mais...

Je n'avais pas le cœur de laisser tante Hiltrud seule à côté du DJ. Je retirai donc sa punaise.

— J'ai quelque chose à te dire, m'interrompit Simon. À propos du mariage.

Il avait l'air abattu. Comme il restait planté sur le seuil à se pétrir les mains sans piper mot, j'eus soudain peur. Non, pitié, pas une nouvelle tuile ! priai-je.

— Eh bien, dis-le ! ordonnai-je.

Il inspira à fond.

— Mais je ne sais pas comment te le dire ! Bon, voilà : je suis tombé amoureux.

Ouf, il m'avait fait une de ces peurs ! Amoureux ! Qu'il était mignon !

— Je sais, mon chéri, c'est la raison pour laquelle nous nous marions, répondis-je.

Simon s'approcha de moi avec une tête d'enterrement.

— Ce n'est pas de toi que je parle, Lena. Je suis vraiment désolé, dit-il.

J'entendis ces paroles sans les comprendre, car elles n'avaient tout simplement aucun sens pour moi.

— Pourquoi, que… qu'est-ce que tu veux dire ? bafouillai-je.

— J'aime une autre femme. Elle s'appelle Cordula. Nous travaillons ensemble au cabinet.

Je cherchai sur son visage des signes, la preuve qu'il était en train de me faire une très mauvaise blague. Au bout d'un instant, je voulus parler, mais je ne pus émettre qu'un croassement.

— Tu me fais marcher, c'est ça ? demandai-je.

Mon cœur battait la chamade, mais, en même temps, j'avais l'impression qu'il pesait une tonne.

Simon s'assit à côté de moi.

— Non, Lena, répondit-il.

Il tendit la main vers moi comme pour me toucher, mais la retira aussitôt.

— Ce projet. Il n'y a pas de projet. Le projet, c'est elle, martelai-je.

Simon acquiesça.

— Je ne peux pas me marier avec toi. Pardonne-moi, je t'en prie.

Je regardai fixement le jardin. La porte donnant sur la terrasse était ouverte, un vent d'été tiède soufflait dans la salle et gonflait les rideaux. C'était une journée splendide. Je fermai les yeux.

— Depuis combien de temps ? demandai-je.

— Depuis six mois environ, répondit-il d'une voix à peine audible. Crois-moi, j'ai longtemps résisté, mais je n'en peux plus.

Cette réponse me fit l'effet d'un coup de massue.

— Comment est-elle ? demandai-je.

J'étais surprise de mon calme. J'avais l'impression d'assister à cette scène de l'extérieur, comme si elle ne me concernait pas. Simon poussa un soupir.

— Ne rends pas les choses encore plus difficiles qu'elles ne le sont déjà.

— Non, je veux savoir. Comment est-elle ?

— Très différente de toi.

— En quoi ?

— Elle est pleine d'assurance et d'énergie. Elle sait exactement ce qu'elle veut. Toi, tu es plutôt… popote.

Je restai pétrifiée, la punaise de tante Hiltrud à la main, incapable de répondre, de réagir ou de penser. Je mis un instant à me ressaisir.

— Fous le camp, Simon, murmurai-je.

Il s'éclaircit la gorge.

— Excuse-moi, mais ici, c'est chez moi, alors…

Il laissa la phrase en suspens. Je le dévisageai, incrédule.

— Tu parles sérieusement ? demandai-je.

— Très bien, prends ton temps. Tu n'es pas obligée de partir tout de suite.

Il se leva.

— Bon, je crois qu'il vaut mieux que je m'en aille maintenant. Je sais que j'aurais dû te prévenir plus tôt, mais j'en étais incapable. Je suis vraiment désolé.

— Je sais. Tu me l'as déjà dit.

Il me salua de la main, tourna les talons et sortit.

J'ignore combien de temps je restai immobile à regarder par la fenêtre, complètement perdue, sans rien percevoir de ce qui m'entourait.

Je sentis soudain une douleur aiguë. Je venais de m'enfoncer la punaise de tante Hiltrud dans le doigt. Je me regardai la retirer comme si c'était un spectacle fascinant. Une goutte de sang perla de la plaie. Je la laissai couler le long de mon doigt, puis dans le creux de ma main. C'est alors que je compris le sens des paroles de Simon : *Je suis tombé amoureux. Je ne peux pas me marier avec toi. Tu es plutôt… popote.*

Popote… Un poids informe grossissait sous mon sternum. Je me levai, balayai le plan de table et les punaises, puis envoyai un coup de pied dans le classeur contenant les documents pour les préparatifs du mariage. Popote ! J'entrai dans la cuisine, pris une bouteille d'huile de truffes italienne de qualité supérieure et la vidai dans les réservoirs d'eau et de lait de la machine à expresso. J'appuyai sur la touche du double cappuccino et regardai la machine préparer en grésillant un « huilino » que j'allai verser sur le canapé en cuir blanc. Je déposai sur le résultat obtenu la photo de mes fiançailles avec Simon, face contre cuir. Popote ! Si seulement ce salaud était encore là, je le tuerais !

Alors je n'eus plus qu'une envie : quitter cette maison. J'appelai un taxi, entrai dans la chambre, arrachai mes vêtements à leurs cintres dans la penderie et les entassai dans deux valises. Dans la salle de bains, la coûteuse lotion après-rasage de Simon glissa de ma main et s'écrasa sur le carrelage. Je déposai armes et bagages devant la maison, ouvris la portière du taxi, me laissai tomber sur la banquette arrière... et ressortis aussitôt, car une idée m'était venue.

— Je reviens tout de suite, dis-je au chauffeur qui hissait mes bagages dans le coffre.

Je me précipitai dans le garage, pris un marteau dans la caisse à outils de Simon et sortis dans le jardin devant la maison où Klaus-Dieter, le nain de jardin en céramique que Simon m'avait offert à mon arrivée, me sourit comme d'habitude.

— Qu'est-ce qui t'amuse, crétin ? grondai-je. Je levai le marteau et l'abattis de toutes mes forces sur son sourire narquois. Popote ! Klaus-Dieter vola en éclats sous mes coups, tandis que je hurlais : « Espèce de petite merde puante ! Petite merde ! PETITE MERDE ! » jusqu'au moment où, à bout de forces, je lâchai le marteau. Je jetai un dernier regard aux restes de Klaus-Dieter, lui souhaitai un bon séjour au paradis des nains de jardin et montai dans le taxi, épuisée.

— C'est pas vot' jour, on dirait ? me demanda le chauffeur avec un accent hambourgeois à couper au couteau.

— Non, pas vraiment.

— Et où allez-vous comme ça, ma p'tite dame ?

Bonne question. Où, en effet ? Je lui donnai la première adresse qui me vint à l'esprit :

— Carmenstrasse, s'il vous plaît.

Le taxi démarra dans un crissement de pneus et m'emporta à une vitesse infernale loin de ma maison, de mes projets et de mon avenir. Je m'adossai à la banquette avec lassitude et contemplai le plafond brunâtre. Le taxi puait la fumée de cigarette refroidie et le vomi.

Le chauffeur m'observait dans le rétroviseur tout en fonçant dans les rues de Hambourg à au moins 85 km à l'heure. Il était aussi crasseux que sa voiture. Ses longs cheveux gras étaient tirés en queue de cheval sur sa nuque, ses bras couverts de tatouages, il portait une bague à tête de mort au doigt et un T-shirt élimé à l'effigie des St Pauli Retter[1].

— Ça chauffe avec ton mec, hein ? s'enquit-il en me regardant au lieu de se concentrer sur sa conduite.

— Ouais, grommelai-je dans l'espoir qu'il me laisserait tranquille si je me montrais laconique.

— Tu l'as largué, c'est ça ?

— Si vous voulez vraiment tout savoir, c'est lui qui m'a plaquée pour une autre et c'est pour ça que je m'en vais. Ah oui, j'allais oublier, nous devions nous marier dans six jours. Ça va, maintenant, vous êtes renseigné ?

— Ouh là, c'est vache, hein ? Mais tu peux me tutoyer, tu sais. Je m'appelle Knut.

— Hum, marmonnai-je.

Suivit un bref silence. Il était occupé à extraire une cigarette de son paquet et à l'allumer sans un regard pour la rue. Le taxi se mit à osciller dangereusement et je me cramponnai à la poignée de la portière.

— Ça te gêne pas que je fume, au fait ? demanda-t-il après la deuxième inhalation. Tu sais, enchaîna-t-il sans me laisser le temps de répondre, en amour… faut pas te laisser abattre.

Il se tourna à demi vers moi en gesticulant et un gros paquet de cendres tomba de sa cigarette.

— Sinon, ça va te démolir !

— Merci du conseil, répondis-je en baissant ostensiblement la vitre.

— Pas de quoi. Sinon, ça va te démolir !

— Oui, c'est sûr.

1. Le FC Sankt Pauli est un club omnisports basé à Hambourg. Lourdement endetté en 2003, il avait lancé, entre autres, une campagne d'aide financière via la vente de T-shirts estampillés « St Pauli Retter », les « Sauveurs du FC St Pauli ».

— Ouais, appuya Knut en brûlant un feu rouge. Bon, et maintenant, un peu de musique !

Il se pencha par-dessus le siège du passager pour fouiller dans la boîte à gants, le taxi tangua vers la droite et ses pneus raclèrent le trottoir. Quelques passants effarés s'écartèrent d'un bond. Par chance, Knut trouva rapidement ce qu'il cherchait. Il brandit une cassette et la fourra dans le radiocassette.

— Ça, c'est pour toi, ma p'tite, dit-il en appuyant sur la touche Play.

Si c'est « You'll never walk alone », je descends, pensai-je sombrement.

Knut poussa le volume à fond et les premiers accords de « Hells Bells » d'AC/DC jaillirent des baffles. Il chanta l'intro de guitare en hochant la tête en rythme. Quand le chanteur démarra, il se mit à secouer la tête comme s'il voulait défoncer le pare-brise. Je n'osais pas vérifier, mais j'étais sûre qu'il fermait les yeux.

« *I'm gonna get ya, Satan get ya, Hells Bells !* », hurla-t-il avec le chanteur en prenant une autre cigarette.

Merde alors, quelqu'un là-haut doit avoir un sens de l'humour vraiment tordu ! pensai-je.

Après une demi-heure d'AC/DC à plein volume, le taxi s'arrêta devant l'immeuble de ma petite communauté. Soulagée d'être encore en vie et de pouvoir enfin sortir du véhicule enfumé, je tendis d'une main quelques billets à Knut, ouvris la portière de l'autre et m'élançai vers la liberté.

Le chauffeur de taxi surgi de l'enfer déposa mes valises sur le trottoir.

— Tout va s'arranger, prédit-il en me regardant gravement.

— Merci, Knut, répondis-je en m'arrachant un sourire. Au fait, je m'appelle Lena, ajoutai-je, car je regrettais de m'être montrée peu aimable pendant ce trajet. Après tout, il avait seulement essayé d'être gentil avec moi.

Knut tira de la poche de son jean une carte fripée qu'il avait dû imprimer lui-même à une borne automatique.

— Tiens, ma carte. Si tu as besoin d'un taxi, appelle-moi.

Je la pris, puis lui tendis la main pour lui dire au revoir. Il la saisit et me broya les doigts.

— Salut, Knut, repris-je. Cette balade valait vraiment le coup.

Il sourit.

— Salut, Lena. Et n'oublie pas, te laisse pas…

— ... abattre, j'ai pigé.

Je hissai les misérables restes de mon existence jusqu'au cinquième étage et sonnai à la porte. Juli m'ouvrit un instant plus tard.

— Lena ! s'exclama-t-elle. Ses yeux s'arrêtèrent sur moi, puis sur mes valises. Qu'est-ce qui t'est arrivé ?

Quand je lus l'inquiétude dans son regard, ce fut comme si tous mes malheurs me tombaient dessus d'un seul coup. Je m'effondrai dans ses bras, en pleurs.

— Pas de mariage, lâchai-je entre deux sanglots convulsifs. Simon… projet… popote.

— Que se passe-t-il ? demanda la voix de Michel.

Juli m'entraîna dans la cuisine, où elle me fit asseoir sur une chaise. Je pleurais comme si j'avais trop bu. Tout mon corps, ma tête, mon ventre, et surtout mon cœur, étaient douloureux. Juli me prit dans ses bras, et me caressa le dos et les cheveux. Quand mes larmes furent taries, je me dégageai.

— Dis-moi ce qui est arrivé, bon sang ! ordonna Michel.

— Il n'y aura pas de mariage. Simon a… une autre femme dans sa vie, répondis-je.

Les larmes me montèrent de nouveau aux yeux. Je tirai de ma poche un mouchoir dans lequel je me mouchai avec un bruit de trompette.

— Non ! s'exclama Juli, la main plaquée sur la bouche. C'est pas vrai ! Merde, Lena, quelle vacherie !

Je leur racontai en détail et en reniflant la scène avec Simon.

— Oh mon Dieu, il faut que je prévienne tout le monde pour annuler, dis-je soudain. Le pasteur, Mme Lennart, les invités, tante Hiltrud… non, je ne peux pas !

— Tu n'as pas à prévenir qui que ce soit, déclara fermement Juli.

Ma situation me paraissait complètement irréelle.

— Qu'est-ce que je vais faire, maintenant ?

— Tu veux t'allonger ? demanda Michel.

— Non, surtout pas !

Juli se leva et revint avec une bouteille de whisky et deux de Coca-Cola, qu'elle posa énergiquement sur la table.

— Je sais que c'est éculé, mais je m'en tape ! Nous allons nous bourrer la gueule dans les règles de l'art, déclara-t-elle.

— Au whisky ? Beurk ! fis-je en fronçant le nez.

— Avec quoi d'autre ? rétorqua Michel.

— Très bien, verse. Maintenant, tout m'est égal, dis-je en regardant par la fenêtre avec lassitude. Vous devriez nettoyer les vitres, elles sont vraiment dégueulasses.

Michel et Juli échangèrent un regard, mais ne répondirent rien.

Les trois heures suivantes se déroulèrent à peu près comme suit :

Moi : C'est pas vrai, ça peut pas être vrai.

Juli : Oh, Lena, quelle vacherie !

Michel : Ce connard… je vais le pendre par les couilles ! À la tour de l'hôtel de ville !

Juli : Une jraie chaloperie !

Moi : Cha, tu peux l'dire, une jraie chaloperie.

Michel : Par les couilles, ouais, que j'vais le pendre, au… là-haut… euh… à la…

Juli : … tour de l'hôtel de ville !

Moi : Ouais ch'est vrai, cha… quel chale connard !

Au bout d'un certain temps, Michel gagna son lit en titubant. Juli dormait, la tête sur la table de la cuisine, et il était impossible de la réveiller. Je me dirigeai à tâtons vers la chambre d'amis, tombai sur le canapé et, une seconde plus tard, dans un coma profond.

J'en émergeai parce qu'on me secouait par l'épaule en criant : « Hé, ho ! »

Je m'assis et le regrettai immédiatement, car j'avais l'impression qu'on me fendait le crâne à coups de hache.

— Quoi ? demandai-je en regardant autour de moi, les yeux plissés.

Je reconnus alors la tignasse sombre de Ben.

— Qu'est-ce que tu fous ici, Lena ? Bon Dieu, quelle tête ! Tu es affreuse !

— Laisse-moi tranquille ! marmonnai-je, et je voulus me rallonger.

— Sors de là et en vitesse ! ordonna Ben. J'ai fait des heures de garde épuisantes et j'ai un besoin urgent de mon lit, mais sans toi dedans.

Aïe ! Je n'étais visiblement pas sur le canapé de la chambre d'amis...

— Désolée, murmurai-je. Le souvenir de la veille me revint tout à coup. Maintenant, j'avais l'impression que c'était mon cœur qu'on fendait à la hache.

— Qu'est-ce que tu as ? demanda Ben.

Je retombai sur l'oreiller.

— Simon est tombé amoureux de... d'une autre, répondis-je après m'être raclé la gorge. Il m'a plaquée ! Juste avant le mariage !

Et je recommençai à verser des torrents de larmes.

— Oh merde, commenta Ben.

Il s'assit au bord du lit.

— Et j'ai zigouillé Klaus-Dieter ! achevai-je en sanglotant.

— Ah oui, c'est... terrible, acquiesça Ben, qui n'avait visiblement pas la moindre idée de ce que je racontais. Mais ne t'en fais pas, si tu as besoin d'un alibi, tu peux compter sur moi.

Alors que j'allais me lever pour regagner la chambre d'amis, il me retint par les épaules.

— Laisse, je vais dormir sur le canapé, dit-il. Tu as besoin de quelque chose ? Peut-être encore une ou deux bouteilles de schnaps ?

— Grompf, fut ma seule réponse.

Ben se leva et sortit de la chambre tandis que je m'abandonnai de nouveau à mon chagrin.

Je me réveillai vers onze heures avec la gueule de bois, le cœur lourd, et le souvenir lancinant des événements de la veille. Les mêmes pensées me revenaient en boucle: *Il m'a quittée. Il est tombé amoureux d'une autre. Il ne m'aime plus. Je suis seule.* Comme il n'était pas question de dormir plus longtemps, je me levai. Je me dirigeai vers la cuisine en m'attendant presque à retrouver Juli encore endormie la tête sur la table, mais la place était vide. Je m'adossai au vieux buffet que Ben avait hérité de sa grand-mère et regardai autour de moi. Tu parles d'une pagaille... Je décidai de nettoyer et de ranger pour me distraire un peu. Alors que je jetais de vieux journaux à la poubelle, je découvris un petit mot griffonné sur un bout de papier que je lus avec curiosité:

Ben, mon gros tigre, je n'ai pas voulu te réveiller. Appelle-moi. I love you, bisous de ton petit chat.

Gros tigre et petit chat, me répétai-je avec un pincement au cœur. Et je pensai aussitôt à Simon et à sa chère Cordula, si pleine d'assurance. Lui parlait-elle de la même manière? Est-ce qu'il aimait ça sans me l'avoir jamais dit? J'allais froisser le petit mot avec écœurement quand son destinataire entra. Il portait un pantalon de jogging, un T-shirt à l'effigie d'une université américaine et des baskets. Il revenait de son jogging, pas de doute. Il avait dû dormir trois heures maximum, ce super héros.

Il me sourit.

— Alors, on a cuvé, petite poivrote? lança-t-il.

Il se dirigea vers le réfrigérateur, en sortit une brique de jus de pomme, l'ouvrit pour renifler l'intérieur et but à même le carton.

— Mais c'est dégoûtant! protestai-je. Le prochain qui en boira avalera ta salive avec!

— ... ta salive avec! me singea Ben avant de reprendre une gorgée.

— As-tu pensé à appeler ton petit chat, mon gros tigre? demandai-je.

— Hein? répondit-il d'un air perplexe.

Je brandis le petit mot, auquel il jeta un coup d'œil.

— Voyez-vous ça, non seulement tu te vautres complètement bourrée dans mon lit, mais tu fouines aussi dans mes affaires… À ce degré-là, c'est de l'obsession !

— Tu sais très bien que je me suis trompée de lit ! Et ton petit mot était là au milieu de vieux papiers, alors arrête de fantasmer ! J'aime quelqu'un qui m'ai…

Je m'interrompis. Qui m'aime, mon œil !

Ben haussa les sourcils.

— Puisque tu en parles, ai-je bien tout compris hier ? Ton avocat t'a quittée ? demanda-t-il.

Au lieu de répondre, je me retournai et ouvris le robinet de l'évier.

— Formidable ! Maintenant que nous sommes tous deux célibataires, nous pourrons faire ensemble la tournée des bars et des clubs de strip-tease, courir les filles et jouer au poker, reprit Ben.

— Pauvre crétin ! fulminai-je, en pensant que c'était aussi le champion des gros lourds et des sales types.

— Bon sang, ce n'était qu'une plaisanterie ! répondit-il. Où est passé ton sens de l'humour ?

— Laisse-moi réfléchir… ah oui, il m'a laissée en rade, comme mon fiancé.

Ben sourit.

— C'est déjà mieux, commenta-t-il.

— Mouais, grommelai-je.

Juli entra dans la cuisine à cet instant.

— De l'eau ! De l'aspirine ! déclama-t-elle en se tenant la tête. Ben, tu es médecin, fais quelque chose !

Elle se laissa tomber sur une chaise comme un sac détrempé.

— Je t'ai déjà remorquée jusqu'à ton lit hier soir. C'est et cela restera mon unique contribution à votre biture, déclara-t-il sévèrement.

— Non, tu as aussi fourni le whisky, rectifia la voix de Michel, qui venait de franchir le seuil. Son visage avait une curieuse teinte verdâtre.

— Quel whisky ?

Le regard de Ben s'arrêta sur la bouteille vide restée sur la table et ses yeux s'agrandirent d'horreur.

— Vous avez sifflé mon Ardmore de vingt-cinq ans d'âge ? Vous déraillez ! dit-il en prenant la bouteille. Il m'a coûté cent cinquante livres !

Silence gêné autour de la table.

— Tu avais dit qu'il était réservé aux urgences, avança Michel. Et hier, nous en avions une : Lena a...

— Non, j'ai dit : aux grandes occasions ! l'interrompit rudement Ben. Et les grandes occasions dans ma vie à *moi*, à savoir promotion, gain au loto, mariage, naissance, décès... dit-il en comptant sur ses doigts.

— Quel mariage ? Le tien ? demandai-je avec mépris. Je ne vois pas qui serait assez bête pour t'épouser.

Ben se retourna, marcha lentement dans ma direction et s'arrêta à quelques centimètres de moi.

— Ma foi, on dirait que nous avons exactement le même problème, toi et moi, lança-t-il avec un regard furibond.

Aïe ! Touché ! Je me mordis la lèvre.

Ben expira à fond, se détourna et alla s'asseoir à la table avec Michel et Juli qui discutaient de ce qu'ils allaient prendre au petit-déjeuner.

Je décidai d'essayer le canapé de la chambre d'amis, car j'avais le sinistre pressentiment qu'il me servirait pendant un bon bout de temps. Je me réfugiai sous les couvertures. J'avais l'impression d'avoir (comme de juste) perdu un combat contre Wladimir Klitschko, et par KO.

Chapitre 3

Où les moyens de communication modernes causent ma perte.

« … et c'est ainsi que je remercie du fond du cœur tous nos partenaires et associés, ainsi que, bien entendu, tous nos collègues pour notre excellente coopération… »

Le discours durait depuis plus de vingt minutes, vingt interminables minutes durant lesquelles le docteur[1] Bruno Auerbach, le PDG allemand de mon employeur, le cabinet d'avocats américain Piper Umberland Page Smith LLP, nous avait raconté sa vie. À l'occasion de ses soixante ans, qu'il avait eus la veille, le cabinet avait organisé une réception pour les deux cents employés de la filiale. Je me cramponnais à mon verre de mousseux qui commençait à s'éventer avec une pensée mélancolique pour ces vingt minutes perdues.

« … et garder le cap en ces temps difficiles et dans ces eaux agitées… »

En ces temps difficiles et dans ces eaux agitées… À qui le dis-tu ! J'avais passé mon dimanche dans la joie et la bonne humeur à téléphoner à ma famille et à mes amis pour les prévenir que le mariage n'aurait pas lieu. Ma mère avait encore plus pleuré que moi au téléphone. Et j'avais passé le reste du temps à sangloter sur le canapé de la chambre d'amis. Je n'avais pu aller travailler ce matin qu'au prix d'un gros effort, mais j'avais besoin d'une diversion et j'espérais que le travail

1. Il s'agit du titre académique décerné à l'obtention d'un doctorat, que l'on a l'habitude de mentionner en Allemagne.

me l'apporterait. Bien entendu, au bout de deux heures, tous les employés de la filiale savaient que j'avais été plaquée à la veille de mon mariage, car on ne peut pas éternellement dissimuler une tuile pareille. Ce qui s'avérait encore plus pénible que les regards insistants, c'était l'apitoiement hypocrite de collègues dont je me moquais pas mal. J'avais dû entendre je ne sais combien de fois : « Je suis vraiment désolé(e) pour toi » alors que les visages disaient : « En voilà une bien bonne à raconter à ma soirée entre copines ! » ou « Je suis content(e) de ne pas être à sa place ! »

« Et maintenant, il est temps de lever nos verres : à votre santé ! »

— Allez, à la tienne, me dit ma collègue Claudia avec un soulagement visible.

— À celle de Auerbach, ajouta Silke.

Monsieur le docteur Auerbach était un personnage important qui avait trois secrétaires : Claudia, Silke et moi-même.

— Au fait, Lena, tu me dois un sac de langues de chat, reprit Claudia. Vingt-deux minutes, c'est un record pour un discours, et toi, tu avais parié sur dix-sept.

Silke lui allongea un coup de coude.

— Laisse tomber les langues de chat, dit-elle, et filons au buffet avant que les autres raflent tout.

Après avoir pris de nouveaux verres de mousseux qu'un serveur empressé nous offrait sur un plateau, nous nous sommes jointes à la file d'attente. Silke loucha vers le buffet.

— Des canapés au jambon et au fromage ! annonça-t-elle, outrée.

— Ce culot ! s'indigna Claudia. On était censés avoir des petits-fours et des spécialités de la mer du Nord !

— Bah, il y a peut-être des poissons sur les canapés pour la touche « mer du Nord », hasardai-je.

À nous entendre, on aurait pu croire que mes collègues et moi n'étions là que pour manger et boire, et on n'aurait pas eu tort. Nous n'y étions à coup sûr pas pour notre chef, car c'était vraiment le pire connard de tout le nord de l'Elbe (à l'exception de Simon, bien sûr), un caractériel qui passait son temps à engueuler ceux qui étaient sous ses ordres.

Nous avons vidé nos verres et nous nous sommes rempli le ventre de spécialités de la mer du Nord avant de regagner nos bureaux. Après tout, nous avions du travail. Claudia surfa sur la version électronique de *Bild-Zeitung* pour s'informer des derniers événements dans le monde, Silke prit rendez-vous par téléphone pour une épilation du maillot et je fis une partie de solitaire.

Ma présence chez Piper Umberland Page Smith LLP – ou « Pipi », comme tous les employés de la boîte l'appelaient en secret – demeurait pour moi un mystère. Après mon bac, j'avais passé un an en Angleterre comme jeune fille au pair avant de suivre une formation de secrétariat, faute de savoir quoi faire dans la vie. Comme ce boulot ne m'intéressait pas vraiment, j'avais enchaîné sur des études d'histoire et de philosophie à l'université de Cologne. Deux ans plus tard, j'avais compris que ces matières ne me captivaient pas davantage. J'étais donc rentrée à Hambourg où j'avais pris le premier boulot que j'avais trouvé, chez Piper et compagnie. Au départ, je comptais rester là seulement le temps de découvrir ce que je voulais vraiment, mais six ans plus tard, j'y étais encore.

Après avoir perdu cinq fois de suite au solitaire, ce qui avait réveillé toute mon agressivité (n'avais-je donc pas plus de chance au jeu qu'en amour ?), je m'attaquai avec un soupir à un interminable contrat à préparer pour signature. À cinq heures, Silke et Claudia commencèrent leurs préparatifs de départ.

— On va boire un pot ? proposa Silke en mettant sa veste.

— Moi, je ne peux pas, j'ai rendez-vous avec Thorsten pour un dîner romantique de réconciliation.

Claudia et son ami Thorsten étaient comme chien et chat et on ne savait jamais s'ils étaient encore ensemble ou non. Mais Silke, qui était actuellement célibataire, s'en moquait pas mal.

— Et toi, Lena ? demanda-t-elle.

— Je ne peux pas non plus, j'ai rendez-vous avec mon canapé pour pleurer dessus.

Monsieur le docteur Auerbach entra dans notre bureau, un énorme dossier à la main.

— Mademoiselle Klein ! aboya-t-il. Où sont les photocopies pour la réunion de demain ?

Je me sentis rougir. Bon sang, j'avais complètement oublié de les faire !

— Euh… je n'ai pas fait de photocopies, je croyais… commençai-je.

Auerbach devint écarlate.

— J'ai besoin d'une copie de ce dossier pour chaque participant ! Qu'est-ce que vous croyez, que nous allons nous blottir les uns contre les autres comme dans une thérapie de groupe pour lire ces documents ?

— Non, je pensais…

— Ne pensez surtout pas : je m'en charge ! tonna Auerbach. Et maintenant, faites-moi des photocopies en huit exemplaires ASAP, *pronto* ou, pour que vous compreniez à coup sûr, TOUT DE SUITE !

Il abattit le dossier sur mon bureau et ressortit en trombe.

Claudia m'adressa un regard compatissant.

— Ça va te prendre des heures, commenta-t-elle. Je t'aurais bien aidée, mais ce soir, ça ne pouvait pas tomber plus mal…

— Bah, je les ferai demain matin, répondis-je.

— Lena, cette réunion est à neuf heures, tu n'auras jamais fini à temps.

Je poussai un gémissement en regardant l'énorme dossier. Claudia avait raison, ça me prendrait des heures. La musique de *Cendrillon* me revint tout à coup.

— Bon, je me sauve, annonça Silke sans s'émouvoir. À demain ! lança-t-elle avant de s'éclipser.

— À demain, Lena. Je suis désolée, dit Claudia avant de s'évader dans le sillage de Silke.

Je me mis au travail avec un soupir. À neuf heures, j'avais mes photocopies en huit exemplaires, après une série de ratés qui m'avaient obligée à faire le ménage dans la photocopieuse. Je les répartis dans des classeurs et rangeai le tout dans un carton que j'emportai dans le bureau de Auerbach.

— Voici tous les documents pour la réunion de demain, l'informai-je avant de déposer le carton sur la chaise placée devant son bureau.

Il pianotait frénétiquement sur son ordinateur portable.

— Ce n'est pas trop tôt, commenta-t-il. Mademoiselle Klein ! appela-t-il alors que j'étais sur le seuil.

Oh non, pitié ! Je me retournai à contrecœur.

— Oui ? demandai-je.

— Puisque vous êtes là, j'avais dicté une lettre qu'il faut mettre au propre, et il se trouve que la secrétaire de service le soir est malade.

— Ça ne peut pas attendre demain ? demandai-je en consultant ostensiblement ma montre.

Une veine palpita sur son front.

— Non, ça ne peut pas attendre demain ! Ce courrier doit partir ce soir !

— C'est bon, capitulai-je.

Je regagnai mon bureau, claquai la porte, flanquai un grand coup de pied dans le tiroir ouvert de ma table roulante et m'assis à mon bureau. J'enfonçai les écouteurs sur mes oreilles, martelai les touches de mon ordinateur et achevai la lettre sans même me rendre compte de quoi il retournait. Auerbach avait bien entendu des corrections et quand il fut enfin satisfait, il était dix heures moins le quart.

— Bon, maintenant, je m'en vais, annonçai-je après lui avoir remis la lettre.

Il répondit par un grognement sans même lever les yeux du document qu'il lisait.

Mais je vous en prie, il n'y a vraiment pas de quoi ! pestai-je intérieurement.

J'avais mal au crâne, j'étais épuisée et au bord des larmes, pour changer. Alors que je voulais quitter Outlook, j'entendis un signal : un message d'Auerbach venait d'arriver. Je le lus.

From : Auerbach, Bruno
To : PUPS – Hambourg – All

Re : Un grand merci !

Chers partenaires,
Chers associés,
Chers collègues,

Je tiens à vous remercier encore pour tous vos vœux à l'occasion de mon soixantième anniversaire. J'ai été très heureux de vous voir si nombreux à cette petite fête.

Je ferai dès que possible usage du bon pour le week-end de remise en forme à Sylt avec ma femme. Comme chacun sait, l'attente d'un moment agréable en décuple le plaisir.

Bien cordialement,
Docteur Bruno Auerbach

Connard, pensai-je. Pour me défouler, j'envoyai à Claudia et Silke l'e-mail assorti de commentaires incendiaires sur Auerbach. Puis je rentrai enfin chez moi, ou, plus précisément, je regagnai mon refuge provisoire.

Je me serais volontiers fait plaindre un peu par Juli et Michel, mais ils étaient sortis. Je décidai de me préparer un pudding au chocolat pour me consoler, mais la vue de la cuisine me coupa l'appétit. C'était une vraie porcherie. De la vaisselle sale traînait dans tous les coins et quelqu'un avait visiblement renversé un pot de miel, car le sol était collant. Juste devant le lave-linge s'entassaient des T-shirts crasseux, un jean et, pour couronner le tout, quelques caleçons sales – à n'en pas douter ceux de quelqu'un de ma connaissance.

— Ben !

Pas de réponse.

Je ramassai les vêtements du bout des doigts, les déposai avec de la vaisselle sale devant la porte de la chambre de Ben et nettoyai le sol de la cuisine. Un peu plus tard, je m'écroulai sur le canapé et m'endormis immédiatement.

Je fus réveillée en pleine nuit par un tintamarre, un « Merde ! » furibond et des gloussements. Tiens, tiens, Ben venait de rentrer, avec son petit chat ou avec une nouvelle conquête, et de trébucher sur ce que j'avais laissé devant sa porte. Je me retournai dans mon lit avec un sourire de satisfaction, mais un instant plus tard, le grincement de ressorts et des gémissements extatiques me vrillèrent les tympans. Ça, c'était le pompon ! J'envoyai des coups de poing dans le mur, mais rien n'y fit. L'olympiade sur matelas se poursuivait allègrement. J'étais maintenant bien réveillée et je savais que je ne me rendormirais pas avant cinq heures du matin, comme mes voisins.

Deux heures plus tard, le réveil sonna impitoyablement. Je me levai comme une automate et mis le cap sur la cuisine en pyjama, les cheveux en bataille et les yeux gonflés, pour me préparer un café bien fort. Je remarquai aussitôt que le tas de linge et de vaisselle sales était de retour dans la pièce. Mon regard tomba ensuite sur la table, où Ben était assis avec une très jolie blonde. Ils ressemblaient à Ken et à Barbie, et moi à Crasse-Tignasse.

— Bonjour, mon petit rayon de soleil, me salua gaiement Ben. Tu veux du café ?

— 'jour, répondis-je.

Je me versai du café et restai debout près du buffet, ma tasse dans une main, en essayant de remettre de l'ordre dans mes cheveux avec l'autre.

— Tu as l'air toute chiffonnée. Tu as mal dormi ? eut le culot de demander Ben, et Barbie lui adressa un sourire éblouissant.

— Plutôt, oui, grommelai-je.

— Nous non plus, nous n'avons pas beaucoup dormi, hein, Ken ? gloussa Barbie.

Avait-elle vraiment dit « Ken » ou était-ce une hallucination due à ma fatigue ?

— Je ne te le fais pas dire ! lançai-je avec un regard venimeux à Ben.

Mais il se contenta de sourire, haussa les épaules et caressa la cuisse parfaite de Barbie.

— Bon, je vais bosser, tu me raccompagnes jusqu'à la porte ? lui demanda-t-elle avec un battement de ses cils parfaits.

Ils sortirent de la cuisine et j'entendis devant la porte de l'appartement des chuchotements, des rires étouffés et des bruits de baisers.

Ben réapparut un instant plus tard, un journal à la main.

— Dis donc, tu as décroché un joli petit lot ! lui dis-je peu aimablement.

Il s'assit à la table et déploya le journal devant lui.

— Je ne te le fais pas dire, répliqua-t-il.

— Tu es sûr qu'au lieu de bosser, elle n'est pas plutôt partie en excursion avec sa classe ?

Ben ne releva pas cette remarque.

— Je parie qu'elle n'a pas plus de seize ans, poursuivis-je.

— Elle en a vingt-cinq et ça ne te regarde pas, soit dit en passant.

— Très bien, passons à autre chose alors. Tu peux m'expliquer ce que ça fait ici ? demandai-je en montrant le tas de linge et de vaisselle.

Ben leva les yeux de son journal, puis haussa les épaules.

— Ça m'a gonflé de trouver ça devant ma porte, répondit-il.

— Ça te gonflerait moins de le trouver dans le lave-linge et dans le lave-vaisselle ?

Ben fit semblant de réfléchir.

— C'est une excellente idée ! s'écria-t-il. Il ne te reste plus qu'à la mettre à exécution.

Je faillis m'étrangler d'indignation.

— Si tu crois que je vais ranger à ta place, tu n'es qu'un pauvre crétin ! lançai-je. J'en ai vraiment ma claque de toi !

— Alors dégote-toi une piaule ! Après tout, tu es seulement de passage ici !

— Ça, tu peux le dire, je ne vais pas y moisir !

Mon regard tomba soudain sur l'horloge de la cuisine.

— Et merde ! Maintenant, je vais être en retard au boulot par ta faute ! maugréai-je.

— Mais oui, c'est tellement plus facile de s'en prendre aux autres ! Car c'est sûrement leur faute si tu es incapable de te bouger ?

Je marchai vers la porte.

— Je n'ai pas envie d'écouter tes conneries, ripostai-je. Raconte-les plutôt à ton reflet dans le miroir. Après tout, c'est la seule personne qui t'intéresse dans l'univers ! Mais à l'avenir, s'il te plaît, essaie de baiser moins bruyamment ! conclus-je avant de claquer la porte.

Au bureau, je me précipitai vers la machine à café comme tous les matins. J'y croisai le docteur Schneider, l'un des avocats du cabinet.

— Bonjour, lui dis-je poliment avant de prendre une tasse dans le placard et de la poser sous le verseur.

M. Schneider me toisa avec une étrange réticence.

— Bonjour… et bonne chance, répondit-il avant de sortir.

Quel drôle d'oiseau !

En me rendant à mon bureau, je croisai d'autres personnes qui détournèrent les yeux ou me dévisagèrent comme M. Schneider. Je m'examinai furtivement pour vérifier si, dans ma hâte à partir après mon engueulade avec Ben, je n'avais pas oublié de m'habiller. Mais non : chaussures, pantalon, chemise, tout était bien en place. Quand j'entrai dans mon bureau, Claudia et Silke étaient déjà assises devant leurs ordinateurs.

— Dites, les filles, est-ce que je deviens parano ou est-ce que tout le monde me regarde vraiment avec des yeux de merlan frit ce matin ? demandai-je.

— Bon Dieu, Lena, mais qu'est-ce qui t'a pris ? s'écria Claudia en se levant brusquement.

— Pardon ? Qu'est-ce que tu racontes ?

— L'e-mail ! L'e-mail ! clama Silke sur un ton de tragédie.

— Quel e-mail ?

Je posai ma tasse sur mon bureau et allumai mon ordinateur. Claudia désigna l'écran du sien.

— Ton e-mail d'hier soir ! précisa-t-elle.

— Celui que je vous ai envoyé ? Et alors ?

— Lena, tu l'as envoyé à tout le monde ! À toute la filiale ! Tu as cliqué sur Répondre à tous !, s'écria Silke en gesticulant.

Mon cœur eut un raté, puis se mit à battre comme un fou. J'eus tout à coup envie de vomir.

— Non, ce n'est pas vrai… c'est une blague idiote, hein ? demandai-je à Silke, mais je me rappelai alors mon mal de tête et ma fatigue la veille au soir.

— Non, hélas, répondit Claudia.

Je me levai et, les genoux flageolants, allai me placer derrière elle pour regarder son écran. Elle avait raison, c'était écrit noir sur blanc :

From : Klein, Lena
To : Auerbach, Bruno ; PUPS-Hambourg-All

Re : Un grand merci !

Non mais vous avez vu comme il se la joue sympa, le Auerbach ? Quel gros enfoiré ! Il me fait bosser jusqu'à dix heures du soir, mais vous croyez qu'il me remercierait ? Des clous !

Un week-end de remise en forme avec sa femme, la bonne blague ! Tout le monde sait qu'il se tape la mère Lehmann du droit de la concurrence, alors ce n'est sûrement pas avec bobonne qu'il ira à Sylt ! C'est comme le prétendu client qu'il a rencontré tout récemment à l'hôtel Louis C. Jacob[1]*… Les cinq cents euros de l'addition, j'ai dû les faire passer en note de frais, bien entendu ! Tromper sa femme en faisant payer la boîte, la classe !*

1. Hôtel cinq étoiles de Hambourg.

Bon, je me sauve, sinon le vieux risque de m'alpaguer encore. Ce gnome immonde et malfaisant, je le HAIS !

À demain !
Lena

J'avais la nausée et envie à la fois de m'enfuir et de me cacher sous le bureau.

— Oh merde ! soufflai-je en me laissant tomber sur une chaise. Qu'est-ce que je vais faire ? me lamentai-je, la tête entre les mains.

Claudia contourna le bureau pour me rejoindre et me prit dans ses bras.

Silke réagit avec pragmatisme.

— Essayons de trouver une explication qui tienne à peu près debout pour limiter la casse, proposa-t-elle. Qu'est-ce qu'on pourrait raconter ?

Mais notre seule réaction fut de nous regarder en silence.

Vingt-quatre minutes et treize secondes plus tard, mon téléphone sonna. J'eus l'impression que mon cœur se décrochait et atterrissait sur la moquette. C'était Mme Krüger, du service du personnel, qui me convoquait immédiatement dans la salle de réunion.

Je ramassai mon cœur et me mis en route pour la salle « New York », en songeant que « Canossa » aurait mieux convenu. Je montai le plus discrètement possible les deux étages et entrai dans la salle. Mme Krüger était assise à la grande table de conférence, le visage sévère. À sa gauche était assis le docteur Auerbach en personne. Il avait visiblement repoussé la réunion de ce matin pour me recevoir en cet instant solennel.

— Asseyez-vous, ordonna Mme Krüger.

Je pris place sur le bord d'une chaise en face du tribunal d'inquisition et jouai nerveusement avec ma bague de fiançailles… ma bague de fiançailles ! Pourquoi la portais-je encore ?

— Vous devinez sans doute la raison de cette convocation, reprit Mme Krüger. Il s'agit de l'e-mail que vous avez envoyé hier soir à l'ensemble du personnel.

Je m'éclaircis la gorge avant de répondre.

— En réalité, je ne voulais pas l'envoyer à l'ensemble du personnel. C'était une erreur stupide et j'en suis absolument navrée. Je sais combien cette situation est embarrassante et je...

— Mademoiselle Klein ! éclata Auerbach. Je sursautai. Non, vous ne pouvez savoir combien c'est gênant !

Il se passa la main dans les cheveux, révélant une énorme auréole sous son bras droit.

— Vous m'avez couvert de ridicule et honteusement diffamé !

— Je ne pensais pas ce que j'ai écrit, je vous assure. Ce n'était qu'une plaisanterie...

— UNE PLAISANTERIE ? hurla Auerbach en abattant le poing sur la table. Je me tassai sur ma chaise. Il desserra fébrilement sa cravate et ouvrit le premier bouton de sa chemise.

— Ma réputation est ruinée, ma carrière... pantela-t-il, ma carrière est peut-être brisée, et vous me dites que c'était une plaisanterie ?

— Je vous promets que cela ne se reproduira plus jamais.

Les yeux de Auerbach sortirent de leurs orbites et leur blanc s'injecta de rouge.

— ÇA, JE PEUX VOUS LE GARANTIR ! tonna-t-il, et un postillon atterrit sur mon visage, mais je n'osai pas l'essuyer.

Mme Krüger s'éclaircit la gorge avant de prononcer le verdict.

— Vous comprendrez sans doute que, dans de telles circonstances, nous ne puissions vous garder au sein de notre entreprise, annonça-t-elle.

Le sens de ces paroles ne me parvint qu'avec un temps de retard.

— Quoi ? Oh non, je vous en prie ! l'implorai-je. J'habite en dépannage chez le pire crétin de la terre, alors, vous comprenez, je dois trouver d'urgence un nouveau logement et pour ça, j'ai besoin de, euh, je veux dire…

Auerbach m'assena le coup de grâce en gesticulant.

— Estimez-vous heureuse que je ne vous colle pas un procès pour diffamation au… au… euh, que je ne porte pas plainte contre vous ! Vous êtes virée !

Sur ces mots, il se leva et sortit.

Mme Krüger et moi sommes restées immobiles et silencieuses pendant un instant. Je regardais fixement la peinture abstraite représentant deux cargos sur le mur derrière elle.

— Mon Dieu, mademoiselle Klein, dit-elle enfin, je sais bien que vous traversez une période difficile dans votre vie privée et que vous n'avez donc sans doute pas la tête à ce que vous faites en ce moment, mais cet incident n'aurait jamais dû se produire. Comme il s'agit d'une grave faute professionnelle de votre part, nous nous voyons dans l'obligation de vous licencier sans préavis. Veuillez donc vider votre bureau avant de vous présenter au service du personnel.

Virée. Licenciée sans préavis… Je restai pétrifiée, dans l'attente d'un coup de tonnerre, de larmes, d'un signe de désespoir, d'affolement, mais rien ne venait.

Il était dix heures vingt-huit quand je sortis de l'immeuble. Après des adieux douloureux à Claudia et à Silke, j'errai sans but dans le centre de Hambourg. Je portais sous le bras le carton dans lequel j'avais entassé mes affaires : une photo de Simon et de moi, un paquet d'infusions Yogi, deux terrines à faire cuire en cinq minutes, de la crème pour les mains, des tampons hygiéniques et une plante en pot. Et, sur le dessus, une enveloppe de format A4 contenant mon avis de licenciement. Je ne voulais ni rentrer, ni téléphoner à Juli et encore moins à mes parents ou à qui que ce soit. En réalité, je ne voulais voir personne de ma connaissance. Je déambulais dans les rues, comme assommée.

Il était maintenant midi et les gens autour de moi se dirigeaient seuls ou en petits groupes riant et bavardant vers les kiosques à saucisses et à sandwichs. Quelques heures plus tôt, j'étais encore semblable à eux et je serais sûrement allée manger un sandwich ou une soupe avec Claudia et Silke. Maintenant, j'étais une marginale bannie du monde du travail. Virée, jetée… jetée une fois de plus.

Je retrouvai enfin mes esprits devant un pub irlandais, où je décidai de boire un whisky. Et, pour la première fois de ma vie, sans Coca. Sec. Après tout, c'était ce que les gens faisaient dans les films quand ils étaient virés, non ?

Le pub était désert, avec cette odeur typique de bière éventée. Il y faisait sombre ; j'avais du mal à discerner quoi que ce soit. Quand je fus capable de m'orienter, je m'assis au comptoir, posai mon carton sur le tabouret voisin du mien et commandai un double whisky. Je faillis m'étrangler à la première gorgée tellement ce goût de fumée et de tourbe était nouveau pour moi, mais après quelques gorgées, je me sentis mieux.

J'attendais toujours les larmes, qui ne venaient pas. Peut-être qu'on s'habitue à se faire jeter, pensai-je en regardant le carton à côté de moi. Je repris mon verre et le vidai d'un trait. Cela fait, je saisis dans mon sac à main la tablette de chocolat que Claudia m'avait donnée au moment de nos adieux, du chocolat noir amer au piment, et m'en fourrai un carré dans la bouche.

— Je peux en avoir un autre ? demandai-je au barman, qui rangeait des paquets de chips sur une étagère derrière le comptoir.

— C'est encore un peu tôt pour deux doubles whiskys, non ? observa-t-il.

— 'm'est égal. Je viens d'être virée sans préavis.

— Dans ce cas…

Il me versa un autre whisky et posa un paquet de chips sur le comptoir.

— Ça, c'est un cadeau de la maison.

— Merci.

Je repris une gorgée et sentis l'alcool réchauffer le creux de mon estomac, me monter lentement à la tête et faire affluer le sang à mes joues. J'observai à la dérobée le barman qui rangeait toujours ses chips. Il n'était pas mal du tout, dans les vingt-cinq ans, avec des cheveux blonds qui lui tombaient devant les yeux et un gentil sourire.

— Au fait, je m'appelle Lena, dis-je en lui tendant la main.

— Enchanté, répondit-il en la saisissant. Moi, c'est Jan.

— Tu n'es donc pas irlandais.

— Non, mais je fais parfois semblant de l'être pour les pourboires.

— Je me suis souvent demandé si ce sont toujours de vrais Irlandais qui travaillent dans les pubs irlandais.

Je cassai un autre carré de chocolat pour le lui offrir. Il l'accepta et le mit dans sa bouche.

— En Irlande peut-être, dit-il, mais ici, tout est en toc. Au fond, le monde entier est en toc.

— C'est vrai, approuvai-je sans être sûre d'avoir bien compris ce qu'il voulait dire par là, C'est ce que je me répète toujours.

Nous avons ensuite gardé un silence complice. Je grignotais mes chips, mon chocolat et savourais la chaleur du whisky au creux de mon ventre.

Je ne sais pas exactement combien de temps je suis restée au bar, mais au bout d'un moment, il a commencé à se remplir de clients assoiffés. Jan s'affairait à prendre des commandes et à tirer des bières.

À ma droite se tenaient deux hommes en complet et cravate visiblement venus boire une bière en sortant du boulot.

— Est-ce que la place est encore libre ? demanda le plus petit des deux en désignant le tabouret à ma droite.

— Non, c'est mon carton qui l'occupe, répondis-je avant de reprendre une gorgée de whisky.

— Et pourquoi ce carton ne peut-il pas rester debout comme tout le monde ? s'enquit l'autre homme, un moustachu. Je trouvai cette réplique très amusante.

— Parce qu'il a le moral à zéro. Il vient de perdre son boulot et il se retrouve au chômage ! expliquai-je.

— Aïe, le pauvre ! Allez, je paie la tournée, annonça le moustachu, et il commanda trois bières à Jan.

Dans l'euphorie de l'ivresse, je poursuivis sur ma lancée.

— Et vous savez quoi ? Ce n'est pas le plus beau ! déclarai-je. Mon fiancé m'a plaquée pour une autre femme une semaine avant notre mariage !

— Quel salaud ! s'écrièrent les deux hommes en chœur.

Il y avait longtemps que je ne m'étais plus sentie aussi comprise et appréciée à ma juste valeur.

— Oui. Il m'a brisé le cœur ! conclus-je.

— Il ne te mérite pas, affirma le moustachu. Au fait, je m'appelle Udo et voilà Thomas, dit-il en montrant son ami.

Udo et Thomas étaient vraiment gentils et nous avons encore bu plusieurs bières ensemble. Quelques heures plus tard, mon carton et moi étions devenus pour ainsi dire les stars de la soirée et un petit groupe s'était formé autour de nous. Ravie d'être le centre de l'attention, je m'épanouissais et racontais ma triste histoire à qui voulait l'entendre, et même à qui ne le voulait pas. « J'ai le cœur brisé et je suis au chômage ! » répétais-je à intervalles réguliers. Je m'entendais particulièrement bien avec Udo. Il se montrait très compréhensif et savait merveilleusement écouter.

— Et tu sais ce que mon ex et mon Ben… euh, non, pas mon Ben, Ben tout court, bafouillai-je avant de m'interrompre, désorientée. Enfin, bon, tu sais ce qu'ils m'ont dit ? Que j'étais popote et incapable de lever mes fesses ! Tu imagines ? Moi, popote ! Est-ce que je suis vraiment popote, Bruno ?

Il secoua énergiquement la tête.

— Sûrement pas, Lena, tu es la femme la plus sexy que je connaisse. Au fait, je m'appelle Udo.

— Je sais bien, Udo. Toi, tu me comprends, déclarai-je en lui tapotant l'épaule avant de me pencher sur le comptoir. Jan ! S'il te plaît, encore deux Irish Flags pour moi et pour mon nouvel ami Bru… do !

Jan posa devant nous les deux verres au contenu explosif : Baileys, liqueur de menthe et whisky. Je l'avais cherché des yeux toute la soirée, mais il était trop occupé pour que nous ayons le temps de faire plus ample connaissance.

Ma vision devenait de plus en plus floue et mon humeur de plus en plus joyeuse.

Un peu plus tard, je décidai avec Thomas et Udo de finir la soirée dans un bar à karaoké. Quand je voulus me lever vivement et avec élégance, je perdis l'équilibre et dégringolai de mon tabouret comme un sac détrempé. Udo se pencha vers moi, inquiet, et m'aida à me relever.

— Bon sang, de quoi j'ai l'air ? murmurai-je, honteuse, quand je fus à peu près capable de tenir debout.

— Ne t'en fais pas, personne ne t'a vue, assura-t-il.

— Ça va, Lena ? Tu ne t'es pas fait trop mal ? me lança Jan au même moment par-dessus le comptoir.

Je l'ignorai, passai un bras autour du cou d'Udo et le serrai contre moi.

— Tu es gentil, lui dis-je. Viens, allons chanter.

— Tu ne préférerais pas rentrer chez toi ? demanda Jan.

— Naaan, faut que je chante, que je hurle ma douleur, tu comprends, expliquai-je. Que je la hurle au monde entier. J'ai le cœur frisé… euh, brisé, tu vois, achevai-je en portant la main à ma poitrine.

— Je vois, répondit-il.

— Mais je repasserai un de ces quatre ! m'exclamai-je, et je me penchai au-dessus du comptoir pour lui coller un gros baiser mouillé sur la joue. C'est vo… euh, c'est promis ! Ciao !

Jan secoua la tête avec un sourire.

— Ciao, Lena. Bonne chance, dit-il.

Je le regardai une dernière fois droit dans ses yeux bleus, pris mon carton et lui tournai le dos pour mettre le cap sur les quartiers chauds avec Udo et Thomas.

Je n'ai plus que des lambeaux de souvenirs du reste de la soirée. Moi dans un karaoké thaï sur la Große Freiheit en train de croasser « Without You » de Nilsson dans le micro. Une bouteille d'Astra que je renverse sur ma chemise parce que je l'ai confondue avec ce même micro. Le bras d'Udo autour de mes épaules. Sa poitrine d'homme contre laquelle je me blottis. Sa moustache qui me chatouille la joue. Lui et moi titubant enlacés en direction du train pendant que je lui répète : « Toi, tu es le seul qui me comprends. » Et ensuite, rideau.

CHAPITRE 4

Où je conclus que je peux difficilement dégringoler plus bas.

Je me réveillai le lendemain, le crâne douloureux. J'entrouvris un œil avec précaution, reconnus les contours de ma chambre, mais la lumière était beaucoup trop vive. Je refermai l'œil en vitesse et évaluai mon état physique général. Mal de tête, lèvres desséchées, nausée, courbatures dans les cuisses, soif, bref, la gueule de bois… Un instant ! Lèvres desséchées et courbatures dans les cuisses ? J'ouvris les yeux tout grands et plongeai les mains sous la couverture. J'étais nue comme un ver ! Je fouillai fébrilement dans mes souvenirs de la veille et vis resurgir une moustache.

Oh non ! me lamentai-je en moi-même. Je lançai un regard à côté du lit qui confirma mes pires appréhensions : une bouteille de vin vide, mes vêtements de la veille et un préservatif usagé. Comme je ne voyais pas ses vêtements, j'en conclus qu'il était parti. Ouf, c'était toujours ça ! Épuisée, je me laissai retomber sur mon oreiller et enfouis mon visage dans mes mains. Quelle dégringolade ! J'avais passé la nuit avec je-ne-sais-qui ! Pour la première fois de ma vie ! Je ne me souvenais même plus de sa tête, sans parler de son nom. Bruno ? Bert ? Je tirai la couverture au-dessus de moi et me lovai dans le lit, comme un embryon dans le ventre maternel. J'avais été plaquée par mon fiancée, virée de mon boulot et je m'étais retrouvée au lit avec un parfait inconnu, le tout en l'espace de quatre jours !

J'essayai de me rappeler tout ce qui m'était arrivé la veille au soir, mais c'était peine perdue. Mon crâne douloureux réclamait de l'aspirine à grands cris et je devais aller d'urgence aux toilettes. Je me levai, passai ma robe de chambre et me dirigeai vers la salle de bains, mais elle était fermée à clé et j'entendis le bruit de la douche. Ben devait être rentré de sa garde de nuit, car Juli et Michel étaient partis travailler depuis longtemps. Je me glissai dans la cuisine, la tête entre les mains, et fouillai dans le tiroir du buffet à la recherche d'un tube d'aspirine. Quand je l'eus trouvé, je faillis l'embrasser de joie et de soulagement.

— Bonjour, petite casse-pieds, dit une voix dans mon dos.

Je sursautai si violemment que le tube d'aspirine glissa de ma main. Je me retournai. Ben était assis à la table devant une tasse de café.

— Ben ! Tu m'as fait une de ces peurs ! Tu n'es plus sous la douche ?

— Ce n'est pas toi qui en sors ?

— Moi ? Non, je...

— Bonjour tout le monde ! claironna une voix joyeuse sur le seuil de la cuisine.

Je regardai dans cette direction, imitée de Ben. Le type de la veille au soir était là, torse nu ! Je ne m'étais souvenue que de sa moustache, ce qui n'était pas plus mal, constatai-je à la vue de sa poitrine flasque et couverte de poils gris encore mouillés. C'était un vieux ! Il avait au moins cinquante ans !

Ben nous regarda tour à tour d'un air incrédule. J'aurais aimé pouvoir rentrer sous terre.

— Bonjour, répondis-je quand j'eus retrouvé l'usage de la parole.

Le moustachu s'approcha de moi, passa un bras autour de ma taille et m'embrassa sur la joue.

J'eus tout à coup envie de vomir. La main plaquée sur la bouche, je me ruai vers la salle de bains. Je me penchai juste à temps sur la cuvette des toilettes, où j'évacuai la soirée de la veille avec les litres d'alcool en trop. Quand mon estomac fut vide, je me lavai les dents et me rinçai la bouche à l'Odol. Retourner auprès de Ben et de ce type était la dernière chose dont j'avais envie, mais je ne pouvais pas rester éternellement dans la salle de bains. J'inspirai à fond et repartis vers la cuisine.

— Alors, ça va mieux ? demanda le moustachu avec sollicitude. Je remarquai qu'il avait recouvert sa calvitie d'une mèche de cheveux clairsemés.

— Ça ira.

Ben s'éclaircit la gorge.

— Tu ne fais pas les présentations, Lena ? demanda-t-il avec un sourire diabolique.

« Surtout pas ! » pensai-je, mais j'essayai de garder contenance.

— Oui, bien sûr, répondis-je. Je te présente Ben. Ben, je te présente… euh, Bruno ? risquai-je, et les sourcils de Ben se haussèrent vers la racine de ses cheveux.

— Udo, ma petite tête de linotte, rectifia le moustachu en caressant ma nuque.

Je frissonnai et m'écartai vers l'évier.

— Bonjour, Udo, ravi de faire ta connaissance, déclara Ben en se calant confortablement sur sa chaise. Au fait, je suis le mari de Lena.

Udo blêmit et ouvrit des yeux effarés.

— C'est vrai ? demanda-t-il.

Ben éclata de rire. Il s'amusait visiblement comme un fou.

— Non, je plaisantais, répondit-il.

— Ah bon. Eh bien, tant mieux…

Un ange passa.

— Bon, il faut que je me sauve, reprit Udo à mon grand soulagement.

— Eh oui, quand faut y aller… Bonne journée ! lançai-je.

— Tu ne veux pas prendre le petit-déjeuner avec nous, Udo ? proposa Ben alors que j'allais raccompagner Udo. Je lui lançai un regard meurtrier, mais Udo secoua la tête.

— Ce serait avec plaisir, dit-il, mais je n'ai hélas pas le temps, le devoir m'appelle.

— Et que fais-tu dans la vie ? s'enquit Ben.

— Je travaille à la mairie. Chaque fois que vous faites des bêtises, quand vous vous garez au mauvais endroit ou quand votre chien fait ses besoins sur le trottoir, c'est ce bon vieil Udo qui encaisse vos amendes !

— Eh bien, vous vous complétez à ravir, Lena et toi. C'est un signe du destin !

— Je te raccompagne jusqu'à la porte, Udo, intervins-je.

— Ciao, Ben, dit-il en passant un bras autour de mes épaules.

— Ciao. À un de ces jours peut-être, répondit Ben. Ou peut-être pas, ajouta-t-il alors que je me dégageais.

Udo prit ses affaires dans la salle de bains et passa tricot de corps, chemise et complet. Devant la porte, il essaya de m'embrasser.

— J'ai trouvé cette nuit avec toi vraiment merveilleuse. Et toi ? demanda-t-il tout sourire, la moustache frémissante.

Je l'écartai de moi avec mes deux mains.

— Écoute, Udo, hier, j'étais plutôt à côté de la plaque. Tu es vraiment sympa, mais ça s'arrête là, désolée.

Son sourire pâlit.

— Oh... je vois, dit-il. Je peux toujours te laisser mon numéro de téléphone, au cas où tu aurais quand même envie de me revoir.

— Non merci, Udo.

Il acquiesça, puis ouvrit la porte.

— D'accord. Je comprends, répondit-il. Bonne chance, Lena.

— Bonne chance, Udo. Je suis vraiment désolée, répondis-je sincèrement.

Après un dernier regard affligé, Udo sortit.

Je m'adossai à la porte et appuyai ma tête douloureuse contre le battant. J'avais envie de rentrer sous terre, mais j'étais bien obligée de repasser par la cuisine pour prendre mon aspirine. Ben était encore assis à la table, hilare. Il n'allait pas me louper.

— Dis donc, Lena, quel coup ! lança-t-il.

— Sans commentaire.

Je remplis un verre à l'évier, jetai dedans deux comprimés et me laissai tomber sur une chaise, épuisée.

— Peux-tu m'expliquer pourquoi tu lèves des types au petit bonheur pour les jeter froidement le lendemain ? demanda Ben après un silence.

— Non, Ben. Je sais seulement que nous vivons sous le même toit depuis samedi, c'est peut-être ton influence pernicieuse ?

— Alors bienvenue dans mon univers de perdition. Qui aurait cru qu'un jour tu déposerais ton auréole pour me rejoindre du côté obscur de la force ?

— Laisse-moi tranquille, tu veux bien ? Je ne comprends même pas comment une chose pareille a pu m'arriver !

— Si tu ne le comprends pas, je peux éclairer ta lanterne, répliqua Ben avant d'entonner dans une atroce imitation d'Herbert Grönemeyer :

Mon Dieu, mon Dieu, que m'est-il arrivé ?
Ce sont mes nerfs qui m'ont lâchée.
L'alcooool est notre remède en cas d'urgence,
L'alcooool est notre parachute et notre ambulance…

Ma chaise racla bruyamment le sol quand je me levai.

— Merci pour le remède. Il est miraculeux, déclarai-je avant d'avaler une nouvelle gorgée d'eau.

— Au fait, tu n'es pas encore partie travailler ? demanda Ben. Il est huit heures et demie.

— J'ai décidé de prendre un jour de congé, improvisai-je en balayant une poussière invisible de la manche de ma robe de chambre.

— C'est une jolie périphrase pour « sécher une journée de boulot », commenta Ben en se levant à son tour. Bon, je vais roupiller. N'oublie pas d'être prête à six heures.

— Hein ?

— Nous sommes invités à un barbecue chez tes parents, tu as déjà oublié ?

Bon sang, oui, j'avais oublié. Il ne manquait plus que ça ! J'allais pouvoir annoncer devant l'équipe au complet que j'étais célibataire et chômeuse par-dessus le marché.

— Ben ? appelai-je alors qu'il passait le seuil. Je préférerais que cette histoire avec Udo reste entre nous.

Il haussa les épaules.

— Je n'avais pas l'intention de la raconter à qui que ce soit, répondit-il avant de me laisser seule.

Ce soir-là, Juli, Michel, Ben et moi sommes partis chez mes parents dans l'Opel Kadett branlante de Ben. Sans la pénible obligation de l'informer sur ma situation, je me serais réjouie de revoir ma famille au complet, ce qui hélas n'arrivait plus aussi souvent qu'autrefois. Katja, ma sœur aînée, avait un travail très absorbant de lectrice pour une maison d'édition et largement de quoi s'occuper entre son mari Lars et ses deux enfants. Il était maintenant plus difficile de trouver une date qui puisse convenir à tout le monde et nous appréciions d'autant plus ces réunions.

Ben faisait pratiquement partie de la famille. Sa mère était morte dans un accident de voiture quand il avait onze ans et il avait passé le plus clair de son enfance et de sa jeunesse avec nous. Son père Manfred et sa belle-mère Gisela habitaient à deux rues de chez nous. Les liens d'amitié étroits de Ben et Michel avaient en quelque sorte déteint sur leurs parents au fil des années, si bien que Ben, Manfred et Gisela étaient souvent invités à nos fêtes de famille, et inversement.

À notre arrivée, nous avons été assaillis par un comité d'accueil composé de mon neveu Paul, ma nièce Anna, Katja, ma mère et Gisela. Au milieu des embrassades, tout le monde parlait en même temps. Après avoir bisé toutes les joues et admiré les dents de lait branlantes, nous sommes sortis dans le jardin où les hommes parlaient boulot devant le gril, une bière à la main.

Nous nous sommes assis à la table du jardin où nous avons commencé à nous empiffrer. Comme ma mère a toujours peur que quelqu'un ressorte de chez elle affamé, elle a tendance à préparer à manger pour tout un bataillon. Après avoir déposé cinq cuillères de salade de pommes de terre et deux steaks dans mon assiette, elle s'assit à côté de moi et caressa mes cheveux.

— Mange, mon poussin, tu es toute amaigrie, me dit-elle.

Ben s'éclaircit ostensiblement la gorge, ce qui lui valut l'un de mes regards les plus venimeux.

— Raconte-moi ce qui s'est passé avec Simon, Lena, demanda Katja. Est-ce que tu as parlé avec lui depuis ?

Je secouai la tête.

— Je ne veux plus avoir affaire à ce salaud ! Je dois encore passer prendre des affaires chez lui, mais je me débrouillerai pour qu'il n'y soit pas à ce moment-là.

— Parfait ! Estime-toi heureuse d'être débarrassée de lui, intervint Gisela depuis l'autre bout de la table. J'ai souvent dit qu'il n'était pas assez bien pour Lena, n'est-ce pas, Manfred ?

— Oui, tu l'as souvent dit, répondit docilement le père de Ben.

— Je lui ai toujours trouvé un petit air sournois, appuya ma mère, qui en réalité avait eu un faible pour Simon.

Je sentis une boule se former dans ma gorge.

— Pourrions-nous discuter d'autre chose, s'il vous plaît ? demandai-je en piochant dans ma salade de pommes de terre pour éviter les regards.

— Oui, bien sûr, je suis bête de t'en avoir parlé, dit Katja. Excuse-moi, Lena. Et au boulot, comment ça va ? Ce cher Auerbach a-t-il perdu de son charme ?

Bingo ! Ma sœur avait mis dans le mille. Je m'éclaircis la gorge.

— Ça tombe bien que tu me poses la question, car de ce côté aussi, j'ai du nouveau, déclarai-je.

— Ouvrez vos oreilles bien grandes ! lança Manfred à la cantonade. Tu viens de prendre du galon, Lena ?

— Comment pourrait-elle obtenir une promotion ? intervint mon père. Son travail n'offre aucune perspective… ou est-ce que je me trompe ?

— Non, tu as raison, répondis-je avant d'inspirer à fond. Pour faire bref, c'est la porte que j'ai dû prendre, achevai-je, mais mon trait d'esprit tomba complètement à plat et tous me dévisagèrent avec perplexité.

Ma mère fut la première à se ressaisir.

— La porte ? Qu'est-ce que tu veux dire ? demanda-t-elle.

— J'ai envoyé par erreur à l'ensemble du personnel un e-mail dans lequel je taillais un costard à mon chef. Il l'a plutôt mal pris et m'a virée.

— Tu dérailles ? s'exclama Michel. Comment peut-on perdre son boulot aussi connement ?

— Je sais très bien que j'ai merdé, mais il est inutile de pleurer sur le lait renversé !

— Va présenter tes excuses à ton chef! ordonna mon père ulcéré.

— Je les lui ai présentées plusieurs fois, mais ça n'a servi à rien ! me défendis-je. Bon sang, vous réagissez comme si je venais d'avouer que j'avais massacré des bébés phoques ! J'ai seulement perdu mon boulot. J'en retrouverai bien un…

Michel chassa frénétiquement une guêpe de son assiette.

— Par les temps qui courent, Lena, c'est la croix et la bannière pour trouver un travail stable et bien payé ! Tu penses peut-être que ça va te tomber tout cuit dans le bec ? demanda-t-il.

— Non, je…

Je m'interrompis, désemparée. J'avais l'impression d'être un lapin poursuivi par deux gros chats et qui commençait à fatiguer.

— Quelqu'un veut encore une bière ? Michel, ça te dit ? intervint Ben dans un effort visible pour détendre l'atmosphère, mais personne ne fit attention à lui.

— Et qu'est-ce que tu comptes faire, maintenant ? interrogea mon père. Reprendre des études ? Suivre une formation de plus ? C'est vraiment pitoyable de voir ce que tu fais de ta vie ! Regarde donc ton frère et ta sœur, ils ont tout réussi, eux !

Je sentis les larmes me monter aux yeux, ce qui me rendit furieuse. Et j'étais trop occupée à les refouler pour parvenir à répondre.

— Lena, as-tu bien compris que tu es désormais sans travail et sans logement ? As-tu bien conscience de la gravité de ta situation ? demanda Michel tout à fait inutilement.

— Arrête, Michel, ça suffit, lui dit calmement Katja.

— Elle a raison, inutile d'en rajouter, approuva Juli en lançant un regard d'avertissement à mon frère. Je suis sûre qu'elle retrouvera du travail.

Je déglutis, les yeux baissés sur mes mains, en rageant contre ces maudites larmes. Michel se racla la gorge.

— D'accord, parlons d'autre chose, dit-il au milieu d'un silence pesant. Puisque c'est le moment d'annoncer des nouvelles, moi aussi, j'en ai une.

Juli rougit jusqu'aux oreilles et lui prit le bras.

— On ne pourrait pas attendre un autre moment ? lui souffla-t-elle, mais il poursuivit, imperturbable, sur sa lancée :

— J'ai demandé à Juli si elle voulait devenir ma femme et elle a dit oui. Nous allons nous marier !

Ce fut un vrai tohu-bohu. Tout le monde s'exclamait, parlait et félicitait les futurs mariés en même temps.

Lorsque je me fus ressaisie et que vint mon tour d'embrasser Juli, elle me parla à l'oreille.

— Désolée, ce n'était vraiment pas le moment de l'annoncer. Michel est un idiot !

— Ne dis pas de bêtises, Juli ! répondis-je en la serrant contre moi. Je veux dire... tu as raison, Michel est un idiot, mais je suis vraiment heureuse pour vous deux !

Mon père avait ouvert quelques bouteilles de mousseux pour la circonstance.

— Eh bien, espérons que celui-là aura lieu ! commenta Ben, tandis que tout le monde sirotait son vin, et j'accusai le coup.

— Merci, Ben, j'avais vraiment besoin de tes encouragements ! ripostai-je.

— C'était seulement pour rire.

— Mais ça n'avait rien de drôle, coupa Gisela. Et en tout cas, quelqu'un a quand même voulu épouser Lena. Toi, tu n'as pas eu cette chance, si mes souvenirs sont bons. Quand on offre son cœur, on risque toujours d'être éconduit et ridiculisé, tu es bien placé pour le savoir.

— Je ne me souviens pas de t'avoir demandé ton avis, répondit sèchement Ben. Et Lena est assez grande pour se défendre toute seule.

Il s'avérait décidément impossible de passer une soirée paisible.

— Et le grand jour, ce sera pour quand ? s'enquit Katja auprès de Juli, ramenant l'attention sur Michel et sur elle, au soulagement général.

Quant à moi, j'avais grand besoin d'une pause. Je me glissai le plus discrètement possible dans ma chambre.

Quelle soirée atroce ! Il y avait longtemps que je ne m'étais plus sentie aussi insignifiante et de trop. C'était pourtant un sentiment familier. Quand j'avais cinq ans, Michel m'avait raconté que papa et maman m'avaient recueillie encore bébé sur un parking d'autoroute où mes vrais parents m'avaient abandonnée. N'avais-je donc jamais remarqué que je ne ressemblais pas du tout au reste de la famille ? Et il me menaça d'un nouvel abandon si, à l'avenir, je ne lui remettais pas tout mon argent de poche, qui s'élevait alors à cinquante pfennigs par semaine. J'en restai bouleversée pendant plusieurs jours, que je passai à me regarder dans le miroir en pensant que je n'avais en effet aucun trait commun avec mes parents et mon frère. Ma mère remarqua naturellement que quelque chose n'allait pas et insista si bien que je lui racontai tout en pleurant. Elle me rassura immédiatement, mais aujourd'hui encore, il m'arrive de me demander s'il n'y a pas un fond de vérité dans l'histoire inventée par Michel. Mon frère et ma sœur ont toujours été meilleurs que moi en tout. Katja, l'aînée, est jolie et intelligente, et tout le monde aime Michel, à qui tout a réussi dans la vie. Tous deux ont un travail qui les passionne, Katja comme lectrice dans une grande maison d'édition et Michel en tant qu'ingénieur aéronautique. Moi, en revanche, je n'atteignais que la moyenne en tout et je n'étais que… moi, justement.

Je me laissai tomber sur le canapé de ma chambre et regardai sans les voir les affiches collées aux murs. Juli et Michel allaient se marier. Je m'en réjouissais vraiment pour eux, mais quand j'y pensais, j'avais aussi un pincement au cœur. Juli avait paru si heureuse et si rayonnante… Probablement comme moi quand, avec Simon, nous avions annoncé nos fiançailles, et qu'en restait-il ? Que subsistait-il de mes rêves et de mes projets d'avenir ?

On frappa à la porte et, un instant plus tard, Katja passa la tête dans l'encadrement.

— Tout va bien ? demanda-t-elle.

Elle vint s'asseoir à côté de moi et alluma une cigarette. Après avoir inhalé la fumée, elle me la tendit. Je tirai dessus avant de la lui repasser.

— Tu as réussi le grand chelem ce coup-ci, hein ? dit-elle.

— Oui, tout va pour le mieux, répondis-je avec un rire amer. Et je sais que je pourrai toujours compter sur le soutien de ma famille !

— C'était sans mauvaise intention de leur part.

— Mais oui, bien sûr, comme toujours ! explosai-je. Mais tu sais quoi ? J'en ai ma claque d'être toujours comparée à toi et à Michel. Lui et toi, vous avez tellement réussi en tout que je ne peux jamais être à la hauteur !

— Oh, arrête, c'est complètement absurde !

Je poussai un soupir d'exaspération et croisai les bras. Je boudais en silence, quand une idée me vint.

— Au fait, qu'est-ce que Gisela voulait dire quand elle a raconté que Ben n'avait pas eu la chance qu'on veuille l'épouser ? demandai-je.

Katja haussa les épaules.

— Tu te souviens de Franziska ? dit-elle.

Je tirai encore une bouffée, puis me levai pour ouvrir la fenêtre. Si je m'en souvenais ! C'était la seule femme avec laquelle Ben était resté plus de trois mois. Leur histoire avait duré pas moins de trois ans.

— Bien sûr, répondis-je, mais j'ai toujours cru que c'était Ben qui l'avait quittée.

Katja secoua la tête.

— Non. Il voulait l'épouser, mais elle a refusé et elle est partie pour les États-Unis sans un mot d'adieu.

— Quoi ? Ben s'est fait plaquer ?

J'éteignis la cigarette et laissai le mégot dans le bac à fleurs de la fenêtre.

— Eh oui, ça arrive à tout le monde, commenta Katja avant de se lever. Bon, on redescend dans le jardin ?

À notre retour, Michel passa un bras autour de mes épaules avec un regard contrit.

— Désolé, je ne voulais pas te faire de peine, dit-il. Je me fais simplement du souci pour toi.

Comme je n'ai jamais pu rester longtemps fâchée contre lui, je lui pardonnai cette fois encore. Quant à mon père, il prit des gants avec moi et Ben, Dieu soit loué, la ferma. Le reste de la soirée fut donc supportable, même si mon moral n'était pas au plus haut.

Chapitre 5

Où je fête mon anniversaire envers et contre tout, me découvre une âme sœur dans la dégustation d'ours gélifiés et dresse un plan en trois points.

Et le jour J arriva : le vendredi 24 juin. Le jour de mes trente ans. Le jour de mon mariage. Joyeux anniversaire, Lena !

J'avais à peine quitté le canapé de la chambre d'amis la veille et l'avant-veille. Je me levais seulement pour me traîner jusqu'au canapé de la salle de séjour. Je regardais le programme télévisé Hartz-IV ou le mur, écoutais « Without you » à fond et en boucle, et pleurais. Pleurer était devenu ma principale activité. Je n'avais d'ailleurs rien d'autre à faire. J'avais été plaquée par l'homme de ma vie et j'avais perdu mon travail par bêtise. N'était-ce pas de bonnes raisons de se lamenter ?

Je passais mes journées à me demander quelle erreur j'avais commise avec Simon, ce que j'aurais dû faire, pourquoi il ne m'aimait plus, s'il nageait encore dans le bonheur avec sa Cordula si pleine d'assurance ou s'il pensait parfois à moi, si je retrouverais du travail ou si j'étais condamnée à passer le reste de mes jours sur ce canapé, sans emploi et sans amour.

Mon téléphone sonnait sans arrêt. C'étaient sans doute des amis et ma famille qui voulaient me souhaiter bon anniversaire, mais je ne répondais pas.

Je ne souhaitais voir ou parler à quiconque ce jour-là, pas même Juli et Michel. Et surtout ne rien savoir de leurs merveilleux projets de mariage ! Ils allaient même chercher un nouvel appartement rien que pour eux, comme ils venaient de l'annoncer à Ben et à moi. À vrai dire, ils en parlaient rarement devant moi, mais c'était dans l'air et je ne supportais tout simplement plus de voir quelqu'un d'autre heureux.

Tout ce que je souhaitais avoir à mes côtés ce jour-là, c'était une tablette de chocolat de trois cents grammes et M. Müller, mon vieil ours en peluche.

Perdue dans mes pensées, je jouais avec ma bague de fiançailles. Je n'avais pas encore le courage de l'enlever. Il était tout juste onze heures, l'heure à laquelle nous aurions dû nous marier à la mairie. De nouvelles larmes roulèrent sur mes joues à cette idée. Comme j'aurais été jolie dans ma robe de princesse! Je tirai un mouchoir du paquet posé à côté de moi pour étancher un flot de larmes qui semblait intarissable.

On frappa à la porte de la chambre.

— Lena, tu es réveillée? demanda doucement Juli.

Pourquoi ne pouvait-on pas me laisser tranquille? La porte s'ouvrit et Juli entra. Elle s'approcha sans bruit et se pencha sur moi. Quand elle vit que j'étais réveillée, elle s'assit sur le bord du canapé et caressa mes cheveux.

— Lena, nous avons préparé le petit-déjeuner et après, nous irons au bord de l'Elbe. Viens avec nous, tu veux?

— Je ne peux pas, Juli, répondis-je en ravalant un sanglot. Vraiment.

Elle s'allongea à côté de moi et me prit dans ses bras.

— Oh, ma chérie, fais juste un petit effort, dit-elle. Pour moi. C'est ton anniversaire et je voudrais le fêter avec toi. Tu es l'une des personnes que j'aime le plus, après tout.

— Je n'ai aucune raison de faire la fête, déclarai-je dans un reniflement.

— Si, tu es débarrassée de ce connard, ça s'arrose! lança Michel depuis la porte.

— Michel! s'exclama Juli furieuse.

— Mais c'est vrai, quoi!

— J'ai seulement envie de rester allongée et de pleurer, compris? lançai-je, et sur ces mots, je me tournai vers le mur pour signifier la fin de cette conversation.

Juli poussa un soupir.

— Comme tu voudras, dit-elle. Mais si tu as envie de venir plus tard, ça nous ferait vraiment plaisir.

Elle me serra encore contre elle et je l'entendis sortir de la chambre avec Michel.

Je venais de remettre « Without you » pour me noyer dans mon chagrin quand on frappa à nouveau à la porte, mais avec plus d'impatience cette fois-ci, et Ben fit irruption dans la pièce sans y avoir été invité.

— Lena, s'il te plaît, pour nous et surtout pour toi, lève-toi, lave-toi les cheveux et fais quelque chose ! lança-t-il. Tu n'iras pas mieux en passant ton temps à pleurer au lit !

Au lieu de répondre, je haussai le volume pour laisser Nilsson hurler sa souffrance et la mienne à la face du monde :

I can't liiiiiiive if living is without you
I can't liiiiiive, I can't give anymoooooore !

Ben s'approcha résolument de la table placée à côté du canapé et appuya sur la touche STOP du lecteur de CD :

— Secoue-toi, un peu, bon sang ! ordonna-t-il. Et arrête d'écouter cette merde ! Ce type chante comme un loup-garou pédé en rut ! Je ne le supporte pas plus que ton apitoiement sur toi-même !

Je m'assis, saisis le premier objet à ma portée (en l'occurrence, le malheureux M. Müller) et le lançai en direction de Ben.

— Je suis vraiment désolée d'être triste le jour de mon mariage foiré, abruti ! Je suis ravie pour toi que tu sois capable de te remettre de l'échec d'une relation, dis-je en soulignant ironiquement ce dernier mot, en un quart d'heure, mais il se trouve que chez moi, le processus est hélas plus long ! Et maintenant, sois gentil, FOUS-MOI LA PAIX !

Je regrettai presque ces paroles au souvenir de Franziska, car il lui avait sûrement fallu plus d'un quart d'heure pour se remettre de l'avoir perdue, mais je n'ajoutai rien et me rallongeai.

— Très bien, continue à gémir sur toi-même dans cette chambre qui pue le renfermé. Juli pleure comme une madeleine parce qu'elle avait tout organisé pour que nous fêtions ton anniversaire et Michel est si inquiet pour toi qu'il n'a pas mangé depuis mercredi, mais ne te gêne surtout pas pour nous !

Sur ces mots, il sortit de la chambre.

Je remis le lecteur de CD en marche et tirai la couverture sous mon nez. Ouf, il était parti ! Enfin la paix ! J'avais quand même de bonnes raisons de m'apitoyer sur moi-même, non ? Non ? Mais à l'idée que Juli pleurait… Je mordillai l'ongle de mon pouce en réfléchissant. Est-ce que Michel n'avait vraiment rien mangé depuis deux jours ? Ça ne lui ressemblait pourtant pas. Ce qui me rappela que je ne mangeais que de la glace et du chocolat et ne buvais que du vin rouge depuis un bout de temps. Ça ne me ferait sûrement pas de mal de prendre mon petit-déjeuner avec les autres, et ce serait un moyen de m'excuser auprès de Juli et Michel. Qu'une seule personne se sente au trente-sixième dessous ici était largement suffisant. En revanche, sortir était encore au-dessus de mes forces.

Je me levai péniblement et me demandai si je ne devrais pas m'habiller pour changer un peu. Je portais une vieille chemise de nuit de taille XXL et, malgré la température estivale, des chaussettes en laine. Et je n'avais pas pris de douche depuis mercredi. Un coup d'œil au miroir confirma mes appréhensions. Ma tête était à l'image de mon moral : merdique. Tant pis, décidai-je. Je passai mes pantoufles à tête de tigre et me traînai jusqu'à la cuisine.

Je fus accueillie par de joyeuses acclamations. Juli et Michel se campèrent devant moi, levèrent les bras au ciel et poussèrent des cris de joie comme si l'Allemagne venait de remporter la Coupe du monde. Juli ne paraissait pas avoir pleuré. J'aperçus Ben, qui se tenait derrière eux et me souriait avec effronterie. Je commençai à deviner qu'il y avait anguille sous roche.

— Pourquoi ne pleures-tu pas ? demandai-je sévèrement à Juli.

— Euh, eh bien, je… bafouilla-t-elle en évitant mon regard.

Je me tournai vers mon frère, qui tenait à la main un croissant au chocolat à demi entamé.

— Et toi, ça fait deux jours que tu n'as rien mangé, hein ? lançai-je.

Michel se contenta de hausser les épaules et mordit avec délice dans son croissant.

— Ciao, la manipulation, ça ne prend pas avec moi, grommelai-je, mais Juli me retint.

— Lena, je t'en prie, reste et prends le petit-déjeuner avec nous, dit-elle. C'est ton anniversaire malgré tout et nous voulons que ce jour-là soit pour toi aussi beau que possible.

— Je vous souhaite bien du plaisir, grinçai-je, mais je me laissai entraîner à contrecœur vers la table. Des fleurs fraîches encadraient mon assiette sur laquelle un visage en Smarties me souriait. Un gâteau d'anniversaire rose orné d'un 30 en crème chantilly trônait sur la table. La cuisine était décorée de guirlandes et de ballons. Je souris malgré moi.

— Oh, c'est vraiment gentil ! m'exclamai-je. Merci !

Michel ouvrit une bouteille de mousseux et nous servit.

— Voici le programme pour aujourd'hui, annonça-t-il. Pour commencer, cadeaux, petit-déjeuner et mousseux. Ben aura ensuite la gentillesse de nous emmener dans son carrosse au bord de l'Elbe, où nous pourrons nous balader, manger des grillades et nous la couler douce. Le soir, nous irons dans un bar de ton choix. Il est interdit de prononcer les mots suivants : mariage, Simon, trente ans, crise de panique à la perspective du célibat et « Non merci, plus d'alcool pour moi ce soir ». Alors, qu'est-ce que tu en dis ?

Je haussai les épaules.

— Du moment que je peux emporter mon CD de Nilsson, tout me va, déclarai-je.

— Ah non, pas ça ! s'écria Ben horrifié.

— Je plaisantais, répondis-je et, cette fois, j'eus moins de mal à sourire.

Ce fut vraiment une belle journée, bien meilleure que je ne l'aurais cru quelques heures plus tôt. Nous avons joué au foot au bord de l'Elbe avant de nous allonger sur des couvertures et de bavarder en regardant le fleuve. Je remarquai plus tard dans la journée que Juli et Michel s'étaient endormis blottis l'un contre l'autre. Ben faisait aussi la sieste. Je les observai tous les trois. La tignasse rousse de Juli s'étalait sur la poitrine de Michel, dont le T-shirt remontait un peu, découvrant son bedon velu qui avait quelque chose de touchant. Ils se tenaient par la main et paraissaient parfaitement heureux dans leur sommeil. Ben ronflait légèrement et je distinguais au-dessus de son œil la petite cicatrice de la blessure que Michel lui avait faite par accident quand ils avaient quatorze ans.

Mon regard se tourna vers le fleuve. Des bacs et des porte-containers filaient vers le port ou la mer du Nord en faisant déferler des vagues sur la plage. Une famille se promenait au bord de l'eau. Le père portait un petit garçon sur ses épaules, la mère et la fille pataugeaient dans l'eau et s'amusaient à s'éclabousser. Ils paraissaient si proches, si unis que j'en devins mélancolique et me demandai si je connaîtrais un jour cela : une famille qui serait la mienne. Pour l'instant, ça me paraissait plutôt mal parti. Je sentis une fois de plus les larmes me monter aux yeux, mais cette fois-ci, je me dominai. Je décidai que j'avais assez pleuré et je me frottai énergiquement les yeux.

Simon était un salaud, un minable qui m'avait brisé le cœur et ridiculisée devant tout le monde. Il ne méritait pas que je continue à pleurer toutes les larmes de mon corps pour lui. Je me levai et m'approchai du fleuve jusqu'au moment où je me retrouvai les pieds dans l'eau fraîche. Je retirai lentement de mon doigt ma bague de fiançailles et la contemplai. C'était un mince anneau d'or serti d'un diamant scintillant, une vraie bague de princesse.

Je ne peux pas me marier avec toi. Tu es plutôt… popote.

Je pris mon élan et lançai la bague le plus loin possible. Elle vola, retomba et disparut dans le fleuve avec un léger bruit. C'était fini, et bien fini. Je ne m'étais jamais sentie aussi seule qu'en cet instant.

Je cherchai du regard la famille et la reconnus au loin. Ils n'étaient plus que quelques points minuscules.

Je regagnai notre couverture, me rassis et, à la vue des trois personnes étendues à côté de moi, je compris que je n'étais pas seule. Ce que mes amis avaient fait pour moi ce jour-là, leur présence pendant toute cette semaine… j'avais vraiment de la chance de pouvoir compter sur eux.

Quelques heures plus tard, nous étions au comptoir de l'Aurel, notre bistrot favori à Ottensen. Michel et Juli s'embrassaient pendant que Ben et moi discutions des différences de goûts liées aux couleurs, conversation qui avait démarré quand j'avais affirmé que les ours gélifiés rouges étaient les meilleurs. Nous avions entamé un débat philosophique sur la question de savoir si l'être humain avait naturellement tendance à préférer les aliments colorés et, si tel était le cas, pourquoi il existait des ours gélifiés blancs. Nous nous étions alors découvert des affinités parce que j'aimais davantage les jaunes et les rouges, et Ben les orange et les verts, si bien que nous n'aurions pas besoin d'en venir aux mains pour partager un paquet.

Nous avons décidé d'arroser cette sympathie soudaine et imprévue à la Tequila Paf ! Nous avons abattu nos verres sur le comptoir et quand la tequila a moussé avec le Sprite, nous l'avons avalée cul sec. Alors que nous constations que notre aversion pour les aliments incolores ne comprenait pas l'alcool, je remarquai que Ben regardait par-dessus mon épaule quelque chose qui, visiblement, l'intéressait et le distrayait de notre échange. Déconcertée, je me retournai pour voir ce qu'il y avait de si fascinant derrière moi. Une femme, bien sûr. Au lieu de répondre quand je lui demandai s'il pensait comme moi que le goût des M&M's ne variait pas avec leurs couleurs, il adressa à cette gonzesse un sourire qu'il avait dû mettre au point devant son miroir tant il semblait artificiel.

J'étais ulcérée. Le jour de mon anniversaire, je pouvais quand même m'attendre à jouer le rôle principal ! Je claquai des doigts devant le nez de Ben.

— Ohé ! l'interpelai-je.

— Hein ? dit-il d'un air absent, sans détourner les yeux de sa proie.

— Je te parle !

— Oui, oui, je sais. Attends, je reviens tout de suite.

Sur ces mots, il sauta de son tabouret et se dirigea avec la démarche d'un Clint Eastwood vers sa cible. Non, mais quel culot !

J'allongeai un coup de coude à Juli. Michel et elle s'embrassaient comme deux écoliers en excursion scolaire, mais ils se décollèrent obligeamment.

— Qu'est-ce qu'il y a ? demanda Juli.

— J'ai besoin de compagnie, Ben est parti draguer, grommelai-je.

Il nous rejoignit après un long moment, le bras autour de la taille d'une jeune femme. Elle était immense, incroyablement mince et avec ses jambes de deux mètres, elle avait l'allure d'une girafe. Une girafe au visage de poupée, à la longue chevelure brune et aux yeux bleus. Il nous la présenta :

— C'est Vanessa.

Ben et Vanessa échangèrent quelques politesses avec nous, mais ils commencèrent bientôt à se tripoter. Il était clair que ce soir-là, deux personnes au moins ne rentreraient pas seules chez elles. Vanessa était la troisième gonzesse que Ben levait en une semaine. Il se prenait pour qui ? Tiger Woods ?

Un instant plus tard, Michel et Juli recommencèrent à s'embrasser. C'était vraiment merveilleux ! On draguait à ma gauche, on s'embrassait à ma droite et j'étais seule au milieu. Avec un soupir, je m'accoudai au comptoir et jouai avec ma bouteille de bière. Je compris avec une pointe de regret que nous pouvions dire adieu à Ben pour la soirée alors que, pour une fois, c'était vraiment sympa de bavarder avec lui.

Heureusement, Juli et Michel vinrent à mon secours quand ils en eurent fini avec leurs mamours. Nous décidâmes conjointement d'arrêter les frais et de rentrer à la maison.

Plus tard, une fois couchée, je me rendis compte que j'aurais dû être en train de danser pour fêter mon mariage, mais je refusai de céder au découragement. Je savais que ma vie ne suivait plus le cours que j'avais initialement prévu et qu'elle partait plutôt à la dérive. Néanmoins, je n'allais pas me laisser abattre pour autant! C'était l'occasion de repartir de zéro. Après tout, les jeunes filles des romans à l'eau de rose que je lisais étaient toujours abandonnées par leurs petits amis, mais tout finissait bien, alors pourquoi ce ne serait pas le cas pour moi aussi? Même si, bien évidemment, je n'avais rien d'une héroïne de roman féminin.

Bon, d'accord, j'étais une perdante-née, mais les gens étaient capables d'évoluer, non? Il ne manquait qu'un nouveau projet et une nouvelle Lena. Je ne voulais pas d'une petite vie bien tranquille. Je ne voulais pas passer le reste de ma vie à pleurer sur un canapé, ni à tout accepter sans mot dire, ni à être rejetée, ni surtout à me ridiculiser. Je ne souhaitais pas errer sans but dans la vie et, bon sang, je ne voulais pour rien au monde rester célibataire. C'est ainsi que je dressai mentalement un plan d'action en trois points:

1. Je chercherais un nouveau boulot, et pas n'importe lequel: un boulot de rêve dont personne ne me croirait capable. Je ferais une brillante carrière, parfaitement!
2. Je sortirais avec des hommes, mais pas n'importe lesquels: plus jamais d'histoires comme avec Udo! Et je finirais bien par trouver l'âme sœur, un homme intéressant, sensible et fidèle.
3. Lena la ratée était morte et enterrée: place à la nouvelle Lena!

Le nouvelle Lena se rendit dès lundi à l'Agence pour l'emploi pour s'inscrire au chômage et chercher un boulot. Mon idée était la suivante: je ne voulais plus travailler comme secrétaire. Non, je me voyais davantage dans les relations publiques. Bien sûr, j'avais interrompu mes études, mais pourquoi ne me donnerait-on pas la possibilité de faire un stage? J'en trouverais bien un. Et de nos jours, on était moins regardant sur les formations et les diplômes que par le passé.

Deux heures plus tard, quand je retrouvai la lumière du jour, j'avais perdu mes illusions. Je venais d'apprendre qu'à la suite de mon licenciement sans préavis, je ne pourrais pas toucher d'indemnités de chômage pendant trois mois.

— Mais vous pourrez toujours puiser dans vos économies, m'avait dit en guise de réconfort l'employé de l'agence. Quel humour ! Je me rappelai le compte ouvert pour la préparation de mon mariage. Cinq mille euros environ, qui allaient moisir dans la penderie de Juli sous la forme d'une robe de mariée de grand couturier, de souliers, de lingerie et de bijoux. Rien que cette connerie de jarretière bleue censée porter chance (ah, ah, ah !) m'avait coûté quatre-vingts euros chez un fournisseur hors de prix ! Mon pognon s'était fait la malle avec mon jules et mon logement.

Quant à ma carrière dans les relations publiques, l'aimable employé de l'Agence pour l'emploi m'avait ôté tout espoir, car, outre mes études interrompues, je n'avais aucun contact ni la moindre expérience dans cette branche. Il me recommanda donc chaudement de chercher un nouveau poste de secrétaire.

Je sentis venir un accès de panique, mais je me rappelai mon plan en trois points. Dans une situation pareille, l'ancienne Lena se serait peut-être ratatinée, mais la nouvelle allait inspirer à fond et envisager la situation avec objectivité. Donc, je ne toucherais pas d'indemnités de chômage. Très bien. Si ça ne marchait pas illico dans les relations publiques, je chercherais un boulot alimentaire. Je finirais bien par m'en sortir et, en attendant, je pouvais continuer à habiter en colocation, mais je ne retravaillerais à aucun prix comme secrétaire. Jamais plus. Et ce connard de l'Agence pour l'emploi pourrait raconter ce qu'il voudrait, je ferais carrière, point final ! Je rentrai chez moi la tête haute.

Les semaines suivantes, je fis vraiment tout pour trouver du travail dans une agence de relations publiques. J'écrivis lettre de candidature sur lettre de candidature, mais les rares réponses que je reçus étaient négatives.

Il ne me restait donc plus qu'à chercher un boulot temporaire, mais là aussi, c'était sans espoir. Je courus les cinémas, les théâtres, les studios de bronzage, les magasins de vidéos, les bars, les boutiques, les supermarchés, les restaurants et les stations-service, pour rien. Les seuls postes encore libres étaient des jobs à quatre cents euros, mais je cherchais plutôt un plein temps. Comme Jan, le gentil barman, me trottait toujours dans la tête, j'envisageai un instant de me faire embaucher au pub irlandais, mais je me revis alors en train de dégringoler de mon tabouret et de me saouler avec Udo et Thomas. Cette soirée restait horriblement gênante dans mon souvenir et j'étais sûre que Jan ne tiendrait pas particulièrement à me revoir, sans parler de travailler avec moi. Quel gâchis ! Rétrospectivement, je regrettais vraiment de ne pas avoir pu lui laisser une meilleure impression.

Un samedi matin de début juillet, je prenais mon petit-déjeuner avec Ben, Juli et Michel tout en lisant les annonces dans le journal.

— On cherche de la main-d'œuvre sur une plate-forme de forage en mer du Nord, annonçai-je soudain. Vous pensez que ce serait un boulot pour moi ? Je crois que c'est très bien payé.

— Mais bien sûr, notre petite Lena s'épanouirait comme une fleur au milieu de cent ex-taulards tatoués et bourrés du matin au soir, répondit Michel.

— Tu devrais essayer d'avoir un peu moins de préjugés, le repris-je sévèrement. Tu n'as aucune idée du genre de personnes qui travaillent sur une plate-forme de forage. Je pense que je pourrais très bien m'entendre avec eux.

— Toi, oui, intervint Ben en couvrant sa tartine d'une épaisse couche de Nutella, mais eux avec toi ? À force de t'entendre jacasser et les sermonner toute la sainte journée, ils se jetteraient à l'eau.

Je fis semblant de ne pas l'avoir entendu.

— Bon sang, il doit quand même bien y avoir quelque part un boulot fait pour moi ! déclarai-je.

Pendant notre conversation, Juli s'était plongée dans la rubrique immobilière du journal du soir.

— Michel, je crois que j'ai trouvé ! s'écria-t-elle soudain en montrant une annonce.

Michel prit le journal pour la lire.

— Je les appelle tout de suite ! dit-il résolument avant de sortir de la cuisine suivi de Juli, tandis que Ben et moi échangions un regard en silence.

J'évitais d'y penser depuis quelque temps, mais il fallait regarder les choses en face : Michel et Juli voulaient vivre seuls et cherchaient un nouvel appartement. Bien sûr, c'était merveilleux et je m'en réjouissais pour eux, mais en même temps, cette idée m'inquiétait. Même si Ben et moi n'en avions pas encore parlé, je supposais que mes jours chez lui étaient désormais comptés. Je savais bien que ce logement n'était qu'un dépannage, mais je n'avais toujours pas les moyens de payer un loyer. Je serais donc obligée de retourner vivre chez mes parents, car je ne voulais pas déranger Juli et Michel. Après tout, s'ils déménageaient, c'était pour être seuls. Bien entendu, je pouvais chercher une autre colocation, mais premièrement, je n'avais pas de quoi payer le loyer, et deuxièmement, on ne savait jamais sur qui on pouvait tomber. Si je devais cohabiter avec deux ou trois Ben, je me flinguerais. Ici, au moins, je n'en avais qu'un et c'était suffisant.

— C'est vraiment moche qu'ils s'en aillent, je trouve… pas toi ? demanda-t-il, le regard sombre.

— Oui, bien sûr, mais on ne peut rien y changer, répondis-je. Réjouis-toi plutôt pour eux.

— Je n'ai aucune raison de me réjouir, affirma-t-il d'un air buté.

Je fus surprise, car Ben n'était pas du genre à montrer ses sentiments.

— Regarde le bon côté des choses : tu pourras dégotter une nouvelle colocataire super sexy. Vanessa pourrait venir vivre ici… ou comment s'appelle-t-elle, déjà ? demandai-je.

Ben se frotta le menton d'un air pensif.

— Oui, c'est un argument, accorda-t-il. Mais qu'est-ce que je ferais de toi si une nouvelle colocataire super sexy et Vanessa venaient vivre ici ?

— De moi ?

— De toi, oui.

— Je ne pensais pas que tu... je veux dire, je croyais que tu ne voudrais jamais...

Ben leva les yeux au ciel.

— Lena, tu crois vraiment que je te mettrais dehors dans ta situation ? Non, je suis quand même capable de te supporter encore un moment, répondit-il.

Juli réapparut, rayonnante.

— Nous pouvons visiter l'appartement cet après-midi ! annonça-t-elle. Il a l'air fantastique et il est à deux pas d'ici. Souhaitez-nous bonne chance ! Si seulement ça pouvait marcher, dit-elle d'un air rêveur. Ce serait la première fois que nous aurions un appartement rien qu'à nous.

À midi, nous sommes partis ensemble. Juli et Michel allaient visiter le logement, Ben était de garde et je repartais à la recherche d'un boulot. J'eus aussi peu de succès que les fois précédentes. Sur le chemin du retour, je décidai d'améliorer mes démarches auprès des agences de relations publiques. La documentation dont je disposais pour ma recherche d'emploi datait d'il y a six ans, peut-être était-ce l'une des raisons de mes échecs à répétition. Il était temps de me remettre à jour, avec l'aide de quelques guides pratiques. J'avais repéré une petite librairie de livres d'occasion dans le voisinage. Je n'avais jamais éprouvé le besoin de m'y rendre, mais peut-être qu'avec un peu de chance j'y trouverais ce qu'il me fallait.

Un instant plus tard, je me tenais devant l'entrée surmontée d'un panneau sur lequel était écrit : « Librairie Jansen : achat et vente ». La vitrine du magasin était recouverte d'une feuille de plastique orange, probablement pour préserver les livres qui y étaient exposés. Je me demandais néanmoins ce qui valait la peine d'être protégé, car ces ouvrages, visiblement en piteux état, étaient entassés n'importe comment.

L'ensemble n'avait rien de prometteur, mais je pensai à mes pieds endoloris par mes recherches de travail et au quart d'heure de marche jusqu'à la grande librairie la plus proche. J'entrai donc en me disant que ça ne me coûterait rien d'essayer. Je remarquai d'abord le linoléum, qui ressemblait beaucoup à celui de l'Agence pour l'emploi. L'intérieur était sombre, étouffant et bourré jusqu'au plafond de vieux bouquins usés. J'essayai de m'orienter entre les rayons sans pouvoir, malgré la meilleure volonté du monde, repérer un quelconque ordre dans leur disposition. Guides pratiques, romans d'amour, littérature fantastique, littérature tout court, tout était pêle-mêle. Je cherchai du regard quelqu'un pour m'aider, sans découvrir âme qui vive. Je repérai derrière le comptoir une porte dont l'ouverture était masquée par un affreux rideau de perles en bois.

— Bonjour ! Il y a quelqu'un ? lançai-je dans cette direction en me demandant si je ne ferais pas mieux de repartir.

Je perçus un grognement indistinct suivi du raclement d'une chaise sur le sol. Un instant plus tard, le rideau de perles fut poussé sur le côté et je me retrouvai face à un homme d'environ soixante-dix ans au front creusé de rides profondes.

— C'est fermé, me dit-il d'une voix donnant l'impression qu'il n'avait pas prononcé un mot depuis une éternité. Derrière d'épais verres de lunettes étincelaient ses yeux gris à l'expression redoutable.

Mon premier réflexe fut de détaler, car cet homme semblait surgir d'outre-tombe, mais je pensai à la nouvelle Lena qui ne se laissait pas intimider si facilement.

— Que je suis bête ! ironisai-je. Quand je suis entrée, j'ai cru que c'était ouvert !

— Qu'est-ce que tu veux ? demanda-t-il, les lèvres pincées.

— Acheter un livre.

— Fais ton choix, ce n'est pas ce qui manque ici.

— Où sont vos guides pour la recherche d'emploi ?

— Aucune idée. Il doit y en avoir un de 1984 quelque part. Tu n'as qu'à chercher.

— Il m'en faut un plus récent.

— Ici, on vend des livres d'occasion, alors tu crois vraiment qu'on a des guides récents ?

Je considérai le bazar qui nous entourait.

— Non, pas vraiment, répondis-je. Eh bien, au revoir. Merci pour votre aide et pour votre aimable accueil.

Nouvelle Lena ou pas, je n'avais aucune raison de m'attarder ici. Je tournai les talons et me dirigeai vers la sortie. Mon regard tomba alors sur une feuille de format A4 fixée à la porte sur laquelle je lus en caractères d'imprimerie : RECHERCHONS EMPLOYÉ, et je m'arrêtai net.

— C'est vous qui avez mis ça ? Vous recherchez un employé ? demandai-je à l'homme en montrant la feuille.

Il me toisa.

— Ça se pourrait, répondit-il au bout d'un siècle ou presque.

J'observai ce vieil ours qui aurait été parfait dans le rôle du méchant dans un film d'Edgar Wallace, puis le chaos crasseux du magasin. J'étais peut-être découragée, mais quand même pas à ce point !

— Dans ce cas, je suis preneuse, m'entendis-je déclarer avec mon plus aimable sourire.

J'étais apparemment à la dernière extrémité.

— Non, non, ça ne va pas, dit l'homme, tandis que les rides de son front se creusaient davantage.

— Pourquoi ? Vous avez déjà trouvé quelqu'un ?

— Non.

Je regardai de nouveau la feuille, qui n'était visiblement pas là depuis la veille.

— C'est décidément notre jour de chance, affirmai-je, certaine qu'il me contredirait.

— Six euros cinquante de l'heure, pas un centime de plus, grommela-t-il. Et quarante heures par semaine.

Je fis un rapide calcul mental. Ce salaire ressemblait à une mauvaise plaisanterie, mais c'était toujours mieux que rien.

— Super ! m'exclamai-je, et je lui tendis la main. Au fait, je m'appelle Lena Klein.

— Otto Jansen, répondit-il en serrant ma main. À lundi, alors. Et dès que je trouve une libraire, tu es virée.

— Pareil pour moi, dès que j'ai un boulot dans les relations publiques, je me tire.

— C'est de bonne guerre.

J'arrachai la feuille et la lui fourrai dans la main.

— À lundi. Mais vous auriez mieux fait de coller cette feuille de l'autre côté de la porte, pour qu'on la voie de la rue : peut-être qu'ainsi vous auriez eu d'autres candidats pour ce boulot.

— T'es vraiment une petite futée, toi, répondit-il, les yeux plissés. Mais mets-toi ça dans le crâne dès maintenant : personne ne me dit ce que je dois faire !

— Pas de problème, ce n'est vraiment pas mon genre.

Sur ces mots, je sortis et remontai la rue, toute joyeuse. J'aurais bien sautillé de-ci, de-là si j'avais pu, et c'est d'ailleurs ce que je fis dès que je fus sûre que personne ne me voyait. Un boulot ! J'avais un boulot ! Bon, je n'avais pas décroché la timbale, bien sûr, mais je pourrais au moins m'en sortir. Je commençais à remonter la pente.

Chapitre 6

Où je découvre que je suis un petit bâtard ébouriffé et décide de devenir aussi racée qu'un dalmatien.

Tout n'allait pas pour le mieux dans mon nouveau boulot, alors que j'avais été si contente de le décrocher! Après plusieurs semaines de chômage, je me réjouissais vraiment d'avoir enfin retrouvé du travail, et dans une librairie qui plus est, car j'adorais les livres et les librairies.

Au contraire de mon employeur. Otto Jansen ne montrait aucun intérêt pour les livres qu'il avait en magasin. J'avais même la très nette impression qu'il se moquait complètement d'en vendre et d'en acheter. Son magasin était tout simplement déprimant.

Ce n'était pas du tout ainsi que j'avais imaginé le travail dans une librairie. Alors que je restais debout à en avoir mal aux pieds dans l'attente toujours vaine de clients, Otto passait ses journées dans l'arrière-boutique à écrire je ne savais quoi sur des cahiers de brouillon usés. C'était ce qu'il appelait de la comptabilité. Je me demandais ce qu'il pouvait bien noter, car on ne pouvait pas dire que nous réalisions un chiffre d'affaires élevé. Au cours de mes trois premiers jours de travail, la librairie eut cinq clients qui s'étaient probablement égarés et qui tous, sans exception, voulaient vendre des livres au lieu d'en acheter. La question de savoir comment Otto me rémunérerait et à quoi je pouvais bien lui être utile demeurait pour moi un mystère. Il était certain que je ne le déchargeais pas d'une partie de son travail, car il était impossible de prétendre qu'il était débordé.

Pendant mes pauses le midi, j'essayais vaillamment de sympathiser avec lui, mais c'était peine perdue. Il se retranchait dans son arrière-boutique, le nez dans ses cahiers. Le troisième jour, je décidai de passer à l'offensive. Je sortis mon casse-croûte de mon sac, entrai dans l'arrière-boutique et m'assis sur le canapé en soulevant un nuage de poussière. Quand ce dernier fut retombé et ma quinte de toux calmée, je déballai mon casse-croûte et mordis dedans.

— Toi aussi, tu as apporté à manger ? demandai-je à Otto.

— Non, je ne mange pas pendant la journée, répondit-il sans lever les yeux de son cahier.

J'examinai ses vêtements, qui paraissaient trop grands de deux tailles, et en conclus qu'il devait jeûner en permanence. Il semblait considérer ce chapitre comme clos, mais je ne lâchais pas prise aussi facilement. Je fis un nouvel essai de conversation.

— Dis-moi, Otto, depuis combien de temps possèdes-tu ce magasin ?

— Depuis toujours. Il est dans ma famille depuis quatre générations.

— Tu voulais donc déjà devenir libraire quand tu étais petit ?

Silence. Depuis que j'étais assise sur ce canapé, Otto ne m'avait pas regardée une seule fois. Haut les cœurs, Lena, on ne se laisse pas abattre !

— Simon, mon fiancé, m'a quittée, lui confiai-je. Nous devions nous marier il y a six semaines. Enfin, comme je l'ai compris par la suite, en réalité, j'étais la seule à le vouloir pendant qu'il tombait amoureux d'une autre.

Otto ne réagit pas et continua à écrire sur son cahier.

— Je me dis parfois que ça va et que je l'ai presque oublié, mais alors tout me revient d'un seul coup et je peux pleurer pendant des heures, poursuivis-je.

Silence.

— Ben dit que je devrais arrêter de pleurer sur moi-même parce que ça n'arrangera rien.

— Ce Ben a l'air d'avoir quelque chose dans le crâne, grommela Otto. Ta pause-déjeuner n'est-elle pas finie ?

Un coup d'œil à l'horloge m'apprit que j'étais assise sur ce canapé depuis un quart d'heure seulement.

— Non, j'ai encore trois quarts d'heure, annonçai-je, et il poussa un gémissement.

C'est ainsi que se déroulèrent mes premières journées de travail. Je me félicitais que ce soit un boulot temporaire, car j'étais sûre de ne pas pouvoir tenir plus de quelques semaines !

Le soir, de retour chez moi, je travaillais sur mes candidatures auprès des agences de relations publiques. J'avais entre-temps acheté dans une vraie librairie un guide pratique grâce auquel je mettais au point un CV. Dès qu'il serait prêt, je rédigerais mes lettres de candidature, qui devaient naturellement être impeccables. Je devrais me présenter telle que je n'étais pas (encore) : originale, pleine d'assurance, ambitieuse et capable de m'imposer.

Ces réflexions me ramenèrent au troisième point de mon plan d'action, à savoir la transformation de ma personnalité. Dans ce but, je dressai la liste suivante :

Transformation : acquérir une nouvelle personnalité

	Ancienne Lena	Nouvelle Lena	Comment se transformer de l'une en l'autre
a)	ennuyeuse	intéressante	Hobbies originaux : saut en parachute, saut à l'élastique (pb : vaincre vertige), boxe française, yoga/tai-chi, etc.
b)	popote	sexy	Nouveau look (vêtements, coiffure). Découvrir ce qui fait craquer les mecs. Faire du sport.

c)	quelconque	gagnante, ambitieuse	Décrocher un boulot dans les relations publiques.
d)	peu sûre d'elle	pleine d'assurance	????????? Viendra peut-être tout seul, quand a), b) et c) seront réglés.
e)	manquant de naturel	spontanée	Agir de manière 100 % spontanée (à mettre au point).

Après examen de mon œuvre, j'estimai que le plus simple serait de m'attaquer à l'extérieur pour commencer. Je décidai donc de consacrer tous mes efforts au b), à savoir comment devenir sexy et irrésistible.

Je ne voulais pas demander conseil à Juli, ni me fier à mes propres théories, mais apprendre directement d'un homme ce qui attirait les hommes. Et comme je ne pouvais m'adresser ni à mon frère ni à Otto et n'avais pas d'autres amis, il ne me restait plus que Ben, même si je ne pouvais pas vraiment le considérer comme un ami. Mais au fond, qui pouvait être mieux placé pour me renseigner que ce cavaleur ?

L'occasion de le sonder se présenta dès le lendemain soir. Juli et Michel étaient sortis et il allait passer la soirée vautré sur le canapé de la salle de séjour, à lire un manuel de médecine. Je dus faire preuve d'éloquence, mais je parvins finalement à le convaincre d'aller prendre une bière « entre potes » avec moi à l'Aurel. Le bar était comme toujours bien rempli et nous avons eu du mal à trouver deux places libres.

— Je paie une tournée, annonçai-je gaiement, et j'allai commander deux Astra au comptoir. Mais quand je voulus payer, je découvris que mon porte-monnaie ne contenait plus que vingt-trois cents. Et merde !

— Euh… Ben ? Tu peux me prêter cinq euros ?

Ben secoua la tête.

— Tu as un sacré culot, commenta-t-il avant de payer.

Après avoir trinqué avec lui et bu une première gorgée, je décidai que le moment était venu de prendre le taureau par les cornes. Je rassemblai mon courage.

— Ben, est-ce que tu pourrais me rendre un service?

Il détourna les yeux du derrière d'une jolie brune et m'adressa un regard surpris.

— Moi? Quel genre de service?

Je m'éclaircis la gorge.

— Voilà, dis-je. J'ai dressé un plan en trois points pour repartir du bon pied dans la vie: premièrement, dégotter un super nouveau boulot, deuxièmement, me trouver un nouveau mec, et troisièmement, acquérir une nouvelle personnalité. Avant de m'attaquer au deux, je voudrais d'abord travailler le trois. Le trois devrait donc être le deux sur ma liste, mais je n'y avais pas vraiment réfléchi quand j'ai fait mon plan et c'est pour ça que le deux est maintenant le trois. En fait, ça ne change rien, parce que les points de cette liste peuvent être pris dans n'importe quel ordre.

— Pourrais-tu en venir au fait? m'interrompit Ben.

— D'accord. Voilà... il faut absolument que je devienne sexy et irrésistible pour trouver un homme qui sera heureux avec moi jusqu'à la mort, parce que si je ne suis ni sexy ni irrésistible, rebelote, il tombera amoureux d'une autre.

Embarrassée, je tripotais l'étiquette de ma bouteille d'Astra. J'attendais une réaction, mais Ben se taisait. Au bout d'un moment, je m'impatientai et levai les yeux vers lui. Ses yeux sombres m'observaient avec une expression pensive.

— Ah bon, lâcha-t-il enfin. Et en quoi puis-je t'aider?

— Tu pourrais me donner quelques conseils pour réussir... je veux dire, est-ce que toi, tu me draguerais?

Il parut trouver cette idée très drôle, car il éclata de rire.

— Lena, je te connais depuis des siècles, il est évident que je ne te draguerais pas. Et même si ça me prenait, tu me mettrais ton poing dans la gueule!

— Oui, bien sûr, mais si tu ne me connaissais pas?

Il m'examina de la tête aux pieds.

— Probablement pas, répondit-il finalement.

— Tu vois ? Quand nous sommes entrés ici, personne ne s'est retourné pour me regarder ou ne m'a suivie des yeux. Et jamais, je dis bien jamais, un type ne m'adresse la parole. Pourquoi ?

Ben poussa un soupir.

— Eh bien, dit-il en me regardant bien en face, je crois que ça vient de ta gentillesse de petit chien.

— De ma quoi ?

— Tu es gentille tout plein et un peu pataude, alors, tu comprends, on a plus envie de te moucher le nez que de te culbuter.

Je déglutis.

— Regarde tes vêtements, par exemple, poursuivit-il impitoyablement en palpant le haut de mon corps comme un vigile à l'entrée d'un stade de foot. Cette espèce de tunique géante. Y a-t-il un corps là-dedans ?

Il me pinça les flancs, puis jeta un coup d'œil à l'intérieur de ma tunique, que je trouvais personnellement très jolie.

— Eh, ça va pas, non ? lançai-je en repoussant ses mains.

Il plaqua sa main sur sa bouche d'un air effaré.

— Dis-moi, depuis quand as-tu des seins ? demanda-t-il.

Je ne pus m'empêcher de rire.

— Ça t'étonne, hein ? Permets-moi de faire les présentations : ceci est ma poitrine, dis-je en montrant mes seins. Mes seins, je vous présente Ben, mais vous pouvez l'oublier, car c'est la première et la dernière fois que vous le voyez.

Ben rit à son tour.

— Je ne serai pas le seul, s'ils restent aussi bien cachés, ils ne verront jamais personne, observa-t-il.

— D'accord, j'ai compris. Quoi d'autre ?

Ben but une gorgée de bière et réfléchit un instant.

— Comment t'expliquer ? dit-il.

Il parcourut la salle du regard et parut soudain avoir une idée. Il me montra une femme très élégante assise à une table, ses longues jambes croisées. À côté de sa chaise était allongé un dalmatien racé.

— Regarde cette femme, reprit-il. Elle est comme le dalmatien couché à côté d'elle.

— Quoi ? Tu ne vas quand même pas comparer cette femme à un chien ?

— Et toi, poursuivit Ben sans se démonter, tu es comme l'autre chien.

Parce qu'il y en avait un autre ? Je le cherchai des yeux et en effet, il y en avait bien un, un petit bâtard ébouriffé, assis à côté du dalmatien. Il serrait une balle entre ses mâchoires et essayait de jouer avec son ami plus grand qui l'ignorait dédaigneusement.

— Tu dérailles ou quoi ? Tu me prends pour un petit bâtard galeux ? m'exclamai-je, outrée.

— Je ne le dirais pas aussi crûment, mais en gros, c'est ça.

— Alors je devrais… C'est vraiment trop drôle mais bon, je devrais ressembler au dalmatien ?

— Exactement. Essaie donc.

— Mais je ne peux pas faire ça !

— Pourquoi ? Qu'est-ce qui t'en empêche ? Enlève cette tunique géante et tiens-toi autrement.

Mais je me contentai de croiser les bras devant ma poitrine.

— Allez, remue-toi un peu, m'exhorta-t-il, impatienté.

— Ben Feldhaus, il est hors de question que je me déshabille ici !

— Lena Klein, tout ça, c'était ton idée, alors retire cette tunique, bon sang, ou c'est moi qui vais m'en charger !

J'imaginai soudain que Ben retirait ma tunique et la jetait à terre avant de m'attirer à lui, de m'embrasser… Mais d'où me venaient des idées pareilles ? Effrayée, je détournai les yeux et me mis à examiner mes ongles. J'observai à la dérobée Ben, qui se passait la main dans les cheveux, puis avalait une goulée de bière.

— Bon, comme tu voudras, dis-je enfin pour détendre l'atmosphère étrangement électrique, et j'ôtai ma tunique pour me retrouver en débardeur. Et maintenant ? demandai-je.

— La tête droite, la poitrine dégagée et l'air assuré, ordonna Ben.

Je m'exécutai.

— Tu as l'air plus exaspérée que sûre de toi, me réprimanda-t-il.

— C'est toi qui m'agaces ! C'est complètement con ce que tu me demandes de faire !

— Pas du tout, regarde : tu en as déjà ferré un.

— Quoi ? Où ?

Je regardai autour de moi et, en effet, un jeune homme debout au comptoir, à quelques mètres de nous, m'observait avec intérêt.

— Et maintenant ? soufflai-je à Ben.

— Pense au dalmatien : sois altière et élégante.

Je rejetai mes cheveux en arrière le plus élégamment possible. Le jeune homme sourit. Ça alors ! Ça marchait ! Je lui adressai un sourire radieux. Ben poussa un gémissement.

— Non, là, tu en fais vraiment trop, dit-il en me désignant du menton le bâtard qui s'ébrouait sans façon.

Le type au bar se détourna et recommença à bavarder avec son pote.

— Merde alors !

— Ne t'en fait pas, me rassura Ben, les yeux fixés sur le dalmatien. Tu ne te débrouilles pas si mal.

Au bout d'un instant, je remarquai que Ben paraissait fasciné par le chien, il ne pouvait littéralement plus en détacher ses yeux. C'était curieux, je n'aurais jamais cru qu'il aimait autant les bêtes.

— Tu as d'autres questions ? demanda-t-il enfin.

— Non, j'ai compris le principe de base. Je peux me mettre au travail.

— C'est donc fini pour aujourd'hui ? insista-t-il en balançant nerveusement la jambe.

— Je pense que oui. Pourquoi ?

Il se leva et me tapa sur l'épaule.

— Dans ce cas, à partir de maintenant, c'est chacun pour soi. Bonne chance, petite casse-pieds ! déclara-t-il en se levant, et il marcha d'un pas résolu vers la table de la dame aux deux chiens.

Des écailles me tombèrent des yeux. Bien entendu, ce n'était pas les chiens qu'il observait, mais leur séduisante propriétaire ! Il lui adressa son sourire le plus enjôleur et lui dit quelque chose en montrant les chiens. Elle rit et l'invita à s'asseoir à sa table.

Quel enfoiré ! Ça faisait déjà deux fois qu'il me laissait choir devant un comptoir pour aller draguer. Je revêtis ma tunique, finis ma bière et me dirigeai vers la sortie. J'envisageai un instant de mettre en garde contre lui la femme au dalmatien, mais je me dis que quand on se laisse séduire par quelqu'un comme Ben, on ne peut s'en prendre qu'à soi-même.

Du moins m'avait-il ouvert les yeux. Voilà ce que Simon entendait par « popote » : j'étais un minable petit bâtard. Merveilleux ! J'avais du pain sur la planche.

Au cours des semaines suivantes, je nettoyai la librairie de fond en comble, faute d'autre occupation. Dépoussiérée, elle paraissait moins rébarbative, mais je savais qu'il faudrait prendre des mesures bien plus radicales pour attirer le chaland. Sans l'argent de la clientèle, dont nous avions besoin de toute urgence, je pourrais bientôt dire adieu à mon nouveau boulot.

Alors que je récurais le sol dans un coin du magasin, je remarquai que le linoléum s'était un peu décollé. Quand je le soulevai, j'eus la surprise de découvrir les lattes d'un plancher. Tout en rangeant le balai-brosse dans le placard, je me renseignai auprès d'Otto, qui était comme d'habitude assis dans l'arrière-boutique devant ses cahiers.

— Dis donc, Otto, est-ce qu'il y a du plancher partout sous le linoléum ?

— Oui, pourquoi ?

— Pourquoi l'as-tu recouvert de cet horrible linoléum ?

— Parce qu'il n'était plus beau, mais crasseux et tout rayé.

— Mais on peut le nettoyer, le poncer et le revernir !

— Pas le temps.

— Si tu ne passais pas tes journées le nez dans ces cahiers, tu aurais le temps de faire quelque chose de ce magasin !

ripostai-je en claquant la porte du placard. Alors peut-être que quelques clients viendraient et sans doute, *vade retro*, gagnerais-tu un peu d'argent.

Les rides se creusèrent sur le front d'Otto.

— Je t'ai déjà dit de ne pas me faire la leçon ! lança-t-il.

— Pourquoi laisses-tu ce magasin moisir ? Je ne comprends pas !

Mais Otto se replongea dans ses cahiers sans répondre. Il m'était arrivé une fois ou deux de jeter un coup d'œil en douce par-dessus son épaule, et j'avais découvert une chose surprenante : il ne faisait pas de comptabilité. Il semblait plutôt écrire un journal intime. L'une de ses notes commençait par : « Ma chère Karin ». Était-ce le nom qu'il avait donné à son journal ? Non, ça ne lui ressemblait vraiment pas. Puis je me dis que, au fond, ça m'était bien égal, ce qu'il fabriquait et ce que sa baraque pouvait devenir.

La seule lueur dans ma routine de travail plutôt morne était les voisins de la librairie. À sa gauche se trouvait L'Incroyable, un petit magasin de vêtements de styliste dans lequel on vendait des fringues vraiment chouettes, à la fois classe, sobres et sexy. Tout à fait dans le style de la nouvelle Lena, mais hélas beaucoup trop chères. J'écrasais mon nez contre la vitrine une fois par jour au minimum. Au bout d'une semaine, une femme sortit de la boutique.

— Salut, me dit-elle amicalement. Dis-moi, je te vois souvent par ici depuis une semaine. Tu travailles chez Otto ?

J'étais en admiration devant elle. Elle devait avoir la quarantaine, mais elle avait le corps d'une femme de vingt ans et elle était très belle. Je la regardais avec envie. Même à seize ans, je n'avais jamais eu un corps pareil.

— Oui, répondis-je.

Elle siffla entre ses dents.

— Comment fais-tu ? demanda-t-elle. Au fait, reprit-elle avant que j'aie eu le temps de répondre, je m'appelle Susanne et ce magasin est à moi.

— Je m'appelle Lena.

— Bienvenue dans le voisinage, Lena. Ça te dirait qu'on aille prendre un pot ce soir chez Rüdiger ? demanda-t-elle en montrant le café situé à droite de la librairie. Je te garantis qu'il fait les meilleurs gâteaux au chocolat de la terre.

À partir de ce jour, nous nous sommes retrouvées presque tous les soirs chez Rüdiger. Susanne et lui étaient amis et ils m'accueillirent à bras ouverts. Rüdiger avait travaillé dans la banque avant d'investir toutes ses économies dans ce café. Il refusait obstinément de nous laisser, Susanne et moi, payer les cafés au lait et les parts de gâteau au chocolat que nous consommions chez lui.

— On ne prend pas l'argent de ses voisins, répétait-il.

— Je n'arrive pas à croire que tu aies été banquier autrefois, dis-je un soir en secouant la tête, après avoir encore tenté en vain de régler mon café.

— Autrefois est le mot à retenir, déclara Rüdiger. Maintenant, je peux gaspiller l'argent qui me passe entre les mains à mon gré et la conscience tranquille.

— Tu le faisais déjà avant, sauf que c'était celui des autres, intervint Susanne.

Je me liai également d'amitié avec Sergueï, un musicien de rue qui restait souvent assis sur un banc de la place et chantait les chants russes les plus mélancoliques qui puissent exister. Dès que j'avais une minute de libre, je venais m'asseoir près de lui pour l'écouter. Je trouvais cette musique déchirante. Même si je ne comprenais pas un mot de ces chansons, j'avais toujours l'impression qu'elles parlaient de moi, de ma vie et de mes chagrins. Quand je demandais à Sergueï de quoi il était question, il me répondait avec son accent russe : « D'amour, Lena. C'est toujours d'amour qu'il s'agit. »

La recherche d'appartement de Juli et Michel était terminée fin septembre. Après seulement quelques visites, ils avaient eu la chance de trouver un très beau trois pièces à Ottensen. Il était à dix minutes à pied de Carmenstrasse et en me penchant un peu par la fenêtre de la salle de bains, je pouvais même, avec beaucoup d'imagination, apercevoir leur immeuble.

Ben et moi les avions aidés dans leurs travaux de rénovation, pour repeindre et monter des meubles. Nous leur avions aussi donné un coup de main le jour du déménagement. Nous avions descendu leurs vêtements du cinquième étage de notre immeuble pour les embarquer dans leur camionnette de location et les monter ensuite au quatrième étage.

Le soir, nous nous étions assis, épuisés, devant un Döner et une bière chez Kemal, dont le kiosque se situait à mi-chemin de nos deux appartements. Nous redoutions la fin de la soirée, car ce serait aussi la fin de notre vie ensemble dans l'appartement de Carmenstrasse. Maintenant, je n'avais plus l'impression d'être de passage dans ce logement. C'était devenu mon chez-moi. Le seul point positif du départ de Juli et Michel était que j'avais pu reprendre leur grande chambre. Et, grâce à la générosité de Ben, à un prix symbolique pour le marché immobilier de Hambourg.

À la fin de notre dîner, Michel se leva en entraînant Juli qui, comme moi, avait du mal à partir.

— Salut, les copains, dit-il. Désormais, chacun de nous va son chemin.

— Ne dis pas ça, Michel! protesta Juli. Ça semble vraiment trop définitif!

Nous nous sommes levés pour nous dire au revoir, mais nous piétinions, gênés, et personne ne savait comment en finir.

— Ça faisait une paie, dit Ben à Michel.

— Presque dix ans, approuva mon frère.

Ils restaient face à face, déconcertés, et puis ils se serrèrent rapidement dans les bras l'un de l'autre en se donnant des tapes dans le dos.

Juli avait les larmes aux yeux et moi le cœur gros. Nous nous sommes embrassés une dernière fois en nous donnant rendez-vous à l'Aurel le lundi soir, avant de repartir dans des directions opposées.

De retour chez nous, Ben et moi avons décidé de boire une dernière bière sur la terrasse. Nous nous sommes affalés sur la balancelle, occupée d'habitude par Juli et Michel, et nous avons trinqué.

— Eh oui, déclara Ben. Nous voilà seuls !

— Ils grandissent si vite ! plaisantai-je.

— Mais nous n'avons pas le droit de les retenir, déclama théâtralement Ben en portant la main à son cœur. Nous devons les laisser aller leur chemin.

— Et s'ils nous aiment vraiment, ils reviendront toujours nous voir.

Nous avons réussi à garder notre sérieux un instant avant d'éclater de rire. Le saxophone jouait de nouveau « Moon River » dans le lointain, comme tous les soirs que nous passions sur la terrasse.

— Mais qui c'est, au fait ? Il ne pourrait pas jouer autre chose ? demandai-je, un peu agacée.

— C'est Mario. Il habite à côté, expliqua Ben. Mario ! brailla-t-il dans la nuit. La dame aimerait bien que tu joues autre chose !

— Va te faire foutre ! fut la réponse et, un instant plus tard, « Moon River » reprit depuis le début.

— Mario ne sait jouer que « Moon River », commenta Ben.

Je poussai un soupir.

— C'est toujours mieux qu'Anton le Tirolien, conclus-je.

Nous avons gardé le silence pendant un moment et siroté nos bières en nous balançant.

— Que devient Vanessa ? demandai-je tout à coup, car je venais de remarquer que nous ne l'avions pas vue depuis un certain temps.

— Je n'en sais rien. Elle va sûrement bien.

— Je vois, tu lui as donné son congé.

Ben repoussa le sol du pied, imprimant un mouvement énergique à la balancelle.

— En fait, nous n'avions pas la même idée de la manière dont notre relation devait se poursuivre, dit-il.

— Ah bon ? Elle était fidèle ? gloussai-je.

— Elle voulait que je rencontre ses parents, répondit Ben en donnant un nouvel élan à la balancelle. Ses parents, tu te rends compte ! J'aurais apporté des pralines à sa mère, installé les nouvelles étagères avec son père, nous nous serions ensuite tenus par la main en chantant « Kumbayah Mylord », et puis quoi encore ?

— Mon pauvre, tu as vraiment un problème relationnel, déclarai-je en hochant la tête. Je ne pourrais jamais sortir avec un mec comme toi !

Ben haussa les sourcils.

— Où as-tu pêché l'idée que je pourrais, même de manière purement hypothétique, envisager d'avoir une gonzesse comme toi ? Tu n'es vraiment pas mon genre.

Je sais que c'était bête, mais ses paroles me donnèrent un pincement au cœur. Néanmoins, je parvins à sourire et à répondre sur un ton léger.

— Tu ne pourrais rien envisager parce que tu sais que je suis beaucoup trop bien pour toi, lançai-je.

Ben rit, mais ne répondit rien. Une idée me vint soudain.

— C'est à cause d'elle, hein ? À cause de Franziska ? Toutes ces femmes dont tu te fiches complètement ? C'est de sa faute si tu les plaques au bout de trois mois maximum, pour leur couper l'herbe sous le pied.

Ben se leva.

— Sois gentille, laisse tomber cette psychologie de bazar, dit-il. Je ne vais pas me laisser psychanalyser par quelqu'un qui avait encore besoin de stabilisateurs sur son vélo à treize ans.

Il s'approcha de la glacière et en sortit deux bières. J'en pris une.

— Tu tiens vraiment à parler de vélo avec moi, Ben ? Après tout, c'est toi qui m'as traumatisée, déclarai-je.

— Moi ? demanda-t-il en se laissant retomber sur la balancelle. Comment ça ?

— Comme ça, répondis-je en lui montrant la paume de ma main barrée d'une cicatrice. Tu m'as estropiée !

Il prit ma main et l'examina.

— C'était un accident et ça remonte à vingt-cinq ans, je te le rappelle ! déclara-t-il.

— Non, tu avais lâché mon vélo, alors que tu savais très bien que je ne pouvais pas encore rouler toute seule !

— Si tu ne t'étais pas retournée, tu n'aurais jamais vu que je ne le tenais plus et tu aurais continué !

— Tu n'aurais jamais dû me lâcher, insistai-je.

Ben me regarda un instant, puis sourit.

— Non, peut-être pas, admit-il enfin.

Bizarrement, nous n'arrivions plus à détourner les yeux l'un de l'autre. Je remarquai soudain qu'il tenait encore ma main. Une sensation de fourmillement se répandit dans mes doigts. À court de remarques mordantes, nous nous contentions de nous regarder.

— D'ailleurs, c'est vraiment mal recousu, conclut-il enfin, et il lâcha ma main.

Troublée, je regardai ma cicatrice sans savoir quoi dire.

Ben reprit sa bière et la leva.

— À la santé du docteur Lena Klein, la psychologue amateur qui guérit miraculeusement les hommes ! dit-il.

Après avoir trinqué, nous sommes restés assis longtemps à écouter Mario jouer inlassablement « Moon River » et à boire nos bières.

Ce fut pour moi, inexplicablement, un moment de totale plénitude. Le seul ennui avec de tels instants, c'est qu'ils s'achèvent avant même que je m'en sois rendu compte. Au moment où je m'interrogeai sur les raisons de cette soudaine et curieuse satisfaction, elle s'était déjà envolée avec les notes de « Moon River ».

Chapitre 7

Où, à la suite de mon enquête sur les secrets d'Otto, je me retrouve de nouveau au chômage.

Le lundi, je risquai une nouvelle offensive pour la rénovation du magasin. J'en parlai à Otto pendant que je faisais chauffer de l'eau pour nous préparer un Nescafé.

— Il nous reste plusieurs litres de peinture des travaux chez Juli et Michel, annonçai-je. De la peinture crème et rouge foncé, c'est très joli.

— Hum, grommela Otto.

— Je crois que ça serait très bien pour la librairie, poursuivis-je en versant du café en poudre dans les tasses.

Pas de réaction.

— Et tant que nous y sommes, avant de repeindre, nous pourrions arracher le lino et remettre ce beau plancher en état. Ça n'aurait rien de bien difficile.

Je versai l'eau dans les tasses et remuai le café.

— Quand ce serait fini, nous pourrions peut-être laisser les étagères au milieu, comme ça le magasin paraîtrait plus grand. Tu verras comme ce sera beau. Tu n'en reviendras pas.

Griffonnage frénétique sur le cahier.

Je posai une tasse de café devant lui.

— Nous pourrions faire quelque chose de ce magasin, Otto, et je ne parle pas seulement de la décoration. Il pourrait devenir une vraie mine d'or.

— J'ai déjà dit non.

— Mais…

— Ça n'en vaut pas la peine !

— Mais…

— Non !

Otto respirait avec difficulté. Il était encore plus pâle que d'habitude. Son visage était creusé. Le col de sa chemise grise était beaucoup trop large et le tissu flottait sur ses épaules et ses bras comme sur ceux d'un épouvantail. Quand il saisit sa tasse, je vis que sa main tremblait.

— Est-ce que tout va bien ? lui demandai-je, inquiète. Tu as l'air malade.

— Nous ouvrons ! Fais-moi le plaisir d'aller à l'avant !

Je m'éclipsai, vexée. Voilà ce qu'on récoltait quand on se faisait du souci pour son prochain. Je passai la matinée à bouder et à envoyer des SMS à Juli.

Otto émergea de l'arrière-boutique un peu plus tard.

— Je dois m'absenter un moment, dit-il. Tu pourras te débrouiller toute seule ?

— Oui, pourquoi ? De toute façon, personne ne vient jamais.

Il passa une veste grise dans laquelle il aurait largement pu tenir deux fois, et sortit.

Je me retrouvai seule dans le magasin, ce qui ne m'était encore jamais arrivé. Je restai d'abord immobile et indécise, puis la curiosité l'emporta. Qu'écrivait-il à longueur de journée dans ses cahiers ? Tenait-il vraiment une comptabilité ? Et qui était cette Karin ? Finalement, n'y tenant plus, je me rendis dans l'arrière-boutique. Il avait apparemment rangé ses cahiers, car je ne les voyais nulle part.

Laisse tomber, Lena, me souffla la voix de la raison. *Ça ne te regarde pas.*

Mais je fis la sourde oreille et ouvris l'un des tiroirs. Ils n'étaient pas fermés à clé. Je jetai un regard prudent à l'intérieur. D'innombrables cahiers noirs s'y entassaient. Certains paraissaient neufs, d'autres vieux comme le monde. J'en pris un et l'examinai.

Laisse tomber. Remets-le à sa place, reprit la voix.

J'ouvris le cahier à la première page et lus « octobre 1993 » en titre. Les pages suivantes étaient couvertes d'une écriture serrée, petite et nette. Ce n'était certainement pas de la comptabilité. Et, effectivement, ça ne me regardait pas.

Range ce foutu cahier !

Je lus la première entrée.

Karin, ma chérie,

Pourquoi m'as-tu abandonné ? Tu as toujours dit que je m'en sortirais seul, mais je n'y arrive pas. J'en suis tout simplement incapable. Je ne peux pas vivre sans toi.

J'avais vraiment mauvaise conscience de me mêler de la vie privée d'Otto, mais je ne pus m'empêcher de sortir les autres cahiers du tiroir et de les lire. Otto avait écrit plusieurs centaines de lettres à cette Karin qui l'avait apparemment quitté. Des lettres pleines de chagrin, de regret et d'amertume. Qu'il écrivait en sachant que Karin ne les lirait jamais. Je restais assise, pensant combien Otto devait se sentir seul et malheureux jour après jour. Et puis mon regard tomba sur la boîte à musique posée sur le bureau, un petit manège dans un paysage couvert de neige. Je la mis en marche et la musique du film *Docteur Jivago* s'éleva tandis que le manège tournait lentement. À côté de la boîte était posé un coffret en bois peint dans des couleurs vives qui ressemblait aux objets que les enfants fabriquent à la crèche. Je soulevai le couvercle avec curiosité. Il contenait des photos. J'en pris une. Elle représentait une femme et un petit garçon qui tenait à la main un de ces gros cornets remplis de sucreries qu'on offre aux enfants pour leur entrée à l'école primaire. Il souriait jusqu'aux oreilles et il lui manquait plusieurs dents de devant. La femme avait passé un bras autour de ses épaules et regardait fièrement l'objectif. À voir leurs vêtements, cette photo avait dû être prise dans les années 1970.

J'entendis tout à coup la porte de la librairie s'ouvrir. Je sursautai et voulus tout ranger en vitesse, mais il était trop tard, Otto se tenait déjà sur le seuil de l'arrière-boutique.

— Qu'est-ce que tu fais ici ?

Il fonça sur moi et arracha la photo de ma main.

— Tu as fouillé dans mes affaires !

Je remis précipitamment les cahiers dans le tiroir.

— Je suis vraiment désolée.

— Sors d'ici ! cria-t-il en me montrant la porte d'une main tremblante. Allez, du balai !

— Otto, je t'en prie, pardonne-moi. Je sais que j'aurais…

— DEHORS !

Je pris ma veste, mon sac et partis sans demander mon reste. À la maison, j'errai de pièce en pièce, avant d'atterrir dans la cuisine. Là, je commençai à me préparer un café, mais je m'arrêtai et m'adossai au buffet. Le visage tordu de colère, presque haineux d'Otto me hantait. J'enfouis mon visage dans mes mains et m'affaissai sur le sol, où je restai assise, les genoux contre la poitrine. Qu'avais-je fait ? Comment avais-je pu m'immiscer ainsi dans la vie privée de quelqu'un ? Un instant plus tard, j'entendis la porte de la cuisine s'ouvrir.

— Lena ! Qu'est-ce que tu fais là ? Que se passe-t-il ?

Ben se tenait devant moi.

— J'ai fait quelque chose de terrible, dis-je sombrement. Je parie que j'irai rôtir en enfer rien que pour ça.

Il s'assit à côté de moi.

— Qu'est-ce qui est arrivé ? demanda-t-il.

Je lui racontai non sans mal cette pénible histoire.

— C'est tout ? demanda-t-il quand j'eus fini. J'aurais cru que tu avais encore assassiné quelqu'un comme ce Klaus-Dieter.

— C'est bien l'impression que j'ai.

— Bon, d'accord, tu ne t'es pas vraiment couverte de gloire, mais si tu fais des excuses à Otto, tout devrait s'arranger.

— Rien ne s'arrangera, il m'a jetée dehors ! J'aimerais bien savoir pourquoi je gâche toujours tout ! Dire que j'avais décidé de ne pas me décourager et de réussir ! Et maintenant…

— Maintenant, tu ne recommences pas à pleurer sur ton sort et tu repars à la recherche d'un boulot sans te décourager.

Il se leva.

— Bon, je me sauve, j'ai quelques pauvres patients à découper.

Il m'ébouriffa les cheveux en passant.

— Ne te laisse pas abattre, d'accord ?

Il se retourna devant la porte.

— Au fait, puisque tu t'es encore fait virer, tu as peut-être besoin de réconfort masculin ? s'enquit-il.

— Pourquoi cette question ? demandai-je, méfiante.

— Je pourrais téléphoner à Udo pour te dépanner, répondit-il avec un grand sourire.

— Merci, à charge de revanche ! ripostai-je en regrettant de ne rien avoir sous la main pour le lui lancer.

— Salut, petite malchanceuse ! dit-il en riant.

Il sortit et j'entendis la porte de l'appartement se refermer un instant plus tard.

Je me sentis soudain très seule.

Deux jours plus tard, allongée sur le canapé de la salle à manger, je lisais sans grande conviction les petites annonces pour l'emploi. On recrutait toujours (ou de nouveau) de la main-d'œuvre sur une plate-forme de forage. Je me demandais en quoi je pourrais être utile là-bas, quand on sonna à la porte de l'appartement. J'entendis Ben l'ouvrir, puis je le vis entrer dans la salle à manger.

— Tu as de la visite, m'annonça-t-il.

Et Otto fit son entrée derrière lui. Sa présence ici était tellement inattendue qu'il me fallut plusieurs secondes pour être sûre que c'était bien lui. Je me levai, complètement désemparée.

Otto s'arrêta devant moi, les mains dans les poches de sa veste.

— Ça fait deux jours que tu n'es pas venue travailler, dit-il.

Je secouai la tête.

— Otto, tu m'as virée, répondis-je.

— Foutaises, je ne t'ai pas virée.

Je ne trouvai rien à répondre. Il m'avait bel et bien virée, ou avais-je complètement perdu la boule ?

— C'est ton habitude de détaler à la première difficulté qui se présente ? demanda-t-il d'un air renfrogné. Je croyais que tu avais plus de cran.

Je me rassis avec un soupir.

— J'ai beaucoup de qualités, mais le cran n'en fait pas partie, sinon je t'aurais demandé ce que tu écrivais dans ces cahiers au lieu de fouiller dans tes affaires en ton absence, répondis-je. Je suis vraiment désolée de l'avoir fait.

Il s'assit à côté de moi.

— Elle s'appelait Karin, dit-il. C'était ma femme. Elle est morte d'un cancer il y a vingt ans. Le garçon sur la photo est mon fils, Frank. Nous n'avons plus aucun contact depuis des années.

Il jouait avec son alliance, visiblement perdu dans ses pensées.

— Je sais que c'est absurde, mais quand j'écris à Karin, j'ai l'impression de pouvoir encore parler avec elle.

J'avais le cœur serré et je l'aurais bien pris dans mes bras, mais j'étais sûre que ça lui aurait déplu.

— J'ai placé cette annonce sur la porte du magasin quand elle est tombée malade parce que je voulais avoir plus de temps pour m'occuper d'elle, expliqua-t-il. Mais ensuite, tout est allé très vite et elle est morte.

Il se racla la gorge avant de poursuivre.

— Je ne sais pas pourquoi j'ai laissé l'annonce, ni pourquoi je t'ai engagée, mais maintenant, tu es là. Et je peux te garantir que si demain tu ne te pointes pas à l'heure, tu seras virée pour de bon.

Il se leva.

— Et apporte la peinture, on va commencer ces travaux de rénovation.

Il se dirigea vers la porte, devant laquelle Ben était resté planté.

— Tu dois être ce médecin dont elle parle toujours, lui dit-il. Le seul à avoir un peu de bon sens dans cette maison de fous.

Il le salua de la tête et sortit.

— Il a bien raison, commenta Ben.

J'étais encore assise sur le canapé et je me demandais si je n'avais pas rêvé. Otto ne m'avait pas renvoyée. Il écrivait lettre sur lettre à sa femme morte depuis des années. Il n'avait plus de contact avec son fils. Il était sans doute l'être humain le plus seul au monde.

— Et il est salement sous-alimenté, ajouta Ben.

— Quoi ? demandai-je distraitement.

— Ton Otto est sous-alimenté. C'est assez fréquent chez les personnes âgées : soit elles n'ont plus d'appétit, soit elles ne voient pas l'intérêt de prendre soin d'elles-mêmes quand elles sont seules. Il est également possible qu'il soit malade.

— Tu veux dire qu'il est en train de dépérir ? l'interrompis-je.

— Je n'irais pas jusque-là, mais s'il continue, il mettra certainement sa santé en danger.

— Il veut que je revienne travailler pour lui. Je crois qu'il a besoin de moi.

— Ça m'en a tout l'air.

— Je dois m'occuper de lui.

Sur ces mots, j'allai acheter au supermarché le plus proche les ingrédients d'une soupe au poulet.

Mais si je croyais avoir fait une percée dans mes relations avec Otto, je m'étais fourré le doigt dans l'œil. Le lendemain matin, tout était presque comme d'habitude à la librairie. Otto se montrait toujours aussi taciturne et bourru et je continuais à monologuer. Mais il me remercia quand je lui apportai du café. Et à la pause-déjeuner, il arrêta de griffonner dans son cahier quand j'entrai dans l'arrière-boutique. J'avais emprunté à Juli et Michel un petit réchaud de camping pour la soupe.

— J'ai dix fois trop de restes chez moi, il faut absolument que tu m'aides à finir ! déclarai-je en posant une assiette de soupe devant lui.

Après avoir protesté, il prit sa cuillère et se mit à manger.

Comme d'habitude, je dus me mettre en frais pour la conversation.

— Juli et Michel n'ont toujours pas fixé la date de leur mariage, tu ne trouves pas ça bizarre, toi aussi ? Je veux dire, la demande de Michel remonte à plus de trois mois, mais j'ai l'impression que Juli ne veut rien prévoir pour le mariage. Je ne sais pas pourquoi, mais dès que je lui en parle, elle botte en touche. Je me demande si quelque chose ne va pas et ça me tracasse.

Comme toujours, Otto ne réagissait que par un bougonnement de temps à autre, mais au moins il mangeait.

— Dis-moi, comment envisages-tu la rénovation du magasin ? demandai-je.

— Aucune idée, à toi de jouer.

Ces paroles sonnèrent à mes oreilles comme la plus douce des musiques, car elles signifiaient qu'il me laissait carte blanche ! Je passai le reste de la journée à faire des plans pour les travaux. Avec peu de moyens et beaucoup de travail, je finirais bien par faire quelque chose de ce magasin.

Le week-end suivant, c'était parti : avec Michel, Juli et Ben, je démontai toutes les étagères et les rangeai dans l'arrière-boutique. Otto s'enfuit et resta invisible pendant toute la durée des travaux. Nous avons arraché le lino, qui heureusement n'était pas très bien collé, et poncé le plancher qui, après ce traitement et une couche de vernis, eut vraiment belle allure.

Une semaine plus tard, nous pouvions repeindre. Juli et Michel étaient partis en week-end au bord de la Baltique, mais Rüdiger et Susanne se portèrent volontaires pour les remplacer. Rüdiger, plein de bonne volonté, vint même en bleu de travail. Susanne était comme toujours splendide, très sexy et vraiment à croquer dans un jean moulant et un T-shirt trop petit d'une taille. À côté d'elle, si gracile et si mince, je devais ressembler à une lanceuse de poids russe, mais je ne pouvais même pas lui en vouloir tant elle était gentille. Ben en avait les yeux qui lui sortaient de la tête et cet intérêt était de toute évidence réciproque. Ils se regardaient avec une telle intensité que l'air semblait vibrer autour d'eux.

— Qu'est-ce que tu fais ? lui demanda-t-elle avec une étrange voix de gorge.

— Je suis en train de limer le comptoir, répondit-il, et dans sa bouche, cette phrase prenait un tour nettement équivoque.

— Oh, mais tu es vraiment habile de tes mains, dis-moi ! Est-ce que je peux t'aider ? fit-elle coquettement, avec un petit rire admiratif.

— Bien entendu, dit-il, flatté, avec son sourire étudié.

C'était quoi ce cinéma ? Ils étaient censés travailler, mais ils ne faisaient que draguer et allaient probablement finir la journée dans le même lit ! C'était vraiment lamentable ! Susanne étant mon amie, Ben aurait quand même pu avoir la correction de ne pas y toucher ! Alors que je repeignais un mur avec Rüdiger, j'observais du coin de l'œil ce qui se passait côté comptoir. C'était incroyable comme elle se jetait à la tête de Ben ! Et la manière dont il se conduisait, une fois de plus ! C'était tellement gênant qu'on en avait honte pour lui ! Ce pauvre crétin, ce macho prétentiard !

— Mais qu'est-ce qu'ils fabriquent ? demanda Rüdiger, qui s'était rapproché de moi et, les sourcils froncés, jetait des regards inquisiteurs vers le comptoir.

— Ils se font du rentre-dedans, voilà ce qu'ils fabriquent !

— Il la déshabille littéralement du regard, grommela Rüdiger.

— Et elle, qu'est-ce qui lui prend de faire des travaux dans des fringues pareilles ?

Après leur avoir cassé du sucre sur le dos pendant un moment, nous nous sommes remis au travail et même si je regardais régulièrement Ben et Susanne, la rénovation avançait bien.

Après avoir tout repeint en quelques heures, nous avons enfin pu nous offrir un apéro bière, Rüdiger et moi, car Ben et Susanne poursuivaient leur flirt éhonté devant le comptoir.

Au moment de partir, Rüdiger invita Susanne à venir prendre un café avec lui, mais elle se défila en prétextant d'« une affaire urgente à régler ». Quelle affaire ? Se faire sauter sur mon comptoir ?

Pendant tout ce temps, je ne pouvais même pas entendre de quoi Ben et elle parlaient, car ils avaient rapproché leurs têtes et chuchotaient. De temps en temps, ils riaient tout bas et Susanne touchait régulièrement Ben comme si de rien n'était. Elle était littéralement suspendue à ses lèvres.

Au bout d'un moment, j'en eus assez.

— Alors, où en êtes-vous? demandai-je sur un ton plus acide que je l'aurais voulu.

Ben se retourna vers moi.

— Nous avons presque fini, petite garde-chiourme.

— Si j'étais vraiment garde-chiourme, je ne vous laisserais pas vous tourner les pouces depuis deux heures!

Ben haussa les sourcils.

— Tu peux bien me laisser me tourner les pouces pendant deux heures puisque je passe presque tout mon temps libre dans cette baraque depuis une semaine.

— Rien ne t'y oblige!

— Ce n'est pas ce que je voulais dire.

— Non, tu m'as seulement traitée de garde-chiourme.

— Bon sang, tu es vraiment obligée de prendre tout ce que je dis au pied de la lettre?

— C'est mon pied que tu vas prendre quelque part si tu continues!

— Bon, je vous laisse, je dois me sauver, nous interrompit Susanne. Ça m'a fait vraiment plaisir de faire ta connaissance, dit-elle à Ben.

Sur ces mots, elle m'adressa un regard contrit et me serra contre elle avant de s'éclipser.

— Bravo, tu l'as fait fuir! se lamenta Ben. C'était mon seul rayon de soleil de la journée!

Je l'aurais frappé avec plaisir.

— Elle n'est pas un peu vieille pour toi?

— Non, pourquoi? demanda-t-il avec un haussement d'épaules.

— Elle a plus de quarante ans!

— Et alors?

— Tu ne trouves pas que tu exagères un peu avec ce défilé de gonzesses ?

— Pourquoi, tu es préposée à la morale et aux bonnes mœurs ?

Je posai brutalement ma bouteille de bière sur le comptoir.

— Tu te prends bien pour le champion de la baise !

Ben m'observa, les sourcils froncés.

— Dis-moi, tu ne serais pas un peu jalouse, par hasard ? demanda-t-il.

— Non mais tu rigoles ? Jalouse, moi ? Quelle connerie ! Je ne veux pas que tu dragues mes amies, c'est tout. Mes amies sont tabou pour toi, compris ? TABOU !

Ben s'avança et s'arrêta si près de moi que je dus lever les yeux pour le regarder.

— Tu crois sérieusement que tu vas me dire qui je dois draguer ou non ? s'enquit-il.

— Oh, va te faire foutre ! Rejoins-la et laisse-moi tranquille ! ripostai-je avant de tourner les talons.

Il pouvait toujours se tirer, je m'en foutais royalement !

J'examinai les murs fraîchement peints. Rüdiger avait bâclé le travail dans un angle du mur et du plafond. Et comme il avait remporté la seule grande échelle que nous avions, il ne me restait plus qu'un escabeau à deux marches. Je pris le bol de peinture qui restait, un petit pinceau, et plaçai l'escabeau sous l'endroit en question. L'ennui, c'était que même sur la marche supérieure, j'avais beau m'étirer de tout mon long, pas moyen d'atteindre le plafond avec mon pinceau. Mais si je montais sur la plate-forme au sommet, ça devrait aller.

— Qu'est-ce que tu fabriques ? demanda la voix de Ben, alors que je posais le pied sur la plate-forme.

— Tiens, tu es encore là ? Je te croyais depuis longtemps auprès de ton petit rayon de soleil.

Ben poussa un soupir excédé.

— Non, je suis de toute évidence resté auprès de mon cauchemar, répondit-il. Je t'ai demandé ce que tu faisais.

— Il faut remettre une couche à cet endroit, expliquai-je sur un ton bourru en posant l'autre pied sur la plate-forme.

C'était plutôt instable, mais je pouvais garder mon équilibre en m'appuyant d'une main au mur.

— Tu déconnes? Descends de là! Tu vas te rompre le cou! ordonna-t-il, mais je l'ignorai consciencieusement. Descends tout de suite! répéta-t-il avec irritation.

— Mais non, ça va très bien!

Je me dressais en vacillant, mon pinceau à la main, quand je sentis les mains de Ben se refermer autour de ma taille et me soulever de l'escabeau.

— Tu ne peux pas savoir ce que tu es casse-pieds, maugréa-t-il, et il me posa à terre sans douceur. Puis il m'arracha bol et pinceau des mains et monta à son tour sur l'escabeau.

Je ne trouvai rien à répondre. Mon cœur battait violemment et la tête me tournait… C'était probablement à cause des vapeurs de peinture que j'avais respirées toute la journée. Oui, c'était une explication.

Chapitre 8

Où j'ai un rendez-vous avec Christian Baumann, ainsi qu'avec Juli, Michel et Ben.

Plantée au milieu du magasin quelques jours plus tard, j'admirais mon œuvre. Au cours des deux semaines passées, j'avais travaillé chaque jour à sa rénovation et à son embellissement, parfois tard dans la nuit. Mais au lieu de me plaindre de ces heures supplémentaires comme je l'aurais fait chez PUPS, j'avais travaillé de mon plein gré et avec joie. Et ça en avait vraiment valu la peine ! J'étais très fière du résultat. Les murs rouge foncé et le beau parquet dégageaient une impression de bien-être accueillante et le magasin paraissait plus spacieux qu'avant. Les deux fauteuils de notre terrasse (un prêt de Ben) étaient disposés dans un angle, de part et d'autre d'une petite table en bois.

J'avais décoré la vitrine d'après le thème de l'automne et accroché quelques guirlandes lumineuses. J'avais même réussi à convaincre Otto d'enlever l'horrible revêtement en plastique orange. Une clochette tintait joliment quand on poussait la porte du magasin. Il ne manquait plus que des clients.

Je me sentais plutôt nerveuse quand Otto inspecta le magasin à la fin des travaux. Les sourcils froncés et les lèvres pincées, il fit le tour des lieux, passa la main sur le comptoir, toucha un ou deux livres, avant de s'immobiliser.

— Et c'est censé être mon magasin ? demanda-t-il.

— Oui. Il te plaît ?

Il ne répondit pas et le parcourut du regard.

— Ça ira, fut son verdict.

Il tourna les talons et réintégra son cagibi. Nous avions également repeint cette pièce, poncé le parquet et un peu rangé, si bien qu'il offrait maintenant un mélange assez réussi de salle de séjour et de bureau. Nous avions même débarrassé l'arrière-cour sur laquelle il donnait et y avions apporté deux chaises de jardin.

Otto s'assit à son bureau et parut ne plus me voir. Perdu dans ses pensées, il actionna le mécanisme de la boîte à musique. Le manège se mit à tourner sur l'air de *Docteur Jivago*.

— Elle me vient de ma mère, expliqua-t-il sans quitter la boîte à musique des yeux. Elle a passé presque toute sa vie dans ce magasin.

Il plongea la main dans le coffret et en ressortit des photos, parmi lesquelles celles de Karin et de Frank que j'avais regardées sans sa permission il n'y avait pas si longtemps. Il en retira une de la pile et me la tendit.

— Regarde.

Je m'approchai de lui, curieuse.

C'était un vieux cliché en noir et blanc d'une femme grande et mince à l'expression sévère et inflexible qui ressemblait à Otto.

— Je n'ai pas connu mon père, reprit-il, les yeux fixés sur l'image. Il a été tué pendant la guerre. Ma mère a dirigé ce magasin toute seule et je l'ai aidée dès l'enfance. Depuis le début, je savais que je devrais reprendre le magasin. C'était mon devoir, déclara-t-il, et je compris où il voulait en venir.

— Mais ton fils, lui, ne le savait pas, c'est ce que tu veux dire ? demandai-je.

Il poussa un grognement.

— Non, il a refusé de reprendre le magasin. Il a foutu le camp et je ne l'ai plus revu, sauf à l'enterrement de sa mère, répondit Otto sur un ton sévère.

— Mais pourquoi voulais-tu le forcer à se charger de ce magasin ?

Otto croisa les bras sur sa poitrine et s'adossa à sa chaise.

— Dans la vie, on ne fait pas seulement ce qu'on veut, on a aussi des devoirs, des obligations ! déclara-t-il. Ce magasin est entre les mains de ma famille depuis plusieurs générations et aurait dû le rester !

— Et ta femme, qu'est-ce qu'elle en pensait ?

Otto eut un geste d'impatience.

— Elle a pleuré toutes les larmes de son corps et elle m'a supplié de me réconcilier avec lui, mais c'est lui qui aurait dû me faire des excuses ! Moins d'un an après son départ, elle est tombée malade. Il n'est jamais venu la voir. Pas une fois ! En revanche, ce joli monsieur s'est rendu à son enterrement !

Il referma brutalement le coffret contenant les photos.

— Ma mère aurait été heureuse de voir tout ça, grommela-t-il en embrassant le magasin d'un geste.

C'était sans doute le plus beau compliment qu'il pouvait faire.

— Ça me fait plaisir, dis-je. Vraiment.

Je lui souris et il m'adressa une grimace douloureuse, celle de quelqu'un qui n'a pas souri depuis vingt ans. Ce sourire s'effaça aussi vite qu'il avait surgi, et Otto plissa les yeux.

— Tu vas rester encore longtemps plantée là ? Je ne te paie pas à rien faire ! lança-t-il.

Nous mangions des spaghettis ensemble à midi quand Susanne déboula dans le magasin. Je ne l'avais plus revue depuis les travaux et son manège éhonté avec Ben.

— C'est merveilleux, Lena, le magasin est magnifique ! Bonjour, Otto ! dit-elle aimablement. C'est méconnaissable ! Absolument fabuleux !

Elle se laissa tomber à côté de moi sur le canapé.

Pourquoi se montrait-elle si gentille ? C'est trop injuste que des femmes belles et sexy soient aimables par-dessus le marché.

— Écoute, à propos de cet incident avec Ben pendant les travaux… je suis vraiment désolée, reprit-elle. Je ne savais pas que tu l'aimais bien.

Je reposai ma fourchette sur mon assiette, que je repoussai énergiquement.

— Ben est un ami, rien de plus, répondis-je.

Otto poussa un soupir excédé, se leva en grommelant qu'il avait des courses à faire et sortit.

Susanne paraissait déconcertée.

— J'avais pourtant nettement l'impression que tu étais jalouse, dit-elle.

— Mais non ! J'étais seulement stressée ! S'il t'intéresse, je peux te donner son numéro de portable sans problème. Vous avez ma bénédiction.

Susanne me dévisagea d'un air sceptique.

— Vraiment ? insista-t-elle.

— Bien sûr.

Je sortis mon téléphone, cherchai le numéro de Ben et le griffonnai sur un bout de papier.

— Le voilà. Amuse-toi bien.

Susanne prit le papier mais, pour une raison mystérieuse, mes doigts refusaient de le lâcher, si bien que nous tirions chacune d'un côté.

— Mais je te préviens que c'est un type insupportablement arrogant, lui expliquai-je avant de lui céder le papier à contrecœur. Et attends-toi à être larguée sous peu, il ne reste jamais en couple plus de trois mois.

Susanne m'adressa un sourire malicieux.

— Ne t'inquiète pas, je n'ai aucune envie d'être en couple avec lui, ça me suffira largement de baiser de temps en temps.

J'en restai bouche bée, comme un tiroir-caisse ouvert.

— Serais-je devenue le mac de Ben ? demandai-je quand j'eus retrouvé l'usage de la parole.

Susanne fronça les sourcils.

— Je te le demande une bonne fois pour toutes, Lena : es-tu sûre que ça ne te dérange pas ?

— Mais oui !

— Bon.

Le numéro de téléphone de Ben disparut dans la poche du jean de Susanne.

— Et maintenant, montre-moi un peu le magasin, dit-elle joyeusement.

Je lui fis faire le tour du propriétaire et en oubliai presque ma mauvaise humeur. Elle me promit de faire du bouche à oreille. Elle connaissait également quelqu'un qui écrivait pour le *Hamburger Stadtmagazin*. Elle m'assura qu'elle lui téléphonerait afin qu'un entrefilet sur le magasin paraisse dans la prochaine édition ou la suivante. Je ne pouvais donc pas lui en vouloir. Qu'elle s'éclate avec Ben, après tout, qu'est-ce que ça pouvait me faire ?

Deux semaines plus tard, le magasin n'était toujours pas la mine d'or que j'avais prédite à Otto. Cependant, après sa réouverture, il marcha nettement mieux qu'avant. Quand j'avais rangé les livres sur les étagères, je les avais soigneusement classés par genre et par auteur. Les vieux bouquins avaient atterri dans une caisse où les clients pouvaient farfouiller, tandis que les ouvrages les plus récents avaient les places d'honneur en vitrine ou près de l'entrée. J'aimais parler avec les clients, les conseiller, et l'argent commençait à rentrer. J'avais d'autres projets pour rendre le magasin plus attrayant, mais j'attendais d'avoir les idées plus claires avant de tanner Otto pour les mettre en chantier.

Non seulement le magasin avait embelli, mais mon logement s'était nettement amélioré. J'avais emprunté des meubles à Michel et Ben, et finalement trouvé la force d'aller chercher les affaires que j'avais laissées chez Simon. Ma chambre était devenue bien douillette et j'adorais lire ou écouter de la musique pendant des heures assise sur le pouf devant le chauffage.

L'automne était tout à fait typique de la région : il pleuvait en continu et la nuit tombait de plus en plus tôt mais, bizarrement, ça m'attristait moins que d'habitude. Ce temps était même une bénédiction pour la librairie, car les gens achetaient de quoi lire durant les journées pluvieuses.

Susanne avait téléphoné à Ben et ils sortaient de temps en temps ensemble. J'ignorais comment ces soirées finissaient, car Susanne ne rentrait jamais avec nous, mais ça ne me dérangeait pas vraiment. Maintenant, je me moquais bien de savoir avec qui Ben fricotait. J'avais averti Susanne, je ne pouvais pas faire davantage.

Je gardais en tête mon plan de vie en trois points. Le premier, celui de ma carrière, se révélait difficile, voire impossible à réaliser, mais je tenais bon. Je poursuivais mes recherches d'emploi, rappelais régulièrement les agences auxquelles j'avais écrit et persévérais bien que sans le moindre succès.

Le deuxième objectif était tout aussi inaccessible, car l'homme de ma vie se faisait autant attendre que le boulot de mes rêves. Je ne parvenais même pas à décrocher un rendez-vous. Je faisais pourtant de mon mieux pour paraître sexy et pleine d'assurance : je portais des vêtements plus cool et je faisais attention à me tenir bien droite et à garder la tête haute. Malgré tous mes efforts, je ne réussissais pourtant pas à chasser le petit bâtard exubérant qui sommeillait en moi.

Il m'arrivait de penser à Jan, le barman si mignon du pub irlandais, mais je repoussais aussitôt cette pensée. Avant de pouvoir approcher un type de ce calibre, j'avais encore du boulot. Ce qui m'amenait à mon objectif numéro trois : la transformation complète de ma personnalité. Ça ne marchait pas vraiment comme sur des roulettes. Si, en théorie, je savais ce que je voulais devenir, pour y parvenir, c'était une autre histoire. Mais maintenant, au moins, je pratiquais un sport. Ben m'avait persuadée de faire du jogging avec lui. Il était cent fois plus sportif que moi et il me le faisait sentir. Pendant que je me traînais au bord de l'Elbe, la langue pendant jusqu'à terre, il courait autour de moi, tout guilleret, m'encourageait ou jouait les instructeurs de l'armée en me hurlant des ordres du style : « Remue-toi un peu, feignasse ! » ou « Si tu continues à ce rythme, on ne sera pas rentré avant Noël ! » Il récoltait de ma part un regard noir ou un : « La ferme ! » Le jour où il me lança : « Arrête de geindre et remue-toi », je fonçai sur lui et le renversai. Mais j'étais maintenant plus en forme et courir devenait un plaisir.

J'allais régulièrement à la piscine avec Silke et Claudia et j'accompagnais Juli à son cours de yoga. Après tout, le yoga était très tendance dans la catégorie « jeunes et dynamiques » de la population. J'avais pourtant du mal à le prendre au sérieux à cause de Hans-Peter, le professeur de yoga, qui était un cliché ambulant, et de toutes ces psalmodies d'*Om shanti shanti* en fin de cours qui me faisaient glousser.

— Au fait, je t'ai organisé un rendez-vous, me murmura Juli, un soir où nous nous entraînions à la « salutation au soleil ».

— Quoi ? demandai-je, soudain vacillante.

— Oui, comme tu m'avais dit que... tu voulais recommencer à... avoir des rendez-vous... Merde, c'est vraiment dur ! haleta Juli en se décollant du sol pour prendre la posture du « chien qui baisse le nez ».

J'abandonnai mon exercice pour me concentrer sur la conversation.

— Oui, mais... un rendez-vous avec un inconnu, c'est plutôt embarrassant, objectai-je.

— Mais non, pas du tout, répliqua Juli en secouant la tête.

Après avoir lancé la jambe en avant, un exercice qui me faisait régulièrement perdre l'équilibre, je trébuchai.

Je remarquai alors que Hans-Peter se tenait devant moi. Ses yeux bleu clair me regardaient d'un air réprobateur, tandis qu'il jouait d'une main avec ses longs cheveux gris.

— Lena, j'ai l'impression que, mentalement, tu n'es pas à ce que tu fais, et je trouve que c'est vraiment dommage. Cet exercice ne te mènera à rien si tu ne lui consacres pas toute ton énergie, me réprimanda-t-il. Tu dois trouver l'harmonie entre ton esprit et ton corps, c'est fondamental.

Il se détourna de moi pour complimenter le reste du groupe :

— C'est super, vous avez tous très bien travaillé ! Et maintenant, mettez-vous dans la position de « l'enfant ». Reposez-vous, reprenez vos esprits, dééétendez-vous.

Nous étions toutes docilement accroupies dans la posture requise afin, comme il nous l'avait expliqué, de nous sentir comme un fœtus dans le ventre maternel. J'étais néanmoins incapable de me détendre car, en raison de ma claustrophobie, la sensation d'être confinée dans le ventre maternel me mettait plutôt mal à l'aise, et je pouvais à peine respirer dans cette position.

— Avec qui j'ai rendez-vous ? demandai-je à Juli d'une voix oppressée.

Juli avait autant de mal que moi à parler distinctement.

— Un collègue du labo… très gentil.

Hans-Peter nous interrompit de nouveau.

— Bravo, vous avez été formidables aujourd'hui ! Vraiment super ! Et maintenant, prenez la position de « l'arbre » avant la méditation finale.

Juli me raccompagna à la maison pour boire un thé de yogi et passer prendre Michel qui regardait la Ligue des champions avec Ben. Notre tasse à la main, nous les avions rejoints dans la salle à manger et nous nous étions assises avec eux sur le canapé.

— Pour en revenir à notre conversation de tout à l'heure, c'est quel genre de type ? demandai-je à Juli.

— De quoi parlez-vous ? s'enquit Ben.

— Lena a un rendez-vous dimanche, expliqua Juli. Il était grand temps ! Quand on tombe de cheval, il faut remonter en selle le plus vite possible.

— Quoi, dimanche ? Déjà ? m'écriai-je, ahurie. Et c'est maintenant que tu me le dis ?

— Attends un peu, Juli, intervint Ben C'est toi qui prends les rendez-vous de Lena, maintenant ?

Michel monta le son.

— Vous pourriez la fermer un peu ? Beckenbauer est en train de parler ! lança-t-il.

— C'est quel genre de type ? insistai-je, car je commençais à m'impatienter.

— C'est quelqu'un du labo qui est redevenu célibataire depuis peu. Je l'ai invité à dîner dimanche.

— C'est qui ? demanda Ben avec un intérêt visible.

— Christian Baumann.

— Quoi, cet abruti ? lança-t-il d'un air écœuré.

— Ce n'est pas un abruti, mais quelqu'un de très gentil.

— Il a récemment déclaré qu'un retraité de quatre-vingt-cinq ans qui s'était cassé le col du fémur était enceint !

— J'ai encore vérifié le Béta-hCG : le taux sanguin était de 122.

— Oui, parce que ce petit prodige avait confondu les prélèvements !

— Qu'est-ce que ça peut faire ? Christian n'est pas là pour calculer les taux sanguins de Lena !

— Heureusement, grommela Ben.

— Eh, oh, j'aimerais bien pouvoir écouter ! maugréa Michel.

— Juli, je ne sais pas si… objectai-je, car cette idée me plaisait de moins en moins. Ce genre de rendez-vous arrangé ne me dit rien qui vaille.

— Peut-être ferais-tu mieux de prendre tes rendez-vous toi-même, suggéra Ben.

— Mais non, ça n'aura rien de gênant, affirma Juli avec résolution. Ce n'est qu'un dîner à la bonne franquette entre amis. Michel et moi, toi, Christian et Ben.

— Quoi, moi ? s'écria Ben. Jamais !

— Non, elle a raison, Ben ! Si tu es là, ça ressemblera moins à un rendez-vous, déclarai-je.

Michel monta encore le volume.

— N'avez-vous donc aucun respect pour le Kaiser[1] ? s'exclama-t-il, outré.

— Je n'ai aucune envie de passer mon dimanche soir avec Christian, se lamenta Ben.

— Et alors ? Moi non plus ! lançai-je. Mais personne ne m'a demandé mon avis.

— Tu m'excuseras, mais ce dîner a lieu seulement pour que tu recommences à baiser, riposta-t-il. Alors je ne vois vraiment pas ce que je viens faire là-dedans.

1. « L'empereur », surnom de Franz Beckenbauer.

— Je ne veux entendre personne parler de baiser ma petite sœur ! Et surtout pas toi, mon pote ! lança Michel en menaçant Ben du doigt.

— Ne sois pas ridicule, Michel, répondit Ben en secouant la tête.

— D'ailleurs, Lena ne veut pas juste tirer un coup. C'est une relation sérieuse qu'elle cherche, dit Juli.

— Je m'en moque, ce n'est pas mes oignons, point final ! conclut Ben.

— On te demande seulement de dîner avec nous. Après, tu pourras faire ce que tu voudras.

— C'est non !

— Tu ne supporterais pas un dîner merdique même pour rendre service à une amie ? Moi, j'ai une autre idée de l'amitié ! le tança Juli.

Ben s'affaissa.

— Bon, bon, d'accord, dit-il à contrecœur.

La conversation s'arrêta là et tout le monde se concentra sur la télévision.

— Bravo ! commenta Michel. Vous la fermez au moment de la pub !

Je me préparai à ce rendez-vous pendant le reste de la semaine. Je m'entraînai devant le miroir à avoir l'allure sexy que Ben m'avait montrée : dos droit, poitrine dégagée, tête haute et regard plein d'assurance. Je lus aussi un article de magazine féminin intitulé « Le B.A.BA du flirt : la recette infaillible pour les faire craquer ». Certes, je ne partais pas du principe que Christian Baumann serait l'homme de ma vie, mais on ne pouvait jamais savoir.

Le dimanche soir, je pris une douche très longue, passai un jean, un haut noir décolleté et me maquillai légèrement. Je laissai mes cheveux défaits. Après une concertation avec Juli, j'avais choisi des sandales noires à talons hauts et à lanières. Des instruments de torture avec lesquels il était impossible de marcher et que j'avais jusqu'à présent amoureusement contemplés sans jamais oser les porter.

À six heures et demie, on frappa à la porte de la salle de bains et j'entendis la voix de Ben.

— Lena, ne perds pas ton temps à te pomponner, ça ne servira à rien, déclara-t-il.

J'ouvris la porte et me retrouvai devant lui.

— J'ai passé plus d'une heure à me préparer, crétin. Il y a quelque chose qui cloche ?

Ben m'examina de la tête aux pieds.

— Non, répondit-il enfin, visiblement surpris. Tu as fait quelque chose avec tes cheveux ?

Je repoussai de mon front les mèches de ma frange que je venais de faire éclaircir.

— Oui, je suis allée chez le coiffeur.

Il regarda mon visage, puis ma coiffure.

— Bon, on y va ? demanda-t-il, sans faire de commentaire.

Nous n'étions pas loin de chez Michel et Juli. Cependant, mes pieds nus dans mes sandales étaient frigorifiés, je me tordais les chevilles et je trébuchais tous les dix mètres.

Ben me tendit le bras.

— Tiens, accroche-toi.

J'acceptai son offre avec reconnaissance.

— Pourquoi n'as-tu pas mis des chaussures avec lesquelles tu peux marcher ? demanda-t-il. Tu aurais enfilé celles-là en arrivant chez Juli et Michel.

Bon sang, pourquoi cela ne m'était-il même pas venu à l'idée ?

— Merci du conseil, Monsieur Je-sais-tout, lâchai-je les dents serrées et en titubant avec la grâce d'une éléphante sur des patins à roulettes. Comment se fait-il que, tout à coup, tu comprennes si bien les femmes ?

Ben rit.

— Ce qui est sûr, c'est que toi, je n'ai jamais réussi à te comprendre, déclara-t-il.

Je ne répondis pas et il garda le silence.

— Au fait, comment va Otto ? demanda-t-il soudain.

— Bien, je crois. Il a repris du poids et il arrive à tenir une demi-heure avant de m'éjecter de son cagibi.

— C'est un progrès fantastique, commenta Ben.

Je perçus un sourire dans son intonation.

— Et le magasin ? Il a l'air assez fréquenté ces derniers temps.

— Oui, ça marche bien ! Je voudrais organiser une séance de lecture. J'aimerais bien vendre de nouveaux livres, de jeunes auteurs de Hambourg, encore inconnus, qu'on ne trouve pas en librairie. Mais Otto fait la sourde oreille.

— Je suis sûr que tu réussiras à le convaincre.

— J'ai aussi décidé de retrouver son fils, lui confiai-je (c'était la première fois que j'en parlais à quelqu'un). Je voudrais qu'ils se réconcilient.

Ben poussa un soupir.

— Tu ne crois pas que tu te mêles un peu trop de sa vie privée ?

— Non, répondis-je résolument. C'est pour son bien.

— Alors il faut espérer qu'Otto et son fils partageront ton point de vue. Mais ne te fais pas trop d'illusions là-dessus.

Nous étions arrivés chez Juli et Michel. Juli nous accueillit, puis nous précéda dans la salle à manger.

— Les voilà enfin. En retard, pour changer, annonça-t-elle à la ronde. Je vous présente Christian.

Christian Baumann se leva du canapé. Il mesurait un mètre soixante, il était maigre comme un clou et son visage disparaissait derrière une gigantesque paire de lunettes de hipster en corne.

— Voici Lena, la sœur de Michel, acheva Juli en me désignant.

Je m'approchai de mon rendez-vous sans trébucher et avec une élégance époustouflante selon mes critères.

— Bonsoir, Christian, dis-je en lui tendant la main.

Avec mes talons, je le dépassais d'une tête.

— Bonsoir, Lisa, répondit-il.

— Lena, rectifia Ben.

— Oui, bien sûr, Lena. Excuse-moi, je ne suis pas tout à fait moi-même, mon amie m'a quitté très récemment. J'ai entendu dire que toi aussi on t'a plaquée d'une manière vraiment moche ?

Je jetai un regard oblique à Juli, qui haussa les épaules pour s'excuser.

— Oh, ça fait déjà un bout de temps, répondis-je.

— Oui, mais ça a dû être vraiment difficile pour toi, d'après ce qu'on m'a raconté, insista-t-il. Juste à la veille de ton mariage, c'est ça ?

— Si on s'asseyait ? intervint Juli.

Nous sommes allés nous asseoir à la grande table.

— Un verre de vin, ça te dirait ? proposai-je à Christian.

— Merci beaucoup, mais je ne bois pas d'alcool.

— Moi non plus, répondis-je afin de nous créer un point commun, car, d'après le magazine féminin que j'avais lu, c'était fondamental.

— Ah bon ? Depuis quand ? s'enquit Ben.

— Depuis toujours, comme tu le sais aussi bien que moi, répliquai-je avant de remplir d'eau mon verre de vin et celui de Christian.

— Est-ce que ton travail au labo te plaît ? lui demandai-je, le menton sur mes mains croisées, une pose d'interlocuteur recommandée par le magazine. Je le regardai d'un air fasciné.

— Oh, oui, répondit-il en ajustant ses lunettes.

— N'est-ce pas une responsabilité écrasante ? Tu as certainement sauvé de nombreuses vies.

Ben toussota.

— Oh, enfin, pas de manière directe, répondit Christian avec modestie.

— Mais tu fais partie de cette entreprise. Sans toi, ça ne pourrait pas marcher, non ? insistai-je en me penchant vers lui.

Il recula et s'adossa à sa chaise.

— Non, sans doute pas, dit-il.

D'un geste élégant, je repoussai une mèche de cheveux de mon front et lui souris.

— C'est vraiment fantastique, lançai-je.

— Euh, bon, Juli, on devrait peut-être s'occuper du dîner ? intervint Michel.

Tous deux se levèrent et se dirigèrent vers la cuisine. Je les entendis chuchoter, je vis Michel regarder Juli en se tapotant la tempe de l'index et celle-ci hausser les épaules.

— Alors, pourquoi ton ami et toi vous êtes-vous séparés, Lena ? Il t'a quittée pour une autre, d'après ce qu'on m'a dit ? demanda Christian.

— Bah, c'est sans importance, louvoyai-je en bombant la poitrine et en rejetant mes cheveux en arrière. Il me semblait que je ne réussissais pas si mal à être sexy ce soir-là.

Juli et Michel revinrent et déposèrent l'entrée devant nous : ma salade préférée avec des gambas grillées et du vinaigre balsamique.

— Oh, fit Christian, les yeux fixés sur son assiette. Je regrette, mais je ne mange rien de ce qui a une âme.

Un ange passa.

— Les crevettes ont donc une âme ? s'enquit Ben avec intérêt.

— Chaque animal en a une.

— C'est également mon avis, déclara Ben avec gravité, avant de prendre une crevette et de la lever en l'air. Je me demande ce qu'elles ont ressenti quand on les a pêchées.

Il agita la crevette comme si elle pouvait parler et s'écria sur un ton théâtral :

« Arturo, mon bien-aimé, je dois mourir ! Ne m'oublie pas, je t'en supplie ! »

Il saisit une autre crevette et lui fit répondre d'une voix plus grave :

« Non, Yolanda ! Je ne peux pas vivre sans toi ! »

Sur ces mots, il décortiqua Yolanda, se la fourra dans la bouche et la mastiqua voluptueusement.

— Ce n'est pas drôle, Ben, gloussai-je. Tu as tué Yolanda !

Je soulevai à mon tour l'une de mes crevettes pour la faire parler :

« Je suis le jouet de la fatalité ! » déclamai-je en écho à Leonardo DiCaprio dans *Roméo et Juliette*.

Ben et moi nous tordions de rire. Il approcha Arturo de moi.

— « Que dire ? J'allais tomber cette gonzesse. Encore un soir, et nous nous serions roulés sur les algues ! » lança-t-il.

Un fou rire irrépressible nous saisit. Quand je parvins à me calmer, je remarquai que Juli, Michel et Christian nous regardaient fixement. Juli me signala d'un regard que je me conduisais très mal et elle avait raison. Je me rappelai mon rôle pour la soirée et rectifiai ma position : dos droit, poitrine en avant, tête haute et regard sexy.

— Et que fais-tu quand tu ne sauves pas des vies ? demandai-je à Christian avec un regard admiratif.

— Oh, des choses et d'autres, éluda-t-il. Mais cette séparation, c'est encore douloureux, non ? Enfin, pour moi, ça l'est toujours.

Ben gloussa en sourdine.

Juli se leva.

— Bon, puisque le rôti de porc de Michel n'est plus au menu, je propose de faire en vitesse des spaghettis. Michel et Ben, pouvez-vous me donner un coup de main ? demanda-t-elle avec un regard qui les incita à la suivre promptement en cuisine.

Christian et moi restions seuls à table.

— Raconte un peu : es-tu engagé activement dans la protection des animaux ? lui demandai-je en plongeant mes yeux dans les siens.

— Non, pas vraiment. Tu comprends, ma séparation remonte à deux mois à peine et c'était l'amour de ma vie.

Décidément, je lui faisais de l'effet. Comme seul ce sujet semblait l'intéresser, je lui posai la question cruciale.

— Pourquoi t'a-t-elle quitté ?

Il semblait n'avoir attendu que ça. Il me raconta sa séparation pendant vingt minutes d'affilée. L'histoire ne manquait pas de sel, car son ex, Simone (tel était bien son nom !), l'avait plaqué pour son père. Simon était un beau salaud, mais au moins il ne s'était pas tiré avec ma mère.

Quand les autres ressortirent de la cuisine avec les spaghettis et la sauce tomate, j'étais encore au beau milieu de la tragédie grecque de Christian. Les larmes ruisselaient sur ses joues, tandis que je lui tapotais machinalement la main. Ce rendez-vous partait complètement à vau-l'eau !

— Exceptionnellement, ne prendrais-tu pas une goutte de vin avec ton repas ? me demanda Ben avec le plus grand sérieux, mais je voyais frémir les commissures de ses lèvres.

— Exceptionnellement, mais une toute petite goutte.

Ben remplit mon verre. Je le soulevai et, dans un geste bien peu féminin, le vidai d'un trait. C'était sans importance, puisque Christian regardait droit devant lui, les yeux noyés de larmes.

— Le pire est que j'avais une confiance aveugle en elle, se lamentait-il sans toucher à ses spaghettis. Elle m'a piétiné ! Cette humiliation est intolérable ! Ma vie n'est plus qu'un tas de décombres !

Il pleura pendant tout le repas. La dernière bouchée avalée, je me levai et débarrassai la table. J'éprouvais un besoin urgent d'être seule.

J'emportai les couverts dans la cuisine et les rangeai dans le lave-vaisselle. J'espérais que je ne m'étais jamais conduite comme Christian. C'est sûrement fondamental de pouvoir faire son travail de deuil et je ne le comprenais que trop bien, mais devant des quasi-inconnus… Je n'avais jamais fait cela, sauf devant Udo et Thomas, me rappelai-je soudain. Et Jan. En fait, devant tous les clients du pub irlandais. Et Otto. Je lavai les casseroles et les essuyai. Je devais m'avouer que je m'étais conduite exactement comme Christian, que cela me plût ou non. Je commençais à comprendre ce que Ben avait voulu dire quand il m'exhortait à me ressaisir, car cet apitoiement sur soi était difficilement supportable.

Je sortis le dessert, un gâteau aux pommes, du réfrigérateur, et me haussai sur la pointe des pieds pour prendre les assiettes sur l'étagère supérieure du placard, mais en vain. Impossible de les atteindre malgré tous mes efforts. Je sentis soudain quelqu'un arriver derrière moi, saisir les assiettes et les déposer sur le plan de travail. C'était Ben. Il se pencha vers moi.

— Je t'avais bien dit que ça ne servirait à rien de te faire belle, ce type n'est qu'un crétin, me chuchota-t-il à l'oreille.

Son souffle me fit frissonner. Je résistai de toutes mes forces à l'envie de me retourner vers lui pour le regarder dans les yeux. Le vin avait dû me monter à la tête.

Je m'écartai et le dévisageai. Il souriait. Avait-il toujours eu ces minuscules rides aux coins des yeux ?

— Il parle encore de son ex ! Je n'en peux plus ! déclara Michel, qui venait d'entrer.

Ben s'éloigna de moi et je me concentrai sur le dessert. Après s'être tous bousculés encore un moment dans la cuisine, il devint impossible de jouer les prolongations davantage. Dans la salle à manger, Christian sanglotait, effondré, dans les bras de Juli.

La soirée s'acheva rapidement. Christian ne voulut pas de dessert, même si ce dernier n'avait pas d'âme, et prit congé.

— Eh bien, encore un succès ! commenta Ben, à peine la porte refermée derrière lui. Reste cette question : Lena, fais-tu pleurer tous les hommes dès le premier rendez-vous ?

Juli et Michel éclatèrent de rire.

— Ah, ah, ah, très drôle, mais je suis parfaitement capable de me tourner en dérision toute seule, tu sais !

— Oui, mais c'est toujours plus drôle quand c'est moi qui m'en charge, rétorqua Ben avec un sourire.

Quand, enfin allongée dans mon lit, je récapitulai cette soirée, je décidai de prendre moi-même mes rendez-vous à l'avenir. Et de ne plus jamais les partager avec Juli et Michel, sans parler de Ben Feldhaus !

Chapitre 9

Où je suis brièvement la petite amie de Ben avant de rompre avec lui.

Quelques semaines plus tard, ma décoration d'automne pour le magasin avait cédé la place à celle de Noël et la pluie à d'épais flocons de neige. Je parlai à Otto de mes projets de vente de livres de jeunes auteurs de Hambourg et de séances de lecture, mais il les rejeta, comme d'habitude.

— Tous ces chichis, ce n'est pas le genre de la maison, déclara-t-il. Nous ne sommes qu'un magasin de bouquins d'occasion.

— Mais les choses évoluent. Nous changeons tous, toi, moi et aussi ce magasin.

Otto se tut.

— J'ai besoin d'y réfléchir, répondit-il.

Ah ! C'était déjà bien mieux !

— Euh, au fait, Otto…

— Quoi encore ? demanda-t-il en levant les yeux de son cahier d'un air excédé.

— As-tu déjà une idée pour notre réveillon ?

— Notre réveillon ?

— Oui. J'exige de mon employeur une soirée de réveillon. Puisque je suis sous-payée et que je dois obéir à tes ordres, je veux pouvoir bâfrer et me saouler au moins une fois par an à tes frais.

Otto referma son cahier avec exaspération.

— Je me demande qui donne des ordres à qui, ici ! lança-t-il.

— Un réveillon permet de créer une bonne atmosphère dans l'entreprise.

— L'entreprise en question se réduit à toi et moi !

— Oui, mais le climat pourrait être encore meilleur même entre toi et moi. Si ma compagnie ne te suffit pas, nous pourrions inviter d'autres personnes. Il se trouve que j'ai une idée.

— Comme par hasard ! pesta Otto.

— J'avais pensé le fêter le troisième samedi de décembre. Nous pourrions offrir du vin chaud et des biscuits de Noël dans le magasin, c'est toujours apprécié des clients. Après la fermeture, nous inviterons quelques clients et nos voisins. Sergueï pourrait venir jouer de la musique.

Otto restait immobile, les bras croisés.

— Qu'en dis-tu ? demandai-je.

Il poussa un soupir.

— Comme tu voudras.

Satisfaite de ce résultat, je sortis de l'arrière-boutique et dressai une liste pour le réveillon. La fête ne devait être ni trop ambitieuse ni trop coûteuse. Plus elle serait simple, meilleure serait l'atmosphère.

— Vous achetez aussi des livres, non ? demanda une voix vaguement familière qui m'arracha à mes pensées. Je levai la tête et vis deux yeux bleus. C'était Jan, le barman du pub irlandais ! Mon cœur eut un raté.

Il me regardait en plissant le front.

— J'ai l'impression de t'avoir déjà vue quelque part, mais…

— Lena, l'interrompis-je, volant à son secours. Fin juin. La fille au carton.

Un sourire s'épanouit sur son visage.

— Ah oui, bien sûr ! La délaissée au cœur brisé.

Je me sentis rougir.

— Exactement, répondis-je. Bonjour, Jan. Comment ça va ?

— Pour le mieux. Toi aussi, apparemment : tu es rayonnante.

Je repoussai ma frange de mon front. Mon Dieu, il était encore plus séduisant que dans mon souvenir !

— Et tu as un nouveau boulot, constata-t-il.

— Oui, mais c'est du provisoire, je cherche un emploi dans les relations publiques.

Aucune agence n'avait montré le moindre intérêt pour mes candidatures et ma motivation, mais rien ne m'interdisait de parler de mes projets.

— Tu veux les vendre ? demandai-je en regardant les livres qu'il tenait à la main.

— Oui. Il faut bien que de l'argent rentre d'une manière ou d'une autre, répondit-il en riant.

Je passai lentement en revue la pile, soulagée d'avoir quelque chose à faire : *La Peste* de Camus, *Le Chat et la Souris* de Günter Grass, *Du côté de chez Swann* de Proust, *2666* de Bolaño… Eh bien, il ne faisait pas dans la littérature de divertissement !

— Ce n'est rien d'indigeste, déclara-t-il au même moment. C'est du léger, de la littérature de divertissement, mais bon, on peut bien céder un peu à la facilité de temps en temps.

Je déglutis en regardant les livres de poche usés. Si c'était du divertissement, le homard était un plat de pauvre.

— Je peux t'en donner vingt euros, dis-je en priant pour qu'Otto n'en sache jamais rien, mais je ne voulais pas paraître rapace aux yeux de Jan.

Il me sourit, je lui rendis son sourire et mon cœur battit plus vite. Je ne croyais pas aux signes du destin, mais cette réapparition de Jan après tout ce temps, ça devait bien avoir un sens, non ? C'était ma chance et je devais la saisir… en avant !

— Euh, dis-moi, me lançai-je. Ça te dirait de prendre un café ? J'aurai fini dans un instant.

Le cœur battant, j'attendis sa réponse.

— Bien sûr, pourquoi pas ? déclara-t-il avec un haussement d'épaules.

Je réprimai à grand-peine un large sourire.

Attention, Lena, me tança la voix de la raison, *un dalmatien, pas un petit bâtard.*

— Super, laissai-je tomber négligemment sans avoir l'air surprise par cette réponse. Il y a un café sympa juste à côté.

— OK, je t'attends là-bas.

Vingt minutes plus tard, j'arrivais chez Rüdiger.

— Salut Lena, me lança-t-il joyeusement. Comment ça va ? Viens, assieds-toi au comptoir et donne-moi de tes nouvelles.

— Ce serait avec plaisir, mais j'ai rendez-vous.

Je regardai autour de moi et découvris à une table, dans un coin de la salle, Jan, qui me fit signe.

— Avec lui, précisai-je en le désignant.

Rüdiger me regarda, les sourcils haussés.

— Voyez-vous ça… et ton médecin ? demanda-t-il.

Je levai les yeux au ciel.

— Ce n'est pas mon médecin, mais celui d'une foule de femmes, Susanne entre autres. Mais sûrement pas le mien.

Rüdiger sourit.

— Oh, Susanne n'est plus sa patiente, répondit-il.

— Ah bon ? demandai-je, surprise.

— Non, confirma-t-il avec la mine satisfaite d'un chat repu.

— Oui, eh bien moi, je n'ai pas l'intention de me faire soigner par lui, ni maintenant, ni plus tard.

Je rejoignis Jan et m'assis à sa table. Il leva les yeux de son livre.

— Salut.

Je lus le titre avec curiosité : *Sur l'écriture*. Il surprit mon regard.

— Oui, j'écris, expliqua-t-il. C'était sans doute ce que tu voulais me demander.

— Euh… oui, répondis-je pour ne pas le contrarier.

Rüdiger s'approcha de notre table.

— Qu'est-ce que ce sera pour vous ?

— Un expresso, s'il vous plaît, répondit Jan.

Un expresso ? Avait-il envie d'abréger notre rendez-vous ?

— Et pour madame ? demanda Rüdiger.

— Un café au lait et un g…

Je m'interrompis. Si je commandais un gâteau au chocolat, Jan me prendrait sûrement pour une goinfre.

— … et un grand verre d'eau.

— Pas de gâteau au chocolat ? demanda Rüdiger, étonné.

— Non, merci. Je viens juste de manger une pomme et je n'ai vraiment plus faim.

— Parfait, répondit-il avec un sourire avant de s'éclipser.

Je croisai négligemment les bras pour mettre mon décolleté en valeur.

— Et qu'est-ce que tu écris ? demandai-je à Jan.

— Oh, de la foutaise existentialiste, éluda-t-il. Je n'ai encore rien publié, les éditeurs n'osent pas prendre ce risque. Mes écrits sont trop indigestes et trop marginaux pour ces crétins, ces abrutis, ces débiles profonds de… – comment les appelle-t-on, déjà ? – … de lecteurs, acheva-t-il en riant de ce trait d'esprit.

Je l'approuvai chaudement, avec une pensée émue pour les romans à l'eau de rose que j'aimais tant, mais ça, il était inutile de le lui raconter. Je pris ma pose d'interlocutrice en espérant qu'elle aurait plus d'effet sur lui que sur Christian.

— Et à quoi travailles-tu en ce moment ? repris-je.

— J'écris mon troisième roman.

— Super ! De quoi parle-t-il ?

Rüdiger s'approcha de la table.

— Un expresso, dit-il en posant la petite tasse devant Jan. Et un café au lait avec un g… un grand verre d'eau, lança-t-il avec un regard amusé avant de s'éloigner.

Jan laissa tomber une cuillerée de sucre dans son café avant de répondre.

— C'est l'histoire d'un garçon qui grandit dans un orphelinat en Nouvelle-Angleterre. Il noue une relation avec le médecin, véritable figure paternelle pour lui, et devient son assistant. À l'âge adulte, il travaille comme journalier chez un fermier qui cultive des pommes et s'éprend de sa fille. J'en suis resté là. Je n'ai pas de plan préétabli, je préfère me laisser guider par les personnages, ce sont eux qui décident de leur destin.

— Oui, eux ou John Irving, commentai-je après avoir bu une gorgée de café au lait.

— Pourquoi John Irving? demanda-t-il, tandis qu'une troisième cuillère de sucre disparaissait dans son expresso.

— Ton histoire ressemble fort à *L'Œuvre de Dieu, la part du Diable* de John Irving.

Il me regarda, atterré.

— Quoi, c'est vrai?

— Tout ce qu'il y a de plus vrai.

Il passa la main sur son visage et s'adossa à sa chaise.

— Merde alors!

— Eh, ne t'en fais pas! Ma sœur, qui est lectrice chez un éditeur, dit toujours que les histoires inédites sont de plus en plus rares. Il suffira que tu changes certains détails ici et là, et personne ne remarquera rien.

Jan se redressa d'un coup.

— Ta sœur est lectrice? demanda-t-il.

J'acquiesçai.

— Chez quel éditeur?

— Chez Libro.

— Intéressant...

Il parut un instant perdu dans ses pensées. Puis il m'adressa un charmant sourire.

— Au fait, Udo s'est vanté au pub d'avoir couché avec toi.

Je recrachai mon café au lait dont la mousse éclaboussa la table et, hélas, le visage de Jan.

— Quoi? m'exclamai-je.

Il essuya sa joue.

— Ne t'inquiète pas, personne ne l'a cru, dit-il sur un ton rassurant. Il voulait frimer, c'est tout.

— Je ne te le fais pas dire, déclarai-je en refoulant le souvenir d'un préservatif usagé et celui d'une poitrine d'homme flasque. Dans ses rêves, oui! ajoutai-je avec aplomb.

Jan sourit.

— C'est compréhensible, commenta-t-il en plongeant ses yeux dans les miens.

Je découvris des paillettes d'or dans ses iris, trop mignon!

Il interrompit cet échange de regards pour consulter sa montre.

— Désolé, Lena, je dois y aller, mon service au pub commence dans quelques minutes. Mais ça me ferait vraiment plaisir de te revoir. Ça te dirait de sortir un soir avec moi?

— Euh, je... (Que faisait donc une femme intéressante et dynamique dans ce genre de situation?) Oui, certainement, répondis-je avec nonchalance, mais je dois vérifier mes disponibilités. Je suis toujours en vadrouille, tu sais ce que c'est.

— Très bien. Je t'appellerai.

— OK.

Après avoir noté mon numéro de portable, Jan régla l'addition à Rüdiger.

— C'était sympa de te revoir, dit-il. À bientôt, alors.

Il me plaqua un gros baiser mouillé sur la joue, comme celui que je lui avais donné au pub, m'adressa un clin d'œil et s'en alla.

Je le suivis des yeux, médusée. Formidable! Ma séduction avait donc opéré. Je repartis de mon côté, très satisfaite de moi.

Dans la cuisine, Juli se gavait de glace à la vanille en lisant mon *Gala*.

— Qu'est-ce que tu fais là? demandai-je, surprise. Comment es-tu entrée?

— J'ai habité ici autrefois, figure-toi. Michel et moi avons encore une clé.

— Ah bon...

Je pris une cuillère dans le tiroir et me joignis à elle pour piocher dans la glace.

— Et chez toi, comment ça va? Que devient ce mariage? demandai-je.

— Qu'est-il censé devenir? répondit-elle, très concentrée sur sa cuillère.

— Est-ce qu'il se concrétise? Avez-vous fixé une date?

— Mon Dieu, laisse-moi un peu tranquille avec tout ça, répondit-elle en reposant la cuillère. Tu es exactement comme Michel. On a le temps, bon sang !

— Décembre approche, observai-je, le front plissé. Je croyais que vous vouliez vous marier l'été prochain, mais vous n'avez encore rien organisé et pas même arrêté une date.

— Ce n'est pas mon rêve de tout prévoir des mois à l'avance et dans les moindres détails comme tu le fais. Tu décides même du meilleur moment pour aller aux toilettes… très peu pour moi !

Je reposai à mon tour ma cuillère.

— Qu'est-ce qui cloche, Juli ? Tu es vraiment bizarre ces derniers temps.

Elle se leva, prit nos cuillères et les jeta dans l'évier.

— Michel n'a pas su tenir sa langue avec ma mère. Maintenant, elle sait que je me marie.

— Elle n'était pas au courant ?

Juli se rassit.

— Non. Tu ne connais pas ma mère. Elle est absolument contre tout ce qui est lié au mariage et je… je ne sais pas pourquoi au juste, mais j'aurais préféré le lui annoncer moi-même plus tard.

— Bien, dis-je pensivement, mais entre toi et Michel, tout va bien ?

— Bien sûr, répondit-elle en fuyant mon regard et en balançant nerveusement la jambe. En fait, je n'en avais pas fini avec la glace, ajouta-t-elle.

J'avais du mal à la croire, mais je la connaissais assez pour ne pas insister.

— Moi non plus, répondis-je. Ce qui nous fit rire, mais de façon un peu contrainte. Je me levai et allai chercher deux cuillères propres.

— Et toi, Lena ? Quoi de neuf ?

— Rien, lançai-je machinalement avant de me rappeler ma rencontre avec Jan. Si !

Et je lui racontai tout.

— Mais c'est génial ! s'écria-t-elle.

— Il est écrivain, dis-je en prenant une nouvelle cuillerée de glace. Et très intellectuel.

— Ça m'a l'air intéressant.

— Oui, confirmai-je en enfournant plusieurs cuillerées de glace. Je crois que c'est exactement ce qu'il me faut. Un peu d'intelligence ne peut nuire à personne.

Juli touilla d'un air méditatif la glace presque complètement fondue.

— Attends un peu ! s'exclama-t-elle soudain. Il faut te donner un coup de pouce ! J'ai récemment lu qu'il existait un rituel d'envoûtement pour ce genre de situation.

— Ah bon ?

— Oui, en établissant avec l'autre une relation d'ordre cosmique pour capter son amour. Il suffit de penser très fort à l'homme de tes rêves. C'est moi qui prononcerai la formule d'envoûtement.

Je ne comprenais pas vraiment de quoi il s'agissait ou, pour être plus précise, ça me paraissait complètement idiot, mais Juli avait l'air enthousiaste et j'étais heureuse de la voir de nouveau joyeuse.

— Bon, si tu crois que ça peut marcher. En tout cas, ça ne peut pas faire de mal.

— Super ! Viens.

Elle m'entraîna dans la salle à manger, me fit asseoir sur le canapé, et alluma quelques baguettes d'encens et des bougies. Elle baissa la lumière et mit un CD de musiques de méditation de notre cours de yoga. Elle s'assit ensuite sur une chaise près du canapé.

— Maintenant, allonge-toi sur le canapé et détends-toi, me dit-elle d'une voix grave et apaisante.

J'obéis et me mis à l'aise sur le sofa.

— Ferme les yeux et ouvre ton aura, ordonna-t-elle d'une voix solennelle de voyante de foire.

Je fermai les yeux, ce qui était un soulagement, car la fumée d'encens âcre me faisait larmoyer. J'ignorai délibérément l'aura faute de savoir ce que c'était, sans parler de la manière de l'ouvrir.

— Respire à fond et calmement, poursuivit Juli. Dééétends-toi. Nous allons maintenant établir une relation cosmique avec l'homme de tes rêves. Pense à lui, pense à l'homme pour lequel tu ressens de la sympathie...

Je vis se former en moi une image de notre cuisine. Pouah ! Pourquoi l'évier était-il si sale ? Il fallait absolument que je le nettoie !

— Alors, tu le vois ? demanda Juli.

Mon regard se détacha de l'évier crasseux et se tourna vers la table de la cuisine à laquelle Ben était assis et lisait le journal. J'ouvris les yeux bien grands. Ben ? Que faisait-il là ? Non, ça ne comptait pas, c'était probablement parce que je l'avais vu ce matin dans la cuisine.

— Alors ? demanda Juli, le front plissé.

— Rien. J'ai seulement senti un pincement. C'était peut-être une piqûre de moustique ou quelque chose de ce genre.

Elle me regarda d'un air dubitatif.

— Allez, continue, repris-je, et je fermai les yeux.

Je vis soudain le pub irlandais. Ça marchait donc ! Je me tenais au comptoir et cherchais Jan des yeux sans le trouver. L'image devint floue et je vis réapparaître notre cuisine. Je regardais malgré moi la table à laquelle Ben était encore assis. Bon sang ! Barre-toi, crétin ! pensai-je, agacée. Je me redressai. La séance était terminée pour moi. Ce rituel s'apparentait à de la foutaise pure et simple.

— Lena, que se passe-t-il ?

— Rien, j'ai seulement, sans faire attention... bredouillai-je en gesticulant. Enfin, je ne crois pas que ça marche.

— Quoi ? Attends, à qui viens-tu de penser ? demanda Juli.

— À personne, répondis-je un peu trop vite.

Elle s'assit à côté de moi sur le canapé et me regarda en plissant les yeux.

— Ne me raconte pas d'histoires, insista-t-elle. Tu viens de penser à quelqu'un, mais ce n'était pas Jan. Qui était-ce ?

Je me levai brusquement du canapé.

— Oh, j'en ai assez ! C'est vraiment trop bête ! Je vais nettoyer la cuisine, déclarai-je.

Je sortis de la salle, la tête haute, plantant là Juli, stupéfaite.

Un peu plus tard, je récurais l'évier avec ardeur. Je me demandais pourquoi j'étais si exaspérée d'avoir pensé à Ben. Premièrement, je ne croyais pas à ce rituel d'envoûtement tordu qui ressemblait plutôt à une invention de Juli. Deuxièmement, comme elle m'avait simplement demandé de penser à un homme que j'aimais bien, il était compréhensible que j'aie pensé à Ben. Évidemment, je l'aimais bien, enfin quand il ne me tapait pas sur les nerfs. Après tout, c'était le meilleur ami de Michel et comme un grand frère pour moi. Je l'appréciais un peu comme une sœur et une amie à la fois. Je n'avais donc aucune raison de m'énerver. Satisfaite de ce raisonnement, je poursuivis mon récurage.

D'un autre côté, Ben n'était pas mon frère. Alors si nous le voulions, ce qui bien entendu n'était pas le cas, Dieu nous en préserve, mais si nous le voulions, nous pourrions... je me demandai comment ce serait avec Ben. Je pensai à ses mains. Il avait vraiment de belles mains. Et de beaux yeux. D'un brun chaud, avec ces rides de rire aux coins... et des sourcils très expressifs. Et cette petite cicatrice qui lui donnait un air... hum, presque téméraire. Ça devait être merveilleux quand ces yeux vous regardaient tendrement et quand ces mains vous...

C'est ça, l'affection fraternelle et l'amitié ? interrogea la voix de la raison.

Mon Dieu, ce n'était qu'une pensée, me justifiai-je. Ça ne voulait rien dire.

Mais oui, répliqua la voix de la raison. *Tu es vraiment ridicule ! As-tu oublié que, pour lui, tu n'es qu'un petit bâtard ? Merkel et Obama ont plus de chances de se retrouver au lit que lui et toi !*

Cette Je-sais-tout commençait à m'agacer.

Au lit avec lui ? Jamais de la vie ! Je ne veux pas de lui, point final ! glapis-je intérieurement en polissant le robinet.

— Tiens, mais c'est ma petite ménagère modèle !

Je me retournai, furieuse. C'était justement Ben qui avait passé la tête par la porte et me regardait. Et pas vraiment tendrement, mais comme toujours d'un air amusé et un peu moqueur. Saleté d'yeux marron. Ai-je déjà signalé mon horreur des yeux marron ?

— Il ne manquait plus que toi, pestai-je. Laisse-moi tranquille, c'est tout ce que je te demande ! Allez, dégage !

Bien entendu, il n'en fit rien. Au contraire, il entra. Je me concentrai de nouveau sur ma mission « cuisine propre ».

— Qu'est-ce que tu as ? Tu as…

— Si tu me dis : « Tu as tes règles ? », ce n'est pas seulement le robinet que je vais récurer !

Ben eut le culot d'en rire. Il se plaça à côté de moi, croisa les bras sur sa poitrine et se pencha vers moi.

— Tu crois peut-être que j'ai peur de toi ? me demanda-t-il, provocateur.

Nous aurions presque pu nous embrasser. Qu'aurais-je fait s'il m'avait embrassée précisément à cet instant ? Il aurait suffi que je lève un peu la tête pour…

Merkel et Obama, me souffla ma voix intérieure. Ce fut efficace. Je me sentis soudain comme un caniche, ou plus exactement un petit bâtard auquel on aurait jeté un seau d'eau.

— Ben, pourrais-tu arrêter de te payer ma tête ?

Il me regarda avec étonnement.

— Je ne me suis pas encore moqué de toi aujourd'hui, répondit-il. En fait, je venais te demander si tu avais envie de venir avec moi au marché de Noël. Juli doit repasser chez elle avant de nous rejoindre là-bas avec Michel.

— OK, je serai prête dans dix minutes.

— Parfait, dit-il avant de ressortir.

Je poussai un soupir. Depuis quand et surtout pourquoi mes sentiments pour Ben étaient-ils devenus si surprenants ? Peut-être était-ce effectivement lié aux tensions prémenstruelles. Dans ces moments-là, on a tendance à partir en vrille.

— N'est-ce pas merveilleux ? demandai-je à Ben, alors que nous flânions dans le marché de Noël joyeux, animé et couvert de neige avec ses stands joliment ornés. Regarde comme tout devient beau sous la neige ! Et comme ça sent bon ! Les amandes grillées, le vin chaud et la cannelle…

J'inspirai profondément et adressai à Ben un sourire radieux. Noël était un moment fantastique !

— Hum… merveilleux !

Ben ne raffolait pas des marchés de Noël, pour ne pas dire qu'il les avait en horreur et qu'il était venu ce jour-là seulement pour passer la soirée avec ses amis.

Je levai les yeux au ciel, excédée.

— Détends-toi un peu, Grincheux, répondis-je. Je vais nous chercher du vin chaud, le tien de préférence avec un petit coup de gnôle.

Sur ces mots, je lui tournai le dos et me dirigeai vers le stand de vin. L'air résonnait de bavardages et de rires. Dans les stands et les manèges, on entendait des musiques de Noël comme « In der Weihnachtsbäckerei », « Winter Wonderland » et « Last Christmas ». Dans la joie et la bonne humeur, je me frayai un chemin au milieu de la foule jusqu'au comptoir. Un instant plus tard, j'en repartis, des tasses fumantes à la main, à la recherche de Ben.

Et je me retrouvai nez à nez avec Simon.

Mon cœur cessa de battre pendant quelques secondes. Au même moment, le joyeux et ridicule « Feliz Navidad » me parvint du stand de vin.

Simon ouvrit les yeux tout grands et blêmit. Un bref regard oblique me confirma qu'elle était à son côté. Elle, Cordula.

— Bonjour, Simon, me forçai-je à lui dire.

Il s'éclaircit la gorge.

— Bonjour, Lena. Comment vas-tu ?

— Très bien, merci.

— C'est bien…

— Oui.

Bon sang, ce que j'aurais aimé avoir le sens de la repartie... Pourquoi étais-je toujours aussi empotée dans ce genre de situation ?

— Et toi, comment ça va ? demandai-je.

— Nous allons nous marier juste avant Noël, répondit Cordula à sa place.

« *Feliz Navidad, prospero año y felicidad...* »

La salope !

— Vraiment ? repris-je.

Simon regardait obstinément son vin.

— Oui, nous avons pensé que notre enfant devait naître dans la légitimité, déclara Cordula en posant une main protectrice sur son ventre qui me parut bien arrondi.

« *I wanna wish you a merry Christmas from the bottom of my heart.* »

J'en restai le souffle coupé.

— Ah oui, répondis-je après ce qui me parut être une éternité. Et c'est pour quand ?

— Le 15 janvier, répondit-elle.

Je fis un rapide calcul. Elle était tombée enceinte alors que Simon et moi étions encore ensemble.

« *Feliz Navidad, Feliz Navidad, Feliz Navidad, prospero año y felicidad...* »

— Oh, fut tout ce que je pus articuler avant de reprendre mes esprits. Mes félicitations, ajoutai-je et je voulus regarder Simon dans les yeux, mais il se détournait obstinément. Bon, je dois repartir, moi aussi, repris-je avec un sourire crispé. Je connais quelqu'un qui attend son vin avec impatience.

— Ah bon ? demanda Cordula avec intérêt.

— Oui, mon ami, répondis-je, mais je me maudis aussitôt. Bonne continuation et à un de ces jours peut-être !

Je me retournai et faillis entrer en collision avec Ben, qui était visiblement parti à ma recherche.

— Qu'est-ce que tu as fabriqué pendant tout ce temps ? me demanda-t-il avec agacement.

— Quoi, lui ? s'exclama Simon, qui était à moins de deux mètres derrière moi.

Ben regarda par-dessus mon épaule et son regard devint aussi glacial que l'hiver sibérien. Je me sentais de plus en plus mal à l'aise.

— Oui, lui, répondis-je en donnant à Ben son verre de vin. Je me retournai vers Simon.

— Qui, lui ? demanda Ben, perplexe.

— Toi et Lena, vous êtes ensemble ? insista Simon.

— Euh… commença Ben, mais je passai mon bras libre autour de sa taille et répondis à sa place :

— Eh oui, nous sommes ensemble. Ça a été une sacrée surprise pour tout le monde, n'est-ce pas, mon chéri ?

Ben se raidit avant de m'adresser un regard incrédule. Je le pinçai le plus discrètement possible en espérant qu'il comprendrait. Il se détendit.

— Oh que oui, surtout pour moi, l'entendis-je déclarer à mon grand soulagement.

Il passa son bras libre autour de mes épaules et les serra si fort que je réprimai à grand-peine un cri de douleur.

— Et voilà, lançai-je, les dents serrées, quand notre cœur nous entraîne, on peut faire des folies !

— En effet, approuva sèchement Ben. Alors Simon, ma vieille branche, qui eût cru que je te remercierais un jour d'avoir laissé choir juste au bon moment ce petit trésor ? dit-il en me serrant les épaules comme dans un étau.

Simon nous regardait tour à tour.

— C'est vrai, ça, renchéris-je en posant la tête sur l'épaule de Ben. Imagine, si je l'avais épousé, quelle catastrophe ça aurait été !

— Ça, tu peux le dire, Bouboule ! répliqua Ben en me pinçant la joue. Tu as raison, comme toujours !

Je me promis de lui régler son compte pour le « Bouboule » dès la fin de ce petit numéro.

— Et voici la nouvelle élue de ton cœur ? s'enquit Ben en se tournant vers Cordula.

Son regard glissa sur son ventre épanoui.

— Oui, et ils vont se marier ! Ce n'est pas merveilleux ? dis-je avec un enthousiasme si forcé que ma voix dérapa dans les aigus.

— Heureusement que le chiard ne naîtra pas dans l'illégitimité, ça ferait jaser.

— Depuis quand êtes-vous ensemble ? demanda Simon.

— Oh, euh, bafouillai-je. C'est difficile à dire...

J'avalai une gorgée de vin pour dissimuler ma gêne.

— La vérité, c'est que Lena m'aime depuis toujours, déclara fermement Ben.

Je faillis m'étrangler.

— Mais comme je ne suis qu'un pauvre imbécile, j'ai mis une éternité à comprendre que j'étais fou d'elle.

Il caressa doucement mon bras avant d'enlacer ma taille et me pressa contre lui.

— Et puis, un jour, je l'ai trouvée devant ma porte, une valise à la main.

Il baissa les yeux vers moi, sourit et m'embrassa sur le front.

— J'ai compris à cet instant que je ne la laisserais plus jamais repartir.

Mon cœur faisait des bonds étranges et mes genoux flageolaient. Je le dévisageai, fascinée. Quelle belle histoire !

— Chéri, il faut y aller, intervint Cordula. Le cours de préparation à l'accouchement commence dans un instant.

— Oui, bien sûr, ma chérie, répondit Simon. Je suis vraiment heureux que tu ailles si bien, Lena, me dit-il en me regardant avec le plus grand sérieux.

« Espèce de minable petit menteur, tu mériterais que je t'en colle une », pensai-je. Mais je sentais le bras de Ben autour de ma taille, sa main sur ma hanche, son corps contre le mien et, soudain, tout le reste me devint égal.

— Salut, Simon. Bonne continuation, répondis-je.

Simon et Ben échangèrent un signe de tête, Cordula et moi un « au revoir » poli, et mon ancien fiancé et elle disparurent dans la foule.

J'éprouvais un besoin urgent de m'asseoir, mais il n'y avait aucun siège en vue.

Ben avait gardé un bras autour de mes épaules.

— Tout va bien ? me demanda-t-il en me regardant d'un air soucieux.

— Oui, ça va, bizarrement, répondis-je.

Il poussa un soupir.

— Quelle peste, hein ?

— Je ne te le fais pas dire.

— J'espère que son gniard sera moche.

Il éclata de rire.

— N'est-il pas déjà assez puni avec de tels parents ?

Il se rendit alors compte qu'il me tenait et il me lâcha, ce qui me déplut franchement.

— Il suffit de t'accompagner au marché de Noël pour ne plus pouvoir se décoller de toi, Bouboule, lança-t-il.

— Ben, ne m'appelle plus jamais Bouboule !

— Mais puisque nous sommes ensemble, il faut bien que je te donne un petit nom d'amour, affirma-t-il avec une étincelle d'amusement dans le regard. Quand mettrons-nous tes parents au courant, à moins que je leur aie déjà tout raconté ? Au fait, au cas où nous voudrions nous marier, préviens-moi à temps pour que je puisse prendre des vacances.

J'eus soudain froid et je resserrai mon écharpe autour de mon cou.

— Arrête tes conneries !

— Et voilà, tu me plaques déjà, commenta-t-il avec un sourire.

— C'est toujours mieux que l'inverse, grommelai-je. Mais qu'est-ce que Michel et Juli peuvent bien fabriquer ?

Je consultai mon téléphone portable. Juli m'avait envoyé un SMS :

Désolée, nous n'avons plus le temps de venir. Buvez un vin chaud à notre place, OK? Bises, Juli.

— Ils ne pourront pas nous rejoindre, informai-je Ben.

— Ah bon, pourquoi ?

— Aucune idée.

Je regardai un instant mon téléphone, perdue dans mes pensées, avant de le rempocher.

— Dis-moi, tu ne trouves pas qu'il y a de l'eau dans le gaz entre eux ?

Ben fronça les sourcils.

— Non, pas vraiment. Pourquoi ?

Je revis l'instant où, dans la cuisine, Juli m'avait paru si malheureuse.

— Je ne sais pas, répondis-je. C'est juste une impression. Bon, on rentre ?

Nous sommes rentrés en silence. Ben marchait à côté de moi. Je me souvins de ma réaction surprenante à son contact un instant plus tôt, et je me dis que j'avais intérêt à maîtriser mes tensions prémenstruelles, sinon mes sentiments fraternels pour lui risquaient d'en prendre un coup.

Et ça, ce serait vraiment catastrophique !

CHAPITRE 10

Où j'embrasse deux hommes en une heure.

Pendant les jours qui suivirent, je m'efforçai de chasser Ben de mes pensées et de me concentrer sur Jan. J'avais vraiment envie de le revoir. Durant deux semaines, il me laissa sur des charbons ardents. Dès que je recevais un SMS ou un appel, je me précipitais sur mon téléphone, mais j'étais à chaque fois déçue. C'était vraiment la dernière chose dont j'avais envie. Je voulais qu'on me fasse la cour, bon sang! Je l'avais pourtant bien mérité après mon histoire avec Simon.

Un après-midi, quatre jours avant Noël, alors que je parlais avec enthousiasme d'*Orgueil et Préjugés* de Jane Austen avec ma cliente préférée, une habituée, Mme Brümmer, un bourdonnement m'avertit que j'avais reçu un SMS. Je m'excusai auprès de Mme Brümmer et lus le message:

Salut Lena! J'ai traversé une phase extrêmement créatrice où je me suis coupé du monde. Désolé! Ça te dirait qu'on se revoie? Jan

— Il m'a contactée! m'exclamai-je en levant les yeux de l'écran.

— Est-ce un M. Darcy, un M. Wickham ou un M. Collins? demanda Mme Brümmer.

— Je n'en sais rien pour l'instant.

— Eh bien, je vous souhaite un M. Darcy, conclut Mme Brümmer.

Elle s'en alla après avoir acheté une nouvelle édition d'*Orgueil et Préjugés*, la trente-huitième si mes souvenirs sont bons. En fait, ça m'était complètement égal que Jan soit ou non un M. Darcy, du moment qu'il n'était pas Ben. J'avais envie de lui répondre tout de suite, mais je décidai de démarrer du bon pied. La nouvelle Lena n'attendait pas un message pendant deux semaines pour y répondre dans les cinq minutes. Non, elle n'accourait pas quand son maître la sifflait. Je rempochai mon téléphone et le soir, je réglai mon réveil sur deux heures et demie du matin.

Quand Robbie Williams me réveilla en pleine nuit en me susurrant « Angels », je ne compris pas immédiatement pourquoi le réveil sonnait à cette heure. Et puis je me rappelai que je voulais envoyer un SMS à Jan. Encore à demi endormie, je me dirigeai vers la cuisine pour boire quelque chose d'abord. La lumière était allumée. Ben était assis à la table devant une tasse fumante.

— Toi non plus tu n'arrives pas à dormir ? demandai-je.

— Non.

Je pris un verre, une brique de jus d'orange et m'assis à côté de lui. Le contenu de sa tasse me surprit.

— Serait-ce du lait chaud au miel ?

— Oui. Ma mère m'en faisait quand je n'arrivais pas à dormir ou quand j'étais malade.

Il regardait fixement le fond de sa tasse. Je remarquai alors ses cernes sombres.

— Ça ne va pas ? m'enquis-je en posant la main sur son bras.

Ben se figea, retira son bras, puis passa la main sur son front comme pour effacer ses pensées.

— Si, mais en ce moment, le travail à l'hôpital est stressant, répondit-il. Avec toute cette neige, c'est vraiment la pagaille. Je n'avais encore jamais vu autant de blessés dans des accidents en une seule journée.

Je ne l'avais jamais vu si pensif. Je compris soudain une chose à laquelle je n'avais encore jamais réfléchi : la raison pour laquelle il avait choisi ce métier. Sa mère était morte dans un accident de la circulation.

À cet instant-là, malgré moi, j'eus un élan vers lui.

— Ta mère te manque, c'est ça ? l'interrogeai-je en désignant le lait.

Il le remua et souleva avec la cuillère la peau qui s'était formée à la surface.

— Il y a vingt-cinq ans qu'elle est morte.

— Mais elle te manque encore.

Il laissa retomber la cuillère dans la tasse, qu'il repoussa brusquement.

— Foutaises, lança-t-il, et il se leva. Bon, je vais roupiller.

C'était lui tout craché : ne montrer aucune émotion. Je me raclai la gorge.

— Moi aussi. Bonne nuit, Ben.

Je sortis de la cuisine et traversai le couloir dans mes pantoufles à tête de tigre. Dans ma chambre, je m'étendis sur mon lit et pris mon téléphone. J'avais peaufiné le message que j'envoyai à Jan :

Désolée de ne pas t'avoir répondu plus tôt, j'ai été très prise. Je rentre tout juste d'une soirée. Oui, bien sûr, nous pourrions sortir un soir.

J'étais satisfaite de cette réponse que je trouvais suffisamment distante sans être froide pour autant. Mon téléphone bourdonna une minute plus tard. Avait-il déjà répondu ? En pleine nuit ? Je lus le message.

Samedi ?

« Tiens, tiens, il me laisse mijoter, mais ensuite, il ne peut plus attendre », pensai-je. Ça ne me dérangeait pas du tout. J'écrivis :

Samedi soir, on fête Noël au magasin et tu seras le bienvenu. À 19 h ?

Avec plaisir, répondit-il. *J'ai hâte de te revoir.*

Un sourire me vint aux lèvres. Il avait hâte de me revoir ! Eh bien, c'était réciproque.

Le samedi arriva et, enfin, le moment où je reverrais Jan. Je fignolai la décoration de Noël du magasin, posai des plateaux de biscuits sur la table du coin lecture et sur le comptoir et, *last but not least*, accrochai au plafond une boule de gui. Puis je fis réchauffer sur une plaque un énorme pot de vin épicé.

Par chance, le temps était gris et sinistre, ce qui rendait les illuminations de notre magasin d'autant plus attirantes. Et l'odeur du vin chaud se répandait dans la rue. En bref, cette soirée fut un succès : ce jour-là, nous avons battu notre record de ventes.

— On ne peut pas dire que la vente et l'achat de livres d'occase soient des activités très prestigieuses, me dit un monsieur d'un certain âge qui, après avoir bu trois verres de vin, empilait sur le comptoir quatorze livres, mais cette librairie a tant de charme qu'il faut à tout prix la soutenir.

Je rayonnais de fierté.

— Chaque livre a son histoire, c'est beau, déclarai-je, et je brandis une ancienne édition de *La Maison aux pignons verts*[1]. Celui-là, par exemple, il est aujourd'hui impossible de le trouver relié en librairie. Je trouve passionnant d'imaginer tout ce qu'il a vécu. À qui a-t-il appartenu ? Peut-être a-t-il fait rire une petite fille malade ?

Cette idée parut enthousiasmer mon client.

— C'est vrai ! Je n'avais encore jamais envisagé la question sous cet angle, remarqua-t-il.

Il paya ses livres et je m'enrichis de soixante-cinq euros, ce qui fit deux heureux.

— Faire rire une petite fille malade ? demanda derrière moi la voix goguenarde de Ben. Tu t'es encore laissé emporter par ton imagination on dirait ?

J'avais l'impression d'être prise la main dans le sac.

— Non, c'est une technique de vente, répliquai-je.

— Ah oui ? Et que font ces larmes au coin de tes yeux ?

Je cherchai fébrilement une réponse qui ne vint pas. Je fus heureusement sauvée par l'arrivée de Juli et Michel. Mon frère, qui se bourrait de biscuits, avait l'allure d'un hamster.

— Géniale, ta fête, Lena ! Je ne t'aurais jamais crue capable de cela, commenta-t-il.

1. Roman de l'écrivaine canadienne Lucy Maud Montgomery, paru en 1908.

— Moi si, déclara Juli.

Un instant plus tard, Sergueï et ses amis Igor et Alex, qui jouaient du violon et de la balalaïka, déboulèrent dans le magasin et leur musique, un air russe mélancolique et magnifique, résonna dans la salle. Même si ce n'était pas un chant de Noël, cela convenait tout à fait à l'atmosphère. Le magasin se remplissait et je ne savais plus où donner de la tête. Il fallait servir à boire, bavarder et vendre des livres. Les gens parlaient, riaient et le vin coulait à flots.

Même Otto finit par sortir de son cagibi. Il restait planté au milieu de la salle avec ses cheveux gris et sa barbe, les mains crispées sur sa tasse de vin, visiblement désorienté. J'eus envie de tout planter là pour le rejoindre, mais je vis alors Ben engager la conversation avec lui, si tant est qu'on puisse parler de conversation avec Otto. J'échangeai un regard avec Ben à travers la foule, il m'adressa un clin d'œil et je lui adressai un « merci » silencieux.

Susanne et Rüdiger firent leur apparition. Elle portait une robe de sa création et éclipsait toutes les autres femmes. À côté d'elle, Rüdiger, qui était petit, rondouillard et passait généralement inaperçu, paraissait presque comique, mais elle semblait en adoration devant lui et je remarquai qu'ils se tenaient par la main.

— Mais que vois-je là ? dis-je en montrant leurs mains.

Susanne m'adressa un large sourire.

— C'est ce qu'on appelle une relation, répondit-elle.

— Comment ça ? Depuis quand ? demandai-je en ouvrant de grands yeux.

Rüdiger passa un bras autour de la taille de Susanne.

— Nous ne sommes officiellement ensemble que depuis quelques jours, mais je suis amoureux depuis le 1er septembre 2002, me confia-t-il.

— Le jour où j'ai ouvert mon magasin, expliqua Susanne. J'ai eu besoin d'un peu plus de temps pour y voir clair, mais la révélation a été d'autant plus bouleversante.

Rüdiger se hissa pour l'embrasser sur la joue.

— C'est merveilleux, je suis vraiment contente pour vous ! Mais comment se fait-il que je n'aie rien remarqué ? Je vous ai pourtant assez souvent vus ensemble, observai-je.

Susanne éclata de rire.

— Ne le prends pas mal, mon trésor, mais je crois que plusieurs choses t'échappent, dit-elle.

Qu'est-ce qu'elle racontait ? Moi qui avais un sens aigu de l'observation !

— Et où en es-tu avec Ben ? m'enquis-je.

— Oh, nulle part, éluda-t-elle. Nous sommes sortis plusieurs fois ensemble, rien de plus. En réalité, nous n'avions pas vraiment d'atomes crochus.

— Ah bon, dis-je en la regardant, pensive.

Rüdiger but une gorgée de vin.

— Et que devient le blond que tu as vu l'autre jour au café ? demanda-t-il.

— Oh, tu veux parler de Jan ?

— Qui est Jan ? demanda la voix de Ben derrière moi.

Depuis quand avait-il cette habitude exaspérante de surgir de nulle part ? Je me tournai vers lui.

— Tu ne le connais pas, répondis-je.

Il ne le connaissait pas car je n'avais aucune envie de lui parler de Jan. Il fronça les sourcils.

— Je sais, c'est bien la raison pour laquelle je t'ai posé la question, expliqua-t-il.

— Nous avons pris un café ensemble. Mais tu vas le voir, il doit passer ce soir.

Ben se mit à sautiller sur place en feignant une joie délirante et applaudit.

— Youpi ! Je n'attends que ça ! cria-t-il.

— Arrête de faire le crétin !

Un ange passa. Rüdiger se racla la gorge.

— Euh, avez-vous déjà fait vos achats pour Noël ? s'enquit-il.

— Pas un seul, répondit Susanne, tandis que Ben et moi restions cois. Noël vous tombe toujours dessus au dernier moment, vous ne trouvez pas ? fit-elle avec un rire forcé.

— Et comment as-tu rencontré ce type ? reprit Ben, qui se moquait visiblement de Noël.

— Au pub.

— Voyez-vous ça ! Dès que ça la prend, Lena va draguer au pub !

Je lui aurais volontiers vidé mon verre de vin sur la tête.

— Et toi, qu'est-ce qui te prend ? C'est toi qui vas me donner des leçons de morale ? ripostai-je.

— Oh, comme c'est romantique ! s'écria Mme Brümmer, qui venait de se joindre à nous avec l'homme de *La Maison aux pignons verts*. Vous êtes juste au-dessous du gui !

J'espérai de tout mon cœur qu'elle parlait de Susanne et de Rüdiger, mais non ! Je levai les yeux en même temps que Ben et cette saleté de gui suspendu juste au-dessus de nous semblait nous narguer. Quel imbécile l'avait accroché ?

— Il faut vous embrasser ! décréta Mme Brümmer, toute rayonnante.

Ben se tapota la tempe avec l'index.

— Je ne vais pas embrasser quelqu'un juste parce qu'un buisson pend au-dessus de moi, dit-il, et j'étais entièrement de son avis.

— Moi non plus ! déclarai-je. Ce truc est là juste pour la déco.

— Oh, arrêtez vos chichis ! intervint Rüdiger.

Ben et moi restions plantés là en évitant soigneusement de nous regarder.

— Je ne vous aurais jamais crus aussi trouillards ! lança Susanne par pure provocation. Ce n'est quand même pas la mer à boire !

— Elle a raison, embrassez-vous, bande de dégonflés !

Rüdiger et Susanne formaient décidément un duo d'enfer. Ils souriaient de toutes leurs dents.

— Em-brassez-vous ! Em-brassez-vous ! entonna la meute en chœur.

Je savais qu'ils ne lâcheraient pas prise et je ne voulais pas passer pour une dégonflée. Je me tournai vers Ben.

— Je crois que nous devons nous exécuter, lui dis-je.

Les autres poussèrent des vivats. Les yeux de Ben se réduisirent à deux fentes.

— Lena, je t'avertis... commença-t-il.

— Arrête un peu ! pestai-je. Nous ne sommes plus à l'école primaire !

— Je te revaudrai ça, articula-t-il entre ses dents serrées.

Il m'attira à lui sans douceur et pressa ses lèvres contre les miennes. Je ressentis une décharge électrique dans tout mon corps. Effrayée, je rejetai la tête en arrière, mais un instant plus tard, nous nous étions rapprochés. Nos lèvres s'unirent. Nous nous embrassions maintenant doucement et avec précaution, comme si nous avions peur de casser quelque chose. Je passai les bras autour de son cou et il me serra contre lui. Mon cœur battait avec violence et j'avais l'impression qu'un essaim d'abeilles surexcitées bourdonnait à l'intérieur. J'ignore combien de temps dura ce baiser. Je sais seulement que je ne percevais plus que Ben et la sensation qu'il provoquait en moi.

Mais la réalité se rappela finalement à moi. De très loin, j'entendis un rugissement et des applaudissements. J'interrompis notre baiser presque à contrecœur et rouvris les yeux. Ben me regarda d'un air perdu, comme s'il ne comprenait pas ce qui venait d'arriver et qu'il ne pouvait croire que je me tenais devant lui. Je ressentais exactement la même chose. Je touchai ma bouche du bout des doigts. Il m'a embrassée, voilà tout ce à quoi j'étais capable de penser. Ben m'a embrassée !

— Voyez-vous ça, déclara Rüdiger avec un large sourire. Ce n'était donc pas si terrible !

Je restais stupide, incapable de détacher le regard des yeux bruns de Ben. Mon cœur battait toujours aussi violemment et je sentais encore le bourdonnement des abeilles en moi.

— Lena ! m'appela Juli. Tu peux venir ? J'ai besoin de ton aide de toute urgence.

Elle se dirigea vers l'arrière-boutique et je lui emboitai le pas sans enthousiasme. Je me retournai vers Ben. Il me suivait des yeux, l'air encore déconcerté.

— Qu'est-ce qui se passe, bon sang ? me demanda Juli dans l'arrière-boutique.

Comme je ne le savais pas moi-même, je jouai l'imbécile.

— Quoi ? De quoi tu parles ?

Juli se renfrogna.

— De ces embrassades avec Ben, évidemment !

— Ah, ça, éludai-je en fuyant son regard. C'était juste une bise sous le gui et nous étions contraints et forcés.

Juli eut un ricanement de dérision.

— Mais oui, ça se voyait ! Que se passe-t-il entre vous deux ? demanda-t-elle.

— Rien, voyons ! Ben embrasse…

Je m'éclaircis la gorge.

— … vraiment bien, achevai-je en songeant que c'était l'euphémisme du siècle. Je me suis laissé entraîner, c'est tout. Il ne se passe rien entre nous, je t'assure.

Juli poussa un profond soupir.

— Bon sang, Lena, ne déconne pas, dit-elle en posant la main sur mon bras. Tu sais comment il est. Ça te briserait le cœur.

Ses paroles me firent mal, mais je savais qu'elle avait raison. Je devinais également que Juli, ma meilleure amie, serait la dernière à me comprendre si je lui parlais de mes étranges sentiments pour Ben.

Je me forçai à lui sourire.

— Ne t'en fais pas. Je ne suis pas assez stupide pour tomber amoureuse d'un type comme Ben, la rassurai-je.

— Tant mieux, dit-elle avec le plus grand sérieux. Car sans parler du fait que c'est un cavaleur et que lui et toi êtes comme chien et chat, il y a un nouvel obstacle dont le nom commence par un F… F comme Franziska.

Elle aurait aussi bien pu m'envoyer un coup de pied à la Lara Croft dans le ventre.

— Franziska ? Qu'est-ce qu'elle vient faire ici ?

— Michel m'a dit qu'elle venait de rentrer des États-Unis et que Ben l'avait revue hier. C'est la seule à avoir jamais compté pour lui, Lena.

— Eh bien, c'est… plutôt une bonne nouvelle pour lui, commentai-je d'une toute petite voix.

Juli m'observa un instant en silence.

— Laisse-moi te donner un bon conseil, ma chérie : oublie Ben. Tu n'arriveras à rien avec lui. Concentre-toi sur Jan.

Sur ces mots, elle tourna les talons, me laissant seule. Je me mordillai les ongles et regardai autour de moi. Le chaos le plus total régnait dans la minuscule cuisine et je ressentis le besoin irrésistible d'y remettre de l'ordre. Je rinçai les tasses sales dans l'évier. Merde, merde, merde, ça n'aurait jamais dû arriver ! me répétais-je. Mais pourquoi Ben m'avait-il embrassée ainsi alors qu'il revoyait sa chère Franziska ? C'était sûrement le naturel qui revenait au galop : Casanova restait fidèle à lui-même et embrassait toutes ses proies sans retenue.

Je récurai à fond la plaque chauffante. Bon, il ne s'était rien passé de si grave, après tout. Un baiser sous le gui, point final. Que Ben vive heureux avec sa Franziska bien-aimée, ça m'était parfaitement égal. Néanmoins, je me demandais d'où elle sortait soudain et comment cette connasse avait le culot de débouler à nouveau dans la vie de Ben après l'avoir froidement laissé choir. Et, bon sang, comment pouvait-il l'accepter ? Mais, d'un autre côté, pourquoi pas ? Après tout, elle était la seule qui comptait pour lui.

Je lançai l'éponge dans l'évier en me jurant que c'était la première et dernière fois que j'embrassais Ben Feldhaus ! Jan arriverait d'un instant à l'autre. Juli avait raison, je devais m'en tenir à lui et c'était exactement ce que je comptais faire.

J'inspectai l'arrière-boutique. Elle avait bien meilleure allure maintenant. Je retournai au magasin à demi apaisée. Faire comme s'il n'était rien arrivé, telle serait ma devise.

La salle était pleine à craquer, mais mes yeux retrouvèrent Ben en l'espace d'une seconde. Il formait un petit groupe avec Otto, Susanne et Rüdiger. Je me joignis à eux avec un : « Alors, tout va bien, messieurs dames ? » un peu trop joyeux. J'étais pleinement consciente de la proximité de Ben, même si nous n'étions pas côte à côte et ne nous touchions pas.

— Alors, il paraît que tu as retrouvé Franziska et que vous filez le parfait amour ? ne pus-je m'empêcher de lui lancer.

— Ah oui, c'est ce qu'on raconte ? répondit-il d'un air renfrogné.

— On raconte que tu l'as revue. Tu aurais pu m'en parler sans problème, tu sais.

— Comme tu m'as parlé de ce type du pub ?

Du coin de l'œil, je vis Susanne et Rüdiger échanger un regard, puis lever les yeux au ciel.

— Très bien. Je vais voir les invités, annonçai-je avant de m'éloigner.

J'essayai de penser à autre chose, débarrassai des verres et me joignis à plusieurs petits groupes pour bavarder. Mais je n'avais pas vraiment la tête à ce que je faisais, car j'étais trop occupée à me persuader que tout allait pour le mieux.

— Excusez-moi, fit une voix derrière moi, je cherche le roman *L'Œuvre de Dieu, la part du Diable*. L'auriez-vous, par hasard ?

Je me retournai. Jan se tenait devant moi, avec ses yeux bleus et un grand sourire. Je lui aurais sauté au cou.

— Celui de John Irving ou de Jan… ? Je ne connais même pas ton nom de famille.

— Celui de Jan Je-ne-connais-même-pas-ton-nom, naturellement.

— Il n'est hélas pas encore sorti, mais vous pouvez déjà le commander.

Nous nous regardions en souriant.

— Où étais-tu passé ? demandai-je.

— J'étais dans une phase de créativité : si je m'étais interrompu, je n'aurais rien pu écrire.

Il regarda autour de lui.

— C'est un succès, on dirait. Qu'est-ce que j'ai manqué ?

— Rien de spécial, répondis-je en pensant au baiser sous le gui.

— Au fait, c'est Reichert.

— Pardon ?

— Mon nom de famille : Reichert.
— Klein.
— Enchanté, dit-il en me tendant la main.
— Tout le plaisir est pour moi, répondis-je avec un sourire en prenant sa main.
Il serra fermement la mienne et plongea ses yeux dans les miens.
— *Comment pourrais-je empêcher mon âme de frôler la tienne ?* demanda-t-il, et il me caressa doucement la joue. *Comment pourrais-je la contraindre à voir autre chose que toi ?*
Personne ne m'avait encore jamais rien dit d'aussi beau.
— Je l'ai écrit pour toi, déclara Jan.
Tout à fait par hasard, je savais que ces vers étaient de Rilke, mais à cet instant précis, ça m'était égal.
— Comme c'est beau... murmurai-je.
— Comme toi, répondit Jan avec un sourire, que je lui rendis sans y penser.
Il s'éclaircit la gorge.
— Au fait, ta sœur est-elle ici ? demanda-t-il sur un ton dégagé.
— Katja ? Non, pourquoi ?
— Oh, juste pour savoir, éluda-t-il.
— Viens, je vais te présenter aux invités, dis-je en le prenant par la main.
Je me frayai un chemin dans la foule jusqu'à Juli, Michel et Ben, qui bavardaient.
— Je vous présente Jan, leur annonçai-je.
Juli nous fit un grand sourire, Michel sourit poliment et Ben parut franchement agacé.
— Je te présente mon frère Michel, dis-je à Jan.
Ils se serrèrent la main.
— Juli, sa fiancée et ma meilleure amie.
— Sa fiancée ? s'exclama Juli en tendant la main à Jan. Quelle idiotie !
— Nous sommes pratiquement fiancés, ma chérie, déclara Michel sur un ton laissant entendre que ce n'était pas la première fois qu'ils engageaient ce genre de discussion.

— « Fiancée» fait horriblement bourgeois. Je ne suis la fiancée de personne et si ça ne te plaît pas…

— ... alors quoi ? demanda Michel.

L'air semblait chargé d'électricité entre eux.

— Je te présente Ben, intervins-je, coupant court à l'affrontement qui menaçait. Mon, euh… mon…

Bon sang, je ne savais plus que dire. Quand je présentais Ben, je disais d'habitude «l'ami de Michel» et non mon… mon quoi, au juste ?

Ben haussa un sourcil et me regarda d'un air moqueur avant de s'adresser à Jan.

— Mon colocataire, un ami, mon cauchemar, le héros de mon enfance… fais ton choix.

Ben et Jan se toisèrent d'une manière qui me rappela irrésistiblement le duel de Henry Fonda et de Charles Bronson dans *Il était une fois dans l'Ouest*. Je pouvais presque entendre l'air à l'harmonica et je n'aurais pas été surprise de voir un buisson rouler sur le sol de la librairie.

— Alors ce sera : «mon cauchemar», déclara Jan.

— Tu ne crois pas si bien dire, riposta Ben.

Je trouvais leur comportement bizarre. Ben se montrait généralement aimable avec les inconnus, sauf avec Simon, qu'il n'avait jamais pu supporter.

— Jan est écrivain, annonçai-je avec fierté.

— Vraiment ? Aurions-nous déjà eu l'occasion de lire l'une de tes œuvres ? demanda Juli.

— Non, tout ce que j'écris pour l'instant dort au fond d'un tiroir.

Ben lui adressa un regard perçant.

— Quelle chance pour toi que la sœur de Lena soit lectrice chez un éditeur ! lança-t-il.

Merveilleux… aux yeux de Ben, c'était la seule raison pour laquelle un homme comme Jan pouvait s'intéresser à moi.

— Viens, je vais te présenter Otto, dis-je à Jan, car je pouvais très bien me passer des commentaires stupides de Ben.

Je partis à la recherche d'Otto, mais il était introuvable, même dans son cagibi. Il avait dû filer à l'anglaise. Quand je voulus retourner dans la salle, Jan me retint.

— Un instant, Lena, dit-il. Il y a plus urgent et je crois que c'est le moment…

— De faire quoi ?

Il me prit dans ses bras et m'embrassa. Mon premier réflexe fut de le repousser, mais je me dis que ce serait un bel antidote au baiser de Ben.

Jan embrassait vraiment bien. Du point de vue technique, il n'y avait rien à redire. Il était passionné. Moins… ardent, bouleversant et tendre que Ben… Ben ! Et Jan ! Mon Dieu, c'était la première fois de ma vie que j'embrassais deux hommes en une heure ! Mais je chassai rapidement cette idée pour me concentrer sur Jan. Étroitement enlacés et toujours en nous embrassant, nous avions atterri sur le canapé et il m'avait prise sur ses genoux. Il me donna un baiser dans le cou et je réprimai mon envie de rire parce qu'il me chatouillait.

Et si quelqu'un entrait ? pensai-je, alors qu'il me mordillait en cherchant à tâtons l'agrafe de mon soutien-gorge. Pourvu que le vin chaud ne soit pas en train de bouillir…

Je m'écartai de Jan.

— Non, pas maintenant. J'ai des invités à côté. Je ne peux pas faire de mamours avec toi, dis-je.

Je me mis à rire, car Jan avait l'air d'un petit garçon à qui on venait de confisquer son jouet.

— Hélas, ajoutai-je sur un ton conciliant.

— D'accord, mais à condition de se revoir le plus tôt possible.

Ça m'allait très bien, mais je me rappelai alors que la nouvelle Lena devait se faire désirer.

— Avec plaisir, mais je n'ai pas beaucoup de temps, comme je te l'ai déjà dit, répondis-je.

Jan poussa un soupir.

— Oui, je sais, dit-il. Après Noël, disons le 27, ça irait ? Pourrais-tu me réserver quelques heures ?

— Oui, ça devrait aller.

— Parfait. Je me sauve.

— Pourquoi ? protestai-je. Tu viens à peine d'arriver !

— Oui, mais moi non plus, je n'ai pas beaucoup de temps, tu comprends, me glissa-t-il à l'oreille.

Bon sang, j'avais besoin de lui ! Il était mon antidote contre Ben ! Mais je n'allais quand même pas le supplier. Je me redressai et relevai la tête en pensant à la nouvelle Lena.

— Oui, bien sûr, répondis-je.

— Au 27, alors. Je passerai te chercher à dix-neuf heures trente.

Il m'embrassa et disparut avant que j'aie eu le temps de dire « ouf ».

Je me recoiffai et affichai mon air le plus détendu pour aller rejoindre Juli et Michel.

— Ben est parti ? demandai-je sur un ton dégagé qui me valut un regard désapprobateur de Juli.

— Oui, je crois qu'il a rendez-vous avec Franziska.

— Ah, très bien, commentai-je avec mon expression la plus indifférente.

Après tout, j'étais en train de tomber amoureuse de Jan et c'était très bien ainsi.

Chapitre 11

Où je ne ressemble pas du tout à Conchita Wurst !

Le 24 décembre, notre folle de tante Wilma vint comme toujours dîner chez nous. C'était en réalité la tante de ma mère et elle n'était pas vraiment folle, mais un peu bizarre depuis le jour où, en allant promener son caniche Babsi, elle avait reçu un pot de géraniums sur la tête.

Le soir du 24, Babsi et elle arrivèrent chez nous une heure trop tôt. Ma mère n'en fut pas vraiment ravie, car elle était en plein désarroi : mon père avait oublié de sortir l'oie du congélateur la veille, si bien qu'elle était dure comme de la pierre. Ma mère fut donc obligée de la dégeler sans ménagement à l'aide un sèche-cheveux qu'elle lui fourra dans le derrière. Elle (ma mère, pas l'oie, bien sûr) est très gentille, mais également très à cheval sur la ponctualité. Se voir à la fois obligée de brutaliser une oie, même morte, et de repousser de plusieurs heures le déjeuner de réveillon mettait ses nerfs à rude épreuve. Je ne l'avais encore jamais entendue vitupérer comme elle le faisait maintenant. Les oreilles m'en sifflaient. Le visage écarlate, elle enfonçait le sèche-cheveux dans le croupion de l'oie en hurlant : « Si tu n'étais pas gelée, je t'étriperais ! »

Je choisis ce moment-là pour prendre le large.

Mon père, Katja, Lars et leurs enfants, ainsi que Juli et Michel s'étaient depuis longtemps enfuis sous prétexte de se promener. J'allai donc tenir compagnie à tante Wilma et à Babsi dans le salon. Assises sur le canapé, elles buvaient du sherry. Je dis « elles », car Babsi avait de temps en temps droit à une gorgée dans le verre de sa maîtresse.

— Ça va, ma chérie ? me demanda tante Wilma, alors que je m'asseyais à côté d'elle. Ses joues étaient d'un rose vif merveilleusement assorti à celui de la robe qu'elle portait ce jour-là.

— Où est passé ton mari ? s'enquit-elle.

Je me figeai.

— Quel mari ? demandai-je.

Tante Wilma émit un claquement de langue désapprobateur et fit boire une autre gorgée de sherry à Babsi.

— Le tien, voyons ! répondit-elle. Ça alors ! Tu es à peine mariée et tu as déjà oublié ton mari ? Qu'est-ce que tu dis de ça, Babsinette ? susurra-t-elle d'une voix de petite fille en grattant la tête du caniche. Pour nous, c'est vraiment un mystère, pas vrai, ma choute ?

Elle administra un gros baiser baveux sur la truffe de Babsi, qui ne parut guère apprécier ce traitement mais qui, sous l'effet de l'alcool, était incapable de se défendre.

Je devinais que tante Wilma avait dû s'emmêler les pinceaux à un moment ou à un autre.

— Mais je ne suis pas mariée.

Elle me dévisagea un instant en silence.

— Dis donc, Lena, tu me fais marcher ? Je sais très bien que tu t'es mariée en juin. Je ne suis quand même pas timbrée !

— Non, bien sûr que non, la rassurai-je avant d'avaler une bonne rasade de sherry. Non, je voulais me marier en juin, mais finalement, ça n'a pas marché et le mariage n'a pas eu lieu.

— Mais enfin, je m'en souviens parfaitement ! Tu étais si jolie dans ta robe de mariée... et ton mari ! s'exclama-t-elle avec ravissement. Un si bel homme, avec ses cheveux bruns ! Il est médecin, c'est bien ça ?

Je poussai un soupir. Tante Wilma avait visiblement eu une journée éprouvante.

— C'est de Ben que tu parles. L'ami de Michel, expliquai-je.

— Mais oui, le médecin. Ton mari.

— Non, CE N'EST PAS mon mari !

— Mais tu l'as épousé…

— Écoute, si je l'avais fait, je le saurais, quand même. Je n'ai épousé personne, et surtout pas Ben !

— Et c'est bien dommage, déclara une voix qui venait du seuil du salon.

Je me retournai et vis Manfred, le père de Ben. Il me souriait et, à cet instant, sa ressemblance avec son fils était frappante.

— Joyeux Noël, Lena ! Je venais vous apporter la traditionnelle bouteille de liqueur d'œufs maison de Gisela, mais je crois que je n'arrive pas au meilleur moment, dit-il en jetant un regard par-dessus son épaule. Ta mère est en train de faire subir les pires outrages à une oie en cuisine, chuchota-t-il.

J'éclatai de rire.

— Assieds-toi donc un instant avec nous, lui proposai-je. Tu veux un peu de sherry ?

— Je ne devrais pas, car les parents de Gisela viennent déjeuner chez nous, mais bon, j'ai quand même le temps de prendre une goutte de sherry.

Je lui en versai un verre et remplis de nouveau celui de tante Wilma et le mien.

— Alors, comment ça se passe avec Ben, Lena ? s'enquit Manfred. Mon fils se comporte-t-il en gentleman avec toi ?

Je me rappelai malgré moi notre baiser sous le gui et, à ma grande honte, me sentis rougir.

— Mais oui, nous nous entendons très bien, répondis-je.

Tante Wilma offrit une nouvelle gorgée de sherry à Babsi, qui se mit à loucher.

— Comment va-t-il ? demanda Manfred. Il y a une éternité que je n'ai plus de ses nouvelles.

— Vous savez ce que c'est : comme il est célibataire, il doit bosser comme un dingue pendant la période de Noël, répondis-je en m'arrachant à la contemplation de Babsi.

— Et le reste du temps ?

C'était étrange, jusqu'à présent je n'avais jamais remarqué que Ben se montrait si distant vis-à-vis de son père.

— Il va bien. Il m'a récemment aidée à rénover le magasin où je travaille, répondis-je.

— Oui, il est vraiment doué pour bricoler, déclara Manfred avec une fierté paternelle évidente.

— Oui.

Et pour embrasser, ajoutai-je mentalement en me réjouissant de pouvoir dissimuler ces pensées.

Entre-temps, Babsi avait réussi à échapper à tante Wilma. Elle sauta à terre, tituba et s'effondra au pied du canapé où elle resta affalée.

Tante Wilma la ramassa et la prit sur ses genoux.

— Eh bien, qu'est-ce qui t'arrive, ma louloute? bêtifia-t-elle en embrassant le pauvre animal.

— Je crois que la louloute est complètement *paf*, commenta Manfred avec une objectivité qui me rappela de nouveau Ben.

Il vida son verre et se leva.

— Bon, maintenant, il faut vraiment que je me sauve, déclara-t-il.

Il me serra dans ses bras.

— Pourrais-tu dire de ma part à Ben qu'il devrait nous donner de ses nouvelles? Quand je laisse un message sur son répondeur, il ne rappelle jamais. Nous serions contents de le revoir. Et s'il ne nous rend pas visite au plus tard en avril, pour nos noces d'argent, il aura affaire à moi.

— OK, je le lui dirai.

Manfred nous salua de la main, puis sortit.

Babsi s'était endormie et ronflait bruyamment sur les genoux de tante Wilma.

— Dis-moi, tante Wilma, vous vous offrez souvent un petit verre, Babsi et toi?

— Mais non, seulement à Noël!

Je me sentis soulagée à l'idée de ne pas devoir alerter la SPA.

À cinq heures, le repas était sur la table et ma mère sur les rotules. Nous nous sommes attablés dans la salle à manger. L'oie était vraiment délicieuse. On n'aurait jamais cru qu'elle avait subi de tels sévices post mortem.

Après le dîner, Juli et Michel partirent à Berlin, où ils devaient rendre visite à la mère de Juli. Celle-ci m'avait parue plutôt absente ces derniers jours et j'avais l'impression que l'idée de revoir sa mère était une épreuve pour elle. Mais quand j'essayai d'en parler avec elle, elle secoua la tête et affirma que tout allait pour le mieux. Je n'en crus pas un mot, mais comme elle n'avait visiblement aucune envie de s'étendre là-dessus, je n'insistai pas.

Alors qu'un peu plus tard, nous étions tous assis devant le feu flambant dans la cheminée pour digérer ce festin, mon père aborda une fois de plus l'un de ses sujets préférés, à savoir le gâchis de mon existence.

— Tes ambitieux projets professionnels ne déboucheront sur rien, Lena. Aucune agence de relations publiques ne t'embauchera, me sermonna-t-il. Il serait temps que tu voies les choses en face, comme ta sœur, qui a fait un parcours sans faute, déclara-t-il en la regardant avec fierté.

— Ça suffit, papa, lui dit Katja à mi-voix.

— Quelqu'un veut-il de la liqueur d'œufs de Gisela? demandai-je à la ronde, et je me levai promptement pour aller remplir quelques verres de cette mixture infernale, car j'en avais plus qu'assez d'entendre cette rengaine.

Mais mon père ne lâchait pas prise aussi facilement.

— Elle a fini ses études, elle a cherché un travail avec un bon salaire et des perspectives, et maintenant elle fait carrière, enchaîna-t-il.

— Eh bien, moi aussi, je ferai carrière! répondis-je d'une voix ferme, mais en évitant son regard. Puis je vidai mon verre cul sec et faillis m'étrangler, car c'était infect.

Mon père ne parut guère convaincu, mais il abandonna le sujet. Le reste de la soirée se déroula heureusement sans incident et je pus ainsi me préparer à mon rendez-vous avec Jan. Je voulais faire un parcours sans faute cette fois-ci. Jan ne devait pas sortir avec la Lena popote, mais avec la nouvelle Lena sexy et pleine d'allant, la femme idéale.

Quand le soir du jour J arriva enfin, je me comprimai dans une robe blanche courte et très décolletée prêtée par Juli et me maquillai très sexy, en harmonie avec ma tenue. Je me donnai beaucoup de mal pour ma coiffure, utilisai sèche-cheveux, laque et peigne pour les crêper. J'enfilai mes talons hauts et, enfin, contemplai mon œuvre dans le grand miroir placé à côté du portemanteau dans l'entrée. J'avais l'air vraiment séduisante, et même un peu dépravée, mais ça ne me déplaisait pas. C'était parfait pour le rôle que je jouais. Non, ce n'était pas un rôle, mais la nouvelle Lena !

Cette robe était quand même très décolletée et minimaliste ! Ce qui n'avait rien de surprenant, puisque les vêtements de Juli taillaient plus petit que les miens, y compris pour le tour de poitrine. J'étais en train de remonter le haut quand la porte de l'appartement s'ouvrit sur Ben.

— Salut, lança-t-il sans me regarder.

Il retira sa veste et, pour une fois, voulut l'accrocher au portemanteau quand son regard tomba sur moi. Ses yeux s'agrandirent, il manqua le portemanteau et sa veste tomba.

— Qu'est-ce que c'est que ça ? s'exclama-t-il.

— Une fille sexy, enfin, j'espère, répondis-je en lissant ma robe. C'est bien toi qui m'avais conseillé de soigner mon apparence, non ?

Il haussa les sourcils.

— Sexy ? Tu ressembles à un transsexuel. Je me suis demandé pendant une seconde ce que Conchita Wurst faisait dans notre entrée.

J'en suffoquai d'indignation.

— Tu déralles ! Je ne lui ressemble pas du tout !

Il haussa les épaules.

— Alors à Amanda Lear, dit-il.

— Mais ce n'est pas une transsexuelle ! Et je ne lui ressemble pas non plus !

— Comme tu voudras. Mais que signifie ce déguisement ?

Je n'avais aucune envie de poursuivre cette conversation, mais je lui répondis.

— J'ai un rendez-vous.

Ben jeta ses clés, qu'il tenait encore à la main, sur la commode.

— Avec qui ? Avec ce Victor du pub ? demanda-t-il.

— Il s'appelle Jan, tu le sais très bien. Pourquoi Victor ?

— Parce qu'il me rappelle le steward mielleux de *La croisière s'amuse*.

— Tu es minable ! Je te déteste !

J'ai tendance à pleurer quand je suis furieuse et à cet instant, je sentis les larmes me monter aux yeux. J'attendis que Ben dise quelque chose, qu'il m'explique pourquoi il se montrait aussi odieux, mais il se taisait et m'observait avec une expression indéchiffrable.

— Bon, je file, dit-il soudain. J'ai rendez-vous avec Franziska. Amuse-toi bien avec Victor.

Il tourna les talons et se dirigea vers la porte.

— Toi de même avec Transsiska ! lui lançai-je.

Mes mains et ma lèvre supérieure tremblaient. Je fouillai donc dans mon sac à la recherche d'un mouchoir. Je me demandai si je ne devais pas refaire mon maquillage quand Jan sonna à la porte. Après avoir appuyé sur le bouton pour ouvrir, j'inspirai à fond.

Du calme, Lena, me dis-je. Tu es en beauté. Ne laisse pas ce crétin te faire croire le contraire.

— Bonjour, Lena, me dit Jan en m'embrassant légèrement sur la bouche.

Il avait belle allure dans ses vêtements noirs et aucune ressemblance avec Victor de *La croisière s'amuse* !

Dehors, je remarquai aussitôt que je portais des chaussures qui n'étaient pas de saison. Il faisait un froid de canard, le sol était recouvert de neige et j'étais pieds nus dans mes sandales à lanières. Mais je m'étais entraînée à marcher avec, si bien que je ne tanguais plus comme sur des patins à glace. Au bout de quelques pas, Jan me prit par le bras et m'attira à lui. Il me fit un charmant sourire, me caressa la joue, puis m'embrassa longuement et passionnément.

Hum, pas mal du tout, pensai-je, mais mes pieds !

— Tu es super ! me dit-il. Splendide et sexy.

— Oh, lançai-je d'un air sceptique en repoussant une mèche de cheveux de mon front, mais mon cœur sauta de joie dans ma poitrine. Non, je n'avais pas l'air d'un transsexuel, Ben Feldhaus !

— Où allons-nous, au fait ? demandai-je.

— Prendre un taxi, ça vaudra mieux pour tes pieds.

Je l'aurais embrassé, et c'est d'ailleurs ce que je fis.

Jan arrêta un taxi qui nous emmena au White Lounge, l'un des bars à sushis les plus courus de la ville. Comme son nom l'indiquait, tout y était blanc : le sol, les meubles, les murs, le bar et les serveurs. J'avais l'impression d'arriver au ciel, ce qui ne m'enchantait qu'à demi, car je n'étais pas si pressée de mourir.

Un serveur très mignon nous accueillit et nous mena à notre table, qui nous arrivait au genou. Les sièges étaient des poufs. Ma robe ultracourte ne m'aidait pas à m'installer confortablement et je glissais sans arrêt de mon siège. Le serveur nous apporta des gâteaux de riz et du thé vert avec le menu.

— Au fait, tu aimes les sushis ? s'enquit Jan.

— Bien sûr, je les adore ! Mais tout le monde les aime, non ?

En réalité, je n'en avais encore jamais mangé, car le poisson cru et les algues ne me mettent pas franchement l'eau à la bouche.

— Je me disais qu'après Noël ce serait mieux de prendre quelque chose de léger, expliqua Jan en examinant la carte. Cette débauche de nourriture est répugnante, d'ailleurs c'est Noël lui-même qui est répugnant, tu ne trouves pas ?

— Absolument ! approuvai-je avec une pensée nostalgique pour la délicieuse oie de Noël de ma mère.

— La fête de l'amour, quelle rigolade ! enchaîna Jan. C'est de l'hypocrisie pure et simple. La fête du gaspillage et de la pacotille, voilà comment ça devrait s'appeler. Noël, c'est le règne du fric, de la bouffe et du kitsch, dit-il en scandant ses paroles de gestes énergiques et en balayant sa longue frange de ses yeux. Noël n'est qu'une projection de notre nostalgie d'un monde intact.

Son regard se perdit dans le vide pendant quelques secondes, puis il tira de sa poche un minuscule carnet sur lequel il griffonna fébrilement avec un bout de crayon.

— Qu'est-ce que tu écris ? demandai-je en priant pour que ce ne soit pas, comme Otto, d'interminables lettres à sa défunte épouse.

— Je note toujours sur le vif les pensées particulièrement profondes ou originales qui me viennent. Ce serait dommage de laisser perdre cette richesse intellectuelle qui pourrait servir à mon œuvre, expliqua-t-il en repoussant de nouveau sa frange.

— Je comprends.

Je pris un gâteau au riz et le grignotai. Pendant un instant, le crissement de mes dents sur le riz fut le seul bruit qui troubla le silence.

— Crois-tu en Dieu ? demanda soudain Jan en me regardant d'un air grave.

Pour un premier rendez-vous, c'était plutôt austère. Dans ces cas-là, n'était-on pas censé parler plutôt de petits riens ? Mais avec Jan, ce n'était visiblement pas le cas et je dois dire que ça me plaisait.

— Oui, bien sûr, répondis-je.

Le serveur s'avança vers nous et Jan passa la commande : un assortiment de sushis pour deux personnes.

Je pus constater au fil de la soirée que les banalités n'étaient pas son genre. Quand les sushis arrivèrent, il me racontait sa première aventure. Il avait seize ans, elle quinze, elle s'appelait Nadine, ils avaient bu une demi-bouteille de Bailey's et c'était arrivé pendant la fête d'anniversaire d'un copain et dans la chambre de ses parents.

— Et pour toi, comment ça s'est passé ? demanda-t-il.

— Pareil, mais avec de l'Amaretto, éludai-je en tartinant un bout de sushi d'une pâte verte qui me paraissait bien plus appétissante que le saumon cru luisant.

Jan rit et prit une bouchée de sushi.

— Dis donc, tu ne lésines pas sur le wasabi, observa-t-il.

— Oh oui, j'adore ça, répondis-je sans savoir de quoi il parlait, même si je me rappelais vaguement avoir entendu ce mot quelque part.

— Tu ne trouves pas ça trop fort ?

— Peuh ! Dis-moi, que penses-tu de tout ce tapage sur le dernier roman de Herta Müller ? Est-il horriblement surestimé ou cet engouement est-il justifié ?

Satisfaite de ma contribution à la conversation (j'avais regardé une émission littéraire sur Arte dimanche dernier pour me tenir au courant), j'enfournai mon bout de sushi.

— C'est une question intéressante, commenta Jan en écartant une mèche de cheveux de son front. Je crois que c'est un texte prodigieux sur la vulnérabilité de l'artiste en tant qu'être singulier. Le jeu de Müller avec les thèses d'Adorno, sa vision de la destruction insidieuse de l'individu du point de vue de…

Je n'en entendis pas plus, car un incendie s'était déclaré dans ma bouche. Je tentai désespérément de faire comme si de rien n'était et de prendre une expression intelligente, mais c'était sans espoir. Mon palais et ma langue étaient en feu, les larmes me montaient aux yeux et je sentis que je devenais écarlate.

— Lena ? Qu'est-ce qui t'arrive ? demanda Jan en me regardant avec inquiétude.

Je recrachai l'effroyable bout de sushi sur ma serviette.

— Ça brûle ! articulai-je péniblement, les joues ruisselantes de larmes. Ça brûle !

Je me précipitai sur ma tasse de thé vert.

— Non ! s'exclama Jan.

Mais c'était trop tard, j'avais déjà avalé une gorgée qui avait transformé ma bouche en enfer. J'inspirais bruyamment dans l'espoir de me rafraîchir.

Le serveur surgit derrière Jan et me tendit une corbeille de pain.

— Tenez, ça calmera la brûlure, me dit-il.

Je plongeai la main dans le panier et, en la retirant, renversai ma tasse de thé vert brûlant sur ma robe et sur le pouf.

« Aïe ! » hurlai-je en me levant d'un bond et en repoussant la table, qui heurta le tibia de Jan.
— Ouille ! cria-t-il en se redressant à son tour, et il se mit à sauter à cloche-pied en se frottant le tibia.

Maintenant que le pain avait apaisé la brûlure du wasabi, je prenais conscience du ridicule de ma situation. Cependant, je pouvais à peine articuler un son, car ma langue était comme engourdie.
— Déjolée ! Cha va bieux ? demandai-je à Jan.
— Ça va, répondit-il, les dents serrées.
— Tu defrais peut-être mettre de la glache dechus.
Nous n'avions pas de glace sur la table, mais comme notre bouteille d'eau minérale était bien froide, je la saisis et l'appliquai sur le tibia de Jan. Surpris par la brusquerie de mon mouvement, il perdit l'équilibre, voulut se retenir à la table et sa main atterrit sur l'assortiment de sushis disposés avec art.
— Oh, je chuis fraiment déjolée ! m'écriai-je.
Je m'agenouillai à côté de lui pour nettoyer sa main avec une serviette. Quel cirque ! Nous étions l'attraction du restaurant : tout le monde nous regardait et j'entendais des gloussements.
— Arrête, Lena, me dit Jan d'une voix tendue. C'est trop gênant !
Je regagnai ma place la tête basse et me rassis en oubliant que mon pouf était recouvert de thé. Je sentis l'humidité se répandre sur mon derrière, mais je fis comme si de rien n'était. Après tout, ça ne pouvait pas être pire. Je m'éclaircis la gorge.
— Que disais-tu à propos de Herta Müller ? repris-je, car ma langue fonctionnait de nouveau normalement.
— Tu viens de t'asseoir dans le thé, non ? demanda-t-il en me regardant avec commisération.
Il n'aurait servi à rien de mentir. J'acquiesçai donc, puis essayai de remettre un peu d'ordre sur la table, mais Jan me prit la main.

— Ne t'en fais pas, ce n'est pas si grave, mais allons ailleurs, c'était plutôt embarrassant comme numéro, dit-il.

Il avait raison. J'avais besoin d'un nouvel environnement où personne ne saurait à quel point je m'étais ridiculisée.

Nous avons passé le reste de la soirée dans un bar dont l'éclairage glauque camouflait par bonheur assez bien les taches verdâtres de ma robe. Je mis un moment à me détendre et à cesser de me maudire, mais je finis par oublier cet incident pénible et parlai pendant des heures avec Jan. Sa franchise et son enthousiasme me plaisaient autant que ses convictions. Je n'avais encore jamais rencontré quelqu'un comme lui. À une heure du matin, nous étions depuis longtemps les derniers clients du bar. On nous apporta l'addition en nous souhaitant poliment, mais fermement, le bonsoir.

Après notre retour en taxi, Jan s'arrêta avec moi devant la porte de mon immeuble. Il faisait un froid glacial.

Il me regarda droit dans les yeux.

— Je t'aime bien, Lena. Beaucoup, même, déclara-t-il.

— Moi aussi.

— Fais attention, je vais tomber amoureux de toi, dit-il avec un sourire espiègle. Oh, trop tard, c'est fait !

Mon cœur bondit… c'était tellement mignon ! J'attirai sa tête à moi et l'embrassai. Il sentait le sushi, la bière et les cigarettes bon marché et, en cet instant, ce mélange me parut merveilleux. Si seulement je n'avais pas eu aussi froid aux pieds !

— On se revoit au nouvel an ? demanda-t-il ensuite.

— Juli et Michel organisent une soirée. Viens avec moi !

— Non, écoute, je suis désolé, mais ces soirées de nouvel an, ce n'est vraiment pas mon truc. D'abord parce que je trouve irresponsable de jeter des milliards par la fenêtre pendant que des gens crèvent de faim en Afrique et ensuite parce que je ne vois aucune raison de me réjouir du début d'une nouvelle année pourrie. Je n'ai aucune envie de sauter au cou d'abrutis que je ne connais même pas sous prétexte qu'il est minuit !

— Mes amis ne sont pas des abrutis ! répondis-je, blessée.

— Il ne s'agit pas de tes amis personnellement, c'est une question de principe. Écoute, si tu as envie d'aller à cette soirée, vas-y et passe me voir ensuite.

— Bon, d'accord, répondis-je après une seconde d'hésitation. Au nouvel an, alors.

Je notai son adresse sur mon téléphone et après un dernier baiser, mes pieds glacés me forcèrent à me séparer de Jan et à grimper cinq étages pour regagner mon appartement.

Quand j'entrai dans la cuisine pour faire réchauffer au four à micro-ondes un coussin rembourré de noyaux, Ben se tenait devant le frigidaire et buvait un jus de fruits à même le pack, pour changer.

— Salut, me dit-il.

— Salut.

Comme je n'avais aucune envie d'une nouvelle dispute, je me détournai.

— Lena, attends ! m'appela-t-il.

— Quoi ? demandai-je en m'arrêtant à contrecœur.

— Écoute, reprit-il en cherchant visiblement ses mots, pour tout à l'heure, ce que je t'ai dit sur Conchita Wurst et tout… tu sais bien…

— Et alors ?

Il me regarda avec le plus grand sérieux.

— Excuse-moi. J'étais de mauvais poil et c'est toi qui as pris, expliqua-t-il.

C'était bien la première fois que Ben me présentait des excuses. Pourquoi avait-il attendu ce jour-là et pourquoi cela me touchait-il autant ? J'aurais aimé me pendre à son cou pour qu'il me console, alors que c'était lui qui m'avait fait du mal.

— Il faut bien que jeunesse se passe, répondis-je en mettant mon coussin au four.

Le regard de Ben tomba sur ma robe.

— Qu'est-ce que tu as fabriqué ? demanda-t-il.

— J'ai… je veux dire, quelqu'un a renversé du thé sur moi par accident.

Ben plissa le front.

— Devant et derrière ?

— Ce sont des choses qui arrivent, répondis-je avec un haussement d'épaules.

— Il y a longtemps que plus rien ne m'étonne de toi, déclara-t-il avec un soupir.

Nous sommes restés un instant silencieux devant le coussin qui tournait en rond.

— Et alors ? Comment s'est passé ton rendez-vous ? demanda-t-il au bout d'un moment.

— Bien. Nous sommes allés manger des sushis.

— Mais tu n'aimes pas ça.

— Avant oui, mais plus maintenant.

— Tiens, tiens, dit-il en plongeant les mains dans ses poches. Alors cette fois-ci, c'est du sérieux ?

— Oui, je crois.

Je m'éclaircis la gorge.

— Et Franziska et toi, êtes-vous de nouveau ensemble ? demandai-je sur un ton dégagé.

Ben se tut un instant, puis hocha la tête.

— On dirait, oui, répondit-il.

J'aurais bien ajouté quelque chose d'anodin du genre : « Je suis contente pour vous » ou « C'est merveilleux », mais j'étais tout bonnement incapable de prononcer ces mots. Nous nous sommes replongés dans la contemplation du coussin qui n'en finissait plus de tournoyer.

La sonnerie du four nous tira de notre léthargie. Je sortis le coussin.

— Bon, eh bien, bonne nuit, dis-je à Ben.

— Bonne nuit, répondit-il en me regardant.

J'eus à nouveau envie de me jeter dans ses bras, mais je me détournai et regagnai ma chambre, où je me terrai dans mon lit en enfouissant mes pieds glacés sous le coussin bien chaud. J'avais beau être épuisée, je ne pouvais pas dormir. J'aurais dû exulter puisque j'étais avec Jan, mais j'avais plutôt l'impression d'avoir perdu quelque chose et je me sentais inconsolable.

Chapitre 12

Où je commence à comprendre certaines choses et reçois de Knut un conseil lourd de conséquences.

En rentrant de mon travail, le lendemain soir, je lançai ma clé sur la commode de l'entrée et en fis tomber une lettre. Elle m'était adressée et provenait de l'agence de relations publiques Maurien & Thews. Mon cœur bondit à sa vue. *Ne te fais pas d'illusions, c'est probablement une lettre de refus*, me souffla Lena la Raisonnable. J'ouvris l'enveloppe d'une main tremblante.

Chère mademoiselle Klein,

C'est avec grand intérêt que nous avons pris connaissance de votre candidature, et de vos nombreux rappels, pour un stage au sein de notre agence. Nous vous prions de bien vouloir nous excuser pour cette longue attente, mais nous pouvons maintenant vous confirmer que nous aurons un poste de stagiaire à pourvoir pour cette année.

Nous serions heureux de vous rencontrer le 1er février à 14 h pour un entretien. Veuiller nous confirmer ce rendez-vous en téléphonant au numéro ci-dessus.

Veuillez croire, mademoiselle, à l'expression de nos sentiments les meilleurs.

Claas Maurien

Je portai une main à ma bouche. Il y avait cinq bons mois que j'avais posté cette candidature ! J'avais effectivement rappelé plusieurs fois pour prendre des nouvelles, sans jamais recevoir de réponse franche. Et maintenant, alors que je n'y avais jamais vraiment cru, on me convoquait pour un entretien ! Oui, moi ! Je dansai de joie, ma lettre à la main, en répétant : « Maurien me trouve à la hauteur, je vais faire carrière ! » Il fallait absolument que je raconte ça à Ben ! La porte de la cuisine était ouverte et la lumière allumée, il devait donc y être. Je m'y précipitai, ma lettre à la main.

— Ben ! Devine un peu ce qui... commençai-je, mais je m'interrompis.

Ce n'était pas Ben que je voyais, mais Franziska. Elle se tenait à côté du buffet, vêtue seulement d'un vieux T-shirt de Ben qui couvrait tout juste la moitié de ses cuisses fuselées. Je me rappelais qu'elle était jolie, mais pas à ce point – j'avais dû refouler ce souvenir. Elle était petite et délicate comme un elfe, avec de longs cheveux bruns, un joli petit nez retroussé et des yeux d'un bleu intense. À côté d'elle, j'avais l'impression d'être une paysanne mal dégrossie.

— Tu dois être Lena, me dit-elle, rompant le silence embarrassant, et elle m'adressa un sourire. C'est curieux, mais je me souvenais de toi comme d'une petite fille dodue.

— Oui, elle n'a guère changé, n'est-ce pas ? demanda Ben qui venait de surgir à côté de moi, les cheveux encore mouillés de sa douche. Il pinça ma taille, où mes deux kilos supplémentaires post-Noël s'étaient douillettement nichés.

Franziska éclata de rire.

— C'est vraiment vache, Ben, tu devrais avoir honte ! s'écria-t-elle.

Quel culot ! À l'époque où ils étaient ensemble, j'avais à peine plus de vingt ans et je n'étais pas dodue ! Pas plus que maintenant !

Je repoussai Ben sans douceur.

— Oui, c'est bien moi, répondis-je, et, les yeux plissés, je feignis de réfléchir. Excuse-moi, mais je ne suis pas sûre de savoir qui tu es.

Le sourire de Franziska vacilla.

— Mais c'est Franziska ! intervint Ben. Tu ne te souviens plus d'elle ?

— Non, désolée, répondis-je en mentant effrontément.

J'allai déposer dans l'évier quelques tasses sales.

— Franchement, Ben, je ne peux pas me rappeler toutes tes conquêtes !

Je leur tournais le dos, mais je sentis leurs regards me fusiller.

— Si nous allions chez moi ? proposa Franziska plutôt froidement.

— Avec plaisir, répondit Ben.

La porte de l'appartement se referma derrière eux un instant plus tard.

Franziska avait donc refait surface. Quelle sale peste… bon, d'accord, je n'avais pas été très gentille avec elle, mais elle m'avait hérissée.

Le jour du nouvel an, j'arrivai tôt chez Juli et Michel pour les aider dans les préparatifs. Comme chaque année, c'était une soirée costumée. Le thème de cette année était « ce que je veux être quand je serai grand ».

Après avoir dressé le buffet et suspendu ballons et guirlandes, Juli et moi sommes allées nous déguiser dans la salle de bains. J'étais un cow-boy. Je portais un jean noir, une chemise moulante de la même couleur, des bottes de cow-boy, bien sûr, et une ceinture à rivets vraiment cool, avec un pistolet emprunté à mon neveu Paul. J'avais souligné le contour de mes yeux au crayon khôl, noué mes cheveux en queue de cheval et coiffé un chapeau noir. Mais le plus beau, c'était la pétoire que je portais négligemment en bandoulière.

— Génial ! s'exclama Juli en me regardant. Tu es sensationnelle !

Elle portait un uniforme d'infirmière qui avait tout du fantasme.

— Toi aussi, répondis-je, lui retournant son compliment.

— Je fais un peu pute, commenta-t-elle en s'observant dans le miroir, mais bon, conclut-elle avec un haussement d'épaules.

Nous sommes revenues dans la salle à manger où Michel, déguisé en pilote, buvait une bière debout devant un guéridon.

Bientôt arrivèrent des pompiers, des astronautes, des stars du rock et des princesses. Nous mangions des boulettes de viande hachée et du pudding à la vodka et l'atmosphère joyeuse de la soirée s'apparentait à celle d'un anniversaire d'enfants, mais entre adultes. Quelques faux policiers jouaient de la batterie avec des pots et des casseroles.

J'étais en train de bavarder avec un collègue de Michel que j'avais déjà vu à des soirées semblables sur la saison lamentable du HSV[1] quand j'entendis derrière moi la voix de Ben.

— Tiens, tiens, tu voulais donc devenir un as de la gâchette quand tu étais petite ?

Je me retournai et faillis sursauter à sa vue. Il était venu en tenue de travail, tout en blanc, avec une blouse blanche de médecin sur laquelle était cousue une étiquette au nom du « Docteur Feldhaus, médecin chef en chirurgie des accidents et en orthopédie ». Et il portait un stéthoscope en sautoir. Je devais reconnaître qu'on l'aurait mangé tout cru. Je ne l'avais encore jamais vu en tenue de médecin et ce n'était sans doute pas plus mal, car il me plaisait… vraiment beaucoup.

— Allô ? Il y a quelqu'un ? interrogea-t-il en voyant que je ne répondais pas.

Euh… que m'avait-il dit, déjà ?

— Quoi ? Je n'ai pas entendu, répondis-je, et il se pencha vers moi.

— Je t'ai demandé si tu voulais devenir un as de la gâchette quand tu étais gamine ! me cria-t-il dans l'oreille.

Alors que j'allais répondre, Franziska surgit à son côté. Elle portait une magnifique robe de soirée moulante et un

1. Le *Hamburger Sport-Verein*, club omnisports fondé à Hambourg et devenu célèbre pour sa section de football.

diadème. Elle était ravissante, à faire verdir de jalousie toutes les princesses de contes de fées.

— Salut, Lena, me dit-elle.

— Salut, répondis-je. Non, je ne voulais pas devenir un as de la gâchette, mais juste un cow-boy, déclarai-je à Ben.

— Tu parles ! coupa-t-il.

— Mais si !

— Mais non !

— Mais si !

— Mais non ! Tu avais juste envie de mettre ce costume ce soir. Ce que je trouve parfaitement compréhensible, si je puis me permettre, conclut-il avec un sourire effronté.

Rêvais-je ou était-il bien en train de me faire du gringue ?

La princesse Franziska posa une main possessive sur son bras.

— Viens, chéri, tu voulais me présenter à des gens, lui rappela-t-elle.

Le « chéri » fit tiquer Ben, mais il se laissa entraîner sans protester.

Je me préparais un gin tonic bien tassé quand Michel et Juli me rejoignirent.

— Ben est venu avec Franziska, m'informa mon frère. Ils se sont remis ensemble.

Il me désigna d'un signe de tête l'autre bout de la salle, où Franziska et Ben s'embrassaient comme s'ils allaient se dévorer.

J'avalai une bonne rasade de gin tonic.

— Je sais, répondis-je en feignant l'indifférence.

— Je n'en reviens pas ! s'exclama Michel. Il ne peut quand même pas retomber dans ses griffes ! Je vais le lui dire, et illico !

— Arrête, Michel, intervint Juli en le retenant par le bras. Elle a peut-être changé et nous ne devons pas nous mêler de ça.

Mais Michel secoua la tête.

— C'était, et je te parie que c'est toujours, une sale petite peste, conclut-il avant de s'éloigner, nous plantant là toutes les deux.

Je louchai malgré moi en direction de Ben et Franziska qui s'embrassaient toujours. Pendant un bref instant, je regrettai que mon fusil ne soit qu'un jouet.

— C'est si difficile que ça ? me demanda Juli.

— Qu'est-ce que tu racontes ? Ça m'est parfaitement égal ! protestai-je un peu trop vite, même à mes propres oreilles.

— Je n'en crois pas un mot.

— C'est pourtant vrai !

— Très bien, fit Juli avec un soupir. Parlons d'autre chose. Viens, allons danser.

Aussitôt dit, aussitôt fait. Nous avons rejoint la piste sur laquelle quelques pompiers et une magistrate s'éclataient. Je dansai comme une possédée pendant deux heures en ne m'interrompant que pour m'envoyer un gin tonic après l'autre.

La musique s'interrompit un peu plus tard et tout le monde descendit devant l'immeuble, où tout Ottensen, invités compris, semblait s'être réuni pour célébrer la nouvelle année. Quelqu'un entama le compte à rebours, qui fut repris à l'unisson : dix, neuf, huit, sept…

Mais où est Ben ? pensai-je en le cherchant des yeux.

Six, cinq, quatre…

Probablement en train de peloter cette peste de Transsiska. Oh, et puis je m'en fous ! Je le déteste !

Trois, deux, un…

Je fis un effort désespéré pour le localiser, où qu'il fût.

Et puis merde ! Autant le reconnaître, je suis amoureuse de lui, et sans le moindre espoir.

Bonne année !!!

Le chaos régnait autour de moi : le feu d'artifice crépitait, sifflait et éclairait le ciel. Les gens poussaient des hourras, s'embrassaient et faisaient sauter des bouchons de mousseux. Et au milieu de cette pagaille, je n'avais plus qu'une pensée : je suis amoureuse de Ben.

Juli esquissa une petite danse joyeuse avec moi, ce qu'elle n'aurait sûrement pas fait si elle avait pu lire dans mes pensées. Une foule de gens me serraient dans leurs bras. Un type que je ne connaissais pas me souleva et me fit tournoyer.

Misère de misère ! Comment est-ce qu'un truc pareil a pu m'arriver ?

Un faux policier de notre groupe me fourra un gobelet de mousseux dans une main, un cierge magique dans l'autre, et trinqua avec moi avant de disparaître.

Je suis tombée amoureuse de Ben, quelle connerie !

Soudain, il apparut devant moi dans sa tenue immaculée de médecin, cet imbécile, avec son stéthoscope en sautoir, comme s'il était Dr Mamour dans *Grey's Anatomy*. C'était peut-être un idiot, mais je l'étais encore plus puisque j'étais amoureuse de lui.

On aurait cru que quelqu'un avait appuyé sur un bouton pour diminuer le bruit du feu d'artifice et des clameurs. Tout était devenu flou autour de moi. Je ne voyais plus que Ben. Je le regardais fixement et il soutenait mon regard. J'eus de nouveau l'impression qu'il paraissait me voir pour la première fois et qu'il se demandait qui je pouvais bien être. J'aurais voulu dire quelque chose, n'importe quoi, mais j'en étais incapable.

Quelqu'un me poussa rudement dans le dos et je trébuchai. Je réussis à garder l'équilibre, mais Ben m'avait saisie par la taille pour me retenir.

— Bonne année ! me dit-il avec un sourire.

— Bonne année ! répondis-je.

Mon cœur battit plus vite au contact de son corps contre le mien et un essaim de papillons voleta dans mon ventre.

Ben m'observait, les yeux pétillants.

— Pour ton déguisement, tu ne te serais pas inspirée d'Henry Fonda dans *Il était une fois dans l'Ouest* ? demanda-t-il. Je crois que je ne pourrai plus jamais revoir ce film du même œil.

Pourquoi ne me laissait-il pas tranquille ?

— Et toi, tu t'es inspiré du docteur Brinkmann, si je ne m'abuse ?

Je ne lui dis rien du Dr Mamour car il était déjà assez arrogant comme ça.

— Eh, c'est de ma tenue de travail que tu parles ! dit-il en riant.

— Vraiment ? C'est dans ce costume que tu découpes les gens en morceaux ?

— Ça, non.

— Mais c'est pour jouer les Apollon que tu l'as revêtu ce soir ?

— Tiens, tiens, on me trouve donc sexy ? demanda-t-il, les sourcils levés.

Pas de doute, il me faisait du gringue. Mais qu'est-ce qui lui prenait et, surtout, comment devais-je réagir ? Attention, message de Lena à la Centrale de la riposte : « recherche trait d'esprit désespérément ! »

— Euh, non... bafouillai-je en remerciant ironiquement la Centrale pour son aide.

Ben rit doucement et m'attira à lui.

— Chéri ! claironna la voix toute proche de Franziska. Ben, où es-tu ?

Ben sursauta et me lâcha.

— Ici ! répondit-il par-dessus son épaule.

Je retombai brutalement dans la réalité. Le feu d'artifice était terminé, de la fumée et une odeur de brûlé flottaient dans l'air. La foule était nettement moins nombreuse, car la plupart des gens avaient réintégré les appartements et les bars. Des sirènes de police résonnaient dans le lointain.

Je grelottais et compris à cet instant que j'avais beaucoup trop bu. J'avais un mal de crâne atroce et envie de vomir.

C'est le moment que choisit la bonne fée Franziska pour réapparaître à nos côtés.

— Ben, pourrions-nous rentrer ? Cette soirée m'ennuie et chez toi, nous pourrions...

Elle laissa la phrase en suspens, mais ses mains la complétèrent en empoignant effrontément les fesses de Ben.

— Moi aussi, je me sauve. J'ai rendez-vous avec Jan, dis-je sur un ton dégagé, mais j'avais l'impression de m'être coupé un doigt sur l'arête d'une feuille de papier.

Ben fronça les sourcils et ouvrit la bouche pour répondre, mais se ravisa.

— Salut, Lena, me dit Franziska, la tête blottie contre l'épaule de Ben. Bonne année !

— Merci. Bonne année !

Je m'éloignai, ou plutôt montai en courant à l'appartement pour dire au revoir à Juli et Michel.

Quand je me retrouvai dehors, je me rendis compte que je ne savais pas où aller. Sûrement pas chez moi, je ne voulais pas entendre Ben et Franziska faire l'amour. Chez Jan ? Passer la nuit chez lui, alors que j'étais amoureuse d'un autre... Il ne me restait plus qu'une solution : mes parents étaient en vacances aux sports d'hiver et je savais où ils cachaient le double de leurs clés. En route pour Niendorf, donc.

Je décidai de partir dans cette direction et de prendre le premier taxi que je pourrais arrêter. Je m'éloignai lentement d'Ottensen. L'atmosphère était plus calme et il y avait de moins en moins de monde dans les rues. Comment avais-je pu être assez bête pour m'amouracher de quelqu'un comme Ben ! Et lui, pourquoi m'avait-il fait du gringue, alors qu'il montait au septième ciel avec Franziska ? J'envoyai un coup de pied dans une bouteille de mousseux vide et poursuivis mon chemin dans la nuit glaciale. Je me dis que c'était vraiment une idée d'ivrogne de me balader seule et de guetter un taxi la nuit du nouvel an, quand j'en vis un tourner au coin de la rue. Je le hélai frénétiquement. Il fonça sur moi et pila juste devant mes pieds. Je montai dedans et m'installai confortablement sur la banquette arrière.

— 'jour, ma p'tite dame, et bonne année ! Alors, où allons-nous ? s'enquit le chauffeur. À Rio Bravo pour une poignée de dollars ?

Il rit de son trait d'esprit et je redressai mon chapeau de cow-boy, soudain gênée.

Le taxi était vieux, délabré, puait la cigarette et de la musique d'AC/DC jaillissait de ses baffles. J'étais sûre d'être déjà montée dedans.

Je me penchai en avant pour mieux voir le conducteur, et c'était bien lui : la longue queue de cheval, les avant-bras tatoués et la barbe. Il portait le même T-shirt des St Pauli Retter que la première fois.

— Knut ? appelai-je.

Il se retourna et me dévisagea de ses petits yeux noirs en boutons de bottines. La lumière dut se faire en lui tout à coup, car il sourit de toutes ses dents, dont l'une manquait sur le devant. Quand était-elle tombée ?

— Dis donc, c'est toi que j'ai convoyée de Volksdorf à Ottensen ! T'étais toute triste parce que ton mec t'avait quittée pour une autre, hein ?

— Exactement ! Au fait, moi, c'est Lena.

J'étais surprise de me sentir si heureuse de le revoir.

— Ça alors ! Le monde est vraiment petit, c'est ce que j'dis toujours ! Et maintenant, où on va ? Encore à Ottensen ?

— Surtout pas ! C'est un peu trop compliqué là-bas en ce moment. Attends, Knut, je viens m'asseoir à côté de toi.

— C'est ça, amène-toi.

Je descendis du taxi, allai m'asseoir à côté de Knut, lui donnai l'adresse de mes parents et il démarra en trombe. Sa manière de conduire n'avait pas changé et je dus baisser la vitre pour avoir un peu d'air frais.

— Tu as trop picolé ? demanda-t-il en m'observant avec un regard dont le sens ne faisait aucun doute.

— Je ne te le fais pas dire. Je peux t'en prendre une ? demandai-je en désignant son paquet de cigarettes.

— 'sûr. J'vais t'dire une chose, Lena, déclara-t-il en pointant sa cigarette vers moi. Toi, tu pourrais même dégueuler dans ma voiture, j'dirais rien. T'es pas obligée, mais ça f'rait rien.

Je ris et allumai ma cigarette.

— Merci, répondis-je après avoir inhalé à fond. Tu es un vrai charmeur.

— Ouais, je sais c'qui plaît aux femmes, tu peux me croire. Mais raconte un peu comment ça va. Tu es toujours triste à cause de ton ex ?

— Non, celui-là, je l'ai oublié.

— Très bien, approuva-t-il. J't'ai déjà dit qu'en amour faut pas s'laisser abattre.

— Ce n'est pas si facile. J'ai compris il y a environ une heure que je suis amoureuse d'un homme qui se moque pas mal de moi et qui, de toute façon, n'est pas du tout ce qu'il me faudrait. Et j'en connais un autre qui est sûrement le bon numéro, mais dont je ne suis pas amoureuse, hélas.

— Ben dis donc ! fut le seul commentaire de Knut.

Il jeta sa cigarette par la fenêtre et en ralluma une autre aussi sec.

— Pourquoi est-ce que je ne tire jamais le bon numéro ? demandai-je dans un soupir.

— Hum, grommela Knut, si tu sais lequel des deux te convient, qu'est-ce qui t'empêche d'y aller ? Enfin, c'est à toi de voir, conclut-il, visiblement satisfait de son jugement.

Était-ce la solution ? Était-ce si simple ? Suffisait-il de se jeter à l'eau ? me demandai-je en tirant sur ma cigarette.

— Tu crois que ça marcherait ?

— 'sûr ! affirma-t-il en hochant la tête avec conviction.

Ce n'était pas si bête. Puisque je ne voulais de Ben pour rien au monde, pourquoi ne pas tenter ma chance avec Jan ? Je l'aimais bien… beaucoup, même. Peut-être ne l'aimais-je pas encore vraiment, mais j'étais sûre que ça ne tarderait pas. L'idéal serait de tomber amoureuse de lui le plus vite possible.

— Knut, emmène-moi chez Jan tout de suite ! m'exclamai-je.

Je lui donnai l'adresse, il fit demi-tour plein pot et repartit vers le centre de Hambourg comme une balle de revolver. Quinze minutes plus tard, il s'arrêtait dans la Susannenstrasse, au cœur du quartier très branché de Schanzen.

— Nous y sommes, annonça-t-il.

— Merci, tu es le meilleur conseiller qu'une femme puisse souhaiter, déclarai-je.

Je le serrai contre moi, car je suis toujours sentimentale le soir du nouvel an.

Il éclata de rire.

— Arrête, sinon je vais rougir, dit-il. File retrouver ton mec.

Je pêchai un peu d'argent dans l'étui de mon revolver et le lui tendis.

— Tiens, ta poignée de dollars, fis-je avec un sourire avant de descendre du taxi.

Je sonnai devant l'entrée de l'immeuble, mais me retournai pour saluer Knut de la main. Il klaxonna en guise de réponse. Quand j'entrai dans l'immeuble, je l'entendis repartir sur les chapeaux de roues.

Un instant plus tard, la porte de l'appartement de Jan s'ouvrit et je plongeai mes yeux dans ses yeux d'un bleu lumineux.

— Bonne année! lançai-je en me demandant si je devais l'embrasser.

Il sentit mon manque d'assurance et m'attira à l'intérieur.

— Bonne année! Mais peut-être devrais-je plutôt dire: « Yeeeepeeee! »

— J'ai plus l'air d'une allumée de la gâchette que d'un cow-boy, commentai-je en redressant mon chapeau.

— Tu es surtout très, très sexy.

Il m'ôta mon chapeau, le jeta à terre sans façon, saisit mon visage entre ses mains et m'embrassa. Et oui, je sentis de nouveau des papillons voleter dans mon ventre! Ça marchait donc!

Un peu plus tard, Jan me fit visiter son appartement. À vrai dire, ce fut vite fait, car il était minuscule. Il se composait d'une seule pièce dans laquelle ne pouvaient tenir qu'un lit, un bureau et une armoire. Il habitait sous le toit, qui était très en pente. Il avait peint en noir sur les murs des citations littéraires: « Être ou ne pas être, telle est la question » (Shakespeare), lus-je, ou « Je ne puis être omniscient, mais j'ai conscience de maintes choses » (Goethe) ou encore « La littérature est toujours une expédition vers la vérité » (Kafka).

Nous étions maintenant assis dans le coin cuisine. Jan sortit une bouteille de mousseux du réfrigérateur, remplit deux verres et m'en tendit un.

— Buvons à la nouvelle année et à tout ce qu'elle nous apportera, dit-il. Et surtout au destin qui t'a menée à moi.

À mon réveil le lendemain matin, je ne me rappelai plus où j'étais jusqu'au moment où je vis la tignasse blonde de Jan sur l'oreiller à côté du mien. Je portais encore mon déguisement de cow-boy ou d'allumée de la gâchette et Jan était également tout habillé. C'était vraiment un gentleman ! Je le regardai dormir. Il paraissait jeune et dormait paisiblement. Bon sang, il paraissait… vraiment jeune. Quel âge pouvait-il avoir ? Mais je n'eus pas le temps de me perdre dans mes réflexions, car il ouvrit les yeux. En m'apercevant, il sourit et m'attira à lui.

— Décidément, la nouvelle année commence bien, déclara-t-il

Je l'embrassai et il devint bientôt évident que les baisers ne suffiraient plus. Je réfléchis rapidement afin de m'assurer que je portais des dessous présentables (oui), que j'avais pris la pilule la veille (oui), et me demandai si la nouvelle Lena ne cédait pas un peu vite (oui, mais ça m'était égal).

Tout se passa bien, mieux que bien même. Jan se donna visiblement du mal, mais je dois dire que pendant, comment dire, l'acte sexuel, pour employer un terme technique, il jurait assez souvent, ce qui me déconcertait au plus haut point. « Nom de Dieu ! » gémissait-il, par exemple, ou : « Bordel de merde ! » Quand il jouit, il hurla : « Bon sang, OUI ! ». C'était très surprenant. Mais, comme je l'ai déjà dit, tout alla pour le mieux. Mention « très satisfaisant ».

Après être restés toute la journée au lit, nous étions affamés. Nous sommes partis bras dessus, bras dessous dans le soir glacial en direction du restaurant portugais préféré de Jan. Dans la rue s'entassaient encore les détritus de la Saint-Sylvestre : restes de fusées, éclats de verre et bouteilles vides. Le quartier paraissait à l'abandon, il n'y avait presque personne dans les rues. Tout Hambourg avait la gueule de bois et digérait des repas trop riches sur le canapé en regardant le film du nouvel an à la télévision.

Le vieux et aimable Portugais du restaurant parut très heureux de nous voir arriver, ce qui n'avait rien d'étonnant, car nous étions ses seuls clients, avec un autre couple. Nous nous sommes assis à une petite table recouverte d'une nappe à carreaux rouge et blanc. Puis on nous a apporté du pain, de l'aïoli et une bouteille d'un merveilleux vin rouge portugais bien épais. Nous avons commandé des tapas avant de rapprocher nos têtes pour parler. On a tant de choses à se dire au commencement d'une histoire d'amour ! Tout est neuf et palpitant.

— Où habitent tes parents, au fait ? demandai-je à Jan.

— Dans un trou perdu du côté de Cuxhaven. Je n'avais qu'une envie, en partir dès que possible.

— Tu as des frères et des sœurs ?

— Une sœur aînée. Elle vit encore là-bas.

— Quel âge elle a ?

— Vingt-six ans.

Je faillis avaler mon vin de travers. Si sa sœur aînée n'avait que vingt-six ans, il devait sûrement…

— Et toi, quel âge as-tu ? demandai-je en retenant mon souffle.

— Vingt-trois ans.

Quelle horreur ! J'avais sept ans de plus que lui ! Tout le monde allait me montrer du doigt et m'appeler Madonna !

— Qu'est-ce qui t'arrive ? demanda Jan avec un sourire. Tu parais choquée.

— Non, non, tout va bien, répondis-je en me fourrant un gros morceau de pain dans la bouche et en mastiquant.

— Et toi, quel âge as-tu ? reprit-il.

J'avais envie de lui répondre que j'avais vingt-deux ans, mais je décidai de jouer franc jeu.

— Trente ans, répondis-je la bouche pleine.

Je crus que les yeux allaient lui sortir de la tête.

— Tu fais beaucoup plus jeune que ton âge, dit-il.

— Merci. Et toi, tu fais beaucoup plus vieux.

— Merci. Au fait, doit-on remercier la personne qui vous fait un tel compliment ?

Notre rire dissipa cet instant de gêne. Nos commandes arrivèrent pendant que nous échangions d'autres informations cruciales.

— Quel est ton club de foot préféré ? demandai-je.

Il se lança dans une tirade sur le foot, qu'il considérait comme un sport préhistorique, et affirma ne pas comprendre pourquoi on devait s'infliger chaque semaine le spectacle de vingt-deux branques courant après un ballon.

— Oui, c'est ce que je pense aussi, affirmai-je en prenant note de ne jamais regarder d'émission sportive en sa présence.

Nous nous sommes rapprochés au fil de la soirée et Jan est venu s'asseoir à côté de moi. Nous nous tenions par la main et il caressait ma cuisse.

— Ça te dirait qu'on rentre chez moi ? chuchota-t-il.

— Pour prendre le café ? lançai-je d'un air faussement innocent.

— Ou pour faire l'amour ?

— Ou les deux ? proposai-je en sentant mon cœur battre plus vite.

Jan saisit ma main.

— C'est parti !

Après avoir partagé l'addition, nous sommes rentrés chez lui lentement et étroitement enlacés. Nous nous arrêtions tous les deux ou trois mètres pour nous embrasser sans retenue. Nous avons ensuite pressé le pas, puis fini par courir pour arriver chez lui riant et essoufflés. Adossés à la porte, nous avons repris notre souffle avant de recommencer à nous embrasser.

C'est ainsi que j'ai passé une deuxième nuit chez Jan, mon nouvel ami.

Le lendemain, je planais en pleine rue, le sourire aux lèvres, pour aller prendre le train[1]. Il y avait longtemps que je ne m'étais senti le cœur si léger. J'étais sûre que l'événement de l'avant-veille avec Ben n'avait existé que dans mon

1. Il s'agit du S-Bahn, qui est l'équivalent du RER.

imagination. Maintenant, je pensais à lui sans le moindre émoi. Moi et Ben, amoureux ? Foutaises !

Comme on se sentait bien quand on avait choisi l'homme qui était fait pour vous et quand on avait des chances de décrocher un boulot fantastique qui permettrait bientôt de s'offrir un appartement tout aussi fantastique ! Le temps des expédients touchait à sa fin, j'en étais certaine.

Chez moi, je m'habillai pour la journée de travail qui m'attendait et me préparai un café en fredonnant joyeusement. Assise à la table de la cuisine, je le sirotai avec satisfaction en feuilletant un vieux magazine que j'avais trouvé là. Je lus avec intérêt les recettes de quelques célébrités de deuxième catégorie pour combattre la gueule de bois. Quelle rigolade ! Moi, je connaissais la meilleure recette : le sexe.

— Ça alors, te revoilà !

Je sursautai et renversai un peu de café sur la table. Ben se tenait devant moi. Sa bouche n'était plus qu'une ligne mince et ses yeux avaient un éclat inquiétant.

Je reposai brutalement ma tasse en répandant encore un peu plus de café.

— Alors, as-tu passé un bon moment avec Victor ? demanda-t-il avec une politesse étudiée.

Je me levai, fit basculer ma chaise qui atterrit bruyamment sur le sol, et allai rincer ma tasse dans l'évier.

— Oui, je te remercie de ta sollicitude, j'ai passé un merveilleux moment avec Jan, répondis-je en appuyant sur ce dernier mot.

— Tu m'en vois ravi, déclara Ben d'une voix acide.

— Bon, je vais bosser. Ciao.

Je rangeai la tasse dans le buffet et j'allais sortir de la cuisine quand un souvenir me revint.

— Ah, au fait, j'ai rencontré ton père le jour de Noël, repris-je, mais j'eus aussitôt envie de me mordre la langue. Ben était visiblement d'une humeur massacrante et sur les nerfs, pour une raison qui m'échappait. C'était donc le pire moment pour lui parler de son père.

— Et alors ? demanda-t-il peu aimablement.

— Il te demande de donner de tes nouvelles et de venir sans faute à ses noces d'argent.

— Pas question, déclara-t-il en secouant la tête.

— Tu devrais quand même venir aux noces d'argent de tes par…

— Ce ne sont pas mes parents ! coupa-t-il.

— Pardon ?

— Ce ne sont pas mes parents, mais mon père et sa femme, rectifia-t-il. Et je ne vois personnellement aucune raison de fêter le vingt-cinquième anniversaire de leur mariage.

Les bras croisés, il regardait droit devant lui d'un air morose.

— Que se passe-t-il, Ben ? Je sais bien que tu n'es pas fou de Gisela, mais…

— Tu n'as pas dit que tu devais aller travailler ? m'interrompit-il, ce que Jan ne faisait jamais.

— Oui, je m'en vais, répondis-je, mais je restai immobile et indécise.

— Eh bien, vas-y.

— Serais-tu tombé le 31 décembre à minuit dans une faille temporelle dont tu serais ressorti transformé en adolescent difficile ?

— Ça doit être la même que celle dans laquelle tu végètes depuis dix-sept ans, riposta-t-il avant de se retourner pour se servir du café.

Je sortis sans répondre, claquai la porte de l'appartement et me dirigeai vers la librairie.

Il y avait déjà un client et, à ma grande surprise, Otto le servait sans même faire la gueule ! Quand le client fut reparti, je m'approchai d'Otto qui était à la caisse.

— Bonne année ! lui lançai-je.

— De même.

Alors qu'il allait se retirer dans l'arrière-boutique, je le retins.

— J'ai du nouveau, annonçai-je. Je t'avais dit que je cherchais un stage dans une agence de relations publiques. Je suis convoquée pour un entretien ! C'est génial, non ?

Au lieu de répondre, il fronça les sourcils, me tourna le dos et réintégra son cagibi. Décidément, tout le monde était imbuvable aujourd'hui. Je le suivis.

— Qu'est-ce qui cloche ? insistai-je. C'est pourtant une super nouvelle, non ?

Otto s'assit à son bureau et sortit son cahier.

— Oui. Je te souhaite bonne chance, répondit-il, et il se mit à écrire.

— Qu'y a-t-il ? Tu es fâché ?

— Non. Pourquoi devrais-je l'être ?

— Alors réjouis-toi ! Si tout va bien, tu ne devras bientôt plus me payer, ni me supporter jour après jour.

— Dieu soit loué, commenta-t-il sans me regarder.

J'avais beau savoir qu'il ne parlait pas sérieusement, sa réaction me fit mal.

— Très bien, dis-je. Dans ce cas, je te laisse, j'ai du travail.

— Ce soir, je joue au skat avec ton Ben et ton frère, me lança-t-il alors que j'allais sortir.

— Très bien !

Tiens, tiens, voilà qu'il devenait sociable sur ses vieux jours…

— Mais ce n'est pas mon Ben, ajoutai-je.

— Il nous manque quelqu'un pour jouer en double, reprit-il, les yeux fixés sur son Bic. Ça te dit ?

Je sentis mon cœur fondre.

— Bien sûr ! répondis-je.

J'eus soudain une envie déraisonnable de rappeler Maurien & Thews pour annuler l'entretien, mais je devais à tout prix saisir cette chance. Mon but était de faire carrière. C'était l'objectif numéro un de mon plan, et ce plan, j'étais bien décidée à m'y tenir.

Chapitre 13

Où le Méphisto de Goethe me bat froid.

Le mois de janvier passa comme l'éclair. J'avais fini par persuader Otto d'organiser une séance de lecture à la librairie et j'étais très occupée par les préparatifs. Le thème en était « Poèmes d'amour d'aujourd'hui ». Avec l'aide de Jan, j'avais pu engager deux auteurs de Hambourg. Bien entendu, Jan allait lire certaines de ses œuvres au cours de la soirée. J'envisageais un quatrième participant, un slameur qui était une célébrité de Hambourg, mais je n'avais pas encore réussi à le joindre.

— Tu devrais peut-être inviter ta sœur, me suggéra Jan.

— Katja ? Pourquoi ?

— Eh bien, j'imagine que ça pourrait l'intéresser, répondit-il en balayant une mèche de son front. Elle est du métier, après tout. Et elle pourrait enfin faire ma connaissance… je veux dire, je pourrais enfin faire sa connaissance.

— Je vais le lui demander, assurai-je, mais ce n'était qu'un mensonge. Pour une raison que je ne comprenais pas moi-même, je préférais repousser cette rencontre autant que possible.

Je voyais à peine Ben, car il passait pratiquement tout son temps avec Franziska. Même si je savais que cet éloignement était ce qui pouvait m'arriver de mieux, Ben me manquait.

Pendant l'un de nos cours de yoga, Juli m'affirma qu'entre Franziska et lui c'était du sérieux et qu'elle n'avait encore jamais vu Ben aussi heureux.

— Ah bon ? Est-ce qu'il sursaute encore quand elle l'appelle « mon chéri » ? demandai-je sur un ton dégagé et en tâchant de dissimuler que ses révélations m'avaient porté un coup.

— Non, presque plus, répondit Juli en gloussant.

— Et elle, comment tu la trouves ?

Juli réfléchit un instant.

— Elle est un peu difficile mais, dans l'ensemble, ça va, dit-elle. Quant à toi et Jan, vous êtes un couple merveilleux !

— Exactement comme Michel et toi.

Juli marmonna quelque chose, puis changea de côté, si bien qu'elle ne pouvait plus me regarder en face.

— Et où en êtes-vous de vos préparatifs pour le mariage ? repris-je.

Il y avait une éternité que nous n'en avions pas parlé, mais Juli éluda la question une fois de plus.

— Ça suit son cours, se contenta-t-elle de répondre.

J'avais le sentiment d'un malaise grandissant entre Juli et moi. Je n'osais plus lui parler de Ben, car dès que je prononçais son nom, elle m'adressait un regard sévère et détournait la conversation sur Jan. Et quand je lui parlais de son mariage ou de Michel, elle louvoyait alors qu'il était évident que quelque chose la tracassait. Nos plus récentes conversations se réduisaient donc à des banalités.

Depuis que je savais que j'allais bientôt quitter Otto, je me démenais pour retrouver son fils, et j'y parvins finalement. Malgré ma mauvaise conscience, j'avais à nouveau fouillé dans le coffret d'Otto et déniché un prospectus datant de l'été dernier sur une représentation du *Songe d'une nuit d'été* de Shakespeare dans un théâtre de Berlin. Je cherchai sur Google « Frank Jansen acteur Berlin », et un lien me renvoya à la page internet d'une agence artistique où je trouvai une présentation de Frank Jansen. Il y avait même une photo de lui. C'était un homme grand et maigre aux yeux gris et au visage fermé. Sa ressemblance avec Otto sautait aux yeux. Il jouait en ce moment le rôle de Méphisto dans le *Faust* de Goethe dans un petit théâtre de Berlin. Je notai son adresse avant de cliquer sur d'autres liens de Google mais, mis à part des articles sur les pièces dans lesquelles Frank avait joué, je n'en appris pas davantage sur lui.

Vu la situation, un petit voyage à Berlin s'imposait. Quelle plaie ! J'avais horreur de Berlin !

Une semaine plus tard, étendue sur le lit de Jan, je lisais le dernier chapitre de son roman. Je serais volontiers sortie, j'aurais fait n'importe quoi, mais Jan devait absolument noter l'idée qui lui était venue pendant que nous étions au lit. Il était assis à son bureau, complètement nu et penché sur son PC.

— Dis-moi, Jan...

— Hmmm ? dit-il en levant les yeux. Tu as tout lu ?

— Oui.

— Et alors ?

— C'est vraiment excellent, répondis-je, alors que je trouvais ce chapitre exécrable.

— Ah bon ? Et pourquoi ?

— Eh bien, euh... c'est tellement... original.

— C'est tout ? Original ? s'étonna-t-il dans un soupir. Je ferais mieux d'en parler avec quelqu'un qui s'y connaît. Avec ta sœur, par exemple.

Je me levai et rassemblai mes vêtements.

— Katja a un boulot fou en ce moment, déclarai-je. Et j'ai parfois l'impression que tu t'intéresses plus à elle qu'à moi.

— Mais non, mon bébé ! protesta Jan.

Il se leva, me rejoignit et me serra contre lui.

— Comment peux-tu croire une chose pareille ?

Et il me fit basculer sur le lit pour me prouver séance tenante combien il s'intéressait à moi. Un peu plus tard, je lui racontai l'histoire d'Otto et de son fils, et lui demandai s'il souhaitait assister à une représentation de Faust dans un petit théâtre de Berlin. Il en avait envie, il en était même ravi car, comme il me l'affirma, on ne revoyait jamais trop *Faust*.

Par un week-end glacial de janvier, nous sommes donc partis pour la capitale. Après avoir erré pendant une heure dans Kreuzberg à la recherche du théâtre, nous nous sommes retrouvés devant une ancienne fabrique délabrée.

— Bon sang, ils ont construit ce théâtre de merde dans une arrière-cour merdique pour éviter qu'on le trouve ou quoi ? pestai-je.

Jan leva les yeux au ciel.

— Lena, tu râles depuis que nous sommes descendus du train. Ce n'est vraiment pas très constructif comme attitude, commenta-t-il.

Je serrai les dents. Il avait raison. Sa sensibilité d'écrivain le rendait particulièrement réceptif aux mauvaises vibrations. Je n'aurais pas dû lui infliger ma mauvaise humeur.

— Excuse-moi, murmurai-je.

Nous sommes entrés dans le théâtre. Perdu dans le hall glacial de l'ancienne fabrique, il se réduisait à une scène et des chaises en bois dont moins de la moitié étaient occupées, alors que la représentation allait commencer. Nous sommes allés nous asseoir à nos places, au troisième rang.

Les acteurs entrèrent en scène et ce fut le début des cent quatre-vingts minutes les plus longues de mon existence. La mise en scène était ultramoderne et l'action se déroulait dans le futur, au lendemain d'une catastrophe nucléaire sans précédent. Les accessoires de scène se réduisaient à deux chaises. Les acteurs étaient soit en combinaison de protection contre les radiations nucléaires, soit nus… nus comme des vers ! Au début, j'observai avidement Frank (seulement au-dessus de la taille, bien entendu), mais la pièce perdit rapidement tout intérêt pour moi. Quand j'étais à l'école, le *Faust* de Goethe ne m'emballait déjà pas trop, mais dans cette mise en scène, c'était vraiment mauvais. Et mon derrière était déjà endolori après une demi-heure d'immobilité sur le bois dur de ma chaise. Pour passer le temps, je surfais sur mon téléphone portable, échangeais le plus discrètement possible des SMS avec Juli et jouais à *Tetris*. Un nombre non négligeable de spectateurs s'éclipsèrent au cours de la représentation et je les regardais avec envie. Alors que j'oscillais entre le désespoir et l'envie de me faire rembourser, la représentation s'acheva enfin. Le public, largement décimé, applaudit poliment, mais au deuxième salut de la troupe, les bravos avaient déjà cessé.

— Ouf, c'est fini, chuchotai-je à Jan, tandis que nous nous dirigions vers la sortie.

— C'était génial ! exulta-t-il.

— Quoi ? fut tout ce que je pus articuler.

— J'ai rarement été autant stimulé intellectuellement par une mise en scène, déclara-t-il en ponctuant ses paroles de grands gestes. La manière dont celle-ci remet en question les valeurs établies, les traditions, tout ce que nous tenons pour acquis, c'est hallucinant !

— Mais ils étaient nus sur scène, tu te rends compte ? À poil !

— Tu as raison, cette idée n'a rien de nouveau, mais il faut admettre que dans le contexte de fin de civilisation de cette mise en scène, tout vêtement devient obsolète et la nudité resurgit à neuf de l'apocalypse. Montrer Faust et Gretchen sous un jour si véridique, si authentique, c'est une idée fabuleuse !

— Hum, oui, vraiment formidable, grommelai-je. Mais maintenant, il s'agit de voir Frank. Viens, on va essayer de le coincer dans les coulisses.

— Frank ? Qui c'est ?

— Le fils d'Otto, tu sais bien ! Je t'ai parlé de lui. C'est lui qui jouait Méphisto.

Le regard de Jan s'illumina.

— C'est un acteur prodigieux, commenta-t-il.

Nous sommes sortis du foyer et avons fait le tour du bâtiment à la recherche de l'entrée des artistes. Je la trouvai, sonnai et, au bout de quelques secondes, la porte nous fut ouverte par une femme à l'air ennuyé, avec une permanente ratée et une cigarette pendant au coin de la bouche qui me rappelait vaguement Peggy Bundy[1].

— C'est pour quoi ? s'enquit-elle.

---

1. Personnage de la mère dans la série télévisée américaine *Mariés, deux enfants* retraçant la vie d'une famille de Blancs pauvres aux États-Unis.

— Bonjour, nous sommes Lena Klein et Jan Reichert de la rubrique culturelle du *Frankfurter Allgemeine Zeitung*, déclarai-je sous le coup d'une inspiration subite. Nous serions heureux de nous entretenir avec Frank Jansen.

Jan parut grandir de quelques centimètres. Il repoussa des mèches de son front avec enthousiasme.

— Oui, nous aurions quelques questions à lui poser au sujet de cette éblouissante mise en scène, expliqua-t-il.

La femme nous regarda avec stupeur.

— Non mais, je rêve! dit-elle dans le plus pur berlinois.

Elle nous fit signe de la suivre et s'arrêta un instant plus tard devant une porte fermée à laquelle elle frappa trois coups.

— Frank, y a deux personnes du *FAZ* pour toi! lança-t-elle avant d'ouvrir la porte toute grande et de s'effacer devant nous.

Assis devant le miroir éclairé de son vestiaire, Frank Jansen se démaquillait. Ses cheveux noirs grisonnant aux tempes étaient maintenus par un bandeau et il portait encore la combinaison de protection. Gretchen était assise à côté de lui en sous-vêtements et, comme lui, occupée à se démaquiller. Frank nous regarda dans le miroir.

— Alors comme ça, vous êtes du *FAZ*? lança-t-il.

Sa ressemblance avec son père était saisissante: sa manière de parler, son regard, ses yeux gris. Je m'éclaircis la gorge pour répondre, mais Jan me devança.

— Permettez-moi de vous dire que j'ai trouvé votre interprétation extraordinairement stimulante. Je n'avais encore jamais vu un Méphisto si… kafkaïen. Chapeau, mon vieux, chapeau!

— Kafkaïen, vraiment? répéta Frank, les sourcils levés.

— Vous avez bien dit que vous êtes du *FAZ*? s'enquit Gretchen d'un air soupçonneux.

Ils ne devaient pas recevoir souvent la visite d'un journaliste du *FAZ*, et encore moins ses compliments.

— À vrai dire, non, avouai-je.

— Alors que voulez-vous? demanda Frank sans détour, à la manière si typique d'Otto.

— Je m'appelle Lena Klein et je travaille dans la librairie de votre père.

Frank était en train d'ôter son bandeau. Quand je parlai de son père, il se figea.

— Et que me veut-il ?

— Euh… rien. Il ignore que je suis ici, répondis-je.

— Ah bon.

Frank ôta sa combinaison et se retrouva nu devant nous, ce qui ne me choqua pas vraiment, car j'avais vu ses attributs ballotter sur scène pendant presque trois heures.

— Votre père souffre beaucoup de ne plus vous voir, repris-je.

— Ah oui ? C'est lui qui vous l'a dit ?

— Non, pas de manière si directe, mais je sais que cela le peine.

— Et comment en êtes-vous si sûre ? s'enquit Frank en passant un pantalon en velours beige.

— Bon, je me tire. Salut, Frank, lança Gretchen avant de sortir.

— Je le connais assez pour le savoir. Je travaille pour lui et nous sommes pour ainsi dire devenus amis.

Frank boutonnait la chemise noire qu'il venait d'enfiler. Il haussa les épaules d'un air indifférent.

— Vous couchez avec lui ?

J'en restai suffoquée.

— Non ! Bien sûr que non ! Je travaille pour lui.

— Ma foi, pour vous, le jeu en vaudrait la chandelle, répondit-il.

— Que voulez-vous dire ? demandai-je indignée.

— Oh, ça va, laissez tomber. Le vieux est riche comme Crésus.

— Mais c'est absurde ! Je sais bien ce que sa librairie lui rapporte !

Frank me dévisagea avec commisération avant de se rasseoir pour chausser une paire de vieux souliers en cuir marron.

— Mon père est propriétaire de dix maisons de rapport à Ottensen et Eppendorf, des immeubles anciens colossaux.

Combien gagne-t-il à votre avis ? Mais tel que je le connais, il doit vous payer un salaire de misère. Est-ce que je me trompe ?

Il disait vrai. J'étais stupéfaite par cette révélation.

Frank se leva.

— Ce fut un plaisir de faire votre connaissance, mais je dois hélas m'en aller. Merci pour cette intéressante conversation, conclut-il.

Sur ces mots, il se dirigea vers la porte. Je restais pétrifiée et incapable d'articuler un mot.

Jan s'éclaircit la gorge.

— Qu'est-ce que tu veux, c'est comme ça, me dit-il. Tant pis. Allez, viens, on s'en va.

Sans l'écouter, je me précipitai dans le couloir, vis Frank s'éloigner vers la sortie et le rattrapai.

— Votre père est vieux ! lui lançai-je. Ne pouvez-vous pas oublier le passé et le revoir ?

Frank pivota pour me faire face.

— Il m'a jeté dehors en me disant qu'il ne voulait plus jamais me revoir. Suis-je censé oublier ça ?

Il repartit au pas de charge, et moi sur ses talons. Dehors, un froid polaire nous accueillit et je glissai sur une flaque gelée, mais parvins à me rétablir juste à temps. Frank me distançait maintenant de plusieurs mètres.

— Arrêtez, bon sang ! hurlai-je. Je vous parle !

À ma grande surprise, il obéit et attendit que je l'aie rejoint. Il respirait avec peine.

— Tout cela ne vous regarde en rien, mais puisque nous y sommes, sachez que ma mère l'a supplié de me faire des excuses et que cette histoire l'a détruite. Mais il ne voulait rien entendre. Il s'en foutait complètement, même quand elle est tombée malade ! J'ai dû aller la voir en cachette pour qu'il n'en sache rien, vous imaginez ?

— Mais votre père vous en veut parce qu'il croit que vous n'êtes jamais venu la voir ! Et votre mère ne vous a-t-elle pas supplié, vous aussi, de vous réconcilier avec lui ? Ne vous êtes-vous pas entêtés tous les deux ?

Frank eut un rire amer.

— J'ai essayé de lui parler à l'enterrement de ma mère, mais il m'a encore envoyé paître !

Je ne savais plus quoi dire. Je sentais le froid s'insinuer lentement sous ma veste et je claquais des dents. Il devait faire dans les - 20 °C. Je compris tout à coup que je ne pouvais rien faire pour Frank et Otto, car leur situation était sans issue. Je tendis la main à Frank.

— Je suis désolée de m'être mêlée de ce qui ne me regardait pas, mais je pensais que je devais au moins essayer, expliquai-je.

Après quelques secondes d'hésitation, il saisit ma main et la serra.

— Mon père a de la chance qu'il y ait encore quelqu'un sur terre pour s'intéresser à lui, dit-il. Ce qui n'est plus mon cas.

Il tourna les talons, s'éloigna et disparut dans la nuit.

— Ça n'a pas collé, hein ? demanda la voix de Jan derrière moi, et il passa un bras autour de ma taille. Je secouai la tête.

— On ne peut forcer personne, reprit-il. Viens, on va s'éclater un peu, ça te dit ?

— Non, répondis-je en me dégageant. Je préfère rentrer.

— Tu veux dire à l'hôtel ?

— Non, à Hambourg.

— Mais il n'y a plus de trains, il est minuit !

Bon sang, il avait raison !

— Bon, alors à l'hôtel, dis-je.

Dans notre chambre, je m'assis sur le lit, ôtai mes chaussures et me recroquevillai sous la couverture froide et humide.

— Tu n'as vraiment pas envie de ressortir ? demanda Jan.

— Non, mais vas-y, toi, si tu veux.

— Tu es sûre ? insista-t-il en s'attardant devant la porte, l'air indécis.

— Mais oui, répondis-je en remontant la couverture sous mon nez.

Il s'approcha de moi et m'embrassa.

— Alors bonne nuit, petite frileuse, me dit-il.

— Bonne nuit.

Il sortit de la chambre et je restai seule, les yeux fixés au plafond. Comment avais-je pu être aussi naïve ? Avais-je vraiment cru qu'il me suffirait d'aller à Berlin et de dire à Frank qu'il devait se réconcilier avec son père pour qu'il se précipite à Hambourg dans un bel élan ?

Mes pensées tournaient en rond. Il fallait que j'arrête de me mêler de ce qui ne me regardait pas. Après tout, chacun était responsable de soi. Mais si l'un de mes amis était sur le point de commettre une grave erreur, serais-je vraiment capable de la fermer et de m'en moquer royalement ?

Après tout, chacun est responsable de soi, me répétai-je avant de m'endormir.

Je fus réveillée très tôt le lendemain matin quand Jan se laissa tomber dans le lit à côté de moi. Il puait l'alcool et la cigarette. Le jour se levait. Quand je voulus remonter sa couverture pour qu'il n'ait pas froid, je vis qu'il ne portait plus que son caleçon et s'était fait tatouer sur la poitrine : « La littérature est toujours une expédition vers la vérité. » Le tatouage devait remonter à quelques heures à peine, car il saignait encore et n'avait pas désenflé. Dieu du ciel !

Le lendemain, j'étais dans la cuisine de Juli où nous buvions du thé et mangions le chocolat amer hors de prix que j'avais rapporté de Berlin.

— Et comment ça va, entre Jan et toi ? demanda-t-elle quand je lui eus raconté l'échec de ma mission.

Je bus une gorgée de thé pour gagner du temps.

— Bien, même si nous sommes très différents, répondis-je quand il fut impossible de louvoyer plus longtemps.

— Oui, mais c'est très positif, au fond. Les contraires s'attirent. Enfin, c'est ce qu'on dit toujours, observa-t-elle.

— Hum. Oui, c'est vrai, lançai-je en cassant un bout de chocolat. Michel et toi aussi êtes très différents.

Juli détourna les yeux et sirota son thé.

— Exactement, approuva-t-elle enfin, mais sans conviction.

Michel et Ben arrivèrent à ce moment-là.

— Vous avez entendu la nouvelle à la radio ? demanda Michel en ôtant veste et bonnet.

— Non. Qu'est-ce qui est arrivé ? répondit Juli.

Michel se redressa et tapota la tasse de Juli comme pour l'annonce d'une nouvelle importante.

— Mesdames, messieurs, préparez-vous à cet événement : pour la première fois depuis dix ans, vous allez pouvoir revivre les joies de la glisse sur l'Alster !

— Oh, merveilleux ! s'exclama Juli. Je n'aurais jamais cru que la municipalité l'autoriserait encore.

Oui, c'était vraiment une bonne nouvelle. Quand la couche de glace sur l'Aster était assez épaisse, le lac devenait le théâtre d'une grande fête avec musique, vin chaud et kiosques à saucisses et friandises entre lesquels on évoluait comme il se doit sur patins à glace. Hélas, les autorités estimaient souvent que la glace n'était pas assez solide pour autoriser les patineurs à s'y aventurer.

— C'est peut-être un coup de Lena, avança Ben. Elle a des relations dans les services municipaux.

Je me sentis rougir violemment. Quel besoin avait-il de me rappeler Udo à chaque occasion !

— Qu'est-ce que tu veux dire ? demanda Michel.

— Rien, répondis-je en hâte, et je lançai un regard meurtrier à Ben.

— Si on y allait samedi ? proposa Michel.

— Oh oui, super ! s'exclama Juli, ravie. Il y a une éternité que nous n'avons plus rien fait ensemble. Est-ce que Franziska et Jan viendront aussi ?

— Moui, marmonnai-je, après un rapide échange de regards avec Ben.

— Oui, bien sûr, répondit Ben.

Un après-midi entier avec Franziska, quelle joie !

Chapitre 14

Où je survis à un attentat à la saucisse au curry, dégringole de ma chaise et brille au hockey sur glace.

— Otto, tu sais où est passée cette saleté de liste pour la séance de lecture ? C'est dans deux semaines ! demandai-je en fouillant frénétiquement dans les documents étalés sur son bureau.

— Comment veux-tu que je le sache ? Tu ne me laisses pas toucher une seule de tes sacro-saintes listes !

Le numéro de téléphone du célèbre slameur Jonas Kramer figurait sur cette maudite liste. J'avais enfin réussi à le joindre et, ce jour-là, il m'avait promis de me donner sa réponse pour sa participation à la séance de lecture, mais j'étais toujours sans nouvelles de lui.

— Tu sais bien que c'est urgent ! Tu ne peux pas m'aider à la retrouver ? insistai-je.

Mon entretien avec Maurien & Thews avait lieu aujourd'hui et j'avais les nerfs à vif.

— Bon sang, faut que je me sauve ! Si jamais un M. Jonas Kramer téléphone, sois gentil avec lui, d'accord ? Sa participation est cruciale.

— Ça m'est bien égal, marmonna Otto. De toute façon, tu vas prendre tes cliques et tes claques.

— Combien de fois devrai-je te répéter que ce n'est qu'un entretien pour une prise de contact ? Ça ne signifie pas que je vais décrocher ce boulot.

Je m'enfuis pour me métamorphoser chez moi en femme active ambitieuse et dynamique. Je m'étais entraînée avec

Juli à répondre intelligemment aux questions qui pourraient m'être posées pendant cet entretien. Je révisai mentalement ces réponses en passant mon élégant tailleur pantalon bleu foncé. J'essayai plusieurs expressions devant le miroir jusqu'au moment où je parvins à afficher un sourire plein d'assurance.

— Détendez-vous, vénérés futurs employeurs, je maîtrise tout, déclarai-je à mon reflet. Mon nom est Klein, Lena Klein. Je résous tous les problèmes. Je contrôle tout.

J'allai à la cuisine prendre un paquet de mouchoirs dans le tiroir du buffet qui servait de fourre-tout. Franziska et Ben étaient assis à la table. J'avais fait de mon mieux pour les éviter au cours des dernières semaines, mais ce n'était pas toujours possible. Franziska portait encore uniquement un T-shirt de Ben, qui, lui, n'était vêtu que d'un jean. En les voyant, je me demandai si Franziska avait commencé à se déshabiller frénétiquement pour s'entendre dire par Ben : « Tu vas attraper la mort, mon bébé ! Tiens, mets mon T-shirt et allons manger une tartine de Nutella. »

Je me rendis compte que mon regard s'attardait sur eux, surtout sur Ben qui, sans T-shirt, n'était, ma foi, pas mal du tout. Je détournai les yeux en vitesse.

— Lena, je suis soufflé ! Tu ressembles à Mme Dallmann, la responsable de mon dossier à la Caisse d'Épargne ! commenta Ben avec un sourire épanoui.

Je haussai les épaules et pris un paquet de mouchoirs dans le tiroir.

— Non, ne me dis pas que tu n'as pas de mouchoirs dans ton sac à main ! J'aurais juré que tu en avais toujours sur toi, reprit-il.

— Je n'en avais plus, marmonnai-je en fourrant les mouchoirs dans mon sac.

Le sourire de Ben s'élargit encore comme s'il allait ajouter quelque chose, mais Franziska le devança.

— Tu veux bien m'apporter ma veste en laine, Benny ? demanda-t-elle. Je gèle.

Benny???

— Tu devrais peut-être passer une culotte, tu aurais moins froid, ne pus-je m'empêcher de suggérer, mais tous deux m'ignorèrent.

Les yeux écarquillés, je regardai Ben se lever docilement pour exaucer le souhait de la princesse. On pouvait dire qu'elle le faisait marcher à la baguette.

Dès qu'il fut sorti, Franziska me toisa.

— C'est le grand jour, donc, laissa-t-elle tomber.

— Si c'est à mon entretien que tu fais allusion, oui.

— C'est merveilleux. Je te souhaite bonne chance.

— Merci. J'en ai besoin.

Elle repoussa avec élégance une mèche de cheveux bruns de son front.

— Je crois qu'il serait temps que tu gagnes correctement ta vie, reprit-elle. Ce serait un soulagement pour Ben que tu puisses déménager. Ce n'est pas une solution pour toi ni pour lui de vivre indéfiniment sous le même toit.

Mon cœur eut comme un raté.

— Ben a dit ça?

— Non, il ne te le dirait jamais en face, bien sûr, à cause de Michel. Il pourrait difficilement mettre à la porte la petite sœur de son meilleur ami.

— Bien sûr, répondis-je, et, après m'être arraché un « Salut », je m'enfuis.

En allant chez Maurien & Thews, j'essayai de mettre un peu d'ordre dans mes pensées. Alors que je m'étais si bien préparée pour cet entretien, cette idiote s'en prenait à moi! Ben voulait-il vraiment se débarrasser de moi? Je ne pouvais éliminer cette possibilité, mais je savais que Ben était parfaitement capable de me le dire en face, si désagréable que cela puisse être. Quoi qu'il en soit, Franziska avait raison. Même si Ben et moi avions assez bien cohabité jusqu'à présent, ce que je ressentais pour lui depuis peu me troublait trop. Et depuis le retour de la bonne fée Franziska, cette cohabitation était devenue de plus en plus difficile. Il était temps que j'aille vivre ailleurs et, pour y parvenir, je devais à tout prix décrocher cette saleté de boulot !

J'inspirai à fond et fermai les yeux. Concentre-toi, m'exhortai-je. Ne pense qu'à ce travail. Montre-toi sérieuse, dynamique et déterminée.

Dès lors, je me focalisai sur l'entretien et fus même surprise par l'arrivée du train à mon arrêt. Je vérifiai ma tenue et ma coiffure dans la vitrine d'un café : tout allait bien. Je remontai lentement la rue. Un coup d'œil aux numéros m'indiqua qu'il n'en restait que dix avant d'atteindre ma destination.

Je suis motivée, ambitieuse et indépendante.

Encore huit numéros.

Je m'appelle Lena Klein. Je résous tous les problèmes.

Encore sept. Je passai devant un kiosque à saucisses. Un père apparemment excédé tendait à son fils en surpoids une saucisse au curry posée sur un carton. À côté d'eux, un homme en complet enfournait des frites.

C'est une chance unique. Je la saisirai. Je décrocherai ce boulot !

— Beurk, y a du curry en poudre sur la saucisse ! Je déteste le curry ! cria le gamin à son père.

Soudain, le monde se mit à tourner au ralenti. Le morveux avait lancé sa saucisse, qui décrivit une superbe courbe dans ma direction. Comme un daim surpris par la lumière de phares, je restai clouée sur place, fascinée par le projectile saucisse-ketchup qui se rapprochait inexorablement de moi et finit par atterrir, bien entendu, sur mon manteau. Je l'ôtai en hâte pour évaluer les dégâts et, dans ce mouvement, heurtai une femme qui arrivait, une crêpe dans une main et un verre de Coca dans l'autre. La crêpe recouverte de compote de pomme entra en collision avec ma chemise pendant que le Coca se répandait sur mon blazer.

La femme, le père excédé, le gros garçon, l'homme au complet et moi-même me contemplions, frappés de stupeur. J'étais tachée de la tête aux pieds.

Le père fut le premier à émerger de cette torpeur.

— Oh mon Dieu, je suis vraiment désolé ! s'exclama-t-il.

— Ça partira sûrement avec un peu d'eau minérale, déclara la femme.

— Non, avec du sel ! affirma l'homme au complet. Le sel nettoie toutes les salissures.

— Non, seulement les taches de vin rouge, rectifia la femme. C'est de l'eau minérale qu'il lui faut.

— Qu'est-ce que je peux faire ? couinai-je, enfin tirée de ma léthargie. Comment vais-je arranger ça ?

— Voyons, quelques taches, ce n'est quand même pas la fin du monde, intervint le père pour combattre mon découragement.

Ma stupeur se mua aussitôt en colère.

— Comment pouvez-vous savoir ce qui est la fin du monde pour moi ? lançai-je. Et vous seriez bien gentil de m'expliquer pourquoi votre gosse s'amuse à lancer des saucisses !

— Moi aussi, j'aimerais bien le savoir, déclara l'homme au complet en m'adressant un sourire aimable.

Je consultai ma montre et me sentis soudain glacée d'effroi.

— Nom de Dieu ! Il me reste douze minutes !

J'arrachai à l'homme au complet l'eau minérale qu'il tenait à la main, tirai mes mouchoirs de mon sac, les mouillai et frottai les taches sur ma chemise et mon blazer.

— Vite ! Il me faut encore de l'eau minérale ! Gazeuse ! ordonnai-je à l'homme.

— Avec plaisir, répondit-il, tout sourire, avant de s'exécuter.

Le père, son fils rondouillard et la femme s'étaient entre-temps éclipsés discrètement.

L'homme me rapporta deux petites bouteilles d'eau gazeuse.

— Je serais ravi de vous aider, mais j'ai hélas un rendez-vous dans un instant, expliqua-t-il.

— Moi aussi ! ripostai-je. Tenez-moi ça.

Je lui collai mon blazer entre les mains pour mieux frotter les taches. J'étais tout à ma besogne et, quelques minutes plus tard, j'avais remédié au pire. Ma chemise, en revanche, était dans un état désastreux. En frottant frénétiquement la compote de pomme répandue sur mon décolleté, j'avais réussi à la faire partir, mais je me retrouvais avec une tache foncée et humide à la place.

— Oh mon Dieu, on dirait que je viens d'allaiter ! me lamentai-je.

— Un peu, oui, peut-être, dit l'homme en riant.

— Tant pis, on ne peut rien y faire. Mon blazer, s'il vous plaît, demandai-je en tendant la main, mais il m'aida galamment à le revêtir.

— Merci beaucoup, lui dis-je, mais il faut que je me sauve. Bonne journée !

Je tournai les talons et partis en courant. Je passai comme une flèche devant les six numéros restants et sonnai un instant plus tard, à 13 h 56 précises, à la porte de mon futur employeur.

Une aimable jeune femme vint m'ouvrir.

— Bonjour, je suis Lena Klein, lui dis-je. J'ai rendez-vous à 14 heures avec M…

Quelle angoisse ! Sous le coup de la panique, j'avais complètement oublié le nom de la personne que je devais rencontrer !

— C'est au sujet du stage ? Alors il doit s'agir de Messieurs Maurien et Schoppmann. Suivez-moi.

Elle me fit traverser la réception et me mena à une salle de conférences. Sur une grande table étaient disposés des boissons et des biscuits.

— Voulez-vous boire quelque chose ?

— Oui, merci, un verre d'eau.

Elle me versa de l'eau et m'adressa un sourire encourageant. Elle se conduisait comme si elle n'avait pas remarqué l'énorme tache sur ma chemise, ce dont je lui étais infiniment reconnaissante.

— Ces messieurs seront là dans un instant, m'assura-t-elle avant de me laisser seule.

Je redevins immédiatement nerveuse. Mon cerveau était comme vidé, toutes les reparties spirituelles que j'avais imaginées, envolées. Qu'allais-je bien pouvoir leur raconter ? Je ne savais absolument rien faire, sans compter que j'avais l'air de sortir tout droit d'un match de catch dans la boue.

Un instant plus tard, je vis entrer un homme de petite taille et d'âge mûr. Il portait un complet sans cravate, il avait une calvitie et des yeux bleu vif qui m'inspectèrent attentivement. Il me serra la main.

— Bonjour, mademoiselle Klein. Je suis Markus Schoppmann. M. Maurien n'est pas encore là, mais il devrait arriver d'un instant à l'autre.

M. Schoppmann s'assit et se versa un café.

— Voulez-vous quelque chose ? Un biscuit, peut-être ? proposa-t-il.

Il poussa vers moi un bol de biscuits. Étais-je censée en prendre un ou valait-il mieux m'abstenir ? Comme je n'en voulais pas, je déclinai poliment.

— Avez-vous trouvé notre immeuble sans difficulté ? s'enquit-il.

C'était l'habituelle question sur laquelle un entretien démarrait. Je m'étais toujours demandé ce que les responsables du personnel escomptaient comme réaction. Je répondis par l'affirmative (qui avouerait au cours d'un entretien qu'il était incapable de s'orienter ?) et la conversation s'engagea sur le froid exceptionnel de cet hiver et la bonne nouvelle de l'autorisation de patinage sur l'Alster.

Cinq minutes plus tard environ, j'entendis la porte de la salle s'ouvrir.

— Excusez-moi, dit une voix qui me parut vaguement familière, mais j'ai été retardé par une foldingue au kiosque à saucisses.

Je me retournai, ahurie, et vis devant moi l'homme au complet.

— Ah ! s'exclama-t-il, et il éclata de rire. La revoilà !

Visiblement réjoui, il s'approcha de moi et me tendit la main.

— Je suis Claas Maurien, l'un des partenaires de cette agence. Il semblerait donc que ce soit ensemble que nous ayons rendez-vous, dit-il.

Il rit encore, s'assit en face de moi et à côté de M. Schoppmann, puis jeta un coup d'œil à mon dossier de candidature posé devant lui.

— Vous êtes donc Lena Klein, reprit-il.

— Qu'est-ce que tu racontes ? s'enquit M. Schoppmann, perplexe.

Claas Maurien se servit un café et mordit dans un biscuit. Je remarquai à cet instant qu'il avait l'air gentil.

— Mlle Klein vient d'être victime d'un attentat à la saucisse au curry, expliqua-t-il, la bouche pleine. Et cette tache-là, dit-il en montrant ma poitrine, n'a rien à voir avec l'allaitement.

— Un attentat à la saucisse au curry ? Qu'est-ce que c'est que cette histoire ? demanda M. Schoppmann.

Je lui racontai brièvement l'incident et après un rire poli de sa part, M. Maurien commença l'entretien.

— Eh bien, mademoiselle Klein, enchaîna-t-il avec un sourire aimable, vous êtes la preuve vivante que la persévérance est récompensée. Entre vos appels téléphoniques et vos courriers, vous avez tellement insisté que j'ai finalement été curieux de vous rencontrer, dit-il en jetant un bref regard à mon CV. En réalité, vous n'êtes pas vraiment qualifiée pour ce travail, comme vous le savez sans doute ?

Tous deux me sondaient du regard. Je n'avais pas vraiment l'impression que ça accrochait, mais j'étais parfaitement préparée à répondre à cette objection.

— Je me considère au contraire comme tout à fait qualifiée pour ce travail, répondis-je avec calme.

Pendant mon monologue sur l'initiative personnelle, l'indépendance, le marketing, les analyses de marché et la créativité, je gesticulai avec vivacité et, ce faisant, glissai peu à peu vers le bord de ma chaise, où je restai perchée.

M. Schoppmann consultait fréquemment sa montre avec une discrétion appuyée et M. Maurien semblait se demander comment l'idée de présenter sa candidature avait pu venir à une tordue comme moi. Je me penchai encore plus en avant, si bien que la majeure partie de mon derrière se retrouva dans le vide et je perdis l'équilibre. Les pieds arrière de la chaise se soulevèrent, je glissai et atterris sans douceur sur le sol. Immédiatement après, la chaise bascula et s'abattit sur mon crâne.

— Aïe ! s'exclama M. Maurien.

Il se leva en hâte, me libéra de la chaise et m'aida à me relever.

— Ça va ? demanda-t-il.

— Oui, très bien, répondis-je en priant pour que le sol s'ouvre sous mes pieds afin que j'y disparaisse.

— Tu vois, Markus, je crois que nous n'aurions pas dû acheter ces chaises bon marché chez Ikea, déclara-t-il.

Il paraissait s'amuser comme un fou, ce qui était d'autant plus embarrassant pour moi.

— Je suis désolée, c'était vraiment stupide de ma part, dis-je une fois rassise.

— Mais non, ne vous inquiétez pas pour ça, me rassura-t-il avec un reste de gaieté dans la voix.

— Eh bien, mademoiselle Klein, je crois que M. Maurien et moi-même avons maintenant les idées plus claires en ce qui vous concerne, m'annonça M. Schoppmann. Avez-vous des questions ?

J'avais réfléchi aux questions que je pourrais poser, j'en avais, et même de sacrément bonnes, mais j'étais incapable de m'en souvenir. La seule qui me venait à l'esprit était : « Où sont les toilettes ? J'aimerais me nettoyer de fond en comble. »

— Euh… non, pas pour l'instant, répondis-je.

— Eh bien, merci beaucoup pour cet entretien peu ordinaire, déclara M. Maurien.

Il se leva et me tendit la main avec un sourire.

— Nous vous recontacterons.

J'en doute, pensai-je, mais je parvins à sourire et à prendre congé à peu près dignement.

Je repartis vers la gare la tête basse, certaine d'avoir été l'attraction de l'entretien d'embauche le plus bref et le plus gênant de l'histoire de l'humanité. J'avais vraiment échoué sur toute la ligne. C'était l'unique chance qu'on m'avait donnée et, selon toute probabilité, qu'on me donnerait jamais, et j'avais tout gâché.

Ben et Franziska n'étaient heureusement pas là à mon retour. J'ôtai ma tenue professionnelle et me glissai dans mon ridicule, mais ultraconfortable pyjama Hello Kitty, m'installai sur le canapé avec une couverture et allumai la télé. Quelle poisse ! Adieu carrière, bonjour Armée du Salut ! Peut-être ferais-je mieux de retourner chez mes parents. En quête de consolation, je téléphonai à Jan, mais tombai sur son répondeur. Juli était également injoignable. Je tirai la couverture sous mon menton et regardai l'écran. On passait un vieux navet avec Romy Schneider dans lequel tout le monde roulait les « r » et poussait la chansonnette à intervalles réguliers. Cette vision enchanteresse du monde était exactement ce qu'il me fallait cet après-midi-là.

Je retrouvai les autres le lendemain après-midi devant le Cliff, un bar au bord de l'Alster. Ben, Juli et Michel buvaient un vin chaud. Jan et Franziska demeuraient invisibles. J'allai chercher un vin chaud et m'assis avec mes amis.

— Alors, comment ça a marché hier ? me demanda Juli avant même que j'aie pu dire bonjour.

Pour gagner du temps, je soufflai sur mon vin chaud et bus une gorgée avant de répondre.

— Très bien, répondis-je.

Tous trois me regardaient, impatients d'en savoir davantage.

— Mais comment ça, très bien ? Raconte un peu !

Je fus donc obligée de revivre cet éprouvant entretien à mesure que je le leur racontais en détail. Ils réagirent à la description de ma peu glorieuse chute par un silence incrédule.

— Tu es vraiment... ? commença Juli, mais elle fut incapable de finir sa phrase. Michel s'en chargea pour elle.

— ... tombée de ta chaise ? acheva-t-il.

J'acquiesçai et bus encore une gorgée pour dissimuler mon embarras.

— Ce n'est pas si grave, ma chérie, me dit Juli sur un ton apaisant.

— Bah, ne t'inquiète pas pour ça, déclara Michel. Qui sait ? Peut-être qu'ils t'ont trouvée tellement formidable que ça ne leur fait rien que tu tombes de ta chaise de temps en temps.

Cet abruti de Ben s'essuya les lèvres, les yeux rivés au sol, visiblement pour réprimer son envie de rire. Les coins de la bouche de Michel frémissaient aussi et il toussa plusieurs fois. Quant à Juli, elle était écarlate et elle fouillait frénétiquement dans son sac, à la recherche de Dieu savait quoi.

— Vous trouvez peut-être ça drôle ? demandai-je avec indignation.

— Mais non, pas du tout, protesta Michel avec un large sourire. C'est plutôt… tragique.

Après quelques secondes de silence, tous trois éclatèrent de rire. Une fois partis, ils ne pouvaient plus s'arrêter. Au début, je ne trouvais pas ça vraiment amusant, mais je dus finalement reconnaître que ça l'était. Je ris avec eux et toute la tension que je ressentais depuis la veille retomba d'un seul coup.

Ben passa un bras autour de mes épaules et ébouriffa mes cheveux.

— Une histoire pareille, ça ne pouvait arriver qu'à toi, petite catastrophe ambulante, dit-il.

— Je sais, et c'est ça le pire, répondis-je.

J'aurais aimé me blottir contre lui, mais je m'écartai et fis un pas de côté.

Franziska arriva un instant plus tard. Dans sa combinaison matelassée blanche, elle ressemblait à un ange gracieux et fragile. À côté d'elle, avec mes jeans, mes trois pulls et l'interminable écharpe tricotée par Juli, je devais avoir l'allure de Miss Bibendum.

Franziska devint aussitôt l'objet de l'attention générale. Elle raconta quelques histoires amusantes sur le cabinet de chirurgie esthétique dont elle était l'une des associés, puis s'adressa à Juli et Michel.

— Vous êtes les seules personnes au monde – avec moi, bien sûr – à avoir de l'influence sur Ben, dit-elle. Pourriez-vous le convaincre de s'établir comme orthopédiste ? Ce travail à l'hôpital l'épuise.

— Il est assez grand pour savoir ce qu'il veut, répondit sèchement Michel, qui n'avait jamais pu supporter Franziska.

Pourquoi Ben aurait-il dû ouvrir un cabinet ? Il n'avait pas saisi la perche que lui tendait Franziska et il ne paraissait pas précisément ravi de son intervention.

— Oui, bien sûr, mais j'ai parfois l'impression qu'il ne sait pas ce qui serait le mieux pour lui, soupira Franziska.

— Parce que toi, tu le sais, peut-être ? lançai-je.

— Naturellement, riposta-t-elle en m'adressant un regard glacial.

— Mais, Dieu merci, je suis le seul à en décider, pas vrai Franzi ? déclara Ben, et il l'embrassa sur la joue.

Pourquoi acceptait-il si placidement que cette petite peste se mêle de ses affaires ? Elle n'avait aucune idée de ce qui était bon pour lui ! Moi, je le connaissais depuis toujours, j'habitais chez lui, je le…

— Salut, Lena, dit la voix de Jan, m'interrompant dans mes ruminations, et je sursautai. Tu en fais une tête ! On dirait que tu as envie de tuer quelqu'un, plaisanta-t-il, et il passa un doigt sur le pli entre mes sourcils, puis l'embrassa.

— Arrête tes conneries, répondis-je.

— Bonjour, lança Jan aux autres. Et ton entretien, comment ça s'est passé ? me demanda-t-il.

— Tu ne le sais pas encore ? s'exclama Michel, visiblement stupéfait.

— Non, nous ne nous sommes pas vus hier, répondit Jan.

— Et il ne t'est pas venu à l'idée de lui téléphoner pour avoir de ses nouvelles ? intervint Ben, prenant le relais de Michel dans l'interrogatoire. C'était quand même super important pour elle !

— Je ne pouvais pas téléphoner, répondit Jan avec condescendance. J'étais en train d'écrire.

— En train d'écrire ? répéta Ben avec incrédulité.

— Parfaitement.

Jan et Ben s'affrontèrent à nouveau du regard comme Bronson et Fonda dans *Il était une fois dans l'Ouest.*

— Et qu'est-ce que tu rédiges ? demanda Franziska avec intérêt.

Jan répondit sans se faire prier et tous deux engagèrent une conversation sur la grande littérature et *La Bascule du souffle* de Herta Müller, l'un des sujets favoris de Jan, au milieu de notre silence. Au bout d'un moment, Juli en eut visiblement assez.

— Si on allait patiner ? proposa-t-elle.

Michel, Ben et moi étions d'accord, mais Jan secoua la tête.

— Je ne suis pas assez couvert, je crève de froid, répondit-il.

De fait, il était en jeans et en baskets, avec seulement un pull et une veste trop légère pour la saison.

— Mais tu savais bien que nous passerions l'après-midi sur le lac, maugréai-je.

— Je pensais qu'on boirait juste un vin chaud. Ces rassemblements me répugnent. On vient ici pour bâfrer et pour se saouler. Au mieux, on se donne bonne conscience en disant : « Regardez, l'Alster est gelé : toutes ces histoires de réchauffement climatique, ce sont des bobards ! » Désolé, mais tout ça, ça vole vraiment trop bas pour moi.

Un ange passa. Puis Franziska reprit la parole en claquant des dents.

— Et si nous attendions les autres là-bas ? demanda-t-elle à Jan en désignant du menton le Cliff. Ça ne t'ennuie pas trop, mon nounours ? lança-t-elle à Ben avec une moue boudeuse de petite fille. Je ne supporte pas le froid.

… MON NOUNOURS ???

Incrédules, Juli, Michel et moi-même dévisagions Ben, qui grimaçait comme s'il venait de mordre dans de l'aluminium. Franziska ne parut pas le remarquer.

— Le grand écrivain veillera sur moi, ajouta-t-elle en passant un bras sous celui de Jan, et je vis briller une lueur triomphante dans ses yeux. Elle faisait ce numéro uniquement pour nous rendre jaloux, Ben et moi, mais elle se fourrait le doigt dans l'œil, car ce n'était pas le genre de Ben. Ni le mien. Je ne sais même pas ce qu'est la jalousie !

... *enfin, tant qu'il s'agit de Jan*, me souffla une exaspérante petite voix intérieure que j'ignorai résolument.

Ben haussa les épaules.

— Très bien, on se retrouvera là-bas, répondit-il.

— Il est hors de question que je mette un pied dans ce café de minets ! décréta Jan. Allons plutôt à celui de la Literaturhaus.

Tous deux s'éloignèrent pendant que Ben et moi les suivions des yeux. Nous nous sommes ensuite dirigés vers l'Alster, où la fête battait son plein. Tout Hambourg – sauf Jan et Franziska, bien sûr – semblait avoir sorti ses patins à glace pour aller tourner et virer sur le lac. Une multitude de kiosques à vin chaud et à saucisses avaient surgi sur ses bords, on jouait de la musique et il y avait même un petit manège pour les enfants. Le spectacle était enchanteur : le lac gelé, les maisons voisines comme saupoudrées de sucre, les baraques illuminées et tous ces gens emmitouflés et joyeux. On organisait des courses, des batailles de boules de neige et même des pique-niques ici et là. Quand je m'avançai sur la glace avec mes patins, j'eus envie de m'élancer droit devant moi. Je regardai les autres et remarquai que Juli et Michel se déplaçaient avec peine, surtout Juli. Elle se raidissait et titubait, soutenue par Michel. Sans lui, elle se serait déjà retrouvée les quatre fers en l'air.

— Tu n'avais jamais patiné ? lui demandai-je, surprise.

— Si, répondit-elle en manquant de s'étaler. Mais j'ai tout oublié. Allez-y, Ben et toi. Nous nous débrouillerons sans vous.

J'échangeai un regard avec Ben.

— Allez-y, insista Juli. On se reverra tout à l'heure.

Michel soutenait Juli et semblait prendre grand plaisir à ce rôle de mâle protecteur.

— Oui, soyez tranquilles, déclara-t-il. Rendez-vous au café de la Literaturhaus.

— Très bien. Alors, tu viens ? demandai-je à Ben.

— Le dernier arrivé paie la tournée, répondit-il en montrant un kiosque à vin chaud dans le lointain avant de partir comme une flèche.

— Eh, doucement ! criai-je, et je m'élançai à ses trousses.

Bien entendu, je n'avais aucune chance, vu l'avance qu'il avait sur moi. Quand j'arrivai, épuisée, il m'attendait avec deux verres de vin fumant.

— Tu as déjà été en meilleure forme, commenta-t-il en me tendant un gobelet. Nous devrions reprendre nos séances de jogging.

— Quand ? demandai-je en prenant le verre. Je te vois à peine ces temps-ci.

— Je pourrais te dire la même chose.

Nous sommes repartis à un rythme plus tranquille, notre vin à la main. Nous parlions peu, buvions en glissant et je savourais l'atmosphère et le crissement des lames de nos patins sur la glace.

Nous nous sommes arrêtés pour regarder une bande d'adolescents jouer au hockey. J'adore le hockey sur glace ! J'avais autrefois la permission d'y jouer avec Michel, Ben et leurs amis. Naturellement toujours à titre exceptionnel, quand il leur manquait un joueur.

— Tu crois qu'ils nous laisseraient jouer avec eux ? demandai-je à Ben sous le coup d'une inspiration.

— Ça te dirait ?

— Je veux !

— Eh ! lança-t-il aux ados. Pouvez-vous prendre encore deux joueurs ?

Les gars se consultèrent rapidement.

— Toi, oui, répondit leur représentant à Ben, mais on peut très bien se passer d'elle, déclara-t-il en me désignant.

— Vous ne savez pas de quoi vous parlez ! lança Ben. Moi, je suis bien gentil, mais elle, affirma-t-il en me tirant en avant par la manche, elle est capable de tous vous écraser, je vous le garantis.

Je pris mon air le plus agressif, plissai les yeux et fronçai les sourcils. Si Otto avait été là, il aurait été fier de moi.

Les jeunots débattirent encore un instant, puis deux d'entre eux s'approchèrent de nous et nous tendirent leurs crosses. Après la présentation à nos nouveaux partenaires, la partie commença. J'interceptai le palet, le poussai devant moi en esquivant deux adversaires et le passai à mon coéquipier qui l'expédia dans les buts.

— Eh, pas mal du tout! commenta-t-il d'un air approbateur.

L'équipe adverse chargea et l'un des joueurs essaya de passer devant moi. J'interceptai le palet si brutalement qu'il tomba. Je fis une passe à un autre joueur en bousculant un adversaire qui était sur mon chemin. Le joueur me repassa le palet et je marquai un but.

— C'est pas vrai! ronchonna l'un des gars.

— Je vous l'avais bien dit! déclara Ben avec un sourire.

Notre équipe l'emporta bientôt et je devins l'héroïne du jour. À vrai dire, ces gars-là jouaient comme des manches, mais j'étais heureuse de remporter enfin un succès. Ben, qui était dans l'équipe adverse, restait plutôt en retrait, ce qui m'agaçait. Dans le temps, c'était vraiment un bon joueur, peut-être même l'un des meilleurs, et j'avais du mal à croire qu'il ne savait plus y faire.

— Tu fais exprès de te retenir, Feldhaus? lançai-je, alors que nous nous retrouvions face à face pour remettre la balle en jeu. Tu crois peut-être que tu dois me laisser gagner?

— Tu me cherches, Klein? Tu joues avec ta vie! riposta-t-il.

— Arrête, je tremble!

— C'est la guerre que tu veux?

— Tout juste, Auguste.

— Pas de quartier, alors…

— Pas de quartier, Nounours!

Une lueur meurtrière passa dans les yeux de Ben.

— Tu veux te battre? Tu l'auras voulu, Bouboule! déclara-t-il.

Sur ces mots, il abattit sa crosse contre la mienne avec une telle force que j'en eus mal aux mains, s'empara du palet et déguerpit.

— Ne m'appelle pas Bouboule! hurlai-je.

À partir de cet instant, la partie tourna à l'affrontement entre lui et moi. Nous interceptions la balle, nous nous bousculions et nous nous accrochions sans reculer devant les coups bas. Les autres joueurs faisaient office de figurants. Je laissais libre cours à la fureur accumulée en moi et m'en déchargeais sans pitié sur Ben. Parce qu'il ne m'avait jamais prise au sérieux de toute ma vie. Parce qu'il était arrogant. Parce qu'il me traitait de transsexuel quand j'essayais d'être jolie. Parce qu'il sortait avec Franziska. Et parce que j'étais amoureuse de lui malgré tous mes efforts pour combattre ces sentiments.

Je commençais à me fatiguer sans vouloir m'arrêter pour autant. Je chargeai Ben pour lui reprendre le palet mais, au lieu de lui rentrer dedans, je ralentis juste devant lui avant de le renverser. Il tomba de tout son long et j'atterris sur lui. Ma crosse m'échappa et glissa sur la glace. Nous restions immobiles et hors d'haleine.

— Tu t'es fait mal? demandai-je avec inquiétude quand je pus de nouveau respirer normalement.

Je restais allongée sur lui, incapable de m'éloigner, comme magnétisée.

— Non mais, à ta manière de jouer, on pourrait croire que tu m'en veux à mort. Tu as quelque chose à me dire?

— Non, je ne vois pas ce que je pourrais avoir à te raconter, répondis-je.

Malgré toutes nos épaisseurs de vêtements, je sentais son corps contre le mien et ce contact mettait mon sang en ébullition.

« Je préférerais t'embrasser », pensai-je.

Le regard qu'il m'adressa alors était un défi, comme s'il avait lu dans mes pensées et me répondait: « Qu'est-ce que tu attends? »

Je sentis malgré moi ma tête se rapprocher de la sienne. Avec une lenteur éprouvante, sa main remonta le long de mon dos. Il attira ma tête à lui. Nos visages n'étaient plus qu'à quelques millimètres l'un de l'autre. Je fermai les yeux dans l'attente de son baiser.

— Eh oh ! Vous pourriez peut-être attendre d'être dans votre chambre ? lança l'un de nos coéquipiers, et les autres éclatèrent de rire.

Il nous fit sursauter. J'avais l'impression de recevoir un seau d'eau froide sur la tête.

Je m'écartai de Ben et me relevai en évitant son regard.

— Moi, j'ai mon compte, dis-je sur un ton dégagé. Et toi ?

Il se releva à son tour avant de répondre.

— Moi aussi et pour tout dire, tu commences à me faire peur, répondit-il.

Nous sommes repartis en direction de la Literaturhaus dans un silence gêné. Pendant tout le trajet, qui me parut interminable, j'essayai de comprendre ce qui s'était passé. Je n'avais pas l'habitude de me laisser aller en public, mais c'était la deuxième fois que ça m'arrivait avec Ben. En revanche, j'étais sûre d'une chose : je devais apprendre à garder mon sang-froid vis-à-vis de lui. Ce genre d'incident ne devait plus se reproduire.

Chapitre 15

Où Ben en reste baba (et moi aussi, ma foi).

Peu après ces réjouissances sur l'Alster, le lac dégela, la neige fondit et le printemps arriva tout doucement. L'hiver avait été long et je me réjouissais de chaque perce-neige et de chaque degré supplémentaire sur le thermomètre.

Comme je m'y attendais, je restais sans nouvelles de Maurien & Thews. Je rassemblai de nouveau tout mon courage pour demander des nouvelles au téléphone et on m'informa qu'une autre candidate avait été choisie. Ce n'était pas une grande surprise. J'étais tentée de renoncer à tout espoir de faire carrière, mais je décidai de tenir bon encore un moment et lançai une nouvelle offensive de candidatures.

Otto était rassuré de me voir rester un peu plus longtemps (et probablement bien plus longtemps que ça si on regarde les choses en face). Il avait encore maigri au cours de ces derniers mois, alors qu'il mangeait régulièrement. Je me faisais du souci pour lui. J'essayais de le convaincre de consulter un médecin, mais il faisait la sourde oreille.

— Je ne retournerai plus jamais chez un médecin, me déclara-t-il un jour où nous en parlions pour la énième fois pendant notre pause-déjeuner. J'en ai plein le dos des médecins. Après ma mort, ils pourront faire de moi ce qu'ils voudront, mais avant, pas question !

— Arrête de dire des choses pareilles ! Je partirai peut-être bientôt, tu devras alors t'occuper de la librairie tout seul et, pour y arriver, il faut que tu sois en forme.

— Oh, la librairie! Quand tu t'en iras, je mettrai la clé sous la porte.

Je faillis lâcher la cuillère que j'avais à la main.

— Non, tu ne peux pas faire ça! Je ne me suis pas démenée pour que tu fermes boutique dès mon départ.

— Alors tu n'as qu'à rester, grommela-t-il en regardant obstinément sa soupe.

C'était la première fois qu'il prononçait de telles paroles, qu'il me demandait cela.

— Qu'est-ce que tu vas faire avec tous ces crétins de la pub? Tout ça, c'est du cinéma pour avoir l'air dans le coup! enchaîna-t-il.

Ces paroles me navrèrent.

— Je ne peux pas demeurer éternellement ici, Otto, répondis-je.

— Je pourrais t'augmenter: huit euros de l'heure.

— Ce n'est pas une question d'argent, tu le sais bien.

— Oui, oui, tu veux faire carrière, comme on dit.

À vrai dire, je comprenais de plus en plus clairement à quel point cela me coûterait d'abandonner ce travail à la librairie, car j'y prenais grand plaisir. La séance de lecture avait été un franc succès et j'allais en organiser une autre. Un article à ce sujet était même paru dans le magazine municipal de Hambourg et cette publicité avait été une bénédiction pour nous. Nous avions maintenant du pain sur la planche. Otto avait dû sortir de son cagibi pour travailler avec moi. Il se montrait même aimable avec les clients et j'avais l'impression que son travail lui plaisait.

C'était le résultat de mes efforts, ma réussite personnelle et l'idée d'y renoncer me faisait mal. Mais mon but était de faire carrière et ce n'était pas avec un boulot mal payé dans l'achat et la vente de livres d'occasion que j'y parviendrais.

Jan et moi étions maintenant ensemble depuis trois mois. Ce jour-là, nous avions rendez-vous avec Katja et Lars. Jan m'avait tellement tannée à propos de ma sœur que j'avais finalement accepté de la lui présenter. Nous devions nous retrouver ce soir-là au Nachtasyl, un bar au-dessus du théâtre Thalia.

— Ça fait une éternité que je n'étais pas retourné ici, nous confia Lars, qui était allé chercher nos boissons au comptoir et venait de les poser sur notre table.

— Ah bon ? Moi, j'y viens souvent, répondit Jan. Ce théâtre à l'étage inférieur, la présence spirituelle des grands noms de la littérature… c'est pour moi une source d'inspiration extraordinaire.

— Lena nous a dit que tu travaillais dans un pub ? interrogea Lars.

Jan secoua la tête et balaya la question d'un geste dédaigneux.

— C'est juste un boulot alimentaire, expliqua-t-il. Je suis écrivain, mais aucun éditeur n'a encore osé me publier.

— Ah bon, commenta Katja en m'adressant un regard de côté que j'évitai.

— Et comment vont Paul et Anna ? m'enquis-je pour détourner la conversation.

— Très bien, répondit Lars. Paul vient de…

— Et toi, Katja, qu'est-ce que tu fais au juste ? l'interrompit Jan. Lena m'a dit que tu travaillais dans l'édition.

Je faillis en avaler ma caipirinha de travers. Il savait parfaitement ce qu'elle faisait !

— Oui, je suis lectrice, répondit laconiquement Katja.

— Ah oui ? Chez quel éditeur ?

— Chez Libro, précisa Katja avant de s'éclaircir la gorge. Et toi, Lena, ça donne quoi, tes recherches de boulot ? Papa raconte que tu persévères dans les relations publiques.

— Je fais de mon mieux, dis-je dans un soupir. Si ça pouvait marcher, ce serait merveilleux, mais c'est vraiment…

Jan posa la main sur mon bras.

— Excuse-moi, mon bébé, mais il faut que je le dise à Katja : j'adore Libro ! déclara-t-il. C'est un éditeur qui place la barre très haut et sait apprécier à sa juste valeur la quintessence de l'art. Les auteurs comme moi lui en sont profondément reconnaissants.

Les sourcils de Katja s'étaient haussés presque jusqu'à la racine de ses cheveux pendant ce discours.

— Je te remercie, Jan, répondit-elle. Je transmettrai ce compliment à mes collègues.

Jan balaya une mèche de son front.

— Vous comprenez, la masse des lecteurs est de nos jours incapable de la moindre exigence intellectuelle. Tous ces moutons veulent qu'on leur serve du prémâché pour leur faciliter la digestion. Mais des auteurs comme Proust, Kafka ou même moi tentent de faire au moins entrevoir la vérité à une élite.

— Moi, ça m'est bien égal qu'un livre me fasse entrevoir la vérité. Je veux juste passer un bon moment, affirma Lars. Comme avec ces best-sellers sur des tueurs psychopathes que tu m'as prêtés la dernière fois, Lena, c'était vraiment jouissif !

Je me recroquevillai intérieurement, car Jan ignorait tout de mon faible pour les polars bien sanglants, mais il semblait avoir à peine entendu ce que disait Lars.

— Best-sellers ? répéta-t-il en fronçant le nez. Moi, je ne touche pas à ça. Pour moi, un best-seller, c'est comme un soufflé : de la bouillie sucrée et collante qui, vue de près, n'est plus que de la mousse et se dégonfle aussi sec. Best-sellers, pfft ! *Don't believe the hype.*

Sur ces mots, il sortit son carnet et griffonna fébrilement cette dernière phrase.

Katja et Lars échangèrent un regard perplexe et je touillai ma caipirinha avec ma paille. Katja détourna les yeux de Jan pour s'adresser de nouveau à moi.

— À propos, que devient Ben, Lena ? demanda-t-elle avant d'aspirer bruyamment une gorgée de gin tonic.

— Je l'ai à peine vu ces derniers temps. Il est très pris par Fran…

— Écoute, Katja, coupa Jan en sortant de son sac en bandoulière une énorme pile de feuilles de format A4, tu es sûrement curieuse d'en savoir plus sur mes écrits. Il se trouve que j'ai emporté un exemplaire de mon dernier roman. Tu pourrais peut-être y jeter un coup d'œil et me dire ce que tu en penses, conclut-il en déposant le pavé devant ma sœur prise de court.

Elle regarda fixement le monstre.

— Quel heureux hasard, commenta-t-elle avant de poser la pile à côté d'elle sur le banc, et elle me poussa du coude. Je dois aller aux toilettes, tu viens, Lena ?

Je connaissais assez ma sœur pour savoir qu'elle fulminait et je n'avais aucune envie de me prendre un savon. Mais comme je craignais qu'elle me tire par l'oreille si je résistais, je la suivis à contrecœur. À peine la porte des WC fut-elle refermée sur nous que Katja passa à l'attaque.

— C'est qui ce type ? C'est une plaisanterie ou quoi ? siffla-t-elle avant de disparaître dans l'une des cabines pendant que je fouillais dans mon sac à la recherche de mon rouge à lèvres.

— Il n'est pas comme ça d'habitude, expliquai-je. Je crois qu'il cherche simplement à t'impressionner.

— Je ne te le fais pas dire. Il voulait me rencontrer pour me refiler son manuscrit.

— Mais non, protestai-je, il souhaitait faire ta connaissance parce que tu es ma sœur !

— Arrête, Lena !

J'entendis le bruit de la chasse d'eau et Katja ressortit de la cabine un instant plus tard.

— Je ne lirai pas cette bouse, tu pourras dire ça de ma part à ton Kafka de seconde zone.

— Tu n'y es pas obligée.

Je redessinai minutieusement le contour de mes lèvres pendant que Katja se lavait les mains. Elle arracha quelques serviettes en papier au distributeur pour se sécher, les jeta à la poubelle et se tourna vers moi.

— Et maintenant, à toi : pourquoi es-tu avec ce gars ? lança-t-elle.

Je rangeai mon rouge à lèvres dans mon sac.

— Suis-je censée me justifier vis-à-vis de toi ? demandai-je.

Katja inspira, puis expira à fond.

— Non, bien sûr. Excuse-moi, répondit-elle.

— C'est bon.

— Ça me surprend un peu que tu sois avec lui, c'est tout, parce que j'ai l'impression qu'il… enfin, je crois qu'il existe des hommes qui te conviendraient mieux, c'est tout. Mais si tu tiens vraiment à lui, mettons que je n'ai rien dit.

Je sentis ma gorge se nouer.

À notre retour dans la salle, je me surpris à observer Jan. Était-ce vraiment l'homme intéressant et sensible que je cherchais ? Et même s'il l'était, peut-être que Katja avait raison. Peut-être n'était-il pas fait pour moi. Je pensai soudain à Ben, mais je me ressaisis en vitesse. Non, ce n'était même pas envisageable. Il sortait avec Franziska et, surtout, j'étais avec Jan. Je n'allais pas abandonner Jan uniquement parce que j'étais incapable d'oublier Ben.

J'avais fait mon possible pour éviter Ben au cours de ces dernières semaines. Nous nous étions à peine vus. Franziska était chaque fois sur ses talons. Je fus donc très surprise quand il m'aborda un soir d'avril, alors que nous étions seuls dans la cuisine.

— Dis donc, Lena, tu sais que mon père et Gisela fêtent leurs noces d'argent vendredi, commença-t-il.

— Oui, et alors ?

— Est-ce que tu voudrais m'accompagner à leur fête ? demanda-t-il sur un ton peu aimable.

Je faillis m'étrangler avec la bouchée de pain que je mâchais.

— Et Franziska ? répondis-je.

Ben haussa les épaules.

— Elle ne peut pas venir, elle représente son cabinet à un congrès à Copenhague.

— Et pourquoi tu n'y vas pas seul ?

Il tambourina des doigts sur la table.

— Je ne veux pas y aller seul ! C'est déjà assez difficile d'y aller ! Alors, tu viens ou non ?

— Comme roue de secours ? Merci d'avoir pensé à moi, c'est vraiment charmant !

— Non, tu n'es pas ma roue de secours, d'accord ?

— Bizarre, j'ai pourtant cette impression très nette.

Ben se leva de table avec un soupir.

— Ça va, j'ai compris. Laisse tomber, c'était une idée idiote.

— Bon, d'accord, je viendrai, m'entendis-je dire.

Je me serais giflée avec plaisir. Qu'est-ce qui me prenait ?

Ben sourit et je compris alors qu'il avait tout prévu. Il savait que je mordrais à l'appât dès qu'il ferait mine de me l'enlever. Maintenant, j'avais avalé l'hameçon et j'étais prise au piège. Je sentis la nervosité m'envahir, mais je ne pouvais nier qu'au fond je me réjouissais à l'idée d'avoir Ben de nouveau rien qu'à moi le temps d'une soirée. Mais quelle idée saugrenue de passer du temps précisément avec l'homme dont je ne parvenais pas à me détacher !

Quand je rentrai de mon travail le vendredi après-midi, Ben dormait encore, car il avait été de garde cette nuit. Je pus donc prendre ma douche et me préparer en toute tranquillité. Si, pour lui, je n'étais qu'une roue de secours le temps d'une soirée, je voulais au moins être une roue de secours qui le ferait tomber à la renverse ! J'avais demandé à Susanne de me conseiller une tenue pour ce soir-là. Elle m'avait obligeamment prêté l'une des robes de sa confection qui paraissait faite pour moi. Elle était sans manches et m'arrivait au genou. Sa mousseline vert foncé épousait les courbes de mon corps et mettait en valeur la couleur de mes yeux. Je me coiffai sans difficulté et pris soin de me maquiller légèrement.

Je me regardai une dernière fois dans le miroir. J'étais décidément très contente de moi. Je ne ressemblais vraiment pas à un transsexuel. Si Ben ne comprenait pas maintenant que j'étais une créature de sexe féminin avec laquelle il fallait compter, il ne le ferait probablement jamais.

Comme l'heure du départ approchait, je partis à la recherche de Ben. Il avait pris sa douche, s'était habillé et buvait un café adossé au buffet de la cuisine. Il allait porter la tasse à sa bouche quand, à ma vue, il se figea.

J'attendis un compliment, une vexation, une plaisanterie, n'importe quelle réaction, mais il restait immobile, les yeux fixés sur moi. Je lissai ma robe, écartai une mèche de cheveux de mon front, puis m'éclaircis la gorge.

— Bon, je suis prête, dis-je.

Il resta un instant sans réaction, puis parut se rendre compte que je venais de dire quelque chose.

— Quoi ? demanda-t-il, visiblement déconcerté.

— Je suis prête, répétai-je.

— Oui, c'est ce que je vois.

Mais il restait planté là.

— Bon, on y va, alors ? repris-je.

— Euh… oui, bien sûr.

Il posa sa tasse et s'approcha de moi.

— Tu n'as pas de veste ? demanda-t-il.

— Si.

Je portais pourtant mon manteau en évidence sur mon bras.

— Ah oui. Alors, on y va ? reprit-il.

— Oui. C'est bien ce qui était prévu, non ?

— Tout à fait.

Il passa la main dans ses cheveux et me suivit.

C'était une douce fin d'après-midi d'avril. La fête avait lieu au Canard, l'un des meilleurs restaurants étoilés de la ville. Ben proposa de s'y rendre à pied puisqu'il faisait beau et que le restaurant n'était qu'à vingt minutes de chez nous.

— À moins que ce soit techniquement impossible ? s'enquit-il en jetant un coup d'œil à mes chaussures, ces bonnes vieilles sandales à lanières.

— Ce sera tout à fait possible, répondis-je.

— Je te porterai au besoin. Je soulèverai tes quatre-vingt-dix kilos sans problème.

— Merci, mais ce ne sera pas nécessaire, répondis-je le plus dignement possible. D'autant que je ne pèse pas quatre-vingt-dix kilos.

— Disons quatre-vingt-sept.

Quel crétin ! Je le préférais silencieux et décontenancé, comme tout à l'heure dans la cuisine.

Je pèse moins de quatre-vingt-sept kilos, non que cela ait la moindre importance ici, mais il fallait que ce soit dit.

Au Canard, le maître d'hôtel nous mena à une salle réservée pour la soirée. Les invités n'étaient pas encore là, mais Manfred et Gisela se tenaient devant une baie vitrée offrant une large vue sur l'Elbe et le port et sirotaient du champagne. Tous deux resplendissaient comme s'ils célébraient leurs noces le jour même au lieu de fêter leurs vingt-cinq ans de mariage.

— Ben ! Lena ! Comme je suis contente de vous voir ! s'écria Gisela.

Elle me serra dans ses bras.

— Tu es superbe et très élégante !

— Merci. Toi aussi, répondis-je en riant.

Gisela caressa le bras de Ben, qui fit mine de ne pas réagir.

— Salut, Ben, lui dit-elle chaleureusement. N'est-ce pas qu'elle est splendide ?

Il ne répondit pas et parvint à peine à s'arracher un sourire crispé avant de saluer son père d'une poignée de main maladroite.

— Dis donc, Lena ! s'exclama Manfred en me serrant contre lui avec un large sourire. Quand tu es entrée, j'ai cru voir débarquer une de ces top models !

Oh, comme tous ces compliments me faisaient du bien ! J'avais l'impression de grandir de plusieurs centimètres d'un seul coup. Le serveur nous a versé du champagne et nous avons trinqué avec Manfred et Gisela.

— Et à quel titre pourrons-nous vous présenter ? demanda Manfred à son fils en me désignant d'un signe de tête.

— Que dirais-tu de « Lena Klein » ? répliqua Ben.

— Ton père aimerait savoir si vous êtes en couple, mais il est trop discret pour poser la question directement, expliqua Gisela en passant un bras autour de la taille de Manfred et en le regardant tendrement. Contrairement à moi : alors, êtes-vous ensemble ?

— Ça ne vous regarde absolument pas, répondit Ben sans détour.

Gisela cilla comme s'il venait de la frapper.

— Non, nous ne sommes pas ensemble, intervins-je pour faire retomber la tension. Je remplace seulement Franziska parce qu'elle n'a pas pu venir.

— Qui est Franziska ? s'enquit Manfred.

— L'amie de Ben.

Manfred et Gisela échangèrent un regard. Je devinai ainsi qu'ils venaient d'apprendre cette nouvelle. Ben était pourtant avec Franziska depuis trois mois.

— Franziska ? Ce n'était pas le nom de la doctoresse avec laquelle tu étais il y a deux ans ? demanda Gisela.

Ben leva les yeux au ciel et but une gorgée de champagne.

Je me sentis à nouveau obligée de répondre à sa place.

— C'est bien elle. Ils se sont retrouvés.

— Ah bon, fit Gisela d'un air pensif. Ça avait pourtant été un sale coup quand elle avait refusé ta demande en mariage.

— Pourrions-nous arrêter de jacasser sur ma vie privée ? demanda Ben.

Il serrait si fort le pied de sa flûte de champagne que ses jointures étaient livides.

— Tu m'excuseras, mon fils, mais nos rapports avec toi sont également d'ordre privé, déclara Manfred. À moins que nous ne soyons que des relations d'affaires à tes yeux ?

— On ne peut hélas pas toujours choisir ses relations, répondit Ben en regardant froidement Gisela.

Manfred devint écarlate et des larmes montèrent aux yeux de Gisela. La tension entre Ben et eux était presque palpable et il était évident qu'ils passaient sous silence une foule de choses qui les séparaient comme un mur.

— Je te prie de te conduire correctement, Ben ! dit Manfred à mi-voix, mais sur un ton menaçant. Tu pourras de nouveau disparaître dès demain et continuer à nous ignorer si ça te chante, mais cette soirée-là, tu ne nous la gâcheras pas !

Ben reposa si brutalement son verre de champagne sur la table qu'il déborda.

— Mais oui, nous nous réjouissons tous de cette soirée, et comment ! lança-t-il.

Je posai la main sur son bras.

— Ben, s'il te plaît, murmurai-je sur un ton de prière, mais il se dégagea d'une secousse.

— Oh, comme nous sommes heureux que vous ayez échangé le « oui » solennel il y a vingt-cinq ans, moins de six mois après la mort de ta première femme ! dit-il à son père. Mais qui a envie de pleurer les morts ? Oublions la vieille et n'en parlons plus ! Faisons comme si elle n'avait jamais existé, ça vaudra mieux.

Il s'approcha de son père et s'arrêta juste devant lui.

— Eh bien, tant mieux pour toi si tu as pu oublier ma mère si facilement, lui lança-t-il avec un regard haineux, mais moi, j'en suis incapable. Alors ne me demande pas de le fêter aujourd'hui avec toi !

Sur ces mots, il lui tourna le dos et sortit.

Un silence pénible suivit. Gisela était livide et des larmes brillaient dans ses yeux.

Je me demandais si je pouvais leur dire quelque chose de réconfortant, mais je compris soudain que je ne me souciais que d'une seule personne.

— Excusez-moi, dis-je. Je vais lui parler.

Gisela acquiesça, mais Manfred ne réagit pas. Il paraissait perdu dans ses pensées.

Je sortis dans la douceur de l'air d'avril et cherchai Ben des yeux. Comme guidée par un instinct, je descendis les marches menant au bord de l'Elbe et vis qu'il était là, sur une terrasse, accoudé à la balustrade. Il fumait une cigarette en regardant le fleuve.

— C'est moi, dis-je à mi-voix en me plaçant à côté de lui.

— Salut, répondit-il sans me regarder. Il jeta sa cigarette et agrippa la balustrade des deux mains. Il avait l'air perdu et très seul.

Je posai la main sur la sienne et la caressai doucement. Il ne réagit pas tout de suite et j'eus peur qu'il me rejette mais, au bout d'un instant, il retourna sa main, entrelaça ses doigts avec les miens et les serra. Nos regards se rencontrèrent et je lus dans ses yeux la souffrance et la colère accumulées depuis vingt-cinq ans.

— Viens par ici, me dit-il à voix basse, et il m'attira à lui.

Je le serrai contre moi de toutes mes forces. Nous sommes restés un long moment ainsi, sans prononcer un mot. J'aurais aimé qu'il parle, qu'il me dise ce qu'il pensait et ressentait mais, en matière de sentiments, Ben était plus renfermé que personne de ma connaissance.

Il me lâcha finalement.

— Je suppose que nous devrions remonter là-haut, lança-t-il, le visage fermé.

— Oui. Je crois que tu devrais le faire pour lui. Après tout, c'est ton père. Et Gisela s'est toujours montrée patiente avec toi, alors que tu la traitais en ennemie.

Ben voulut répondre, mais je le devançai.

— Je comprends ce que tu ressens, Ben. Ça a sûrement été très difficile pour toi, mais je ne crois pas que cela ait été facile pour Gisela et ton père. Ils ont sans doute fait des erreurs, mais il serait peut-être temps que tu leur pardonnes et que tu tournes la page. C'est ta famille, que tu le veuilles ou non.

— Amen, répondit-il. Le docteur Lena Klein a parlé.

— Arrête un peu, tu veux ? Je vais te donner un bon conseil, car contrairement à ce que tu penses, mes conseils peuvent être excellents : parle avec ton père. Tu l'as assez longtemps puni, tu ne crois pas ?

Je le plantai là et remontai vers le restaurant. Au bout de quelques mètres, je me retournai.

Ben était toujours debout devant la balustrade et me regardait.

— Alors ? l'appelai-je. Tu viens ?

Il me suivit et me rejoignit.

— Ton conseil est remarquable, dit-il. J'aimerais seulement que tout soit aussi facile pour moi que pour toi.

À notre retour, Manfred et Gisela étaient avec leurs invités. Gisela parut soulagée de nous voir revenir. Je n'arrivais pas à deviner aussi facilement les sentiments de Manfred. Ben et lui échangèrent un regard, Manfred salua son fils d'un signe de tête, que Ben lui rendit.

Pendant le reste de la soirée, nous nous sommes conduits comme s'il n'était rien arrivé. Heureusement, j'étais une spécialiste en la matière et la famille Feldhaus semblait également avoir de l'expérience dans ce domaine. Ben semblait moins tendu, il souriait même et bavardait aimablement avec sa famille.

— Tous à table, s'il vous plaît ! lança Manfred un peu plus tard. C'est l'heure de dîner.

Le repas comptait six plats et bien que les restaurants raffinés ne soient pas mon genre, je dois dire que je passai une excellente soirée, en particulier parce qu'un beau serveur me fit ouvertement les yeux doux pendant tout le repas. Il servait seulement les invités à l'autre bout de la salle, mais il m'adressait de loin des regards admiratifs et des sourires. Il y avait longtemps que je ne m'étais plus sentie aussi jolie et désirée, et afin de montrer à Ben que je pouvais plaire à d'autres hommes, je répondis aux amabilités du serveur dans les règles de l'art.

— Dis-moi, Ben, demanda son oncle Willi, qui était assis en face de moi et avec lequel nous bavardions, ça ne te dérange pas que ton amie flirte effrontément avec le serveur ?

Ben haussa les épaules.

— Non, pas du tout, répondit-il.

Je trouvai plutôt déconcertant qu'il n'ait même pas pris la peine d'informer son oncle que nous n'étions pas ensemble, mais je me dis que je pouvais jouer aussi bien que lui à ce petit jeu.

— Ben et moi avons l'esprit très ouvert dans ce domaine, expliquai-je avant d'adresser un grand sourire au serveur. Il me fit un clin d'œil depuis l'autre bout de la salle et je rejetai mes cheveux en arrière avec coquetterie.

Petit bâtard ébouriffé! me chuchota une voix intérieure.

Je souris plus subtilement et bus une gorgée de vin.

— L'esprit très ouvert? Vraiment? répliqua Ben, et les commissures de ses lèvres frémirent.

— C'est bien la première fois que j'entends une chose pareille, déclara Willi en me regardant avec intérêt.

Ben passa un bras autour de mes épaules.

— Ma foi, les temps changent, dit-il. Ça ne me gêne pas que Lena drague, d'autant que ce n'est pas elle qui intéresse le serveur, mais moi.

— Quoi? Pas du tout! Le serveur là-bas? demandai-je en le désignant de ma fourchette.

Ce geste me fit renverser mon verre de vin rouge sur la nappe blanche.

Ben recouvrit négligemment la tache d'une serviette et posa un vase dessus.

— Je crains bien que si, ma jolie, répondit-il avec un doux sourire.

J'observai plus attentivement le serveur. Ben avait raison, c'était à lui que le serveur souriait. J'avais envie de rentrer sous terre. Voilà ce que je récoltais pour m'être obstinément refusée à consulter un ophtalmologue pour ma myopie.

Oncle Willi et Ben se tenaient les côtes et j'avais l'impression d'être une parfaite abrutie.

— Tu n'as qu'à flirter avec moi, tu peux être sûre que je répondrai à tes avances, proposa oncle Willi en jetant un regard à mon décolleté, heureusement peu profond.

L'oncle Willi resta pendu à mes basques pendant le reste de la soirée. Après le dîner, alors qu'on ouvrait encore quelques bouteilles de champagne, il me suivit comme mon ombre. Ça m'amusa au début, puis ça finit par me peser. Ben ne semblait pas le remarquer. Il se tenait à l'écart et parlait avec Gisela, ce qui me paraissait très positif, mais j'aurais bien aimé qu'il fasse un peu plus attention à moi.

J'étais avec un petit groupe composé des tantes de Ben quand l'inévitable oncle Willi resurgit à mes côtés. Il avait entre-temps vidé quelques verres et apparemment perdu beaucoup de sa retenue.

— T'es vraiment un joli p'tit lot, toi, bafouilla-t-il en me caressant la joue, et son regard tomba de nouveau sur mon décolleté.

Il saisit la chaînette que je portais au cou et, dans ce geste, le dos de sa main effleura ma gorge.

— Très joli, commenta-t-il.

Je reculai par réflexe. Il me suivit, se pencha vers moi et me parla, le visage à quelques centimètres du mien.

— Tu viens prendre un verre ? me demanda-t-il dans un nuage de vapeur d'alcool.

— Non merci, répondis-je en faisant encore quelques pas en arrière. Ça suffit, maintenant, Willi.

Soudain, je sentis à mon côté quelqu'un qui me prit par la taille et m'attira à lui.

— C'est moi qui me charge d'elle à partir de maintenant, oncle Willi, dit une voix aimablement, mais fermement.

— C'est pas pour t'offenser, mon gars, mais si c'est ça votre ouverture d'esprit...

— Oublie-la, ça vaudra mieux. Nous n'avons pas l'esprit à ce point ouvert.

— Quel beau couple vous faites ! s'extasia tante Mechthild en nous couvant du regard. Vous en avez déjà un en route ? s'enquit-elle en louchant sur mon ventre bombé après ce copieux dîner.

Je me figeai.

— Qu'est-ce qui est censé être en route ? demandai-je, les dents serrées.

— Un petiot, tiens ! répliqua-t-elle en adressant un clin d'œil à Ben.

Il éclata de rire, posa la main sur mon ventre et le caressa.

— Non, Lena n'est pas enceinte, répondit-il. Les apparences sont trompeuses.

J'inspirai brusquement, non parce que j'étais outrée, hélas, mais parce que cette caresse à travers l'étoffe légère de ma robe avait sur moi un effet redoutable.

— Tiens, comme le temps passe ! m'exclamai-je en consultant une montre inexistante. Mais bon, comme chacun sait, c'est toujours au meilleur moment qu'il faut partir !

Sur ces mots, je me dégageai et me précipitai vers le vestiaire. Quel sale petit crétin ! Le maître d'hôtel voulut m'aider à mettre mon manteau, mais Ben s'interposa.

— Merci, lui dit-il, je m'en charge.

Il tint mon manteau en vrai homme du monde pour que je l'enfile. Il riait encore. Gentleman, mon œil !

Je le lui arrachai des mains et le passai.

— Arrête de rire comme un imbécile ! lançai-je.

Sans attendre sa réponse, je repartis dans la salle pour dire au revoir à Manfred et Gisela et les remercier comme il convenait pour cette belle soirée.

— Quel dommage que vous partiez si tôt, dit Gisela.

Pourquoi « vous » ? pensai-je, mais après avoir jeté un regard par-dessus mon épaule, je vis que Ben se tenait derrière moi. Ne réussirais-je donc jamais à me débarrasser de cet abruti ?

— Moi, je pars, répondis-je. Je ne sais pas ce que Ben compte faire et ça m'est bien égal.

— Nous nous en allons, déclara Ben. Lena est fâchée avec moi, ajouta-t-il à titre explicatif.

Manfred et Gisela regardèrent tour à tour Ben et moi, visiblement perplexes.

— Eh bien, débrouille-toi pour tout arranger, déclara Manfred. Nous rentrerons de vacances le 1er mai. On pourrait peut-être se revoir à ce moment-là ?

Ben resta un instant silencieux.

— Oui, répondit-il enfin. Peut-être.

Ben était encore sur mes talons devant la porte du restaurant.

— Je suis parfaitement capable de rentrer seule. Ne te sens surtout pas obligé de me raccompagner, déclarai-je.

Il leva les yeux au ciel.

— Arrête un peu de râler et redescends sur terre !

— Regarde, il y a des taxis là-bas. Je te souhaite une bonne soirée !

Ben me retint par le bras.

— Bon sang, Lena, qu'est-ce qui cloche ? Tu m'en veux à mort pour une simple plaisanterie ?

— Une plaisanterie ? Je me décarcasse pour que tu me trouves jolie ne serait-ce que ce soir, et ce n'est pas à moi, mais à toi que le serveur fait les yeux doux, je passe encore pour la dernière des abruties et tout ce que tu trouves à me dire, c'est que je pèse quatre-vingt-dix kilos et que j'ai l'air d'une femme enceinte ! Tu trouves peut-être ça drôle, mais moi, non ! Alors s'il te plaît, fais-moi une faveur : arrête de rire à mes dépens en continu !

Je tournai les talons et me dirigeai vers un taxi. J'étais à peine assise à l'arrière que la portière opposée s'ouvrit et Ben monta.

— Très bien, tu as parlé, à mon tour maintenant, dit-il. Premièrement, je sais aussi bien que toi que tu ne pèses pas quatre-vingt-dix kilos et que tu ne ressembles pas à une femme enceinte, mais ça m'amuse trop de te faire bisquer.

Je voulus riposter, mais il leva la main pour m'imposer le silence.

— Je n'ai pas fini ! reprit-il. Deuxièmement, je suis vraiment désolé si tu as l'impression que je me moque de toi sans arrêt, mais est-il absolument indispensable que tu sortes de tes gonds dès que je te taquine ? Troisièmement, je ne suis pas du genre à me répandre en compliments, mais, oui, je t'ai toujours trouvée très jolie !

J'ouvris la bouche, puis la refermai parce que je ne trouvais rien à répondre.

— Salut Lena, intervint le chauffeur de taxi, comme on se retrouve !

C'était Knut ! Il me sourit, révélant ses dents manquantes. Je remarquai soudain l'odeur de renfermé typique de son taxi et la musique d'AC/DC.

— Ça alors ! m'exclamai-je quand mon cerveau redevint capable de fonctionner à peu près normalement.

— Vous vous connaissez ? interrogea Ben.

— Ouais, c'te gonzesse est ma passagère préférée, expliqua Knut avant de tendre la main à Ben. Et moi, j'suis Knut.

— Moi, c'est Ben, répondit-il en saisissant sa main tendue.

— Désolé, au fait, j'voulais pas t'interrompre.

— Pas de problème, j'avais fini.

— C'était bien comme discours, je dois dire.

— Merci, répondit Ben avec un sourire épanoui.

— Bon, j'suppose qu'on va pas à Schanzen, mais à Ottensen, hein ?

— Exactement.

Knut démarra et les deux hommes se mirent à bavarder. J'étais encore ahurie de ce que Ben venait de me dire et par conséquent incapable de me concentrer sur leur conversation. J'étais presque agacée que Knut ait choisi ce moment-là pour refaire surface car, même si je l'aimais bien, il avait gâché cet instant. Maintenant, Ben et lui riaient ensemble et je me sentais exclue.

— J'ai toujours dit qu'en amour faut pas se laisser abattre, déclara Knut sans que je comprenne comment il en était arrivé là.

— C'est tout à fait mon avis, approuva Ben.

— J'l'ai déjà dit plusieurs fois à cette petite, mais je crois qu'elle est plutôt douée pour se fourrer dans le pétrin.

— Excusez-moi, mais je suis là, intervins-je.

Ben tendit le bras vers moi et me tapota la main.

— Mais ce n'est pas si grave, car elle s'en tire toujours, commenta-t-il.

Bizarrement, il oublia de lâcher ma main et je me sentis incapable de la retirer. Knut et Ben parlaient maintenant avec animation du FC St Pauli, mais je ne percevais plus que les papillons voletant en tous sens dans mon ventre au contact de Ben. L'esprit apparemment ailleurs, il caressait du pouce la paume de ma main, qui se révélait très sensible, tout en s'entretenant avec Knut du classement de la Ligue 2. Je respirai plus vite, fermai involontairement les yeux et savourai la douce sensation de fourmillement dans mon sang.

— T'es pas bavarde aujourd'hui, Lena, déclara soudain Knut.

— Hum, répondis-je en rouvrant les yeux.

Nous étions arrivés devant notre immeuble. Ben paya la course, ce qui, à ma grande indignation, l'obligea à lâcher ma main.

— C'était sympa de faire ta connaissance, dit-il à Knut.

— Tout l'plaisir est pour moi.

Ben descendit du taxi et je restai un instant seule avec Knut.

— C'est un type bien, commenta Knut. Moi, j'le trouve bien.

— Oui, moi aussi, c'est tout le problème, répondis-je à mi-voix.

— Ça se voit, dit Knut avec un sourire. T'as pas besoin de m'le dire, j'ai des yeux, tu sais ?

— Mais ce n'est pas du tout l'homme qu'il me faudrait ! Tu te souviens de la dernière fois que nous en avons parlé ? C'est lui qui n'est pas le bon numéro.

— Ouais, c'est bien c'que j'pensais, mais parfois, tu sais, on s'rend compte que le mauvais est finalement le bon. C'est comme ça.

Je poussai un soupir.

— Tu me donnes chaque fois un avis différent, Knut. Quel conseiller tu fais ! Je crois que je vais te virer.

Knut rit, je lui dis au revoir et sortis. Ben m'attendait devant la porte de l'immeuble. Je montai à l'appartement avec lui.

J'enlevai mon manteau et l'accrochai.

— Pourquoi n'as-tu pas clairement dit ce soir que nous n'étions pas en couple ? demandai-je à Ben.

Il haussa les épaules.

— Aucune idée, mais qu'est-ce que ça peut faire ? Et cette histoire d'ouverture d'esprit, c'était ton idée, répondit-il. Ça te dit de boire encore une bière ?

Je le suivis à la cuisine, où il prit deux bières dans le frigo et trinqua avec moi. Nous étions restés côte à côte.

— Ce serait difficile de nous imaginer ensemble, toi et moi, tentai-je de plaisanter.

Ben resta un instant silencieux.

— Impossible, même. Quelqu'un comme toi et quelqu'un comme moi… impensable, confirma-t-il.

Nous nous regardions droit dans les yeux. L'atmosphère entre nous changea soudain, l'air était chargé d'électricité. Même si Ben ne me touchait pas, je sentais de nouveau sa main contre mon ventre et le fourmillement déclenché par la caresse de son pouce sur ma paume.

— Bah, tout ça, c'est de l'histoire ancienne, déclarai-je avec une gaieté artificielle.

— Qu'est-ce qui est de l'histoire ancienne ? s'enquit Ben en se rapprochant de moi.

Mon cœur battit plus vite.

— Notre prétendu couple, précisai-je.

— Ah, ça, dit-il en hochant la tête d'un air pensif. Oui, pour moi, cette soirée a été un enfer.

J'étais si proche de lui que je pouvais à peine respirer.

— Car en réalité, c'est bien la dernière chose que je voudrais, enchaîna-t-il en repoussant du doigt une mèche de mon visage.

— Je sais, répondis-je d'une voix à peine audible.

— Et c'est aussi la dernière chose que tu voudrais, ajouta-t-il.

J'acquiesçai.

Ben sourit et me dévisagea d'un air qu'il adoptait fréquemment quand il me regardait : amusé et légèrement moqueur. Mais je lus autre chose dans son regard, une expression nouvelle, inconnue, que je ne pouvais pas interpréter.

— Imagine un instant que je t'embrasse, reprit-il en caressant mes lèvres de son pouce. Quelle horreur, non ?

J'étais incapable de réagir. Mon cœur martelait mes côtes et chaque fibre de mon corps désirait Ben.

Il posa sa bouteille de bière sur le plan de travail à côté du réfrigérateur et prit la mienne pour la déposer à côté d'elle.

— Ce serait vraiment la plus belle boulette que je pourrais faire, chuchota-t-il.

Il posa la main sur ma nuque et m'embrassa.

Ce baiser fut doux pour commencer mais, un instant plus tard, on aurait cru que nous étions tous deux affamés. Je me retrouvai adossée au vieux buffet. J'entendis un objet tomber et se briser. J'y fis à peine attention, car c'était le dernier de mes soucis. Ben me souleva, m'assit sur le meuble et je serrai avidement ses hanches entre mes cuisses. Il fit descendre la fermeture éclair de ma robe et s'éloigna de moi. J'eus soudain peur qu'il me dise qu'il ne voulait pas continuer, que c'était une erreur, mais il ne fit que me regarder, le souffle précipité, comme s'il ne pouvait croire à ce qui arrivait. Je lus dans ses yeux des interrogations muettes auxquelles je répondis en déboutonnant sa chemise avec une impatience fébrile. Je voulais sentir sa peau, son corps contre le mien. Il fit glisser la robe sur mes épaules et couvrit mon cou de baisers tendres. Ses mains remontèrent de ma taille dénudée jusqu'à mes seins, mais je le trouvais bien trop lent. Je le voulais tout de suite, sans attendre un instant de plus ! Nos lèvres s'unirent dans un baiser passionné et ma poitrine seulement recouverte d'un soutien-gorge en dentelle se pressa contre son torse.

De très loin, je perçus un bruit que je ne reconnus pas, mais qui me troubla. Ben réagit comme moi, car il redressa brusquement la tête. J'allais protester et l'attirer de nouveau à moi quand j'entendis une voix dans l'entrée.

— Ohé, y a quelqu'un ?

— Michel ! s'exclama Ben d'une voix rauque et effrayée.

Il remit en hâte ma robe sur mes épaules et remonta la fermeture éclair.

— Ohé ? répéta la voix.

— Quoi ? demandai-je sans rien comprendre à ce qui se passait, ni pourquoi, bon sang, Ben ne m'embrassait plus.

— C'est Michel, chuchota-t-il.

Il reboutonna précipitamment sa chemise et me fit descendre du buffet, auquel je m'accrochai de mon mieux, car j'avais l'impression que tous les muscles de mes jambes avaient fondu.

Ben venait de s'asseoir à la table quand Michel entra dans la cuisine. Il paraissait épuisé et pas vraiment sobre.

— Ah, vous êtes là. Pourquoi n'avez-vous rien dit ? s'enquit-il.

— Nous ne t'avons même pas entendu arriver, répondit Ben avec aplomb.

Je restais clouée devant le buffet auquel je me cramponnais encore. Je me sentais étrangement seule depuis que Ben s'était éloigné. Pourquoi fallait-il toujours que quelqu'un nous dérange ? On se serait cru dans un roman à deux sous, nom de Dieu !

— Qu'est-ce qui cloche, Lena ? demanda mon frère en me soufflant au nez son haleine chargée de bière. On dirait que tu viens de voir un fantôme !

— Non, je suis juste crevée et j'ai mal au crâne.

— Ah bon ? répondit Michel, qui semblait croire que je déraillais complètement.

— Je crois que Lena a un besoin urgent d'aller au lit, commenta Ben avec un sourire équivoque qui me donna envie de lui en coller une.

Pourquoi se montrait-il si ironique ? Je m'adressai à Michel pour changer de sujet.

— Et toi, qu'est-ce que tu fais ici en pleine nuit ? Tu as pris une cuite ?

Michel tira de la poche de sa veste une lettre, la jeta sur la table et s'assit.

— Je cherchais un peu de compagnie. Et ma fiancée, qui est partie.

— Partie ? Comment ça ? répéta Ben.

— Partie, quoi ! Elle m'a quitté !

Il laissa retomber sa tête sur la table avec un bruit qui me fit sursauter.

— Ma Juli m'a quitté, sanglota-t-il.

Chapitre 16

Où on se retrouve avec un beau gâchis.

Je retrouvai immédiatement mes esprits. Je sortis la lettre de son enveloppe et la lus :

Cher Michel,

Je suis vraiment désolée de te faire subir ça. Je ne sais trop comment te l'expliquer. Notre relation, ces projets de mariage, c'en est tout simplement trop pour moi et je ne me reconnais plus dans tout ça. Tu as envie d'une maison en banlieue résidentielle, d'enfants et de sorties en famille le dimanche, et tu mérites de rencontrer quelqu'un avec qui tu pourras réaliser ces projets. Moi, j'en suis incapable, Michel. J'ai cru un moment que j'y arriverais, mais je me suis trompée.

Pardonne-moi, je t'en prie, et oublie-moi vite.

Juli

— Qu'est-ce qu'elle raconte ? demandai-je en rangeant la lettre dans l'enveloppe. Elle délire, ou quoi ?

— Je ne tiens même pas vraiment à me marier, ni à avoir une maison, larmoya Michel. Je veux seulement ma Juli…

Je lui caressai le dos pour l'apaiser.

Ben l'observa un instant, puis se leva soudain.

— S'en aller comme ça, sans un mot, c'est dégueulasse, dit-il.

Il se dirigea vers le réfrigérateur, en sortit une bière pour Michel et l'apporta avec les nôtres.

— Elle m'a quand même écrit, objecta Michel.

— Oui, parce qu'elle était trop lâche pour te le dire en face ! riposta Ben.

— Ne parle pas de Juli de cette façon ! lança Michel, qui avait redressé la tête.

— Mais c'est la vérité !

— Ben, arrête, l'avertis-je.

Il grommela quelque chose, mais n'insista pas.

Nous avons bu nos bières en silence. Michel regardait fixement sa bouteille.

— Je n'arrive pas à croire qu'elle pense ce qu'elle m'a écrit, dit-il d'un air sombre.

Comme je comprenais ce qu'il ressentait ! Je le pris dans mes bras et je posai ma tête contre son épaule. Au bout d'un moment, il se dégagea et se leva.

— Viens, Ben, on va se bourrer la gueule et se taper des gonzesses, dit-il. Après tout, toi et moi, nous sommes célibataires. Enfin, pas toi, mais ça ne t'a jamais empêché d'aller voir ailleurs, conclut-il en lui donnant une tape sur l'épaule.

Ben fit la grimace.

— Bon, je vais pisser un coup et on y va, reprit Michel, et il sortit.

— Pour ton information, me murmura Ben, je ne me taperai personne aujourd'hui, tu peux me croire.

« Moi comprise ? » pensai-je. Me laissait-il entendre ainsi qu'il regrettait ce qui venait de se passer ?

— Très bien, pas de problème, répondis-je en hâte. Moi de même.

Il fronça les sourcils et parut sur le point d'ajouter quelque chose, mais Michel réapparut à ce moment-là.

— C'est parti, annonça-t-il. Quand faut y aller, faut y aller !

Ben se leva, posa la main sur mon dos et le caressa doucement. Je réprimai mon envie de l'embrasser pour lui dire au revoir, car je ne m'en sentais pas le droit à cet instant.

Après le départ de Ben et Michel, j'essayai d'appeler Juli sur son téléphone portable mais, comme on pouvait s'y attendre, elle l'avait éteint. Je lui envoyai un message, puis me rendis à la salle de bains, où j'ôtai ma robe. Quelle pagaille ! Tout était fini entre Juli et Michel, que j'avais toujours considérés comme le couple idéal. Pour être tout à fait honnête, j'avais bien senti qu'il y avait de l'eau dans le gaz. Dès que je parlais de leur mariage à Juli, je n'obtenais que des réponses fuyantes ou le silence. J'aurais dû insister davantage, peut-être aurait-elle finalement parlé. À moi ou à Michel. Peut-être aurions-nous pu éviter ce gâchis. Même si j'avais remarqué la distance grandissante entre Juli et moi au cours de ces dernières semaines, je n'aurais jamais cru qu'elle disparaîtrait ainsi, sans me dire un mot.

Je me démaquillai à l'eau froide. Si même Juli et Michel se séparaient, quel couple avait une chance de tenir ? Ben et moi ? C'était ridicule et je le savais parfaitement. Je ne pouvais plus m'ôter de la tête ce que Michel avait dit à Ben : *Toi, ça ne t'a jamais empêché d'aller voir ailleurs.*

Jusqu'à présent, je m'étais toujours imaginée que Ben me tromperait si nous étions ensemble. Mais maintenant, c'était presque pire, j'étais la fille avec laquelle il avait trompé son amie.

Je regardai mon visage démaquillé dans le miroir. Ben n'avait pas été le seul à être infidèle : moi aussi, j'avais trompé Jan. Je lui avais précisément fait subir ce que Simon m'avait infligé.

Tu ne vaux décidément pas grand-chose, me lança la voix de la raison. *Tu te souviens pourtant de ce que ça fait d'être trompée ?*

Mais je n'ai rien vu venir ! Je ne l'ai pas vraiment voulu ! tentai-je de me justifier.

Un peu, que tu le voulais !

Et alors ? Je l'aime !

Mon reflet me regardait d'un air buté.

Mais lui ne t'aime pas ! Tu n'as vraiment aucune fierté ? Pour lui, tu n'es qu'un cabot qui rampe à ses pieds.

Ferme-la !

Ferme-la toi-même !

Furieuse, j'éteignis la lumière du miroir, sortis de la salle de bains et allai m'enfouir dans mon lit.

Ce que je ressentais pour Ben, les émotions qu'il éveillait en moi, les réactions brutales de mon corps à sa présence, tout cela me terrifiait. Rien en lui n'était sûr, acquis ou prévisible. J'étais tout simplement incapable de le comprendre, de lire en lui. Mais je ne pouvais plus oublier ses regards, ses caresses et la passion avec laquelle il m'avait embrassée. Pourtant, tout cela devait avoir un sens, non ?

Mais peut-être que j'espérais tellement le voir répondre à mes sentiments que je me racontais des histoires. Et il y avait aussi Franziska, la parfaite Franziska, intelligente, sûre d'elle et sexy. Malgré tous mes efforts, je ne lui arrivais pas à la cheville.

Après avoir à peine fermé l'œil de la nuit, je me traînai le lendemain matin à la librairie. Je n'avais pas entendu Ben rentrer cette nuit-là. Il avait dû faire la bringue avec Michel et passer la nuit chez lui. Ou chez Franziska. Ou chez une nana qu'il avait draguée. Mais je préférais ne pas y penser. J'allai me chercher en chemin un triple expresso chez Rüdiger. Assise au bar, Susanne l'admirait tandis qu'il me préparait un café.

— Alors, ça s'est passé comment hier ? demanda-t-elle avec curiosité.

— Bien, répondis-je.

Mais cette réponse était loin de lui suffire.

— Et alors ? Qu'est-ce que Ben a dit de la robe ?

— Ah ! La robe ! commenta Rüdiger en la regardant tendrement. Toi et tes chiffons ! La question à laquelle nous brûlons de connaître la réponse est la suivante : avez-vous enfin sauté le pas, Ben et toi ? me demanda-t-il.

Tous deux attendaient, suspendus à mes lèvres.

— Alors là, vraiment, ça ne vous regarde absolument pas ! bredouillai-je. Et maintenant, donne-moi cet expresso, s'il te plaît, je suis pressée.

— Un expresso contre une info, répondit-il, inflexible.

— Y a-t-il écrit « Information » là-haut ? l'interrogeai-je en montrant mon front. Non, je ne crois pas, et toi ?

— Laisse-la, Rudi, intervint Susanne, volant à mon secours. Lena n'est pas indiscrète comme nous.

Rüdiger me tendit mon café avec un soupir et je pris congé.

— Mais quand nous serons seules, tu me raconteras tout, hein ? chuchota Susanne alors que je partais.

Mon Dieu, comment pouvait-on être si curieux ? Mais ils n'étaient pas les seuls.

— Alors, comment ça s'est passé hier ? demanda Otto dès mon arrivée.

— S'il te plaît, Otto ! m'exclamai-je avec agacement. Ne commence pas à ton tour. Cette soirée a été très agréable, mais je ne t'en dirai pas davantage.

La matinée traîna en longueur. Tantôt je me démenais pour joindre Juli, toujours en vain, tantôt je pensais sans arrêt à Ben et à la nuit précédente. Je me rendais bien compte que je devrais lui parler franchement tôt ou tard, peut-être dès ce soir. Mais quelle attitude adopter ? Et que dirait-il ? À cette pensée, j'avais les mains glacées, le sang en ébullition et mal au cœur.

Alors que je remettais un euro à une adolescente pour une histoire de vampires qu'elle venait de me vendre, Ben entra dans le magasin. Mon cœur fit un bond gigantesque et s'emballa. Je scrutai son visage pour essayer de deviner ce qu'il ressentait.

— Merci, Lena, au revoir, entendis-je la jeune fille me dire comme de très loin.

Ben était devant le comptoir. Je restai plantée à la caisse, tournant et retournant mon roman de vampires entre mes mains. Nous nous regardions en silence. Au bout d'un instant, je n'y tins plus.

— Salut, lançai-je sous le coup d'une inspiration fulgurante.

— Salut, répondit Ben en faisant la grimace comme s'il devait m'annoncer qu'à dater de ce jour la consommation de chocolat serait interdite dans le monde entier.

— Comment va Michel ? demandai-je.
— Il est encore dans le coma. Je ne pense pas qu'il se réveillera de sitôt.
— Est-ce que Juli l'a recontacté ?
— Non.
Je hochai la tête.
— À moi non plus, elle n'a donné aucune nouvelle. Elle ne répond ni au téléphone ni aux SMS. Et toi, est-ce que tu as… je veux dire, est-ce que Michel a…
Ses yeux bruns me sondaient.
— ... fait une touche ? Non, nous avons seulement bu comme des trous. Enfin, surtout lui. J'ai dormi chez lui parce qu'il ne voulait pas rester seul.
— Ah bon.
Nouveau silence. Je me jetai à l'eau.
— Écoute, ce qui nous est arrivé la nuit dernière, euh, ce baiser… c'était vraiment… dingue, non ?
— Ça, on peut le dire, acquiesça-t-il.
— Heureusement que Michel s'est pointé, sinon, qui sait comment ça aurait tourné ?
Ben haussa un sourcil.
— Nous savons très bien comment ça aurait fini, Lena, répondit-il, redevenu le Ben habituel, arrogant et cynique.
— Oui. Et maintenant ? ne pus-je m'empêcher de demander. Tu es quand même avec Franziska !
— Et toi avec Jan !
— Oui. Je m'en veux vraiment.
— Pourquoi ? demanda-t-il en fronçant les sourcils. Parce que tu es avec Jan ou parce que nous nous sommes embrassés ?
— Les deux, bien sûr ! Nous n'aurions jamais dû faire une chose pareille ! C'était une belle connerie !
Ben se renfrogna. Bon sang, qu'est-ce qui me prenait de parler ainsi ? Ce n'était pas du tout ce que je voulais lui dire, mais je n'eus pas le temps de rectifier.
— Oh, inutile d'en faire tout un plat, déclara-t-il froidement. On s'est un peu embrassés, et alors ?
C'était exactement la réaction que je redoutais.

— Tu t'en fiches éperdument hein ? lançai-je. Évidemment, tu n'en es plus à ça près puisque tu as trompé toutes tes petites amies, mais moi, ce n'est pas mon genre d'aller voir ailleurs !

Les yeux de Ben n'étaient plus que deux minces fentes.

— Ce n'est pas vraiment l'impression que j'ai eue hier soir, ma chérie ! riposta-t-il.

Cela me fit l'effet d'un coup de poing dans le ventre.

— Tu te conduis vraiment comme le dernier des salauds ! explosai-je. Quand j'y pense, Franziska me ferait presque pitié !

— Tu veux que je te dise qui me fait de la peine ? Jan ! Ce pauvre type est avec quelqu'un qui n'existe même pas et qui lui joue et se joue la comédie en permanence ! La nouvelle Lena, tu parles ! Tu es la même petite fille froussarde qu'il y a un an, morte de trouille devant tout ce qui n'est pas prévisible et planifiable !

Je balançai le roman de vampires sur le comptoir.

— En parlant de trouille, tu ferais mieux de te regarder ! Pendant des années, tu as utilisé Franziska comme excuse pour refuser toute relation, tout ça par peur de te faire encore plaquer ! Mais ça n'a rien à voir avec elle, tout ça, c'est à cause de ta mère !

Ben blêmit. Il serra les poings, puis il parla à voix basse et en se maîtrisant à grand-peine, ce qui le faisait paraître d'autant plus menaçant.

— Laisse ma mère tranquille, c'est la dernière fois que je te le dis !

Mais j'étais lancée.

— Ta mère t'a abandonné quand elle est morte et tu ne t'en es jamais remis ! Tu as été incapable d'en parler, tu l'as ruminé pendant tout ce temps et, aujourd'hui encore, tu rentres dans ta coquille à la moindre émotion ! Tu joues les m'as-tu-vu mais dès qu'il est question de sentiments, tu n'es qu'un trouillard qui détale la queue entre les jambes !

Je m'interrompis, à bout de souffle. Ben ferma les yeux et respira à fond. Ses lèvres étaient serrées et il était livide. Au bout d'un instant, il rouvrit les yeux et me regarda d'un air glacial et méprisant.

— Tu crois peut-être me connaître par cœur parce que nous sommes obligés de vivre sous le même toit depuis plusieurs mois et que nous avons passé plus de temps ensemble pendant cette période, mais tu ne sais strictement rien de moi ! Pendant la majeure partie de ma vie, tu n'as rien représenté pour moi, tu étais inexistante, et, crois-moi, je ne m'en portais que mieux !

Ces paroles m'ébranlèrent. Je dus déglutir pour refouler mes larmes.

— Inexistante ? Parfait, dis-je enfin d'une voix tremblante. Si c'est ce que tu veux, c'est ce que je peux redevenir, ça ne me pose aucun problème !

— Merci, vraiment ! répliqua Ben d'une voix lourde de sarcasme.

Après un dernier regard furieux, il sortit en claquant la porte.

J'aurais voulu sortir pour le rattraper, mais je restai immobile. Je sentais le sol se dérober sous mes pieds. Quelques secondes plus tard, je me rendis compte que j'avais cessé de respirer et que je commençais à étouffer. Ma gorge était serrée et douloureuse. J'aurais voulu crier pour recracher la boule que j'avais à l'intérieur, mais aucun son ne sortit. Mes jambes plièrent sous moi, je glissai à terre et me recroquevillai sur moi-même en serrant mes genoux dans mes bras.

— Ah, là, là, petite, c'est vraiment indispensable, tous ces drames ? dit Otto.

Il s'accroupit à côté de moi et passa un bras autour de mes épaules avec circonspection. Cet élan de tendresse inattendu chez lui me tira de ma torpeur. Ma tête s'abandonna contre son épaule osseuse, mais je ne pleurai pas.

Nous sommes restés ainsi pendant ce qui me parut une éternité. Je grelottais misérablement et je claquais des dents sans pouvoir m'arrêter. Otto ne disait rien et se contentait de me tapoter maladroitement le dos de temps en temps. Mes pensées dansaient une ronde folle, mais elles me soutenaient et m'empêchaient de m'effondrer complètement. Je me répétais que c'était inévitable et sans doute mieux ainsi. Maintenant, je savais définitivement à quoi m'en tenir : j'aimais Ben et il ne m'aimait pas. Des millions de personnes avaient traversé la même épreuve et je lui survivrais, tout comme elles. Pour être plus précise, j'étais déjà tirée d'affaire. J'avais vécu quatre ans avec Simon. Qu'avais-je en commun avec Ben ? Strictement rien. J'avais donc beaucoup souffert de ma séparation avec Simon, mais je m'en étais remise. Je n'allais quand même pas m'effondrer à cause de Ben, surtout pas à cause de lui !

Je finis par retrouver mes esprits et me relevai.

— Qu'est-ce que tu vas faire, maintenant ? Parler avec lui ? demanda Otto.

— Il m'a flanquée à la porte ! Ce que je vais faire ? Déménager, bien sûr !

Otto se releva péniblement.

— Mise à la porte ? Ce n'est pas ce que j'ai cru comprendre, dit-il.

— Eh bien, tu as mal saisi, répondis-je durement.

Je sortis du magasin et regagnai l'appartement. Le logement de Ben, dans lequel nous avions vécu ensemble « par la force des choses », comme il disait. Heureusement, il n'était pas là. Je ne voulais plus jamais le revoir. J'entendais sans cesse ses paroles : « tu n'es rien pour moi, tu es inexistante ». Ce que Franziska m'avait affirmé le jour de mon entretien était donc vrai ! Ben voulait que je déménage sans oser me le dire à cause de Michel.

J'ouvris la penderie, décrochai mes affaires et les entassai dans ma valise. J'en fis autant dans la salle de bains. Il fallait en finir sans traîner, comme avec un pansement qu'on arrache le plus vite possible. Je refusais de réfléchir à ce que je faisais ou de m'interroger sur ce que je ressentais. Je m'interdisais tout sentiment.

Mais quand je fermai la porte de l'appartement et jetai la clé par la fente de la boîte aux lettres, j'eus l'impression d'expulser une partie de moi-même.

Michel ouvrit de grands yeux en me voyant devant sa porte.

— Qu'est-ce que tu fais ici ? demanda-t-il.

— Je me suis engueulée avec Ben.

— Mais vous vous prenez le bec sans arrêt !

— Cette fois, c'est différent.

Michel poussa un soupir.

— Entre, dit-il. Je ne veux rien savoir. Il y a longtemps que j'ai renoncé à comprendre vos relations et il est hors de question que je m'en mêle.

Un instant plus tard, nous étions assis à la table de la cuisine.

— Ce n'est pas vraiment une radieuse fin de semaine pour les Klein, hein ? dit mon frère.

Je me sentais glacée et j'avais l'impression que j'allais rester ainsi jusqu'à la fin de mes jours.

Cette nuit-là, les yeux fixés au plafond de la chambre d'amis de Juli et Michel, je décidai qu'il était temps que je vive seule, le plus tôt possible et le plus loin possible de Ben. Je ne voulais plus loger chez quelqu'un d'autre, ce qui reviendrait à rester dans les jupes de ma mère, mais prendre enfin ma vie en main.

Dès le lendemain matin, je me plongeai dans les petites annonces immobilières et les étudiai comme je ne l'avais plus fait depuis longtemps. Je savais déjà que je ne pourrais pas m'offrir un appartement avec mon salaire de misère. Je devais donc trouver une colocation. J'empruntai l'ordinateur de Michel et cherchai sur Internet des offres dans mes moyens. Je découvris rapidement que pour les trois cents euros de loyer que je pouvais débourser je n'aurais que des colocations hors de Hambourg ou dans des quartiers plutôt louches. Les chambres à des prix abordables dans les secteurs les plus recherchés étaient soit prises, soit libres mais à plus long terme, or il était exclu que j'attende. Je téléphonai à vingt-six annonces consécutives avant de tomber sur une femme à la voix traînante qui me répondit que je pourrais passer le lendemain pour visiter une chambre dans une colocation à quatre dans le quartier de la Veddel.

Le soir même, Michel et moi-même regardions la télévision assis sur le canapé. En fait, nous étions plus occupés à loucher sur l'écran de nos portables et à attendre des appels téléphoniques ou des SMS. Mais ni mon téléphone ni celui de Michel n'émettait le moindre signal.

— Tu as des nouvelles de Ben, au fait ? demandai-je sur un ton négligent, alors que prononcer son nom était douloureux et que j'étais furieuse de l'avoir fait.

— Non, mais j'ai rendez-vous avec lui et Otto demain soir pour jouer aux cartes.

— Ici ? demandai-je, prise de panique.

— Non, répondit Michel en plissant le front. Chez v... chez Ben.

Il se tut et je regardai avec lui Bud Spencer assommer quelques truands.

— Et Juli ? s'enquit Michel sur le même ton dégagé que le mien. Est-ce qu'elle t'a contactée ?

— Non. J'ai essayé de l'appeler, mais son téléphone est débranché et elle ne répond pas non plus aux SMS.

— Ah bon. Tant pis.

Nous sommes restés silencieux, mais nous nous sommes rapprochés. J'ai calé la tête sur son épaule et il a posé sa tête sur la mienne. J'avais l'impression que quelque chose en moi devait être réparé d'urgence, mais que la pièce manquante était introuvable.

Chapitre 17

Où j'arrête (ou presque) de me mêler de ce qui ne me regarde pas.

Le lendemain après-midi, je me retrouvai devant un immeuble en brique rouge d'allure peu engageante juste en face de la voie ferrée. Un train de banlieue ou un rapide y passait à grand fracas toutes les cinq minutes. Le mur de l'immeuble disparaissait sous des graffitis et un clochard endormi sur un banc cuvait sa dernière cuite. Le rez-de-chaussée était occupé par un bar répondant au nom guilleret de Boing ! sur la terrasse duquel quelques tatoués vêtus de cuir buvaient des bières.

J'éprouvais une irrésistible envie de prendre mes jambes à mon cou, mais c'était ma seule chance d'emménager au plus vite dans une chambre rien qu'à moi. J'inspirai donc à fond et sonnai à la porte de l'immeuble. Elle émit un bourdonnement et j'entrai. L'entrée puait l'urine et les murs de la cage d'escalier étaient recouverts de graffitis et de gribouillages. Je montai au deuxième étage, où je vis une porte ouverte, mais personne derrière.

— Bonjour, il y a quelqu'un ? appelai-je.

— Quoi ? Tu as besoin d'une invitation ? lança la voix de la femme avec laquelle j'avais parlé au téléphone.

Je m'avançai dans l'entrée obscure dont l'odeur de nourriture moisie m'assaillit. Un maigre rayon de lumière filtrant par la porte éclairait un spectacle répugnant. Dans un coin s'entassaient des sacs-poubelle pleins et toutes sortes d'objets traînaient à terre. Je jetai un coup d'œil par la porte ouverte de ce qui semblait être ma future chambre. La pièce était vide et mesurait environ douze mètres carrés. Elle était tapissée d'une moquette d'un gris sale. La fenêtre offrait une vue grandiose sur la voie ferrée. Je partis à la recherche de mon interlocutrice et la trouvai dans la cuisine, assise à la table, où elle fumait une cigarette, un magazine à scandale devant elle.

— Alors, t'as vu la chambre ? demanda-t-elle.

— Oui.

D'un signe du menton, elle me désigna une chaise.

— Tu peux t'asseoir, tu sais. Au fait, je m'appelle Tina, dit-elle en m'examinant de ses yeux lourdement soulignés de khôl.

— Et moi, Lena, répondis-je en m'asseyant sur le bord de la chaise.

La cuisine était à faire frémir. La pagaille chez Ben était de la rigolade en comparaison. Les plaques et les plans de travail étaient crasseux et dans l'évier s'empilait une montagne de vaisselle sur laquelle des restes de nourriture avaient séché. Le sol collait aux semelles à chaque pas.

Tina enroula autour de son doigt une mèche de cheveux blond oxygéné striée de noir.

— Tu as des questions ? s'enquit-elle.

— Où sont les autres locataires ?

— Aucune idée, répondit-elle avec un haussement d'épaules. Peut-être au boulot ou encore en train de pioncer. Y en a un que j'ai pas vu depuis trois semaines. Il se décompose peut-être dans sa chambre.

Elle éclata de rire.

— Foutaises, lança-t-elle devant mon expression apparemment choquée. Je rigole. Ça se sentirait.

Vu la puanteur de l'appartement, j'en doutais. J'étais donc incapable de rire avec elle, même avec la meilleure volonté du monde.

Tina alluma une cigarette après avoir écrasé la précédente.

— Alors, tu prends la chambre ? demanda-t-elle.

— Oui, m'entendis-je répondre.

— Bon. Voilà la clé.

Elle me lança un anneau auquel étaient passées deux clés.

— Tu me paieras le loyer en liquide. C'est trois cents euros par mois. Tu peux emménager dès maintenant si tu veux.

Je pensai que cette brave Tina avait le sens des affaires. Elle devait se faire une jolie marge en louant trois chambres à trois cents euros chacune, mais ça m'était égal. Tout ce que je voulais, c'était une chambre à moi et loin de Ben.

— Je pense que j'emménagerai demain soir, après le boulot, dis-je.

Dès mon retour chez Michel, je fonçai sous la douche. Alors que l'eau brûlante ruisselait sur mon corps, j'eus soudain des sueurs froides: je n'avais aucun meuble! Pas même un matelas. Je n'avais rien emporté en partant de chez Simon et tout le mobilier de ma chambre chez Ben m'avait été prêté par lui et Michel. Je réfléchis sans trouver de solution. Je n'avais pas de quoi acheter de nouveaux meubles.

Voilà ce que ça m'avait apporté de détaler! Je ne m'en sortirais jamais toute seule!

J'étais écarlate. Je sortis de la douche et me séchai. Je ne parvenais pas à oublier les paroles de Ben: «Tu es la même petite fille froussarde qu'il y a un an, morte de trouille devant tout ce qui n'est pas prévisible et planifiable!»

«Il a tort et je vais le lui prouver!» déclarai-je à mon reflet dans le miroir.

Jusqu'à ce jour, on avait fait les choses à ma place ou on m'avait aidée dans tout ce que je trouvais trop difficile ou déplaisant: déménagements, travaux, déclarations de revenus, démarches à la banque ou avec les assurances. Je n'avais jamais su me débrouiller toute seule. Mais maintenant, c'était fini. J'étais résolue à tout prendre en main.

Et j'avais déjà une idée de la manière dont je pourrais m'en sortir, même si, cette fois-ci encore, j'avais besoin de l'aide de mon frère. Comme je savais qu'il allait jouer aux cartes chez Ben ce soir-là, je lui demandai de me rapporter ma robe de mariée que j'avais laissée dans la penderie.

À son retour, il me remit la housse en plastique blanc contenant la tenue en question. Je lui aurais bien demandé comment allait Ben, s'il avait parlé de moi et si Franziska était là, mais je m'en abstins soigneusement, et Michel ne me raconta rien.

Le lendemain matin, je téléphonai à Otto pour l'informer que je ne pourrais pas venir travailler ce jour-là et que j'avais besoin d'un jour de congé. Munie de ma robe, je me rendis dans un magasin spécialisé dans la vente et l'achat de robes de mariée. La vendeuse se montra peu aimable et fit la moue devant ce que je lui proposais mais, après quelques tractations, elle me remit huit cents euros.

Je fonçai dans un magasin de location de véhicules pour y louer une camionnette avec laquelle je me rendis chez Ikea. J'achetai là-bas le mobilier de base et quelques babioles pour décorer ma chambre. Puis je repartis pour mon nouveau chez-moi avec ce chargement et montai non sans mal avec tous les paquets au deuxième étage. Après avoir récuré et désinfecté ma chambre à fond, je montai mon lit et mon armoire.

Le soir, je m'assis sur mon nouveau lit, solitaire et courbaturée. Je ne me sentais pas chez moi dans cette chambre. Je restai un moment immobile, les yeux fixés sur le mur, à me ronger les ongles. Je me demandais comment allait Juli, si elle se sentait aussi misérable que moi. Je lui envoyai donc un SMS, même si je savais qu'elle n'y répondrait pas. Quand je fus incapable de supporter plus longtemps le silence, je me rendis à la cuisine où Tina, assise à la table, fumait en lisant un magazine.

— Salut, dit-elle. Je vois que tu as emménagé.

— Oui. Voilà l'argent du loyer, répondis-je en posant les trois cents euros sur la table.

— Bienvenue au Ritz, lança-t-elle dans un éclat de rire en empochant l'argent.

— Merci.

Après m'être préparé un plat à faire réchauffer en cinq minutes, je m'assis à table avec elle.

— Tu sais, j'ai pris un jour de congé, sinon je n'aurais jamais pu emménager, lui confiai-je.

— C'est quoi, ton boulot ?

— Je travaille dans une librairie. Et toi ?

— J'étudie l'architecture.

Décidément, les apparences peuvent être trompeuses. J'aurais juré qu'elle ne fichait rien ou qu'elle bossait pour quatre cent cinquante euros par mois dans un magasin de location de vidéos porno.

— Et à part nous, qui habite ici ? demandai-je.

— Eh bien, il y a René qui dort presque toute la journée. Le reste du temps, je crois qu'il se livre à des trafics pas vraiment légaux dans les quartiers chauds. Ensuite, il y a Mutlu le Disparu. Ne me demande pas ce qu'il fabrique. En ce moment, il est peut-être dans un camp d'entraînement pour terroristes en Afghanistan ou ailleurs, fit Tina en haussant les épaules. Et enfin, il y a toi et moi.

Bel assortiment, pensai-je.

— Tu as un copain ? reprit Tina.

— Non, je veux dire oui, rectifiai-je en pensant à Jan, prise de panique à l'idée que je ne lui avais pas donné de nouvelles depuis vendredi après-midi. Il ne savait même pas que j'avais déménagé ! Je sentis resurgir ma mauvaise conscience vis-à-vis de lui.

Tina sourit.

— Tu n'es même pas sûre d'avoir un copain ? dit-elle. C'est bien la première fois que j'entends une chose pareille.

J'avalai sans aucun appétit une cuillère de mon plat qui avait un goût de carton.

La porte de la cuisine s'ouvrit sur un jeune homme efflanqué d'environ vingt ans. Il portait un tricot de corps et un jogging et tout ce que je pouvais voir de son corps fluet était recouvert de tatouages. Il bâilla à s'en décrocher la mâchoire, et se dirigea d'un pas traînant vers l'évier sans nous accorder un regard.

— Je te présente René, déclara Tina. René, je te présente Lena, notre nouvelle colocataire.

Il se tourna vers moi et me regarda sans enthousiasme.

— Salut, laissa-t-il tomber. Pas touche au Nescafé, c'est à moi.

— D'accord, pas de problème, répondis-je.

Il rinça sommairement l'une des tasses couvertes de moisissures qu'il avait prise dans l'évier, y versa six cuillerées de Nescafé et la remplit d'eau chaude au robinet. Après en avoir remué le contenu, il l'avala d'un trait et s'essuya la bouche d'un revers de main.

— Tu veux de quoi fumer ? me demanda-t-il soudain.

— Non, merci, il me reste des cigarettes et je ne fume pas beaucoup, de toute façon.

— Je te parlais d'herbe, expliqua-t-il.

— Oh non, merci.

— Si jamais tu as besoin de quelque chose – herbe, crack, héro – tu peux t'adresser à moi, j'ai des contacts, déclara-t-il en jetant la tasse dans l'évier. Allez, salut, conclut-il avant de disparaître.

Je commençais à comprendre en quoi consistaient les activités illégales de René. Bon sang, où avais-je atterri ?

Je regagnai ma chambre et téléphonai à Jan. Il parut surpris d'apprendre que je n'habitais plus chez Ben et que j'avais emménagé du jour au lendemain dans une colocation. Néanmoins, il se contenta de mon explication hâtive selon laquelle je ne supportais plus d'être toujours en bisbille avec Ben.

Il devait passer le lendemain soir pour visiter mon nouveau chez-moi. Il ne m'expliqua pas pourquoi il était resté si longtemps sans me donner de nouvelles, mais il m'annonça que son livre était presque terminé.

Après cette conversation, je m'étendis sur mon lit et essayai de dormir. La lumière était cependant très vive à cause de l'éclairage des voies de chemin de fer juste en dessous de ma fenêtre. Le mobilier vibrait et couinait toutes les cinq minutes après le passage d'un train. Dans l'appartement au-dessus du mien, un couple s'engueulait à pleins poumons et un enfant pleurait. Devant le bar sous ma fenêtre, un poivrot déblatérait en continu contre une certaine Ramona. J'essayais de chasser mes pensées qui me ramenaient toujours à Ben.

Le lendemain, Jan vint me chercher à la librairie. Quand il apparut devant moi, souriant, ses yeux bleus pétillant, je lui sautai au cou.

— Enfin, te voilà ! m'écriai-je. Je suis vraiment désolée !

Il sourit et me serra contre lui.

— Que se passe-t-il ? Qu'est-ce qui t'embête à ce point ? s'enquit-il.

Je me demandai pendant quelques secondes si j'allais tout lui confesser.

— De ne plus t'avoir donné de mes nouvelles pendant si longtemps, répondis-je finalement. Je suis si contente de te revoir, murmurai-je, blottie contre lui.

— Moi aussi, bébé.

Je détestais qu'il m'appelle bébé, mais je me disais que si je n'y parvenais pas avec lui, je n'y arriverais avec personne. J'avais finalement compris que dans la vie, on obtenait rarement ce qu'on désirait. Le secret pour être heureux, c'était de faire au mieux avec ce qu'on avait.

À ma grande surprise, Jan fut ravi par mon nouvel appartement.

— C'est la vie à l'état brut, déclara-t-il avec enthousiasme devant la cuisine crasseuse. Voilà ce que j'appelle de l'authentique. C'est fou ce que ça peut m'inspirer !

Il tira son carnet de sa poche, s'assit à la table et se mit à griffonner fébrilement.

Pendant qu'il écrivait, je nettoyai la cuisine. Je lavai, récurai, désinfectai et rangeai. Quelques heures plus tard, j'étais éreintée et en nage, mais la cuisine était dans un état acceptable.

Alors que j'étais au lit avec Jan, lumière éteinte, il se releva pour regarder par la fenêtre au moment où un train de banlieue passait en direction de Wilhelmsburg.

— C'est dingue ! commenta-t-il. Ça, c'est la vraie vie.

Je me demandai ce qu'il y avait de moins authentique dans une vie à Schanzen ou à Ottensen, mais comme j'étais trop fatiguée pour discuter, j'acquiesçai.

Juli persista à ne pas donner de nouvelles jusqu'à ce SMS qu'elle envoya à Michel :

Je t'en prie, pardonne-moi. Je suis chez ma mère. Je te recontacterai quand j'en aurai la force. J'en suis incapable pour l'instant.

Ce message fut pour moi la goutte qui fit déborder le vase. Je n'aurais jamais cru Juli capable de traiter mon frère de cette manière. Ça ne lui ressemblait absolument pas.

Je demandai à Michel le numéro de téléphone de la mère de Juli et l'appelai dès que j'eus un moment de tranquillité à la librairie. Après trois sonneries, j'entendis au bout du fil une voix de femme rauque :

— La Luna, magasin spécialisé en magie blanche et en ésotérisme, que puis-je faire pour vous ?

— Allô, Lena Klein à l'appareil, répondis-je. J'aimerais parler à Juli.

La voix se tut pour me laisser entendre une musique de méditation jouée en sourdine.

— Je suppose que vous êtes la sœur de Michel, reprit-elle un instant plus tard. Julia a besoin d'un peu d'espace pour respirer. Ce n'est pas une personne qui accepte qu'on porte atteinte à sa liberté. Soyez assez aimable pour le dire à Michel.

Julia... Sa mère était probablement la seule personne au monde à l'appeler ainsi.

— Cet appel est sans aucun rapport avec mon frère, déclarai-je. J'aimerais simplement parler avec elle en tant qu'amie.

— Julia a besoin de réfléchir. Le moment venu, elle vous donnera sûrement de ses nouvelles, mais dans l'immédiat, je ne peux hélas rien faire pour vous.

Et elle raccrocha.

Je contemplai mon téléphone, pensive. Maintenant, il ne me restait plus qu'à me rendre à Berlin, une fois de plus. Et puis je me rappelai ma résolution de ne plus me mêler de rien. Après tout, chacun est responsable de soi, me répétai-je comme un mantra. Mais il était quand même permis d'aller prendre des nouvelles de sa meilleure amie ?

Le soir, à la veille de mon départ pour Berlin, Otto me retint un instant.

— Lena, j'ai deux mots à te dire, m'annonça-t-il.

Il fut secoué par une violente quinte de toux et je me rendis compte que cela lui arrivait plus souvent ces derniers temps. Il avait l'air encore plus mal en point qu'auparavant.

— Otto, il faut que tu te décides à voir un médecin !

— Laisse-moi tranquille avec ton médecin ! C'est seulement un mauvais rhume. N'essaie pas de noyer le poisson et suis-moi.

Il me précéda dans l'arrière-boutique et prit place derrière son bureau.

— Assieds-toi, ordonna-t-il en désignant une chaise en face de lui.

Je m'exécutai, surprise de son sérieux et de sa solennité.

— De quoi veux-tu me parler ? demandai-je.

Otto me scrutait de ses yeux gris larmoyants.

— Tu es malheureuse, dit-il sur le ton du constat.

Je m'adossai à ma chaise et croisai les bras.

— C'est faux. Je vais très bien ! répliquai-je.

— Mais oui, mais oui, grommela-t-il. Tout va bien pour toi et ton Ben, hein ?

— Ça, c'est son problème.

— Non, c'est le vôtre, répondit Otto en insistant sur ce dernier mot.

Il poussa un soupir.

— Pourquoi ne prends-tu pas ton courage à deux mains pour lui parler ?

— Ben et moi n'avons plus rien à nous dire.

Otto leva les yeux au ciel.

— Vous faites une belle paire de têtes de mule, tous les deux ! lança-t-il.

— À propos de têtes de mule, que se passe-t-il entre toi et ton fils ?
— Ça, c'est une autre histoire, riposta-t-il.
— Je ne suis pas de cet avis. Je crois au contraire qu'on se trouve dans le même cas de figure. Pourquoi ne lui téléphones-tu pas pour lui faire des excuses ?
Otto fut saisi par une nouvelle quinte de toux.
— C'est lui qui devrait m'en faire ! articula-t-il péniblement.
Sa mauvaise santé commençait vraiment à m'inquiéter.
— As-tu autre chose à me dire ? demandai-je.
— Non, ça ne servirait à rien, répondit-il d'un air résigné.
— Bon, alors je me sauve, lançai-je en me levant. Demain, pense à boire ton infusion contre le rhume, d'accord ?
— Oui, oui. Allez, sauve-toi, bougonna-t-il.

J'avais trouvé l'adresse du magasin de la mère de Juli dans les pages jaunes de l'annuaire. J'étais maintenant devant la porte surmontée d'un panneau sur lequel je lus « La Luna » dans une écriture cursive. L'intérieur du magasin sentait l'encens à plein nez. Une musique de méditation asiatique résonnait dans la salle où s'entassaient des boîtes de thé et d'infusion, des jeux de tarot, des pièges à rêves, des bouquins d'ésotérisme et tout ce qui touchait de près ou de loin au zen, au karma et au mysticisme. Il y avait même un rayon « Matériel de sorcellerie ».
— Que puis-je faire pour vous ? demanda derrière moi la voix rauque que j'avais entendue au téléphone.
Je me retournai et me retrouvai devant une femme aux vêtements amples que je reconnus aussitôt comme étant la mère de Juli. Elle avait des cheveux d'un roux ardent coupés asymétriquement et une longue plume pendait à l'une de ses oreilles. Elle m'examinait d'un regard inquisiteur qui me mettait vraiment mal à l'aise. J'avais l'impression d'être nue devant elle.
— Oh, s'exclama-t-elle. Elle encadra mes tempes de ses mains, mais sans les toucher. Vous menez de durs combats

contre vous-même. Ne faites pas ça, m'intima-t-elle en posant les mains sur mes épaules. Étreignez la guerrière qui est en vous et faites la paix avec elle. Tenez, j'ai un mélange d'infusions qui pourrait vous aider à retrouver votre équilibre intérieur, conclut-elle en me tendant un paquet.

Je le pris sans même le regarder.

— Merci, mais en réalité, c'est votre fille que je voudrais voir, madame Schumann, répondis-je.

— Appelez-moi Naigila.

— Oui, Naigila. Je suis Lena Klein, la personne qui vous a téléphoné la semaine dernière. J'aimerais parler à Juli. Est-elle ici ?

L'expression de Naigila devint nettement moins aimable.

— Oui, elle est là, répondit-elle.

— Puis-je la voir ou non ?

Naigila Schumann joua avec la chaîne autour de son cou dont le pendentif était une énorme pierre ronde percée en son centre.

— Attendez un instant, dit-elle enfin avant de disparaître derrière une porte.

Je patientai, perplexe, en observant le bric-à-brac du magasin. J'y découvris un livre sur les rituels pour se faire aimer. C'était dans un bouquin de ce genre que Juli avait déniché cette absurde formule censée m'unir à Jan.

La mère de Juli réapparut.

— Je dois vous dire de la part de Julia qu'elle est désolée, mais qu'elle se sent incapable de vous rencontrer pour l'instant et que rien ne pourra la convaincre de retourner vivre avec Michel, m'annonça-t-elle. Il est donc inutile d'insister.

Je remis le livre sur son étagère.

— Mais je ne veux pas la persuader de quoi que ce soit ! m'exclamai-je.

— Julia est quelqu'un de très indépendant, elle ne se plie à aucune convention et elle n'est pas portée sur les relations, qui ne sont qu'une source de malheur. C'est tout à votre honneur de soutenir votre frère comme vous le faites, mais vous devez également comprendre le point de vue de Julia.

— Je ne dois rien faire du tout ! Juli est-elle là ? demandai-je en montrant la porte par laquelle sa mère avait resurgi, et je passai devant elle au pas de charge. Dans l'arrière-boutique, je trouvai un escalier étroit menant à une minuscule salle de séjour. Assise sur le canapé, Juli feuilletait une revue. À mon arrivée, elle leva les yeux et tressaillit.

— Dis donc, qu'est-ce qui te prend ? lui lançai-je. Pour appeler les choses par leur nom, tu perds la boule, ou quoi ? Je croyais que tu étais ma meilleure amie ! Non seulement tu te tires en douce, sans même répondre à mes appels et à mes SMS, mais tu te sens incapable de m'accorder une audience privée alors que je suis venue de Hambourg pour te voir ! Je n'en reviens pas !

Juli jeta la revue sur le sofa à côté d'elle et se leva.

— Je ne t'ai pas demandé de venir ni de me donner ton avis. J'ai mes raisons pour agir comme je le fais ! riposta-t-elle.

— Alors explique-moi enfin ce qui se passe entre toi et Michel !

— Arrête de te mêler des affaires des autres ! Mes relations avec Michel ne te concernent pas !

— Si les affaires de ma meilleure amie et de mon frère ne me regardent pas, qu'est-ce qui me regarde ?

— Je ne peux plus vivre comme ça, Lena ! cria-t-elle.

Je fus frappée par sa pâleur et sa maigreur.

— Le mariage, une maison, des enfants et « ils vécurent heureux jusqu'à la fin des temps », ce n'est pas pour moi ! Je ne peux pas !

Elle restait immobile, la respiration saccadée. Soudain, j'éprouvai une peine terrible pour elle. J'aurais aimé la prendre dans mes bras, mais je restai immobile.

— Mais tu aimes Michel, non ? demandai-je. Tu l'aimes.

Elle enfouit son visage dans ses mains et se mit à pleurer désespérément.

— Bien sûr que je l'aime, répondit-elle, en larmes. Mais je ne peux pas vivre de cette manière. Je ne peux pas, répéta-t-elle entre ses sanglots.

Cédant à mon impulsion, je m'approchai d'elle et, avec précaution, passai un bras autour de ses épaules. Elle baissa la tête et se laissa aller contre moi. Elle resta ainsi jusqu'au moment où elle cessa de pleurer.

— De quoi as-tu si peur ? demandai-je doucement.

— Tu ne peux pas comprendre.

Elle se laissa tomber sur le sofa, prit un coussin sur ses genoux et s'y agrippa.

— Essaie quand même de m'expliquer, insistai-je.

Je vins m'asseoir à côté d'elle.

— Je suis là en tant qu'amie, d'accord ? Je reste évidemment la sœur de Michel, mais je suis ici et maintenant en tant qu'amie.

Juli m'observait de ses yeux noirs brillant de larmes.

— Mon père nous a abandonnées quand j'étais petite, commença-t-elle, mais ça, tu le sais déjà. Il n'a jamais donné de ses nouvelles. Ni visites, ni coups de téléphone, ni cartes postales, rien. Tout ce que j'ai entendu dire, c'est qu'il vivait en Argentine, mais je ne suis même pas certaine que ce soit vrai.

Elle se tut et serra le coussin plus fort contre elle.

— Ma mère en a terriblement souffert et je crois qu'elle ne s'en est jamais remise. C'est ce qui arrive quand on s'attache trop à quelqu'un : on est sans défense, et finalement, ça vous détruit.

Elle se tut et je réfléchis à ce qu'elle venait de dire.

— Tu veux dire qu'au fond tu as quitté Michel parce que tu avais peur que ce soit lui qui t'abandonne ? demandai-je au bout d'un instant.

Je poussai un soupir, car je pensais à Ben.

— Ça me rappelle quelque chose, conclus-je.

— Il me manque tellement, chuchota Juli.

— Oh, ma chérie !

Je la serrai contre moi et lui caressai la tête.

— Toi aussi, tu lui manques. Ça vaut la peine de surmonter sa peur et de tenter sa chance, non ?

Juli renifla, releva la tête et me regarda droit dans les yeux.

— À propos de peur à surmonter, que se passe-t-il exactement entre toi et Ben ? lança-t-elle, une lueur de son ancienne combativité dans le regard. Et ne me dis pas qu'il ne se passe rien, tu ne me feras jamais avaler ça.

— L'attaque est la meilleure défense, pas vrai ? répondis-je.

Après un instant d'hésitation, je décidai qu'il était temps d'en parler avec elle. J'avais tu mes sentiments pendant des mois et je les avais niés face à Juli et à tous mes proches. Mais, maintenant, je ne supportais plus cette contrainte.

— Le soir des noces d'argent de Gisela et Manfred, nous nous sommes embrassés, lui et moi, dis-je,

Juli écarquilla les yeux.

— Nous nous sommes embrassés, poursuivis-je, les yeux baissés sur mes mains, et je crois que nous serions allés plus loin si Michel n'avait pas débarqué sans crier gare parce que tu venais de le quitter.

— Mince alors !

— Le lendemain, nous nous sommes disputés et Ben m'a dit qu'il ne voulait plus me voir. J'ai déménagé, j'habite maintenant dans une colocation de la Veddel et je ne veux plus rien avoir à faire avec Ben. Je suis sans nouvelles de lui depuis ce jour-là.

— Il a vraiment dit qu'il ne voulait plus te revoir ? demanda Juli d'un air incrédule. Quelle idiotie ! Alors il suffit qu'on t'envoie paître une fois et c'est la fin du monde ? Mais qu'est-ce qu'il t'a dit exactement ? Et toi ? On va analyser tout ça en détail.

— Non, Juli, c'est mieux comme ça, répondis-je et, furieuse de sentir ma voix aussi ténue, je m'éclaircis la gorge. D'ailleurs, ce n'est pas de Ben et moi qu'il s'agit pour l'instant, mais de toi. Néanmoins, je te promets que la prochaine fois je t'écouterai et je ne tomberai pas amoureuse d'un type qui n'est pas fait pour moi.

— Tu admets donc enfin que tu es amoureuse de lui ?

J'essayai de sourire, mais sans grand succès.

— Je l'aime, avouai-je.

C'était la première fois que je prononçais ces mots et ça me fit un curieux effet, comme si mes sentiments pour Ben ne devenaient réels qu'à partir de cet instant.

— Et avec Jan ? demanda Juli.

— Je ne sais pas, murmurai-je.

— Mon Dieu, Lena, pourquoi nous sommes-nous fait toutes ces cachotteries, toi et moi ? demanda Juli en secouant la tête.

— Je n'en sais rien. Je crois que je ne voulais plus t'entendre me répéter que c'était une erreur de tomber amoureuse de Ben. Je ne le savais que trop. Et puis je me sentais tout simplement incapable d'admettre que je l'aimais.

— Et moi, j'ai toujours cru que tu défendrais Michel contre moi et que tu ne pourrais pas me comprendre.

Nous sommes restées un instant immobiles et silencieuses.

— Tu crois que Michel voudrait encore de moi ? s'enquit finalement Juli.

— Oui. J'en suis certaine.

— À ton avis, quelle est la probabilité sur une échelle de un à dix ?

Je lui pinçai la taille.

— Consulte donc les cartes, une boule de cristal ou je ne sais quoi encore, répondis-je. Je connais aussi un rituel d'envoûtement qui marche du tonnerre, on devrait peut-être essayer ?

Après un échange de regards, un fou rire nous saisit.

Nous avons encore longtemps parlé de nous-mêmes. C'était merveilleux de redevenir si proche de Juli. Quand le moment de mon départ pour la gare arriva, elle me raccompagna jusqu'à la porte.

— J'ai encore des choses à régler avec ma mère, mais je rentrerai à Hambourg dans quelques jours, dit-elle. Est-ce que tu pourrais m'héberger, au cas où ?

— Oui, on pourra toujours se débrouiller, mais ne t'en fais pas, tout ira bien.

Après avoir serré Juli dans mes bras, je m'en allai. Je me demandai un instant si je devais passer voir Frank, mais j'abandonnai. De ce côté-là, j'avais déjà fait mon possible. Au bout du compte, les gens avaient raison : je devais arrêter une bonne fois pour toutes de me mêler de ce qui ne me regardait pas.

Chapitre 18

Où je suis prise de nostalgie.

Au cours des journées qui suivirent, j'observai Otto plus attentivement et fus frappée par sa pâleur, sa respiration difficile et ses quintes de toux. Mais comme il refusait toujours obstinément de voir un médecin, je me contentai de lui préparer des repas et de veiller à ce qu'il les ingurgite. J'essayais aussi de lui faire prendre des vitamines, mais il ne voulait rien entendre. Le samedi, alors que je glissais en douce du Sanostol dans son café, Michel entra dans la librairie.

— Coucou, Lena ! me dit-il sans pouvoir réprimer un large sourire. J'ai une surprise pour toi.

Je devinai aussitôt de quoi il s'agissait, mais je jouai le jeu.

— Quoi donc ? demandai-je d'un air innocent.

— Devine.

— Voyons… Wladimir Klitschko vient d'être élu chancelier ?

— Encore mieux que ça.

— Merkel et Obama ont officiellement annoncé leurs fiançailles.

— Pas tout à fait, mais tu brûles.

— Juli et toi vous êtes réconciliés et elle attend devant la porte que tu la fasses entrer.

Michel eut l'air déçu.

— Comment as-tu deviné ? demanda-t-il.

Je lui souris.

— Je le sais, c'est tout. Et j'en suis vraiment heureuse pour vous !

Quand je le serrai contre moi, je constatai que le chagrin avait vraiment nui à son tour de taille.

— Et maintenant, fais entrer Juli, gros bêta ! conclus-je.

Pour célébrer cet heureux jour, nous sommes allés au café de Rüdiger où nous nous sommes offert de gigantesques portions de gâteau au chocolat. Rüdiger sortit une bouteille de mousseux du réfrigérateur.

— C'est la maison qui régale, à condition que je puisse en boire également, annonça-t-il.

Il remplit les verres et trinqua avec nous.

Michel frappa sa flûte avec sa fourchette à gâteau.

— J'ai une nouvelle à vous annoncer, ou préfères-tu t'en charger ? demanda-t-il à Juli avec un regard tendre qui la fit rayonner.

Il y avait longtemps que je ne les avais plus vus aussi heureux et sereins.

Elle fit tinter son verre avec sa fourchette et s'éclaircit la voix.

— Je me suis exprimée de manière très négative sur le mariage ces derniers temps, déclara-t-elle. Je ne parvenais pas à me faire à l'idée du mariage. Mais, pour abréger, je me suis rendu compte que ce n'était que lâcheté de ma part, conclut-elle en m'adressant un regard et un sourire. Michel et moi allons nous marier dans deux semaines exactement. Nous sommes passés aujourd'hui à l'état civil pour fixer la date.

J'en restai bouche bée.

— Dans deux semaines ? répétai-je. Mais comment allez-vous tout organiser en si peu de temps ? Tu n'as pas encore de robe, vous n'avez pas loué de salle, ni de DJ…

— Nous n'avons pas besoin de tout ça, trancha Juli. Ce sera une petite fête toute simple, à la bonne franquette, seulement avec la famille et les amis les plus proches. La cérémonie aura lieu à la mairie d'Altona et la fête au Beach Club. Et je dénicherai toujours une robe à temps.

— Bon, bon, fis-je médusée.

— À propos, Ben et toi serez nos témoins. Vous ne pourrez donc pas vous éviter le jour de notre mariage et j'espère que tu le comprends, me dit Juli avant de boire une gorgée de mousseux.

Oh merde ! pensai-je.

— Est-ce que Ben pourrait… je veux dire, ne pourriez-vous pas prendre un autre… ? bafouillai-je, mais mon frère m'interrompit énergiquement.

— Non, nous ne pouvons pas, déclara-t-il. Ben sera là du début à la fin, tout comme toi.

— C'est comme ça et pas autrement, renchérit sévèrement Juli. Qu'est-ce que vous croyez, lui et toi ? Vous êtes nos meilleurs amis et nous voulons fêter notre mariage avec vous sans entrer dans vos querelles.

Je croisai les bras devant ma poitrine.

— J'espère que vous avez dit la même chose à Ben, observai-je.

— Oui, bien sûr, répondit Michel après avoir échangé un regard avec Juli.

— Vous l'avez donc informé avant moi de votre réconciliation ? demandai-je indignée. Et qu'a-t-il dit ?

Juli et Michel se regardèrent une nouvelle fois.

— Tu pourras bientôt lui poser la question toi-même, répliqua Juli.

De retour à la librairie, je fis un peu de rangement et redécorai la vitrine. J'avais presque terminé quand mon téléphone sonna. Lorsque je vis qui m'appelait, je faillis le lâcher.

— Mademoiselle Klein, Claas Maurien de l'agence Maurien & Thews à l'appareil. Vous souvenez-vous de moi ?

Mon cœur eut un raté.

— Oui, bien sûr, répondis-je.

Je dois dire que j'avais un peu perdu de vue mes recherches d'emploi, car j'avais été très occupée par l'organisation d'une deuxième séance de lecture et la santé d'Otto.

— Eh bien, mademoiselle Klein, je ne tournerai pas autour du pot. La candidate que nous avions retenue s'est désistée au dernier moment, et comme nous avons jugé votre entretien avec nous très prometteur et original, nous sommes heureux de vous proposer ce stage.

La tête me tournait et la main dans laquelle je tenais mon téléphone tremblait comme une feuille. Je me demandais si j'avais bien compris.

— Mademoiselle Klein ? M'entendez-vous ?

Je sursautai.

— Euh, oui, bien sûr, excusez-moi.

— Bien. Si ce stage vous intéresse toujours, nous serions heureux de vous accueillir.

Je dus m'asseoir, car je sentais mes genoux fléchir.

— Oui, je suis toujours partante, bien sûr ! répondis-je après m'être ressaisie.

— Parfait, déclara M. Maurien, apparemment satisfait. Je sais que c'est un peu rapide, mais vous serait-il possible de commencer le 15 juin ?

Je pouvais à peine respirer.

— Oui, oui, ça devrait aller, affirmai-je.

Mon Dieu, le pauvre Otto allait tomber des nues ! Qu'est-ce que j'allais faire ?

— Merveilleux ! Eh bien, au 15 juin.

— Oui, au 15 juin.

Après avoir raccroché, je restai pétrifiée, le regard rivé à mon téléphone. C'était enfin arrivé, alors qu'en réalité j'avais cessé de l'espérer ! J'avais réalisé la première étape de mon plan de vie : travailler dans une agence de relations publiques, faire carrière et montrer à tous ce que j'avais dans le ventre. Alors pourquoi étais-je incapable de m'en réjouir ?

J'errai dans la librairie, contemplai les murs que j'avais peints, le parquet que j'avais poncé, le coin lecture accueillant avec ses deux fauteuils, la vitrine décorée sur le thème de l'amour, avec des papillons et des fleurs, en harmonie avec la saison. Dans l'arrière-boutique, je m'assis au bureau d'Otto et, perdue dans mes pensées, fis jouer sa boîte à musique.

La joie viendra, me dis-je. Tu es encore sous le coup de la surprise.

En sortant de la librairie, je passai devant Sergueï, qui se tenait à sa place habituelle avec son accordéon. Il m'adressa un clin d'œil et joua « Katioucha », mon air préféré. Je l'écoutai avec recueillement et je compris à cet instant que je me sentais chez moi à Ottensen. Ma place était là, mais je n'y vivais plus et, bientôt, je n'y travaillerais plus, pensai-je, alors que les dernières notes de la mélodie résonnaient.

— Tu as l'air vraiment triste depuis quelque temps Lena, me dit Sergueï. Ça ne va pas ?

— Si, je vais très bien, mentis-je effrontément. Je viens de décrocher un boulot génial.

— Alors pourquoi tu pleures ? Ce ne sont pas des larmes de joie que je vois.

Pleurais-je vraiment ? Je m'essuyai la joue et dus admettre que Sergueï avait raison.

— Qu'est-ce que tu as ? Des peines de cœur ? reprit Sergueï.

— Non, de la nostalgie.

— Ah, lâcha-t-il dans un soupir, je sais ce que c'est. Les peines de cœur, ça va, ça vient, mais la nostalgie, c'est pour toujours, Lenotchka. Pour toujours...

Le temps passa très vite jusqu'au jour du mariage. Juli m'avait bien précisé qu'elle ne voulait pas d'un enterrement de vie de jeune fille. Michel et elle avaient réservé la veille du mariage une journée de détente en amoureux dans un institut de beauté ultrachic. J'étais déçue, car j'aurais bien aimé traîner dans les rues avec Juli. Une journée de détente dans un institut de beauté ! J'imaginais Michel dans un bain à la Cléopâtre suivi d'un massage aux pierres chaudes, d'une manucure et d'une pédicure. Quand Juli m'avait informée de leur décision, j'avais dû réprimer un gloussement. Je m'étais demandé ce que Ben en dirait quand je le lui raconterais, et m'étais ensuite rappelé que je ne lui dirais rien du tout. Il m'arrivait plus souvent que je l'aurais voulu d'oublier que Ben et moi avions cessé toutes relations, mais je refusais de m'attrister trop longtemps à cette idée. Je préférais imaginer Michel dans un bain de lait d'ânesse.

J'aidai Juli et Michel dans leurs préparatifs de mariage, car même s'ils estimaient que tout se déroulerait sans heurt, il y avait quand même un minimum de choses à régler. Je devais également préparer mon départ de la librairie. Les jours passèrent à la vitesse de l'éclair et mon dernier jour de travail arriva. Otto avait accueilli la nouvelle de mon départ avec un certain flegme. « Si tu dois partir, pars », avait-il simplement grommelé, alors qu'à la perspective de ce départ tout proche, j'avais envie de pleurer. Peu avant la fermeture, il surgit en traînant les pieds de l'arrière-boutique tandis que je faisais les comptes.

— Viens, j'ai une surprise pour toi, dit-il en m'examinant de ses yeux enfoncés dans son visage raviné et renfrogné qui m'intimidait tant au début.

Je le suivis dans l'arrière-boutique où il avait tout préparé pour une petite fête entre nous : une bouteille de mousseux et une assiette de beignets achetés chez le boulanger du coin.

— J'ai pensé que c'était la moindre des choses pour ton dernier jour ici, lança-t-il sans me regarder en face.

— Oh, merci, Otto ! C'est vraiment gentil !

J'allai prendre deux verres dans l'armoire.

Il ouvrit la bouteille et nous versa un fond de mousseux.

— Je devrais peut-être faire un discours, mais je préfère m'abstenir. Enfin, bon… reprit-il avec un geste vague de la main, je veux seulement te dire que je suis heureux de t'avoir engagée.

Je déglutis avec peine.

— Merci, Otto. Moi aussi, j'en suis heureuse. Ça n'a pas été toujours facile avec quelqu'un comme moi, mais…

Je m'interrompis, car j'avais à mon tour du mal à poursuivre.

— Je crois que c'est ici que je suis devenue adulte.

— Adulte, oui, oui, répéta Otto avec son rire bizarre.

Nous avons alors mangé et bu. Les pensées se bousculaient en silence dans ma tête.

— Tu sais bien que je reviendrai te voir dès que je pourrai, hein ? repris-je.

— Ça ressemble fort à une menace.

— C'en est une. Ne t'imagine pas te débarrasser de moi parce que je ne travaillerai plus pour toi.

— Hum, grommela Otto.

Je compris combien ces bougonnements, qui au début m'avaient tant déconcertée et agacée, allaient me manquer. Maintenant, je les aimais, car c'était Otto tout craché. Ils signifiaient aussi bien « Ne me casse pas les pieds » que « Je t'aime vraiment beaucoup ».

— Et tu mangeras assez, promis ? lui demandai-je.

Il me regarda d'un air indigné.

— Ça, ce n'est pas tes oignons, protesta-t-il.

— Promis ?

— Oui, répondit-il de mauvaise grâce, mais j'avais peur qu'il n'en fasse rien.

— Et ne mets pas la clé sous la porte. Tu t'en sors très bien. Tu pourras parfaitement te passer de moi.

— Ça, tu peux le dire. J'aurai enfin la paix, déclara Otto, mais son expression était amicale et presque aimante. Bon, à mon tour, maintenant. Travaille bien. Montre-leur de quoi tu es capable. Ne me fais pas honte. Et ne parle pas trop. Tout le monde n'a pas ma patience d'ange.

— D'ange ? répétai-je dans un éclat de rire. Tu rigoles !

Nous avons encore passé une heure paisible entre amis. Notre dernière heure ensemble qui n'aurait jamais dû prendre fin, mais qui s'acheva inexorablement. Bien trop vite, comme chaque moment qui devrait durer indéfiniment.

J'enfilai ma veste et passai mon sac à l'épaule. Otto et moi restions face à face, hésitants et embarrassés.

— Merci de m'avoir donné une chance de faire mes preuves, lui dis-je. Ça compte beaucoup pour moi.

— Ça va, arrête, maugréa Otto.

Je le serrai dans mes bras et sentis combien il était frêle et osseux. Il me tapota maladroitement le dos.

— Au revoir. À bientôt, lançai-je avant de m'éloigner.

— Oui, au revoir.

Sur le seuil de la librairie, je me retournai. Il restait cloué sur place et me suivait des yeux.

Mais qu'est-ce que je fais ? pensai-je. Je n'ai aucune envie de partir !

Je devais pourtant m'en aller. J'avais pris cette décision et c'était la bonne. J'adressai un dernier salut à Otto. Il leva la main et essaya vainement de sourire. Je franchis la porte et la clochette que j'y avais fixée tinta joliment comme pour me dire adieu.

Comme cela lui arrivait très souvent depuis quelque temps, Jan était assis dans la cuisine et fumait un joint avec René et Tina. J'ouvris la fenêtre en grand pour aérer.

— Salut, Lena ! Viens t'asseoir avec nous et tirer là-dessus, dit-il en me tendant le joint puant.

— Non, merci, j'ai encore des trucs à finir pour demain.

Je remplis un verre d'eau à l'évier.

— Pour demain ? répéta-t-il en me regardant d'un œil vitreux.

— Pour le mariage, tiens. Je dois trouver d'urgence de quoi m'habiller. Et toi, au fait, tu as ce qu'il te faut ?

J'avais dû déployer toute mon éloquence pour convaincre Jan de m'accompagner au mariage car, selon ses propres termes, il était « très critique vis-à-vis de ces conventions bourgeoises » et se sentait incapable d'assister à une cérémonie à laquelle il ne croyait pas. Finalement, j'avais dû abattre mon joker, à savoir Katja, et j'en éprouvais des remords, mais je ne supportais pas l'idée de me présenter seule face à Ben et Franziska.

— Ah, le mariage, répondit Jan d'un air embarrassé en évitant mon regard. Justement, il faut que je t'avoue quelque chose : j'avais complètement oublié que je devais y aller et j'ai accepté de remplacer un collègue au pub ce soir-là.

— Oh, oh, coup de tonnerre dans un ciel radieux, lança René avec un petit sourire en prenant le joint.

Je mis un instant à comprendre ce que Jan venait de me dire.

— Quoi… Tu as accepté de remplacer un collègue au pub cette soirée-là ? Eh bien, tu n'as plus qu'à te désister ! déclarai-je.

— Je ne peux pas faire ça, mon collègue compte sur moi.

— Moi aussi, je comptais sur toi !

Je lançai mon verre dans l'évier, où il se brisa, me précipitai dans ma chambre et claquai la porte. Je sortis des vêtements pêle-mêle de mon armoire et les jetai sur le lit pour y chercher de quoi m'habiller pour le mariage, mais c'était peine perdue, j'étais incapable de me concentrer.

Un instant plus tard, Jan entra dans la chambre.

— N'en fais pas un drame, me dit-il. Détends-toi un peu.

Je jetai à terre la chaussure que j'avais à la main.

— Tu m'as purement et simplement laissée choir, pauvre crétin, et je ne devrais pas en faire un drame ? ripostai-je.

— C'est mon gagne-pain, j'ai des contraintes ! Je serais heureux de vivre de ma plume, mais je ne peux pas – pas encore du moins.

Je tirai de l'armoire la robe beaucoup trop courte et décolletée que j'avais portée à mon premier rendez-vous avec Jan. Ben la trouvait effroyable. Je l'envoyai rejoindre les autres robes sur le lit.

— Ton gagne-pain, laisse-moi rire ! Ça fait des semaines que tu ne travailles plus ! C'est seulement grâce à moi que tu t'en sors ! lançai-je.

— Raison de plus pour que je retourne bosser là-bas !

Il se tut un instant.

— C'est évidemment très ennuyeux que je ne puisse pas voir Katja demain soir, reprit-il d'un air pensif. On pourrait peut-être prendre rendez-vous avec elle pour la semaine prochaine ? Il faut entretenir ses relations avec sa lectrice.

— Bon Dieu, Jan, réveille-toi ! Katja n'est pas ta lectrice, elle n'a pas lu ton manuscrit et elle n'en a pas l'intention ! Tu ne publieras jamais aucun de tes romans, et tu veux que je te dise pourquoi ? Parce que tout ce que tu écris est merdique !

À peine avais-je prononcé ces paroles que je les regrettai.

Jan se détourna et alla se planter devant la fenêtre.

— Je me suis souvent demandé si nous étions vraiment faits l'un pour l'autre. Je croyais au début que tu étais intellectuellement à mon niveau, dit-il en se tournant vers moi. Mais plus je te connais, plus je vois à quel point tu es superficielle. Tu es comme un soufflé : une œuvre d'art exquise à première vue, mais qui se dégonfle très vite parce qu'elle est sans consistance.

Et, pour changer, il tira son carnet de sa poche et griffonna dessus ce qu'il venait de me dire. C'en était trop pour moi. J'en oubliai tous mes remords.

— Tu as déjà utilisé la comparaison avec un soufflé et tu l'as déjà consignée dans ce carnet où tu notes tes lumineuses inspirations, commentai-je. C'est peut-être elles que tu devrais publier. J'ai déjà un titre à te proposer : Les pompeuses pensées de Jan Reichert !

Il me dévisagea un instant en silence.

— Je n'ai vraiment pas envie de rester avec toi ce soir, Lena, répondit-il enfin. Je crois qu'il vaut mieux que je rentre chez moi.

— Je suis bien de ton avis, répondis-je.

Bon sang, mais qu'est-ce que je fais ici ? pensai-je. Jan m'avait abandonnée. Il m'avait froidement lâchée. Comment avais-je pu croire que ça ne m'arriverait jamais avec lui ?

Le lendemain, ce fut Juli qui vint m'ouvrir. La journée à l'institut de beauté lui avait visiblement fait du bien. Ses joues étaient roses et elle rayonnait. Elle me sauta au cou, mais alors que nous nous dirigions vers la cuisine, elle me retint par le bras.

— Il y a juste un petit ennui avec Michel, chuchota-t-elle. Il est resté un peu trop longtemps au solarium hier. L'esthéticienne lui avait conseillé un bain de soleil pour avoir meilleure mine et ce nigaud a réglé le thermostat au maximum.

Je pouffai et voulus me précipiter pour admirer le résultat, mais Juli ne me lâcha pas.

— Sois gentille, fais comme si ça ne se voyait pas trop, me dit-elle. Ça le désole vraiment.

Je lui promis de jouer le jeu et entrai dans la cuisine. Assis à la table, Michel décapitait un œuf à la coque. À mon arrivée, il leva la tête. Je me détournai en vitesse car, malgré tous mes efforts, je fus prise d'un fou de rire à sa vue. Toute sa tête, y compris son début de calvitie, était rouge comme un homard ébouillanté, sauf le contour de ses yeux, qui était d'un blanc neigeux.

— Qu'est-ce qu'il y a, Lena ? demanda-t-il. Tu as envie de rire ? J'ai l'air d'un parfait crétin, c'est ça ?

Il me faisait de la peine, mais c'était si comique que j'avais du mal à garder mon sérieux.

— Bah, ce n'est pas si grave, Michel, répondis-je. On dirait que tu rentres de vacances. Tu as l'air en pleine forme, affirmai-je, la voix mal assurée et les yeux larmoyants.

Juli camoufla un gloussement sous un éternuement et Michel lui lança un regard furibond.

— Si ça t'ennuie tellement, tu peux toujours te poudrer, proposai-je. Ça devrait marcher.

— Va te faire foutre ! lança-t-il. Je n'ai pas besoin que tu te paies ma tête !

— C'était un conseil on ne peut plus sérieux !

— Bon, il est temps que je m'habille. Tu viens m'aider, Lena ? demanda Juli en me faisant signe de la suivre.

Je saisis cette perche avec reconnaissance et m'enfuis avec elle de la cuisine. Dans leur chambre, elle passa la robe de mariée blanche toute simple que nous avions choisie ensemble. Elle laissa ses beaux cheveux roux flotter librement sur ses épaules et se maquilla à peine.

Spontanément, je m'approchai d'elle et la serrai très fort contre moi.

— Tu es splendide, Juli. Je suis certaine que tu es la plus belle mariée du monde, lui dis-je.

— Oh, tu exagères, éluda-t-elle en se dégageant, mais je compris à la rougeur de ses joues que ce compliment lui faisait plaisir.

Elle s'assit sur le lit pour mettre ses souliers, mais s'immobilisa soudain.

— Où est Jan, au fait ? demanda-t-elle.

— Il ne peut pas venir, finalement, répondis-je sans la regarder, et je me tournai vers le miroir pour arranger mes cheveux.

— Ah bon ? s'étonna Juli, et je discernai nettement sa désapprobation dans sa voix. Écoute, Lena, je sais bien que je…

La sonnerie de l'entrée l'interrompit.

— Ça doit être Ben, dit-elle.

Mon cœur s'arrêta une seconde, puis s'emballa. J'eus un instant la nausée, puis envie de me cacher sous le lit pour n'en ressortir qu'après son départ.

— Ah bon, parvins-je à articuler.

— Vous devrez bien vous revoir tôt ou tard, décréta Juli. Tu veux lui ouvrir la porte ?

Surtout pas ! pensai-je. Je ne voulais pas le voir. Je ne souhaitais pas le voir heureux avec sa petite perfection de Franziska. La sonnerie retentit de nouveau.

— C'est bon, j'y vais, répondis-je enfin.

Les mains tremblantes, j'essayai de mettre de l'ordre dans mes cheveux. Juli m'observait.

— Tu t'en sortiras très bien, m'assura-t-elle.

J'inspirai à fond, sortis dans le couloir et appuyai sur le bouton de l'interphone. Il me restait heureusement quelques secondes jusqu'à l'arrivée de Ben à l'étage. J'ouvris la porte et sursautai : Ben se tenait juste devant moi.

J'eus à nouveau envie de détaler, mais j'étais incapable de faire un geste. Je restais pétrifiée, les mains et les pieds glacés et le cœur battant au rythme d'un air de hard-rock. Il y avait six semaines que je ne l'avais pas vu. Je remarquai d'abord qu'il était seul, puis qu'il paraissait changé, sans pouvoir préciser en quoi. Mais ses yeux étaient toujours les mêmes, d'un brun chaud comme celui du chocolat, et ils me regardaient attentivement. Comme il m'avait manqué ! Et comme je lui en voulais encore !

Dis quelque chose, m'exhorta une voix intérieure. *Aujourd'hui, sois tellement cool avec lui que son sang gèlera dans ses veines. Ice Ice Baby !*

— Salut, Ben, réussis-je à articuler.
— Salut, Lena, répondit-il en inclinant la tête.
Un sort miséricordieux nous envoya Michel en sauveur.
— Qu'est-ce que vous faites plantés devant la porte ? demanda-t-il derrière moi. Entre, Ben.
Ben regarda par-dessus mon épaule et blêmit.
— Mais qu'est-ce qui t'est arrivé ? lança-t-il à Michel.
— Un petit coup de soleil, répondis-je à la place de mon frère en lançant un regard d'avertissement à Ben. Hier, au solarium. Mais ça se voit à peine.
— Ah bon ? s'étonna Ben, les sourcils haussés presque jusqu'à la racine des cheveux.
— Sommes-nous obligés d'en discuter dans l'entrée ? lança Michel sur un ton maussade. Viens, Ben.
Il nous précéda vers la cuisine.
— Fais comme si de rien n'était, murmurai-je à Ben en chemin. C'est un peu difficile pour lui.
Mais c'était sans espoir ! Dans la lumière vive de la cuisine, Michel avait l'air encore plus grotesque que dans la pénombre de l'entrée et Ben n'avait jamais brillé par son tact.
— Michel, explique-nous pourquoi tu ressembles à un Anglais qui a passé quinze jours à Majorque, s'enquit-il avec le plus grand sérieux.
— Ben ! m'exclamai-je indignée.
Nos regards se rencontrèrent, mais chacun de nous détourna les yeux.
— C'est cette dinde de l'institut qui m'a persuadé d'aller au solarium « pour avoir meilleure mine », expliqua Michel avant de se laisser tomber sur une chaise. Je ne pouvais pas deviner que j'allais rôtir sur place !
— Tu n'aurais peut-être pas dû passer si vite en mode Costa del Sol, avança Ben.
— Très bien, puisque vous insistez, je vais me maquiller ! déclara Michel, ulcéré, avant de s'éclipser.
Autrefois, Ben et moi nous serions tenu les côtes après une telle sortie, mais nous nous taisions et ce silence était contraint. Heureusement, Juli réapparut un instant plus tard.

— La mariée est prête, mais le marié finit de se maquiller, annonça-t-elle avec un large sourire. C'est le monde à l'envers, non ?

Elle nous adressa un regard rapide, s'approcha de Ben et passa un bras autour de son épaule.

— Où est Franziska ? demanda-t-elle.

— Elle nous attend à la mairie.

Michel resurgit à cet instant. Le visage poudré, il flamboyait un peu moins.

— Et maintenant, pouvons-nous aller nous marier ? lança-t-il. Enfin, si tu veux bien d'un idiot comme moi, dit-il à Juli en la prenant par la taille.

— C'est exactement ce que je veux, répondit-elle, radieuse, en posant un gros baiser sur sa joue.

Chapitre 19

Où tout baigne !

L'Opel Kadett de Ben nous mena en deux temps trois mouvements à la mairie d'Altona où nous attendaient mes parents, Katja, Lars et les enfants. Franziska restait invisible. Mon regard tomba sur la mère de Juli, qui se tenait à l'écart et paraissait un peu perdue. Malgré son refus du mariage en général et de celui de sa fille en particulier, elle était venue, mais se sentait visiblement mal à l'aise. Je lui tins compagnie et mes parents nous rejoignirent un peu plus tard. C'était la première fois qu'ils voyaient la mère de Juli et ils étaient curieux de faire sa connaissance. J'essayais de ne pas regarder Ben. Cependant, ce jour-là, mes yeux refusaient d'obéir. Il bavardait avec Lars et les enfants. Anna dit quelque chose, il éclata de rire et lui ébouriffa les cheveux. Je réprimai un gros soupir.

Ice Ice Baby! me réprimanda la voix de la raison.

— L'heure a sonné, chers amis ! appela Michel. Nous pouvons entrer !

Devant la salle des mariages nous attendait un homme qu'on aurait pu prendre pour le marié, car il portait un complet plus élégant que celui de Michel, avec un gilet et une cravate.

— Où sont passés les mariés ? demanda-t-il à la cantonade. Mlle Schumann et M. Klein ?

Juli et Michel s'avancèrent et il leur serra la main. Puis se figea à la vue de Michel.

— Eh bien, le marié a bonne mine ! dit-il en riant. Bon, je m'appelle Schmitz et c'est moi qui vais vous marier.

Il entra dans la salle, suivi de Juli, de Michel et de toute l'assemblée. Tout le monde s'assit. Le silence se fit et, avec le visage grave et imposant d'un prêtre en chaire, M. Schmitz commença un sermon sur les responsabilités du mariage qui me parut bien long.

— Mais assez parlé. Comme on dit, un simple geste est souvent plus éloquent qu'un long discours, déclara-t-il enfin, et je ne pus que l'approuver. C'est pourquoi je vais maintenant vous chanter « When You Say Nothing at All » de Ronan Keating !

Non ! hurlai-je en moi-même. Ça ne pouvait être qu'une plaisanterie !

Mais M. Schmitz fit surgir une guitare de derrière son bureau et une jeune femme à la pâleur spectrale dont je n'avais pas encore remarqué la présence vint se placer à côté de lui. M. Schmitz prit sa guitare et joua les premiers accords de l'infâme guimauve.

Michel, qui détestait Ronan Keating par-dessus tout, leva les yeux au ciel d'un air horrifié et Juli se mordit les lèvres.

« *It's amazing how you can speak right to my heart* », chantait M. Schmitz, les yeux fermés, comme s'il récitait le chapitre 13 de la Première épître de Saint Paul aux Corinthiens.

Un coup d'œil discret à ma mère m'apprit qu'elle était profondément émue. Elle avait l'air bouleversée et des larmes coulaient sur ses joues. Le visage de mon père, en revanche, était parfaitement inexpressif. Il avait la capacité de s'absenter complètement dans certaines situations. Il devait se jouer l'air de « Jeopardy » pour se distraire. Katja se mouchait, probablement pour camoufler un gloussement, Lars souriait jusqu'aux oreilles sans chercher à le dissimuler, tandis que la mère de Juli paraissait complètement écœurée. Juli et Michel se tenaient par la main et comme leurs têtes étaient proches, je ne voyais pas leurs visages, mais leurs épaules frémissaient et je pouvais raisonnablement supposer qu'ils ne pleuraient pas d'attendrissement comme ma mère.

« *You say it best when you say nothing at aaaall!* » vocalisa M. Schmitz à l'apogée de son chant, qui fut suivi d'un interlude à la flûte à bec joué par la créature spectrale. C'était vraiment le pompon ! J'avais peine à contenir mon fou rire. Je ne pus m'empêcher de jeter un regard en coulisse du côté de Ben, qui grimaçait comme si on lui faisait manger des abats crus. Il surprit mon regard et sourit franchement. Nous nous regardions, hilares, et pendant quelques secondes, je pus croire que rien ne nous séparait plus.

Ice Ice Baby ! me tança la voix de la raison. Souviens-toi que tu n'existes même pas pour lui.

Je détournai les yeux en vitesse et les gardai baissés sur mes mains. M. Schmitz et son assistante mirent fin à leur prestation et ma mère applaudit à tout rompre, imitée avec nettement moins d'enthousiasme par le reste de l'assistance.

— Et maintenant, je vous demanderai de vous lever, déclara M. Schmitz.

Juli et Michel échangèrent le « oui » sacramentel, leurs alliances, et s'embrassèrent longuement sous les applaudissements de l'assistance. Certains invités, dont moi, versèrent quelques larmes. Quand Ben et moi eûmes apposé nos signatures en tant que témoins, tout fut terminé.

— Nous sommes parentes ! Maintenant, nous sommes parentes pour de bon ! m'exclamai-je en serrant Juli dans mes bras.

Elle m'étreignit si fort que je faillis suffoquer.

— Reste à savoir si c'est vraiment un cadeau, bécasse ! répondit-elle avant de me plaquer un gros baiser mouillé sur la joue.

Des collègues de Juli faisaient la haie devant la mairie pour lancer des pétales de roses sur les mariés. Quelqu'un d'autre était attendu : Ben, par Franziska. Elle paraissait comme toujours parfaite dans sa robe noire moulante. Ils se tenaient tout près l'un de l'autre, mais Ben paraissait tendu et Franziska lui parlait sans douceur. Mais, bien entendu, cela ne me regardait pas. Je me changeai les idées en versant du mousseux aux invités.

Après avoir trinqué à la santé des mariés et pris quelques photos, on partit pour le Beach Club. Les tables réservées pour la fête étaient dehors, sur le sable, sobrement décorées de marguerites, d'herbes et de bougies. Tout était magnifique, avec une vue spectaculaire sur l'Elbe et un ciel d'un bleu éblouissant. C'était vraiment une journée de rêve.

J'étais assise à côté de Katja. Cette fois encore, ma sœur eut le don d'aborder précisément les sujets qui me mettaient mal à l'aise. Elle me pressa de questions sur mon nouveau travail chez Maurien & Thews, sur Jan, et enfin sur le tabou absolu à mes yeux : Ben. Pourquoi tout le monde se sentait-il obligé de se mêler de mes relations inexistantes avec lui ?

— Raconte un peu, c'est quoi cette nouvelle colocation ? Et qu'est-ce qui cloche entre toi et Ben ?

— C'est compliqué. Nous ne pouvons tout simplement plus nous entendre.

Katja leva les yeux au ciel, mais quand elle voulut répondre, elle fut interrompue par le DJ du Beach Club qui venait de prendre la parole :

« Nous avons aujourd'hui de jeunes mariés que j'aimerais voir entrer en piste. »

La piste en question était une étendue de sable au milieu du club. Juli et Michel se levèrent, tout le monde les suivit et se rassembla autour du dance floor.

« Bonjour, vous deux, lança le DJ à Juli et Michel. Vous m'avez dit que vous ne vouliez pas d'un mariage classique, mais je pense qu'en tant que jeunes mariés, vous devriez quand même ouvrir le bal. Un petit oiseau m'a révélé votre air préféré, alors en piste ! »

Pour la deuxième fois de la journée, les premiers accords de « When You Say Nothing at All » résonnèrent. Toute l'assistance éclata de rire, sauf ma mère, et chacun put deviner qui était le « petit oiseau ».

Juli et Michel évoluaient lentement au rythme de la mélodie. Ils étaient splendides, surtout Juli dans sa robe blanche, pieds nus et les cheveux au vent. Les yeux levés vers Michel, elle rayonnait pendant que Ronan chantait de toute son âme, et je me dis qu'après tout c'était une belle chanson. La poudre avait complètement disparu du visage de Michel, qui était de nouveau aussi rouge qu'un homard à point, mais je n'avais encore jamais vu un regard aussi tendre que le sien. Juli et lui échangèrent un long baiser et, en cet instant, il fut clair qu'ils étaient faits l'un pour l'autre. En les voyant, je songeai combien l'amour pouvait être simple et merveilleux. Et il devrait toujours en être ainsi, me dis-je. Avec l'homme ou la femme de sa vie, tout devrait être aussi évident.

Mais le DJ m'arracha à mon humeur mélancolique.

« On vient également de me rappeler qu'il est d'usage que les témoins dansent ensemble. Je demanderai donc aux témoins… Pardon ? Ah oui, j'encourage donc Lena et Ben à entrer en piste. »

Mon cœur cessa de battre pendant quelques secondes et je me retrouvai changée en statue de sel. Non ! Pas ça !

— Allez-y ! lança Lars, et quelques personnes applaudirent.

Mais je restais statufiée. Sans en avoir l'air, je parcourus du regard les abords de la piste, à la recherche de Ben, et le trouvai. Il faisait une tête qui me rappelait celle d'Otto dans ses moments les plus sinistres. J'ignore ce qui me poussa à céder à la pression, peut-être simplement l'intuition que cela ne ferait qu'empirer si je résistais. Je m'avançai vers le milieu de la piste, regardai Ben et haussai les épaules avec résignation. Après quelques secondes d'hésitation, il me rejoignit. Les derniers accords de Ronan Keating se turent et, alors que je me sentais soulagée d'échapper à cette eau de rose, cédèrent la place à « Moon River » dans la version d'Andy William. Douce ironie du sort…

— Je suppose que nous n'avons pas le choix, commenta Ben.

Il passa un bras autour de ma taille et prit ma main droite, tandis que je posais la main gauche sur son épaule. Maintenant, nous dansions, ou, plus exactement, nous piétinions sur place, car Ben n'a jamais su danser. Et nous restions aussi loin l'un de l'autre que possible. On aurait facilement pu coincer entre nous le caniche dodu de tante Wilma. Je regardais fixement le deuxième bouton de chemise de Ben comme si j'avais pour mission de l'hypnotiser. Surtout ne pas croiser son regard !

Après un silence, Ben s'éclaircit la gorge.

— Et à part ça, tout va bien ? demanda-t-il avec une politesse étudiée.

— Euh, à part ça, oui, répondis-je.

Quel sens de la repartie je montrais ce soir ! Mais il faut dire que sa question ne m'inspirait guère.

La main de Ben remonta un peu le long de ma taille, et ce contact mit aussitôt mon sang en ébullition.

— Et toi, comment vas-tu ? reprit-il sans se départir de sa politesse.

— Très bien ! m'exclamai-je avec toute la conviction que je pus faire passer dans ma voix. J'ai une petite chambre super sympa dans une colocation super sympa. Et avec Jan, c'est merveilleux… je veux dire, nous sommes… heureux, oui. Et j'ai décroché un stage chez Maurien & Thews. Bref, tout baigne !

Qu'est-ce qui me prenait ? Je n'avais encore jamais dit « tout baigne » de ma vie !

— Hum, fit Ben après quelques secondes de silence.

Il ne croyait apparemment pas un mot de ce que je racontais. Quel culot !

— Qu'est-ce que ça veut dire ? sifflai-je à son bouton de chemise.

— À ma connaissance, rien de plus que « hum », répondit froidement Ben. Je prends simplement acte de ce que tu viens de me dire. L'interprétation que tu fais de ce « hum » ne regarde que toi.

Inspire à fond et ne cède pas à la provocation, m'exhortai-je.

— Très bien, comme tu voudras. Et toi, comment vas-tu ? demandai-je.

— Tout baigne pour moi aussi, merci.

Ne cède pas à la provocation…

— Tu m'en vois ravie, déclarai-je.

Un ange passa. Heureusement, on pouvait compter sur Andy William : « *Dream maker, you heart breaker, wherever you're going, I'm going your way* », chantait-il avec une conviction touchante sur la douce mélodie de « Moon River ».

— Tu as maigri, me dit soudain Ben sur un ton nettement désapprobateur.

— Merci beaucoup.

— Ce n'était pas un compliment.

— Quand on dit à une femme qu'elle a maigri, elle le prend toujours pour un compliment.

— Ah oui ? Ta robe pend sur toi et tu as une mine épouvantable, mais c'est sans doute le bonheur qui te coupe l'appétit ?

Je relevai la tête et regardai Ben pour la première fois depuis que nous dansions. Quand nos regards se rencontrèrent, ma réplique cinglante s'éteignit. Je remarquai alors que nous nous étions rapprochés au cours de la danse. Babsi n'aurait plus eu la moindre chance de s'insérer entre nous. Et la réaction intense de mon corps au contact de Ben me déplaisait franchement. Je m'écartai à nouveau de lui.

— Exactement, répondis-je avec une feinte indifférence. Amour et eau fraîche, c'est tout ce qu'il me faut.

La musique se tut et, Dieu soit loué, cette maudite chanson avec elle. Je m'arrachai aux bras de Ben, lui tournai le dos et m'enfuis à l'autre bout du club, sur un terrain de jeux désert. Je m'assis sur l'une des balançoires et regardai l'Elbe. Cette froideur et cette distance que j'entretenais vis-à-vis de Ben me mettaient à rude épreuve. Je n'avais jamais brillé à ce genre de petit jeu, surtout avec Ben.

J'entendis soudain quelqu'un arriver derrière moi. C'était Juli.

— Salut, toi, me dit-elle avant de s'asseoir sur une balançoire voisine de la mienne, et elle se balança en même temps que moi pendant un instant. Écoute, reprit-elle, avant de partir en voyage de noces demain, j'aimerais en avoir le cœur net. Alors voilà : j'ai toujours pensé que ce n'était pas une bonne idée que Ben et toi… enfin, tu me comprends. Mais votre cinéma, ça commence à bien faire.

— Je ne fais pas de cinéma ! protestai-je. Et Ben non plus !

— Oh que si ! Tu vois, j'aimerais simplement que tout le monde soit aussi heureux que moi aujourd'hui, surtout mes deux meilleurs amis. Et puisque ça crève les yeux que vous êtes malheureux comme les pierres l'un sans l'autre, vous devriez au moins tenter votre chance ensemble, bon sang !

— Pardon ? demandai-je ahurie.

— Tu as changé, Lena. Ben aussi. Je crois que maintenant, vous pourriez vous en sortir ensemble.

Je ne savais plus quoi répondre. J'avais le vertige. Tenter notre chance ? Ensemble ? Ben et moi ?

— Jamais ! C'est bien trop compliqué entre nous ! m'entendis-je répondre.

— Mon Dieu, Lena ! s'exclama Katja qui venait de nous rejoindre et de s'installer sur la balançoire à ma droite. Vous êtes tombés amoureux, et alors ? Arrêtez de vous compliquer l'existence ! Regardez la réalité en face et jouez cartes sur table au lieu de passer votre temps à vous punir de ce que vous ressentez !

— Premièrement, Ben a une femme dans sa vie : Franziska. Deuxièmement, même s'il éprouvait l'ombre d'un sentiment pour moi, ça ne pourrait jamais marcher. Nous passons notre temps à nous engueuler !

— Je suis sûre que vous trouverez vite un bien meilleur exutoire à votre énergie, déclara Juli avec un sourire.

Je réfléchis un instant à ce qu'elle venait de dire.

— Hum... aux jeux sur l'Alster, nous avons joué au hockey sur glace et... quoi ?

Juli et Katja avaient éclaté de rire.

— Au hockey sur glace ! s'étrangla Katja. Tu es vraiment unique !

Je me sentis brusquement rougir.

— Ah bon, tu voulais dire... je n'avais pas compris, bafouillai-je.

Juli et Katja n'en finissaient plus de glousser.

Je sautai de ma balançoire et me plantai devant elles.

— Ça suffit ! lançai-je. Vous ne savez même pas de quoi vous parlez ! Entre Michel et toi, tout a été clair dès la première seconde, et entre Lars et toi, ça n'a pas dû prendre beaucoup plus de temps ! Ben et moi nous connaissons depuis presque trente ans et il ne m'a jamais donné l'impression qu'il pourrait tomber amoureux de moi ! Alors ne venez pas me raconter que ce n'est pas si compliqué !

Je m'interrompis, à bout de souffle.

— Oh et puis zut ! dis-je en me laissant tomber pour m'asseoir sur le sable. J'en ai assez, je ne fais que tourner en rond !

Je perçus un mouvement sur le côté, levai la tête et vis Juli debout devant moi. Elle me tendait la main.

— Viens, Lena, dit-elle. Laissons tout ça de côté pour l'instant et allons fêter mon mariage, d'accord ?

Je saisis sa main pour me relever. Elle avait raison : c'était un grand jour pour Michel et elle, et je voulais le célébrer avec eux ! Nous sommes reparties toutes les trois bras dessus, bras dessous vers le bar. Ma mère nous y rejoignit un instant plus tard. La soirée démarrait enfin. Michel, Dagmar « Naigila », Paul et Anna dansaient pendant que Ben était accaparé par mon père et Lars, qui parlaient probablement encore de foot. Franziska se tenait à l'écart et téléphonait. Elle n'avait visiblement pas le moral et elle s'éclipsa un peu plus tard.

— Des difficultés à son cabinet, entendis-je Ben expliquer à Michel. Une grosse tuile, apparemment.

La fête prit fin vers onze heures du soir. La mère de Juli regagna son hôtel. Katja, Lars et leurs enfants vinrent nous dire au revoir.

— Comment vas-tu rentrer ? s'enquit ma mère alors que je me préparais à partir.

— En train, répondis-je.

— Tu plaisantes ? Rentrer là-bas en train à cette heure ! C'est hors de question !

Mon père fronça les sourcils.

— Nous te ramènerions bien, mais nous prenons un taxi et le trajet d'Altona à Niendorf en passant par Veddel coûterait une fortune ! dit-il.

Juli, qui avait observé la scène en silence, fit la moue.

— N'y a-t-il vraiment personne pour te ramener chez toi ? insista-t-elle.

Je la voyais venir, je savais ce qu'elle mijotait, mais ça ne prendrait pas avec moi !

— Si ! Heinz Kunze, un brave homme entièrement fiable, le conducteur du train que je prendrai à Altona dans quelques minutes. Bon sang, vous vous comportez comme si j'étais encore une gamine, alors que je prends sans arrêt le train de nuit !

Mais ce qui devait arriver arriva.

— Et toi, Ben ? demanda ma mère en le poussant du coude. Si tu ramènes Juli et Michel, tu pourrais déposer Lena chez elle en chemin.

— Non ! m'exclamai-je.

J'attendis une réponse de Ben, qui ne vint pas. Il restait planté là, l'air maussade. C'était tout lui : il était bien trop lâche pour contredire ma mère.

— Tu ramèneras Lena chez elle, promis ? insista ma mère en lui tapotant le bras. Je sais qu'on peut compter sur toi.

Voilà qu'elle s'y mettait à son tour ! Je commençais à avoir l'impression que tout le monde s'était donné le mot.

— Bien sûr, articula Ben, les dents serrées.

Les sourires des autres ne m'échappèrent pas.

— Très bien. Comme ça, nous pourrons rentrer tranquilles, déclara joyeusement ma mère.

Après avoir dit au revoir à mes parents, nous sommes montés dans la voiture de Ben. Juli et Michel planaient sur leur petit nuage. Quand ils n'étaient pas en train de chanter ou de glousser, ils s'embrassaient comme des fous. Nous les avons raccompagnés jusqu'à leur porte et je les ai vus disparaître, main dans la main, dans l'entrée de l'immeuble.

— Écoute, dis-je aussitôt à Ben, car mon instinct de fuite se réveillait, tu n'as pas besoin de me ramener chez moi, c'est complètement idiot. Je vais prendre le train. Bonne nuit, Ben.

Il poussa un gémissement d'exaspération.

— J'ai dit que je te ramènerais chez toi, je te ramènerai donc chez toi. Arrête de discuter et monte, ordonna-t-il.

— Mais je…

— J'ai dit, monte! répéta-t-il en désignant la place du mort.

Je faillis m'étrangler d'indignation.

— Je n'aime pas du tout le ton sur lequel tu me parles! lançai-je.

— Il ne manque plus qu'un «jeune homme!» pour être tout à fait dans la note, grommela-t-il en montant en voiture.

Les lèvres pincées, je m'installai à côté de lui.

— C'est toi qui as oublié un «s'il te plaît», ripostai-je.

— Il ne manque plus qu'un «jeune homme!» pour être tout à fait dans la note, «s'il te plaît», persifla-t-il avant de démarrer.

Excédée, je reposai ma tête contre le dossier. Il se conduisait comme au jardin d'enfants! Comment Juli et Katja pouvaient-elles penser que nous avions la moindre chance ensemble, lui et moi? À ce négligeable détail près que j'étais amoureuse de lui, nous n'avions vraiment rien en commun.

La douce brise nocturne caressait mon visage par la vitre ouverte. Je voyais la ville illuminée défiler devant moi. Une certaine activité régnait encore dans le port malgré l'heure: des grues chargeaient un container. À part la musique jouant doucement à la radio, le silence dans la voiture était total. Nous étions seuls pour la première fois depuis six semaines. J'eus soudain une conscience aiguë de la proximité de Ben et me rappelai ce qui était arrivé la dernière fois que nous nous étions retrouvés seul à seul. Je le regardai de côté. Les lumières de la ville jouaient sur son visage. Les muscles de sa mâchoire étaient crispés et il serrait le volant plus fermement que nécessaire.

Heureusement, le trajet touchait à sa fin, mais à chaque mètre nous rapprochant de l'immeuble, mon malaise grandissait. Je ne voulais pour rien au monde qu'il découvre où j'habitais. À la vue de l'arrêt de train dans le lointain, j'eus une idée:

— Tu peux me déposer à l'arrêt, dis-je. C'est à deux pas de chez moi. Je peux faire le reste à pied.

— Lena, je suis censé te ramener chez toi, alors un peu plus, un peu moins ! Ta mère me tuerait si elle apprenait que je t'ai laissé là.

— Je t'ai toujours dit que je prendrais le train. Et ma rue est barrée à la circulation à cause d'un… d'un chantier, improvisai-je.

Ben abattit les mains sur le volant.

— Bon sang, Lena, tu me rends chèvre ! J'aimerais vraiment…

Il s'interrompit.

— Quoi ? demandai-je.

Il hésita quelques secondes avant de répondre.

— J'aimerais trouver chez toi le bouton pour couper le volume.

Quelle belle phrase de crétin machiste !

— Tu me laisses descendre, oui ou non ? lançai-je.

Il poussa un soupir.

— D'accord, mais dans ce cas, je te raccompagne à pied, répondit-il.

Bon Dieu, comment pouvait-il se montrer aussi protecteur ? Je n'allais jamais m'en sortir !

— Oh, je viens de me rappeler que ma rue n'est plus barrée depuis aujourd'hui, dis-je.

— Quelle heureuse coïncidence…

Je guidai Ben jusqu'à l'immeuble. À peine se fut-il garé que je détachai ma ceinture et descendis. J'allais me pencher par la portière pour lui dire au revoir quand je vis qu'il était descendu de son côté. Il observait les environs avec un intérêt visible. Un train de marchandises passait en cahotant sur la voie ferrée à moins de cinq mètres de nous. Dans la lumière des lampadaires, l'alignement des bâtisses paraissait encore plus lugubre que de jour. Devant Boing ! se tenait Manni, son propriétaire, une bouteille d'Astra à la main. Il était généralement le meilleur client de son établissement. Il me salua de la main.

— 'jour, Lena ! cria-t-il.

Je lui rendis son salut en silence.

Ben contourna la voiture et suivit mon regard fixé sur l'immeuble.

— C'est donc là que tu vis, dit-il.

Je ne pouvais rien lire sur son visage, mais je décelais l'écœurement dans sa voix.

— Super sympa, comme quartier.

Quel crétin arrogant ! J'étais maintenant furieuse contre moi-même parce que j'avais honte.

— Tout le monde n'a pas la chance de vivre à Ottensen ! L'intérieur de l'immeuble est très bien, contrai-je pour me justifier.

— Mais oui, je suis sûr que tout baigne.

J'aurais bien répliqué vertement, mais je n'en avais plus l'énergie.

— Bon, merci de m'avoir ramenée et bonne nuit, lançai-je.

Ben fit un pas en avant et je pus alors discerner ses traits. Il avait des cernes noirs et il était d'une pâleur presque spectrale.

— Bonne nuit, répondit-il.

Je dus réprimer de toutes mes forces un désir soudain et absurde de tendre la main pour toucher son visage et effacer ses cernes. Sans ajouter un mot, je tournai les talons et m'éloignai.

Quand j'entrai dans l'appartement, la lumière était allumée et j'entendis des voix dans la cuisine. Je me précipitai dans la salle de bains, verrouillai la porte et m'assis sur le bord de la baignoire, le visage enfoui dans mes mains. Les émotions les plus contradictoires se déchaînaient en moi. J'aurais aimé pleurer pour trouver un peu d'apaisement au milieu de ce chaos, mais les larmes ne venaient pas. Je claquais des dents et j'étais transie de froid, comme ça m'arrivait souvent depuis quelque temps. Je m'approchai du lavabo, fis couler de l'eau froide sur mes avant-bras et m'aspergeai le visage.

J'entendis frapper à la porte.

— Lena ? demanda la voix de René. C'est toi qui es là ?

Je refermai le robinet.

— Oui ! criai-je.
Ne pouvaient-ils pas me laisser tranquille ?
— Y a un type qui te demande, reprit-il.
Je tressaillis. Ben ! Ça ne pouvait être que lui ! Pourquoi ne l'avais-je pas entendu sonner à la porte ? Je m'essuyai le visage à la hâte et me rendis à la cuisine. Il était là et il tenait à la main mon sac, que j'avais visiblement oublié dans la voiture. Le visage figé, il observait la scène qui s'offrait à lui.
La cuisine était plus répugnante que jamais, alors que je l'avais nettoyée la veille. L'air était saturé de fumée et empestait. La radio diffusait de la techno agressive. René et deux autres types que je n'avais encore jamais vus étaient assis devant la table recouverte de bouteilles d'alcool. L'un des gars se pencha en avant et inspira de la poudre blanche par une paille dans la narine.
— Eh, la petite ménagère ! lança René à ma vue. On n'a plus de coco ! Va nous en acheter au kiosque !
Les deux autres types hurlèrent de rire.
— Tiens, ce bourge veut te voir, enchaîna-t-il en désignant Ben. Mais je ne pouvais plus détacher les yeux de la table sur laquelle l'un des copains de René formait une ligne de poudre avec une carte bancaire. Il surprit mon regard.
— Ça te dit ? me demanda-t-il.
Ses pupilles étaient incroyablement dilatées. Il me tendit la paille.
— Elle est extra. Si tu me tailles une pipe, elle est à toi, acheva-t-il avec un sourire salace, les yeux sur ma poitrine.
Je voulais répliquer, peut-être même lui envoyer mon poing dans sa sale gueule, mais Ben me tomba dessus. Lâchant mon sac, il me saisit par le bras et m'entraîna dans le couloir.
— Où est ta chambre ? lança-t-il.
— À gauche. Lâche-moi !
Mais il ne lâcha pas prise. Il me poussa sans douceur dans ma chambre, claqua la porte et me fit pivoter face à lui.
— Tu préfères habiter dans ce trou à crack plutôt que chez moi ? demanda-t-il, et ses doigts s'enfoncèrent dans mes bras à m'en faire mal.

— Laisse-moi ! répétai-je.

Il ne fit que resserrer sa prise et me secoua.

— Tu as déjà pris de ça ? interrogea-t-il.

— Mais non, bien sûr !

— Je te préviens, si jamais tu en prends ou que tu y penses seulement, ça bardera !

Ça ne pouvait pas être pire. Mes bras étaient comme pris dans un étau. Je parvins pourtant à me dégager et le repoussai violemment.

Aujourd'hui encore, je ne peux m'expliquer ce qui suivit que comme un bref accès de folie. Je franchis les deux pas qui nous séparaient, attirai sa tête à moi et l'embrassai brutalement sur la bouche. Il resta un instant inerte, puis me rendit mon baiser avec passion. Il enfouit une main dans mes cheveux, empoigna mes fesses de l'autre et me pressa contre lui. Nous nous embrassions avec ardeur, avec fureur même. Et c'était ce que je voulais, laisser libre cours à cette passion. Je le voulais pour moi, ne serait-ce qu'un instant. Ben était aussi avide et exigeant que moi, mais quand je voulus l'entraîner vers mon lit, il se dégagea et me tint à bout de bras devant lui, la respiration saccadée.

— Bon sang, Lena ! Qu'est-ce que ça veut dire ? lança-t-il.

Je revins à moi, compris ce que je venais de faire et fermai les yeux.

— Je ne sais pas, murmurai-je. Excuse-moi.

Un léger bruit me fit rouvrir les yeux. Adossé à la porte de la chambre, Ben passait les mains dans ses cheveux et sur son visage.

— Qu'attends-tu de moi exactement ? demanda-t-il à mi-voix.

« Que tu me laisses en paix. Que tu ne me laisses pas en paix. Que tu partes. Que tu restes. Que tu m'aimes », répondis-je en moi-même, mais j'étais incapable de prononcer un seul de ces mots.

— Rien, répondis-je.

Ben se tut pendant quelques secondes.

— Tu dérailles complètement, dit-il. Je ne comprends rien à ce qui se passe en toi. Ça fait plusieurs mois que tu te conduis comme si tu ne voulais plus jamais me quitter, pour détaler dans l'instant qui suit. Tu plies bagage sans un mot, sans même laisser de message, et tu as le culot de m'en vouloir ! Explique-moi un peu !

— Tu parles sérieusement ? demandai-je avec stupeur. Je suis partie parce que tu m'as jetée dehors !

— Je t'ai quoi ?

— Mise dehors ! Au lendemain des noces d'argent de ton père, à la librairie ! Tu m'as balancé que tu étais bien mieux sans moi et qu'il valait mieux que je reste inexistante à tes yeux !

Ben se prit le front à deux mains.

— Mais je ne me souviens même pas d'avoir dit ça ! s'écria-t-il. J'étais furieux et je me suis laissé emporter ! Ne me dis pas que tu as pris ces conneries au sérieux !

— Si, c'est ce que j'ai fait ! Tu devrais peut-être faire imprimer un dictionnaire avec deux colonnes : « Ce que Ben a dit » et « Ce que Ben a vraiment voulu dire : sans signification. »

— C'est une excellente idée, mais avec toi, ça ne servirait à rien, parce que quand je dis quelque chose, tu entends seulement ce que tu veux !

Il s'approcha de moi et se planta devant moi.

— Tiens, puisque nous y sommes, moi aussi j'aimerais bien avoir un dictionnaire. Dans la colonne de gauche figurerait : « Lena dit : je ne veux pas de toi » et, dans celle de droite : « Ce que Lena veut dire : traduction SVP. »

J'en restai ahurie. Je pouvais tout lui révéler à l'instant. Trois petits mots. Je n'avais qu'à les prononcer...

— Je ne veux pas de toi, déclarai-je d'une voix mal assurée.

Son visage s'assombrit.

— Très bien, dit-il après s'être éclairci la gorge. Je veux dire, moi non plus, je ne veux pas de toi, et c'est très bien ainsi. Sinon, ce serait vraiment pénible pour toi et moi. Bon, je me sauve. N'oublie pas de verrouiller la porte de ta chambre au cas où ces crétins auraient des idées.

Il se dirigea vers la porte, puis se retourna.

— Quant à moi, je me suis conduit de manière inadmissible, reprit-il. Tu pourras m'en coller une à la prochaine occasion, je le mérite.

J'acquiesçai, incapable d'articuler un mot. J'avais l'impression d'avoir la gorge remplie d'éclats de verre.

Il sortit, me plantant là. Je verrouillai la porte, me laissai tomber sur mon lit et m'enfouis sous la couette. Il avait clairement dit qu'il ne voulait pas de moi. J'avais donc pris la bonne décision. Mais mon cœur n'était pas du même avis : jamais il n'avait été aussi lourd.

Chapitre 20

Où tout prend fin.

Je me réveillai tôt le samedi matin. J'avais dormi toute habillée, sans même enlever mes chaussures. Le soleil levant plongeait ma chambre dans une lumière rouge irréelle. J'avais mal au crâne et mon cœur pesait comme du plomb. Des images de la veille resurgissaient dans ma mémoire au milieu d'un tourbillon de phrases et d'émotions.

J'essayai de me calmer et de me rendormir, mais finis par abandonner. Je me sentais glacée. Je me levai avec un soupir, sortis de ma chambre et allai prendre une douche brûlante qui me réchauffa, du moins pendant un moment. Je m'habillai en me demandant si je devais prendre mon petit-déjeuner, mais je n'avais pas faim et ne supportais plus cet appartement. Bien qu'il ne fût que sept heures et demie, je ramassai mon sac et sortis. Comme j'avais envie d'être au bord de l'eau, je me dirigeai vers le port. Les premiers rayons du soleil manquaient de chaleur, mais l'air frais me faisait du bien. Je respirai à fond en savourant le vent qui soulevait doucement mes cheveux. Mes pensées devinrent peu à peu plus claires. Je longeai le quai, d'abord vite, puis de plus en plus lentement. Au bout d'un instant, je m'arrêtai, m'accoudai à la balustrade et regardai l'autre côté du bassin. J'étais en face du musée de l'Émigration.

Je songeai au courage qu'il avait fallu – qu'il fallait encore – à ces gens pour abandonner ce qui leur était familier, ce qu'ils aimaient, et partir sans retour vers un avenir incertain, un pays inconnu où tenter leur chance. Pour tout remettre en jeu, tout miser sur cet espoir. J'éprouvais la même impression en cet instant. Mon nouveau travail chez Maurien & Thews commencerait lundi et j'avais l'impression d'embarquer moi aussi pour un monde nouveau, rempli de possibilités et d'épreuves. Mon cœur battit plus vite à cette idée et je me sentis un peu nauséeuse. Je m'assis sur un banc et contemplai la rive opposée. C'était là qu'ils avaient embarqué. Je les voyais rassemblés devant moi. Tout ce qu'il possédait était entassé dans des valises. Je les imaginais serrant dans leurs bras leurs parents et leurs amis, prononçant des paroles sans doute trop creuses et insignifiantes pour exprimer ce qu'ils ressentaient, avant de partir sans retour.

Je ramenai mes genoux contre moi et nouai mes bras autour d'eux. Je me demandai soudain si j'avais pris la bonne décision, si le jeu en valait vraiment la chandelle, si le prix à payer n'était pas trop élevé pour moi. Les émigrés n'avaient probablement pas le choix ; moi, si. Peut-être qu'en restant à la librairie et à Ottensen, je gâcherais une chance inespérée de faire mes preuves. Et pourtant... peut-être manquerais-je de courage en restant là-bas, mais au moins j'y serais heureuse.

Il existe dans la vie des moments rares où la réponse à une question, la solution à un problème paraissent soudain si évidentes qu'on se demande pourquoi on ne les a pas trouvées depuis longtemps. Un peu comme les nœuds d'une chaînette qui paraissent impossibles à défaire. Quand on y parvient enfin, on se rend compte que c'était loin d'être aussi difficile qu'on l'avait cru.

Et c'était exactement ce que je ressentais, assise sur ce banc, les yeux fixés sur le musée.

J'avais compris que l'essentiel, c'était l'impression d'avoir pris la bonne décision, d'avoir agi à bon escient, indépendamment de l'opinion d'autrui ou de ce qui était objectivement raisonnable ou juste. Or presque tout dans ma vie actuelle me faisait l'effet d'une erreur.

Jan était une erreur. Dès le départ, il n'avait été qu'une bouée de sauvetage et un moyen de prouver à Ben que je pouvais me passer de lui. Pourquoi avais-je décrété que je devais tomber amoureuse de Jan ? Au fond de moi, j'avais toujours su que c'était absurde.

Et mon stage chez Maurien & Thews était également une erreur, une tentative désespérée de prouver au monde entier que j'étais à la hauteur, que je pouvais faire carrière. En réalité, ce boulot ne signifiait rien pour moi. Pour être honnête, tout ce qui m'intéressait, c'était Otto et sa librairie. Otto était mon ami et j'aimais travailler avec lui. Bien sûr, je ne gagnais pas grand-chose, mais je m'étais attachée à cet endroit. Ce travail était le premier et le seul qui me plaisait. Et j'avais vraiment fait du bon boulot là-bas ! Pourquoi partir ?

Et il y avait Ben… non, de ce côté-là, j'avais pris la bonne décision, même si j'avais l'impression de commettre une erreur. Je me souvins de Juli et de Michel dansant le jour de leur mariage. Avec l'homme de sa vie, ça devrait être toujours aussi simple, avais-je pensé. C'était ce que je voulais. Or rien n'avait jamais été facile ni ne le serait jamais avec Ben.

Il était temps de renoncer à Jan et à lui. Je préférais rester seule plutôt que de persévérer dans une relation sans issue. Et j'étais certaine qu'un jour, je sentirais que j'avais pris la bonne décision et que je rencontrerais celui avec lequel tout serait simple.

Je me levai du banc et repartis vers l'arrêt de train. Il fallait en finir, et sans traîner ! Un instant plus tard, j'étais dans ma chambre, devant Jan qui venait de se réveiller. Ses cheveux étaient encore ébouriffés et ses yeux ensommeillés. Comme il était jeune et innocent ! Et dire que j'allais lui briser le cœur !

Nous sommes allés nous asseoir à la minuscule table de la cuisine. J'inspirai profondément. Il fallait agir vite, comme avec un sparadrap qu'on arrache.

— Écoute, ça ne marche pas entre nous et nous le savons tous les deux. Nous ne sommes pas faits l'un pour l'autre, lui dis-je.

Les yeux bleus de Jan me regardèrent avec incrédulité. Il se leva, mais la cuisine était trop exiguë pour lui permettre de l'arpenter avec la majesté d'un fauve. Il fut donc obligé de rester planté devant l'évier.

— Attends un peu, Lena, répondit-il. Ai-je bien compris, tu me quittes ?

— Oui. Je ne t'aime pas, Jan. J'ai mal agi avec toi et j'en suis vraiment désolée.

Il secoua la tête, les sourcils froncés.

— Est-ce à cause de ma vocation littéraire ? demanda-t-il. Est-ce trop impressionnant pour toi ? C'est une part essentielle de moi-même. Elle me consume, me dévore, c'est ma passion et mon tourment. C'est comme un démon qui me possède, le démon des allitérations, des anaphores et des métaphores. Ça doit être plutôt angoissant pour toi.

Il tâtonna à la recherche de son carnet, mais sans le trouver, car il était encore en pyjama. Désemparé, il me regarda, puis se tourna vers la porte de la cuisine.

— Si tu veux aller chercher ton carnet, vas-y, lui dis-je obligeamment.

Il détala si vite qu'on aurait presque pu voir les nuages de vapeur soulevés par ses pieds, revint un instant plus tard et nota fébrilement sa nouvelle et profonde inspiration avant de s'adresser à moi :

— J'ai besoin d'écrire, sinon ça me mine. Essaie de le comprendre, je t'en prie.

— Je le comprends, Jan, je t'assure. Mais ce n'est pas à cause de ta vocation que je te quitte.

Il se laissa tomber sur une chaise.

— Oh merde !

Il éclata d'un rire bref, puis secoua la tête.

— Donc, tu me quittes. Quelle vacherie !

Un ange passa.

— Bon, je m'en vais, annonçai-je.

Je me demandais comment je devais lui faire mes adieux, en le serrant dans mes bras ? En l'embrassant sur la joue ? Je me contentai de lui tapoter maladroitement l'épaule.

— Bonne chance, Jan, lui dis-je.

C'était terminé. J'eus aussitôt la sensation d'être déchargée d'un poids écrasant.

Et maintenant, je devais voir Otto.

Assise dans le train, j'avais envie de le pousser pour arriver plus vite, tant j'avais hâte d'annoncer ma décision à Otto. Pour faire un meilleur usage de mon temps, je sortis mon téléphone et composai le numéro de M. Maurien. Je ne pensais pas vraiment pouvoir le joindre à son bureau un samedi, mais avec ces gens mariés avec leur boulot, on ne sait jamais. Et j'eus effectivement de la chance, il répondit après deux sonneries. Je lui expliquai en bégayant, entre deux « hum ! », que je ne pourrais finalement pas faire le stage qu'il me proposait. Ce fut un moment franchement désagréable. M. Maurien n'était pas enchanté de cette nouvelle car, après tout, il avait vraiment soutenu ma candidature, comme il me le rappela. Je lui fis mille excuses, mais il finit par raccrocher, ulcéré. Je me dis alors que je ne pouvais pas contenter tout le monde. Mais bon sang, pourquoi ce foutu train n'allait-il pas plus vite ?

Quand je me retrouvai enfin devant la porte de la librairie, je constatai qu'elle était fermée. Un coup d'œil à ma montre me confirma qu'elle aurait dû être ouverte depuis longtemps. Je pris le double des clés que j'avais conservé, ouvris et entrai. Le magasin était silencieux et désert. Il n'y avait personne non plus dans l'arrière-boutique. Je retournai l'écriteau de la porte du côté « Ouvert », installai en devanture la table recouverte de romans à deux sous, puis essayai de joindre Otto. Comme il considérait les téléphones portables comme des « gadgets stupides », il n'en avait pas. Je l'appelai donc chez lui et laissai le téléphone sonner vingt fois, mais il ne répondit pas.

Je commençais à être inquiète, car il paraissait vraiment malade ces derniers temps. Je me souvins de ses quintes de toux et de sa maigreur. Et s'il lui était arrivé quelque chose ? Et s'il avait perdu conscience et gisait dans son appartement ?

Mon inquiétude se mua en affolement à cette idée et je fus soudain certaine que quelque chose n'allait pas.

Otto habitait à deux rues de la librairie. Je partis en courant et arrivai chez lui en un éclair. Je sonnai interminablement à la porte de l'immeuble, sans résultat. Quand une vieille dame tenant un teckel en laisse y entra, je passai devant elle et montai quatre à quatre au deuxième, où se trouvait le logement d'Otto. Je sonnai de nouveau, martelai la porte du poing en l'appelant, puis tendis l'oreille : rien. Silence de mort. Je secouai en vain la poignée, au bord des larmes.

— C'est M. Jansen que vous voulez voir ? demanda une voix.

Je me retournai et vis la vieille dame au teckel qui me dévisageait avec curiosité.

— Oui, répondis-je. Savez-vous où il est ?

Son regard devint triomphant. Elle savait.

— Une ambulance l'a emmené ce matin, annonça-t-elle.

Il me fallut plusieurs secondes pour saisir le sens de ses paroles.

— Que s'est-il passé ? demandai-je d'une voix étranglée.

— Il s'est effondré dans l'escalier. Et il a eu de la chance que j'aie jeté un coup d'œil dans la cage d'escalier par l'œilleton de ma porte précisément à cet instant. J'ai aussitôt appelé une ambulance. Ça a été un drôle de tohu-bohu, vous pouvez me croire. Il y avait un médecin des urgences et trois aides-soignants.

— Savez-vous à quel hôpital on l'a conduit ? demandai-je.

— Et il s'est plaint quand on a voulu l'emmener ! Quelle ingratitude ! Le médecin a dit que je lui avais probablement sauvé la vie, déclara-t-elle fièrement. Il n'était pourtant guère aimable. Souvent, il ne disait même pas bonjour.

Ça me démangeait de prendre cette vieille carne par les épaules et de la secouer, mais je parvins à me contenir.

— À quel hôpital l'a-t-on transporté ? demandai-je lentement et en détachant les mots.

Elle haussa les épaules.

— À l'UKE[1], si j'ai bien compris, répondit-elle. Là-bas, ils sont à la hauteur. Je connais quelqu'un qu'ils ont opéré de la vésicule biliaire, ils lui ont retiré des pierres grosses comme ça, précisa-t-elle en indiquant du pouce et de l'index la circonférence d'une balle de tennis.

Je n'avais ni le temps ni l'envie d'écouter ses histoires. Après un bref « Au revoir », je tournai les talons et dévalai l'escalier.

— Je lui ai sauvé la vie ! lança la vieille dame dans mon dos. Quelle ingratitude !

Je me précipitai vers l'arrêt et réussis à attraper un bus de justesse. Le trajet me parut interminable, alors qu'il ne durait pas plus d'un quart d'heure. J'imaginais toutes les catastrophes qui avaient pu se produire. Le pire était l'idée que je risquais d'arriver trop tard. Je t'en supplie, je t'en supplie, ne meurs pas, l'implorais-je en moi-même.

À l'entrée de la clinique, je suivis les panneaux indiquant les urgences et entrai dans le bâtiment gigantesque.

Je m'étais toujours imaginé les urgences comme une ruche bourdonnante d'activité, avec des ambulanciers transportant des patients estropiés sur des civières, des médecins qui couraient en pressant un défibrillateur sur le cœur d'un homme et en criant : « Tiens bon, mon gars ! » et des familles en pleurs dans tous les coins. En réalité, il régnait là-bas un silence presque surnaturel. Le couloir était cependant moins froid et aseptisé que je l'avais craint. On s'était efforcé de le rendre plus accueillant avec de la peinture de couleur vive et des tableaux aux murs. Cinq personnes seulement étaient assises dans la salle d'attente et aucune d'elles ne perdait son sang, ne s'étreignait le cœur ni n'avait apporté de membres tranchés et conservés dans de la glace. Mais l'odeur typique d'hôpital me rappelait à chaque instant où j'étais et je me sentis encore plus nauséeuse. Je vis soudain une infirmière sortir d'une salle. Sa

1. La clinique universitaire Hambourg-Eppendorf.

jeunesse m'effraya et je me demandai si c'était bon signe pour Otto d'avoir été confié aux soins d'une enfant.

— Excusez-moi, lui dis-je, mais j'ai appris qu'un certain Otto Jansen a été admis ici ce matin. Pourrais-je le voir ?

L'infirmière pianota sur le clavier d'un ordinateur trônant sur un comptoir.

— Vous ne pourrez hélas pas lui rendre visite maintenant, car il est en soins, m'informa-t-elle.

— Que lui est-il arrivé ?

— Nous ne le savons pas encore. Comme je viens de vous le dire, il est en soins. Vous ne pourrez le voir que plus tard. Vous pouvez attendre ici si vous voulez, dit l'infirmière en me montrant la salle d'attente avant de s'éclipser.

Je me laissai tomber sur l'une des chaises de la salle. Mes doigts se crispaient sur mon sac à main comme si c'était le seul élément auquel je pouvais me raccrocher. Le calme et l'ordre de cette salle me paraissaient complètement irréels comparés au chaos régnant en moi.

La salle d'attente se remplit peu à peu, mais aucun patient n'était appelé. Les aiguilles de l'horloge en face de moi semblaient tourner au ralenti. Les secondes se muaient laborieusement en minutes comme si le temps était aussi résistant que du chewing-gum. L'homme assis à côté de moi avait un bras enveloppé dans un torchon de cuisine taché de sang.

— Un petit accident avec la tronçonneuse, m'expliqua-t-il après avoir surpris mon regard. Ça fait un mal de chien, je vous le garantis.

— Voulez-vous du paracétamol ? demandai-je machinalement.

— Non, pas la peine, répondit-il.

Il regarda autour de lui, les lèvres pincées.

— C'est une honte de devoir patienter aussi longtemps ! pesta-t-il. Mais apparemment, on ne vous soigne que quand votre bras est tombé. Et pendant tout ce temps, ces demi-dieux en blanc restent assis dans leurs salles de consultation, à boire des litres de café et à pincer les fesses des infirmières…

une belle bande de fumiers ! lança-t-il au milieu des murmures approbateurs des autres patients.

J'avais assez longtemps vécu sous le même toit qu'un médecin urgentiste pour savoir qu'il n'en était rien, mais je la fermai, car je n'avais pas le courage de m'empoigner avec ces abrutis.

Deux heures plus tard, j'attendais encore. Pourquoi cela durait-il si longtemps ? Je devenais de plus en plus nerveuse et j'avais l'impression que l'infirmière m'avait tout simplement oubliée. Quand un médecin passa dans le couloir, je me jetai littéralement sur lui.

— Excusez-moi, pourriez-vous me dire où en est Otto Jansen ?

— Non, hélas, répondit-il en secouant la tête. Mais peut-être une infirmière saura-t-elle vous renseigner.

Sur ces mots, il disparut, me laissant dans cet atroce couloir. Je me rassis sur l'une des chaises et fermai les yeux. J'avais mal au crâne, mon cœur battait violemment et je commençais à avoir le vertige.

— Lena ? interrogea une voix qui m'était familière.

Quand je rouvris les yeux, Ben se tenait devant moi en tenue opératoire, une planchette à bornes à la main. Jamais je n'avais été si heureuse de le voir. Je me levai d'un bond.

— Ben ! Qu'est-ce que tu fais là ?

— C'est plutôt moi qui devrais te poser cette question. Que s'est-il passé ? demanda-t-il en me regardant d'un air soucieux.

— Otto est là, expliquai-je. J'ai voulu passer le voir ce matin, mais il n'était pas à la librairie. Quand je suis allée chez lui, une affreuse vieille m'a dit qu'on l'avait emmené ce matin en ambulance. Alors je suis venue ici, ça fait des heures que j'attends, mais personne ne sait ce qu'il a ! Et le type qui saigne là-bas affirme que les médecins passent leur temps à boire des litres de café et à pincer les fesses des infirmières, alors qu'Otto est peut-être mort depuis longtemps, mais personne ne me dit rien !

Ben me prit par les épaules et me fit rasseoir.

— Assieds-toi, Lena, dit-il. Respire à fond. Inspirer, expirer…

Il s'installa à côté de moi.

Je respirai à fond, puis voulus reprendre la parole, mais il posa la main sur mon genou.

— Continue, ordonna-t-il. Respire lentement.

Je m'exécutai à contrecœur, mais je me calmai effectivement un peu. Ben pressa doucement mon genou.

— Maintenant, je vais voir où en est Otto et je reviens le plus vite possible, d'accord ? reprit-il.

Je dus résister à l'envie de me cramponner à sa blouse de médecin.

— Promets-le-moi ! exigeai-je.

— C'est promis. Attends-moi ici et essaie de rester calme.

Ben était là, je n'étais plus seule et je savais que j'aurais des nouvelles d'Otto d'un instant à l'autre. Cinq minutes passèrent, puis dix, puis quinze, et Ben ne revenait pas. Je sentis la fureur m'envahir. Est-ce que tout le monde ici se payait ma tête ? J'allais m'allier aux autres patients pour déclencher une émeute dont l'homme à la tronçonneuse prendrait la tête quand je vis Ben approcher dans le couloir. Je courus à sa rencontre.

— Alors ? demandai-je, le cœur battant si fort que j'avais peur qu'il explose. Tu l'as vu ?

— Oui. Il a eu une attaque, mais on a réussi à le stabiliser.

— Tu veux dire qu'il est rétabli et qu'il pourra rentrer chez lui ?

— Non, il ne le pourra pas. Suis-moi.

Ben me précéda dans l'une des salles de consultation dont il referma la porte. La pièce était carrelée et remplie de toutes sortes d'instruments effrayants. Il y avait aussi un lit pliant. Tout était froid et aseptisé.

— Il vaudrait peut-être mieux que tu t'assoies, dit Ben en me montrant le lit.

— Non ! Dis-moi enfin ce qu'il y a !

Ben inspira profondément.

— Otto a un cancer, un cancer des poumons, depuis des années, répondit-il. Après une série de chimiothérapies, il a décidé de ne plus se soigner. C'était juste avant que tu fasses sa connaissance. Son cancer s'est étendu et maintenant, son corps est si affaibli que tout traitement est devenu impossible. Il est en oncologie.

Cancer, chimiothérapie, oncologie... Tous ces mots dansaient une ronde effrayante dans ma tête. Tout traitement est devenu impossible...

Des bandages sous plastique étaient posés sur le rebord de la fenêtre. J'essayai de lire les inscriptions sur les emballages, mais ma vision devenait floue.

— Il va mourir ? demandai-je d'une voix à peine audible.

Ma gorge était si serrée que j'avais peur d'étouffer.

Ben s'approcha de moi, tendit la main et toucha doucement mon bras.

— C'est possible. Il va très mal, répondit-il.

Une idée s'imposa soudain à moi.

— Tu le savais, non ? dis-je. Depuis quand ?

Ben laissa retomber sa main.

— Il me l'a avoué il y a quelques mois, répondit-il. Je lui ai conseillé de voir un spécialiste, mais il n'a rien voulu entendre.

Je m'écartai du lit pour mettre autant de distance que possible entre lui et moi.

— Et pendant tout ce temps, tu ne m'as rien dit, alors que je le voyais dépérir ?

— J'ai dû lui jurer de ne rien te révéler. J'ai pourtant failli le faire plusieurs fois, mais ce n'était jamais le bon moment.

— Parce que c'est maintenant, peut-être ? lançai-je d'une voix perçante. Alors qu'il est trop tard ? Si je l'avais su, j'aurais peut-être pu faire quelque chose ! Mais au lieu de me dire la vérité, tu m'as laissée planer sur mon petit nuage !

— Même si tu l'avais su, ça n'aurait fait aucune différence. Tu n'aurais rien pu y changer.

La voix de Ben restait calme et il me regardait avec tant de compassion que j'en eus la nausée. Tout se mêlait en moi – désespoir, angoisse, sentiment d'avoir été trahie.

— Tu sais ce qui est le pire dans cette histoire ? repris-je. Je lui en ai beaucoup trop demandé, je l'ai forcé à travailler plus, alors qu'il aurait dû se reposer ! S'il meurt, ce sera ma faute !

Ben s'approcha de moi et posa les mains sur mes épaules.

— Arrête, Lena, ordonna-t-il. C'est absurde et tu le sais aussi bien que moi.

Les larmes me montèrent aux yeux et ma lèvre inférieure se mit à trembler. Je la mordis si fort qu'elle me fit mal.

— Est-ce que je peux le voir ? demandai-je.

Ben me lâcha.

— Oui, répondit-il. Suis-moi.

Je sortis derrière lui et il me fit traverser une série de couloirs interminables. Je distinguais vaguement des silhouettes qui s'approchaient de moi. Un médecin que Ben salua d'un signe de tête. Un homme émacié en robe de chambre qui poussait un appareil à perfusion devant lui et paraissait à demi-mort. J'essayais de me préparer à ce qui m'attendait, mais rien ne pouvait me donner une idée de ce qui se présenta à ma vue quand je me retrouvai devant le lit d'Otto. Il était étendu, les yeux fermés, un tube d'alimentation en oxygène dans le nez et une perfusion dans le pli du coude. Les poils gris qui débordaient de sa tunique d'hôpital étaient dans le même désordre que la multitude de câbles reliés à un appareil près de son lit. L'appareil indiquait son électrocardiogramme, mais sans émettre de bips réguliers comme je l'avais vu à la télévision. Mis à part le glouglou de la bouteille d'oxygène, la chambre était silencieuse.

Otto ne ressemblait plus que de loin à l'homme que j'avais vu pour la dernière fois l'avant-veille. Sa peau presque transparente était flasque comme un vêtement trop grand pour lui. Son visage était affaissé et ses cheveux emmêlés.

— Est-ce qu'il dort ? chuchotai-je.

— Oui, répondit à voix basse Ben, qui se tenait derrière moi.

— Il a tellement changé…

— Je sais, mais c'est toujours l'Otto que tu connais. Tu peux t'approcher de lui si tu veux.

Je fis quelques pas hésitants vers le lit. Ma gorge était serrée comme si on l'avait nouée avec une corde.

— Bonjour, Otto. C'est moi, Lena, parvins-je à articuler, et je fis encore un pas vers lui. Qu'est-ce qu'on a fait à tes cheveux ? demandai-je.

Je tendis la main et écartai une mèche de son front. Une fois franchie cette frontière invisible qui me séparait de lui, tout devint un peu plus facile. Je caressai doucement sa main.

— Tu m'as fait une belle peur, repris-je.

Je me tus un moment et l'observai en lui caressant la main. Mon cœur débordait de tendresse pour lui.

Les paupières d'Otto frémirent.

— Je crois qu'il se réveille, dis-je à Ben. Est-ce que je dois m'en aller ?

— Non, tu peux rester, répondit-il.

Otto ouvrit les yeux, puis tourna légèrement la tête comme s'il se demandait où il était. Il suivit du regard le tuyau de la perfusion jusqu'à l'appareil indiquant son électrocardiogramme. Il paraissait effrayé.

— Bonjour, Otto, dit doucement Ben pour attirer son attention.

Otto regarda dans sa direction, le reconnut visiblement et parut soulagé.

— Sais-tu où tu es ? demanda Ben.

Il acquiesça.

— Tu as de la visite. Regarde qui est là.

Le regard d'Otto se détacha de Ben et vint se poser sur moi.

— Lena, dit-il d'une voix sans timbre.

Il saisit ma main et la serra avec une force surprenante.

— Qu'est-ce que tu as fabriqué ? demandai-je en caressant sa joue.

Il déglutit péniblement.

— J'ai tout gâché, répondit-il d'une voix rauque. Toute ma vie.

— Mais non, voyons !
— Si ! insista-t-il. Comme père, j'ai été au-dessous de tout et maintenant, c'est trop tard.
— Mais non, ce n'est pas trop tard.
— Je vais crever, Lena, dit-il, et son menton tremblait violemment. J'ai toujours cru que ça m'était égal, mais maintenant que c'est pour de bon…
Il s'interrompit, car il avait du mal à respirer.
— Je regrette tant de ne pas avoir fait d'excuses à Frank, reprit-il.
— Je crois que c'est assez pour aujourd'hui, intervint Ben. Il vaut mieux que nous te laissions dormir maintenant.
— Non ! protesta Otto en se cramponnant à ma main.
Ses yeux gris me regardaient avec désespoir.
— Tu es si gentille, Lena. J'ai toujours réagi comme si tu m'embêtais, mais je veux que tu saches…
Une quinte de toux l'interrompit.
— Tu es comme ma petite-fille et je t'aime vraiment beaucoup.
J'essuyai ses larmes.
— Je sais, Otto, ne t'inquiète pas, répondis-je. Moi aussi, je t'aime beaucoup.
Nous nous tenions par la main, en pleurs. Je remarquai à peine qu'un autre médecin était entré. Ben parla à voix basse avec lui avant de s'approcher du lit.
— Viens, Lena, me dit-il. Il faut le laisser maintenant.
Je caressai encore la main d'Otto.
— Je reviendrai demain, d'accord ? murmurai-je.
Il acquiesça et ferma les yeux.
— Dors bien. À demain, chuchotai-je.
Les jambes flageolantes, je me dirigeai vers la porte où le médecin m'attendait. D'après le badge fixé à sa blouse, c'était le docteur Brandner, spécialiste en oncologie.
— Êtes-vous une parente de M. Jansen ? demanda-t-il.
— Non, mais je suis une très bonne amie et il n'a personne à part moi. Ne pouvez-vous vraiment pas le soigner ?
Le docteur Brandner secoua la tête.

— Dans l'immédiat, nous ne faisons que le soulager de ses douleurs en espérant qu'il reprendra rapidement des forces, répondit-il.

Il me regarda avec une expression grave.

— Rendez-lui visite aussi souvent que possible, montrez-lui que quelqu'un est à ses côtés, c'est tout ce qui compte pour lui en ce moment.

J'acquiesçai, ne comprenant que trop le sens de ces paroles.

— Merci, lui dis-je.

Je regardai encore Otto, qui paraissait minuscule dans son lit.

Ben posa la main sur mon dos et m'entraîna doucement hors de la pièce. Après quelques pas dans le couloir, mes forces m'abandonnèrent et je m'effondrai comme un château de cartes. Je trébuchai contre une rangée de chaises, me laissai tomber sur l'une d'elles et me penchai en avant, le visage enfoui dans mes mains. Toutes les larmes que j'avais été incapable de verser au cours de ces dernières semaines jaillirent. Je revoyais Otto. Le jour de notre rencontre, quand il m'avait fusillée du regard, puis engagée en grinçant des dents. L'air agacé avec lequel il subissait mes monologues. Les interminables lettres qu'il écrivait à Karin sur son bureau. Son rire bizarre qui ressemblait à une quinte de toux. Son immobilité le jour de mon départ, quand il m'avait suivie des yeux. Et enfin ce lit d'hôpital sur lequel il gisait, méconnaissable.

Ben était assis à côté de moi, une main posée sur mon genou et un bras passé autour de mon épaule. J'oubliai soudain ma rancune contre lui et tout ce qui nous séparait. J'étais seulement heureuse, infiniment heureuse qu'il soit là. En quête de soutien et de consolation, je le serrai dans mes bras et me blottis contre sa poitrine. Il me prit contre lui et me caressa tendrement la tête et le dos en me murmurant des paroles apaisantes.

J'ignore combien de temps nous sommes restés ainsi. Cela me parut une éternité, mais ça ne dura probablement qu'un instant. Puis mes larmes se tarirent et je me calmai. Je me dégageai presque à contrecœur des bras de Ben et remarquai alors que mes larmes avaient taché sa blouse verte.

— J'ai taché ton bel uniforme avec mes larmes, observai-je.

— Pas de problème, on en a de rechange ici, répondit-il avec un sourire.

Je sortis de mon sac un paquet de kleenex et me mouchai consciencieusement.

— Tu vois, dis-je à Ben, c'est toujours utile d'avoir des mouchoirs sur soi.

Il me sondait du regard.

— Ça va un peu mieux ? demanda-t-il.

Je haussai les épaules.

— Je n'en sais rien, répondis-je. Je suis incroyablement fatiguée.

Nous sommes restés immobiles et silencieux pendant un moment encore.

— Laisse-moi dix minutes pour me changer, et je te ramène chez toi, dit Ben.

— Non, je ne veux pas rentrer.

— Qu'est-ce que tu comptes faire, alors ?

Je roulai mon mouchoir en boule et le fourrai dans mon sac.

— Acheter des affaires pour Otto. Je dois retourner à la librairie, car je ne suis pas certaine de l'avoir fermée ce matin. Et je vais téléphoner à Frank, conclus-je en essayant de me recoiffer et en essuyant mes joues.

Ben se leva.

— Très bien, je viens avec toi, dit-il.

Je me levai à mon tour.

— Tu n'y es pas obligé, Ben, répondis-je.

— Je sais, mais je n'ai pas l'intention de te laisser toute seule, alors il va falloir que tu t'y fasses, déclara-t-il fermement.

Ma combativité se réveilla brièvement, mais disparut aussi vite qu'elle avait surgi. Je ne voulais pas être seule. Je souhaitais qu'il reste avec moi. Mon regard tomba sur sa blouse tachée de mes larmes.

— Mais tu as encore du travail, non ? demandai-je.

— Non, j'ai juste été appelé en urgence pour une opération. Officiellement, c'est seulement à partir de lundi que je recommencerai à boire des litres de café et à pincer les fesses des infirmières.

Je grimaçai un sourire douloureux, mais les larmes me montèrent de nouveau aux yeux.

— Très bien, répondis-je. Fais vite.

CHAPITRE 21

Où tout repart.

À notre sortie de l'hôpital, le jour déclinait. Il me paraissait incompréhensible que tout autour de moi puisse conserver son aspect habituel et la vie suivre son cours. J'avais l'impression que j'allais me réveiller et découvrir avec soulagement que j'avais rêvé.

Nous avons trouvé quelques affaires de toilette et deux pyjamas élégants pour Otto. Je lui ai aussi acheté des fruits et un cahier d'énigmes. Cela me donnait l'illusion de faire quelque chose pour lui et rendait ce qui arrivait un peu moins définitif.

Nous sommes ensuite allés à la librairie. Je l'avais fermée, mais la table recouverte de romans à deux sous était restée sur le trottoir. Je vis tout de suite qu'on n'avait rien volé. J'ignorais si je le devais à l'honnêteté des habitants du quartier ou à la médiocrité des articles en vente et je n'avais pas envie de me creuser la cervelle à ce sujet. Ben et moi avons tout rangé. J'emportai la boîte à musique et les photographies d'Otto afin que, à l'hôpital, il ait au moins quelques-uns des objets qu'il aimait. Je cherchai ensuite dans mon répertoire le numéro de téléphone de l'agence de Frank. Celle-ci me communiqua son numéro de portable quand j'eus expliqué de quoi il retournait.

Ben mit de l'eau à bouillir et posa un instant plus tard une tasse de thé fumante devant moi sur le bureau.

Je composai le numéro de Frank et après trois sonneries, j'entendis sa voix grave. Je lui racontai tout aussi calmement que je le pus, y compris ce qu'Otto avait dit à son sujet. Quand j'eus terminé, il resta silencieux.

— J'ai pensé qu'il fallait que je vous avertisse, repris-je au bout d'un instant. Et que vous voudriez peut-être venir le voir.

— Oui, répondit-il d'une voix rauque. Oui, je viendrai. Je pense que j'arriverai demain vers midi. Où a-t-il été hospitalisé ?

Je fus si surprise de sa réponse que je faillis lâcher mon téléphone.

— À l'UKE, dis-je.

— Il vaudrait peut-être mieux que vous soyez là, pour le prévenir, avança-t-il.

— Oui, bien sûr, je serai présente.

Après avoir pris rendez-vous pour le lendemain à une heure à l'hôpital, il raccrocha.

— Il va venir, annonçai-je à Ben avec un soupir de soulagement, les yeux rivés sur mon téléphone. Dieu soit loué, il va venir…

Je bus du thé avec Ben, en silence. Il ne nous restait plus rien à faire jusqu'au lendemain, mais j'avais peur de rentrer et de me retrouver seule dans ma chambre de la colocation.

— À quand remonte ton dernier repas ? demanda soudain Ben.

C'était une bonne question. Je récapitulai mentalement ma journée.

— À un moment… hier soir, pour être plus précise.

— Il serait temps de rattraper ce retard. Et si tu venais chez moi ? On pourrait acheter à manger chez Kemal.

Cette fois-ci, je n'hésitai plus. Il ne me vint même pas à l'idée de refuser.

— Bonne idée, répondis-je.

— À moins que… je voulais dire… je peux très bien comprendre que tu préfères voir Jan.

— Non, je n'en ai aucune envie. Et toi ? Est-ce que tu ne dois, euh, est-ce que tu ne préfères pas être avec Franziska ?

— Non, ça ne me dit rien.

Nous nous sommes regardés et j'ai soudain compris, sans pouvoir me l'expliquer, que quelque chose avait changé entre nous. C'était une impression indéfinissable, comme si nous avions fait un premier pas vers une destination encore inconnue, mais je savais déjà que ce serait sans retour.

Dès mon arrivée dans l'appartement de Ben, j'eus l'impression de rentrer chez moi. J'inspirai profondément en me délectant de l'odeur familière des lieux. Quand je posai le pied sur l'une des lattes du parquet, j'entendis son grincement habituel. Je parcourus du regard les pièces accueillantes et claires et caressai au passage le vieux buffet de la cuisine.

Quelque chose était différent. Je le remarquai d'abord dans la cuisine, puis dans la salle de séjour et enfin dans la salle de bains.

— Qu'est-ce que tu fabriques ? demanda Ben, qui avait observé mes allées et venues d'un air intrigué. Tu cherches quoi ?

— Dis-moi un peu pourquoi tout est aussi en ordre, Ben.

— Tu trouves ? répondit-il sans me regarder.

— Je veux ! Rien ne traîne et on pourrait manger par terre.

— Il n'y a que toi pour faire des remarques pareilles, commenta-t-il en hochant la tête. On dîne ici ou sur le toit ?

— N'essaie pas de noyer le poisson. Aurais-tu par hasard… fait le ménage ?

Ben poussa un soupir excédé, mais ne répondit pas. Il me précéda sur le toit, s'assit sur la balancelle, prit un falafel dans le sac et me le tendit.

— Mange, dit-il. Tu commences à divaguer.

Je me laissai tomber à côté de lui, ce qui fit brusquement osciller la balancelle, pris le falafel et mordis dedans. Je ne remarquai qu'à ce moment combien j'étais affamée.

— Sérieusement, est-ce que tu as engagé une femme de ménage ? demandai-je, la bouche pleine.

Ben se tapota l'index de la tempe.

— Tu déconnes ? Je fais tout moi-même, répondit-il également la bouche pleine.

— Mais pourquoi ? demandai-je après avoir avalé.

— Eh bien, figure-toi que j'entends dans ma tête une voix qui ressemble beaucoup à la tienne. Elle me réveille la nuit pour me dire : *Fais-le-ménage*, articula-t-il d'une voix sépulcrale. *Tout est crado, alors au boulot ! Le monde est assez chaotique sans que la pagaille doive régner chez toi. Allez, récure-moi tout ça !*

— Idiot ! dis-je en riant. Alors comme ça, je t'obsède ?

— J'en ai bien peur, répondit-il avec un sourire avant de reprendre une bouchée de falafel.

Nous avons mangé dans un silence détendu en nous balançant. Même Mario s'était remis à jouer l'inévitable « Moon River » devant sa fenêtre ouverte. Je me blottis dans un coin de la balancelle et posai les jambes sur les genoux de Ben. L'oscillation de la balancelle et la proximité de Ben avaient sur moi un effet apaisant. Le soleil couchant éclairait mon visage et me réchauffait, tandis que la douce mélodie de « Moon River » nous berçait. La fatigue me terrassa soudain. Mes paupières s'alourdirent et ma vision devint floue.

J'étais habituellement réveillée par le fracas et le grincement des trains passant sous ma fenêtre et le vacarme de la famille indienne aux nombreux enfants de l'étage supérieur, mais ce matin-là, tout était calme. Quand j'ouvris les yeux, je constatai que j'étais de nouveau chez moi. Non, j'étais dans mon ancien lit dans mon ancien chez-moi. Je m'assis, encore ensommeillée.

Alors tout me revint d'un coup : je revis toute la journée de la veille. Je n'avais aucune idée de l'heure, mais je savais que j'avais rendez-vous avec Frank à une heure à l'hôpital ! Je sautai de mon lit et fonçai dans la cuisine. Ben était assis à la table, une tasse de café devant lui, et lisait le journal. À mon arrivée, il leva les yeux.

— Salut, bien dormi ? demanda-t-il.

— Oui. Quelle heure est-il ?

— Onze heures et quart. J'allais te réveiller dans un quart d'heure. J'ai préparé le petit-déjeuner.

Depuis quand se montrait-il aussi prévenant ? Je passai la main dans mes cheveux et remarquai qu'ils étaient en bataille. Et il n'en profitait pas pour me lancer une vanne ? Tous ces changements étaient bien étranges.

— Merci. Je me prépare en vitesse, répondis-je.

Je pris une serviette propre dans la commode de la salle de bains et passai sous la douche. Je me lavai les dents avec la brosse à dents que j'avais achetée la veille pour Otto, puis je remis à contrecœur mes vêtements de la veille. Mais je pensais que ce serait pousser le bouchon un peu trop loin de demander à Ben si je pouvais emprunter des dessous à Franziska. Sans compter qu'un huitième seulement de mon derrière devait tenir dans ses culottes. Quand j'eus à peu près repris figure humaine, je m'assis à table avec Ben. Il me versa du café et je tartinai un petit pain de Nutella.

— Mon Dieu, j'ai dormi comme une masse, dis-je.

— Oui, tu t'es assoupie juste après le dîner et je n'ai pas eu le cœur de te jeter dehors. J'espère que ça ne te dérange pas.

Je grommelai et mastiquai sans appétit.

— Je ne me souviens même plus comment je suis arrivée jusqu'à mon lit, repris-je. J'espère que tu n'as pas dû me porter, ce serait vraiment la fin de tout.

Ben rit.

— Non, tu étais encore réveillée. Enfin, à moitié, répondit-il.

— Ah bon ? Ça non plus, je ne m'en souviens pas.

— Je ne te le fais pas dire, répliqua-t-il en se replongeant dans son journal, un léger sourire aux lèvres.

— Est-ce que j'ai dit quelque chose d'embarrassant ? demandai-je après avoir avalé une bouchée de pain au Nutella.

Quand il releva les yeux, je reconnus l'expression qu'il avait toujours quand il me taquinait, mais il parut se raviser.

— Non, se contenta-t-il de répondre.

Je serrai ma tasse de café chaud dans mes mains.

— Dis-moi, est-ce que tu voudrais bien venir avec moi à l'hôpital ? demandai-je. Seulement si tu as le temps, bien sûr, ajoutai-je en hâte. Tu n'es pas obligé, je comprendrais très bien que tu…

— Bien sûr que je viens.

Le soulagement m'envahit.

— Très bien. Ça fera sûrement plaisir à Otto. Et à moi aussi, ajoutai-je, le nez dans ma tasse.

— Écoute, Lena, fit Ben en reposant son journal, tu es l'une des personnes qui comptent le plus pour moi, tu l'as toujours été et tu le seras toujours. Je sais que je me conduis parfois comme un parfait crétin avec toi, mais je ne te laisserai jamais tomber… jamais, tu comprends ?

Je le dévisageai, stupéfaite.

— Ah, j'allais oublier… tu m'as manqué ces dernières semaines, reprit-il.

— Toi aussi, tu m'as manqué, dis-je à voix basse.

— Peut-être pourrions-nous… redevenir amis.

Mon cœur eut un raté. Amis, bien sûr. Quoi d'autre, d'ailleurs ? Mais tout valait mieux que ces dernières semaines pendant lesquelles nous ne nous étions pas vus.

— Oui, répondis-je. Ce serait bien.

Ben me tendit la main.

— On reste amis, alors ?

— On reste amis, acquiesçai-je en saisissant sa main.

Nous sommes arrivés ponctuellement devant l'hôpital, où Frank Jansen nous attendait déjà. Il paraissait nerveux et mon cœur battait violemment.

Otto était réveillé quand j'entrai avec Ben dans sa chambre. Son regard était plus vif que la veille.

— Bonjour, dis-je en m'approchant de lui. Tu parais déjà en bien meilleure forme.

— Tu me charries ou quoi ? bougonna-t-il.

Je rangeai les affaires de toilette que j'avais achetées pour lui sur la tablette du lavabo dans la salle de bains. Je posai la boîte à musique et les photos sur sa table de chevet avec le cahier et les fruits avant de m'asseoir à son côté.

— Tu as mal ? demandai-je.

— Non, je suis bourré de morphine jusqu'aux gencives.

— Otto, il y a dans le couloir quelqu'un qui aimerait te voir.

— Quoi ? Qui ? demanda-t-il, les sourcils froncés.

J'inspirai à fond.

— Ton fils, répondis-je.

Otto ouvrit les yeux tout grands et essaya de se redresser dans son lit.

— Frank ? dit-il d'une voix tremblante.

— Oui, il est là, intervint Ben. Rallonge-toi, Otto.

Il obéit et s'adossa à son oreiller.

— Frank est là, répéta-t-il en couvrant ses yeux de sa main.

— Dois-je le faire entrer ? demandai-je.

Le visage d'Otto était devenu encore plus gris, mais il acquiesça.

Frank était assis sur une chaise dans le couloir. Il balançait une jambe et faisait tourner l'alliance à son doigt.

— Monsieur Jansen ?

Il sursauta.

— J'ai prévenu votre père que vous êtes là. Il vous attend.

Je n'avais encore jamais vu quelqu'un se lever aussi vite.

— OK, dit-il, et il se passa la main dans les cheveux. Bon, alors, j'y vais, annonça-t-il, mais il restait immobile et indécis. Vous venez aussi, ou bien… ?

— Bien sûr.

Ben avait légèrement redressé la tête du lit afin qu'Otto soit confortablement assis. Je ne pouvais pas voir Frank puisqu'il me suivait, mais je remarquai aussitôt qu'Otto regardait avidement son fils. Je voulus dire quelque chose pour jouer les intermédiaires, et puis je compris que c'était inutile.

— Frank, appela Otto, la main tendue vers lui.

Frank s'approcha du lit, s'assit et prit la main de son père. Je reculai et restai près de Ben.

Otto posa son autre main sur celle de Frank. Sa lèvre inférieure tremblait violemment et des larmes coulaient sur ses joues. Ça me navrait de voir ce vieux grincheux dans cet état.

— Je suis si heureux que tu sois là. Pardonne-moi, dit Otto en larmes. Je t'en prie, pardonne-moi.

Frank rapprocha sa chaise du lit et posa son autre main sur celle d'Otto. Ses épaules frémissaient.

— Comment ai-je pu gâcher toutes ces années ? articula Otto. Quel imbécile j'ai été…

Frank, en pleurs, posa sa tête contre la poitrine de son père, qui lui caressa maladroitement les cheveux.

— Viens, on s'en va, me chuchota Ben, et je le suivis dans le couloir.

— Mon Dieu ! reprit-il, tandis que j'essuyais mes larmes et me mouchais bruyamment. Tant de sentimentalité me donne envie de tuer un cochon ou de regarder un combat de Wladimir Klitschko ou même de monter sur le ring.

— Oh, ça va ! Toi aussi, tu as les yeux mouillés, dis-je en reniflant.

Nous nous sommes assis sur deux chaises alignées dans le couloir.

— Alors, demain, c'est le grand jour ? demanda Ben au bout d'un moment.

— Quel grand jour ?

— Eh bien, ton nouveau boulot. C'est bien demain que tu débutes ?

J'adossai ma tête au mur.

— En fait, non, répondis-je. Je me suis désistée hier matin parce que je veux rester à la librairie.

Ben siffla entre ses dents.

— Décidément, on ne s'ennuie pas avec toi, commenta-t-il.

— Non, hélas, dis-je, quand une idée me vint soudain. Hélas, j'ai comme toujours un métro de retard, car la librairie n'en a plus pour longtemps, ce qui veut dire que je vais encore me retrouver au chômage.

Je n'y avais pas pensé jusqu'à présent, car je ne m'étais inquiétée que d'Otto.

— Au fait, tant que nous y sommes, c'est également fini avec Jan, repris-je.

— Ah bon ? demanda Ben en se tournant vivement vers moi.

— Oui.

— Ça alors, commenta-t-il d'un air épanoui qui me parut plutôt déplacé.

J'eus soudain l'impression d'y voir clair.

— Plus de mec, plus de boulot et un hébergement en dépannage, ça ne te rappelle rien ? lançai-je en me redressant. Il y a un an, j'étais exactement dans la même situation. En somme, je n'ai pas progressé d'un iota. Tout ce que j'ai fait cette année n'a servi à rien, dis-je en claquant des doigts. Tu te souviens de mon plan en trois points ?

Ben acquiesça.

— J'ai échoué sur toute la ligne. Pour reprendre ta comparaison : au lieu de me transformer en dalmatien racé, je suis restée le petit bâtard ébouriffé que j'étais il y a un an.

Ben leva les yeux au ciel.

— J'aurais mieux fait de garder cette métaphore pour moi, déclara-t-il.

— Lena la Ratée est de retour, conclus-je sombrement, les yeux baissés à terre.

Ben se leva.

— Viens, foutons le camp d'ici, dit-il.

— Et Otto ? Je voudrais lui dire au revoir.

— Après la visite de Frank, il aura besoin de repos.

Je me dis qu'il avait sans doute raison.

— Bon, où allons-nous, alors ? demandai-je, mais je me mordis la lèvre. Je veux dire, chacun de notre côté, je ne pensais pas que nous devions repartir ensemble.

— Mais moi, si. Allez viens, espèce de phénomène, répondit Ben avec un amusement visible.

Nous sommes allés au bord de l'Elbe, où nous avions fêté mon anniversaire un an auparavant avec Juli et Michel.

C'était une belle journée chaude et ensoleillée et les rives du fleuve étaient noires de monde. Je trouvai une place pour nous le plus près possible de l'eau et m'assis sur le sable pendant que Ben allait nous acheter deux grandes Astra au kiosque.

— En fait, nous n'avons rien à célébrer, dis-je après avoir trinqué avec lui.

— Qui a dit que nous avions quelque chose à fêter ?

— Personne, tu as raison.

J'ôtai chaussures et chaussettes pour plonger mes orteils nus dans le sable.

— Pour en revenir à ce que tu disais tout à l'heure, tu ferais mieux de jeter à la poubelle ton plan en trois points ! lança Ben. Je l'ai toujours trouvé nul.

— Il n'est pas nul ! protestai-je en lui envoyant du sable avec mes orteils.

— Si, rétorqua-t-il. Et comment peux-tu dire que cette année a été inutile ? Pense à tous les gens que tu as rencontrés : Otto, Rüdiger, Susanne, Knut, Sergueï, Victor…

— Jan, rectifiai-je.

— Victor, Jan, le roi des crétins, peu importe. Tu as repris un magasin qui battait de l'aile et transformé un vieil ours en fêtard ou presque.

Je sentis un sourire s'épanouir sur mon visage.

— Tu as convaincu ta meilleure amie d'épouser ton frère, poursuivit Ben.

— De ce côté-là, je n'ai pas eu beaucoup d'efforts à faire.

— Tu as couché avec un fonctionnaire de vingt ans plus vieux que toi, au cheveu rare et à la poitrine flasque, et tu as été le plus sexy des Henry Fonda.

Mon sourire s'élargit.

— J'ai décroché un boulot, alors que je suis tombée de ma chaise pendant l'entretien, ajoutai-je.

— Parfaitement, approuva Ben. Tu as diffamé le directeur d'un cabinet d'avocats en vue et tu as battu dix ados au hockey sur glace.

— J'ai bousillé la déco d'un bar à sushis.

— J'aurais bien aimé voir ça, déclara Ben avec un sourire. Et tu as tapé dans l'œil de l'oncle Willi.

— Mais c'est toi qui as tapé dans celui du serveur.

Nous riions maintenant. Je m'allongeai sur le sable et contemplai le ciel bleu.

— Tu as raison, dis-je. Cette année n'a pas été si catastrophique.

Ben s'étendit à côté de moi, la tête appuyée sur un bras.

— Tu as peut-être l'impression que cette année ne t'a rien apporté de neuf, mais je crois qu'au contraire il y a eu beaucoup de changements.

« Oui, je suis tombée amoureuse de toi », pensai-je.

Nous avons passé le reste de l'après-midi à prendre le soleil, à boire de l'Astra et à parler. Nous avions beaucoup de choses à nous raconter après ces six semaines de séparation. Le seul sujet que nous avons passé sous silence était Franziska. Ben ne parla pas d'elle et je n'eus pas le courage de l'interroger. D'ailleurs, les sujets de conversation plus agréables ne manquaient pas.

Nous sommes repartis à la tombée de la nuit. J'avais besoin de me changer et Ben avait une affaire importante à régler. Quand nous nous sommes dit au revoir à la gare d'Altona, ça m'a fait un drôle d'effet, comme s'il y avait une erreur quelque part. Je n'avais aucune envie de m'en aller et j'avais tellement l'impression que tout était redevenu comme avant que je faillis repartir avec Ben pour rentrer chez moi. Nous restions face à face, indécis, sans savoir quoi dire.

Je finis par me secouer.

— Bon, j'y vais, dis-je. Merci pour ton aide pendant ces deux derniers jours. Je ne sais vraiment pas ce que j'aurais fait sans toi.

Ben secoua la tête.

— Tu n'as pas à me remercier, répondit-il.

— Bon, je me sauve. Euh… On pourrait peut-être se revoir un de ces jours… bientôt ?

— Oui. Demain ?

Mon cœur bondit de joie.

— OK, répondis-je.

Nous nous sommes souri comme deux idiots. Des amis… oui, l'amitié avait du bon. C'était un choix raisonnable, mature et, pour lui et moi, le seul moyen de s'entendre. Je partis prendre mon train, le cœur lourd. Au bout de quelques pas, je me retournai et vis qu'il avait fait de même. Après un dernier au revoir, chacun repartit de son côté. Bon sang! Amis… À qui pouvais-je faire avaler ça?

Je retournai voir Otto le lendemain après-midi. Je rencontrai Frank dans le couloir.

— Comment va-t-il aujourd'hui? demandai-je.

— Déjà mieux qu'hier. Vous savez, après votre passage au théâtre, j'ai souvent pensé à aller le voir ou à lui téléphoner, mais j'ai toujours fini par changer d'avis.

— L'essentiel, c'est que vous soyez venu, dis-je avec un sourire pour le réconforter.

Après son départ, j'entrai dans la chambre. Otto paraissait effectivement en meilleure forme. Son visage avait repris des couleurs et il était plus calme. Il souriait même.

— Lena… c'est toi, dit-il.

— Salut, comment ça va? demandai-je en m'asseyant à côté de son lit.

— Ça va. J'ai décidé de ne pas lâcher la rampe tout de suite.

— Excellente décision. Ça me fait plaisir.

— J'ai un petit-fils, tu sais. Je veux absolument faire sa connaissance.

Il prit ma main.

— Frank m'a raconté que tu étais allée le voir à Berlin. En fait, je devrais être furieux contre toi.

— Oui, je me suis encore mêlée de ce qui ne me regardait pas, répondis-je en fuyant son regard.

Il secoua énergiquement la tête.

— J'ai parfois…

Il s'interrompit et inspira à fond.

— J'ai parfois l'impression que c'est Karin qui t'a envoyée.

— Arrête, je ne veux pas pleurer chaque fois que je viens te rendre visite.

Otto sourit et tapota ma main.

— Ben est passé ce matin, dit-il, changeant de sujet. Il m'a appris que tu as lâché ton nouveau boulot.

— Euh, oui, c'est vrai, avouai-je en traitant mentalement Ben de tous les noms.

— Pourquoi ?

— Je n'étais pas faite pour ce genre de travail, c'est tout. Il n'y a pas de quoi en faire un plat. Dis-moi, est-ce que tu manges suffisamment ?

— Ne détourne pas la conversation et dis-moi pour quel genre de travail tu es faite, alors ?

— Mon travail chez toi, répondis-je à mi-voix. Dans ta librairie.

Otto fronça les sourcils, ce qui le fit presque ressembler à l'ogre d'autrefois.

— Si tu as pris cette décision uniquement parce que je suis à l'hôpital et pour me faire plaisir…

— Non, l'interrompis-je, je l'ai prise avant de savoir qu'on t'avait emmené à l'hôpital.

— Bien.

Il se redressa péniblement, ouvrit le tiroir de sa table de chevet et en sortit une enveloppe.

— Il se trouve que quelqu'un d'autre est passé me voir ce matin : mon notaire.

Il me la tendit.

— C'est une donation. Elle doit encore être officialisée, mais bon, la voilà.

— Une donation ? Pour qui ? demandai-je en regardant l'enveloppe, les sourcils froncés.

Otto leva les yeux au ciel.

— Pour toi, voyons ! répondit-il. Je te fais don de la librairie. Avec ma mère, tu es la seule personne pour laquelle cette bicoque a représenté quelque chose.

Je voulus répondre, mais j'étais incapable d'émettre un son.

— Tu ressembles à une carpe, grommela Otto.

— C'est impossible… tu ne parles pas sérieusement, murmurai-je.

Je voulus lui rendre l'enveloppe, mais il croisa les bras contre sa poitrine.

— Très sérieusement, confirma-t-il.

— Mais ce magasin appartient à ta famille ! Je ne peux pas accepter !

Je posai l'enveloppe sur la table de chevet. Il la prit et me la fourra dans la main.

— Je te considère comme un membre de ma famille. Mais tu ne veux peut-être pas de la librairie ? demanda-t-il en me lançant un regard perçant.

— Bien sûr que si !

Le visage d'Otto se détendit.

— Bien. Comme je te l'ai dit, mon notaire te transmettra l'acte officiel, conclut-il.

Ses paroles faisaient leur chemin dans mon esprit, mais je ne saisissais pas encore tout ce qu'elles impliquaient.

Je me levai et serrai si fort contre moi le corps frêle d'Otto que j'eus peur de lui faire mal.

— Je ne sais pas quoi dire, avouai-je.

— Ce serait bien la première fois de ta vie.

J'avais les larmes aux yeux, de joie, mais aussi parce que son geste me paraissait définitif, comme un adieu. J'entendais le cœur d'Otto battre faiblement et calmement, et je ne pouvais croire qu'il s'arrêterait un jour.

— Merci, merci mille fois, Otto. Je te promets que ce sera la plus merveilleuse librairie de Hambourg, déclarai-je.

Il caressa doucement mes cheveux.

— Naturellement, répondit-il. Bon, et maintenant, va l'ouvrir, cette librairie.

Je sortis de la chambre d'Otto, refermai la porte et restai plantée là, à me demander si je n'avais pas rêvé. J'ouvris l'enveloppe et en retirai un document dans lequel Otto déclarait noir sur blanc qu'il me faisait don de la librairie. Je devais raconter ça à Ben, et tout de suite !

Comme je savais qu'il était de service de matin, je me rendis aux urgences, où une aide-soignante m'informa que le cabinet de consultation du docteur Feldhaus était ouvert. Je n'avais pas l'habitude de voir Ben en tant que docteur Feldhaus et je me demandais pourquoi il avait des consultations. Je me dirigeai vers son cabinet, devant lequel quelques personnes attendaient. Et merde, je ne pouvais pas débouler chez lui comme ça ! Je m'assis de mauvaise grâce et feuilletai un prospectus sur les déchirures du ménisque sans rien comprendre à ce que je lisais, frémissante d'impatience.

J'étais assise à côté d'un homme en jogging avec des béquilles.

— Fait une de ces chaleurs aujourd'hui, hein ? me dit-il.

— Oui, c'est fou, approuvai-je.

— On n'a vraiment pas envie de se rendre en salle de gym par un temps pareil, mais le docteur m'a dit que je dois perdre dix kilos.

C'était typique de Ben d'envoyer un patient avec des béquilles en salle de gym.

— Vous avez du courage d'y aller, avec vos béquilles, dis-je avec admiration.

— Oui, il faut savoir se battre, c'est ce que me dit le docteur. Et rester en forme.

— Il a raison, acquiesçai-je, mais je me trémoussais d'impatience sur ma chaise.

L'homme me toucha le bras pour réclamer mon attention.

— J'ai joué au foot avec mon neveu et crac… rupture des ligaments croisés ! expliqua-t-il. Et pendant l'opération, fibrillation ventriculaire !

Il se frappa la poitrine.

— Défibrillateur ! clama-t-il théâtralement. Mais l'opération n'a servi à rien, je dois repasser sur le billard.

— Quoi ? Et c'est lui qui vous a opéré ? demandai-je en ouvrant de grands yeux et en désignant la porte de la salle de consultation.

— Non, non, c'était dans un autre hôpital. On m'a dit que le docteur Feldhaus était le meilleur.

J'en ressentis un élan de fierté.

— C'est aussi ce que j'ai entendu dire, affirmai-je.

— Vous savez, j'ai aussi des ennuis avec ma prostate, reprit l'homme pour couronner le tout.

— Oh, comme c'est ennuyeux !

De nouveaux détails sur sa prostate me furent heureusement épargnés, car la porte du cabinet s'ouvrit à cet instant. Un homme en surgit, suivi de Ben dans son costume blanc si sexy du nouvel an. Il tenait une fiche à la main. Quand il m'aperçut, un sourire s'épanouit sur son visage.

— Madame Klein, s'il vous plaît ! appela-t-il, les yeux baissés sur la fiche comme s'il la consultait.

Je me levai d'un bond.

— Encore une de ces patientes qui ont une assurance privée ! maugréa une femme. Moi, j'attends depuis bien plus longtemps qu'elle !

Je tendis la main à Ben.

— Bonjour, docteur, lui dis-je.

— Bonjour madame, répondit-il avec une étincelle d'amusement dans le regard en me serrant la main.

Il s'effaça devant moi et referma la porte.

— Alors, qu'est-ce qui ne va pas ? demanda-t-il avec un sérieux feint.

— Je voudrais intercéder en faveur de l'homme aux béquilles afin que tu fasses des efforts particuliers pour ses ligaments croisés.

Ben haussa un sourcil.

— D'accord, avec lui, j'essaierai de ne pas saloper le boulot, déclara-t-il.

— Et je te demanderai, dans la mesure du possible, d'éviter une fibrillation ventriculaire, poursuivis-je.

— Pour ça, je ne peux rien te promettre, ça arrive sans arrêt quand j'opère.

— Je veux bien le croire, mais cet homme a aussi des ennuis de prostate. Il en a assez bavé !

— Je vois que tu as fait connaissance avec mes patients, commenta Ben en riant.

Je me demandai un instant si j'allais poursuivre ce petit numéro, mais je n'y tenais plus.

— J'ai une nouvelle à t'annoncer, déclarai-je. Je viens de voir Otto. Il va beaucoup mieux. Et il a décidé, je cite : « de ne pas lâcher la rampe tout de suite », fin de citation.

— Oui, il me l'a dit. Je suis passé le voir ce matin.

— Je sais, tu lui as même raconté que j'avais laissé tomber mon nouveau boulot.

— Pourquoi, c'était un secret ? demanda Ben sans la moindre gêne visible.

— Non, ça m'est égal, mais maintenant, écoute-moi bien.

Je fis une pause pour ménager mon effet.

— Il m'a fait don de sa librairie !

— Quoi ? s'écria Ben.

Il me prit par les épaules.

— Mais c'est génial !

Et il me serra contre lui.

« Bon sang, je n'ai pas envie que nous soyons seulement amis », pensai-je, tandis que des milliers d'abeilles bourdonnaient joyeusement dans mon cœur.

Dis-le-lui, me souffla la voix de la raison, me laissant ébahie tant c'était inattendu de sa part.

Maintenant : je t'aime. Allez, vas-y !

— J'avais encore autre chose à te dire, repris-je. Je...

Dis-le maintenant !

— ... je t'invite à mon anniversaire lundi prochain, à la librairie. Vers huit heures, ça irait ?

Lâche ! Lâche ! Lâche !

— Oui, bien sûr.

— Tu peux amener Franziska si tu veux, ajoutai-je.

— Je sais bien que tu serais ravie de la voir, répondit Ben avec un léger sourire, mais je trouverais quand même curieux d'amener mon ancienne petite amie à ton anniversaire.

Sa quoi ?

— Ta quoi ?

— Mon ancienne petite amie.

J'aurais bien sauté de joie, mais je pris en vitesse mon air le plus désolé.

— Oh, c'est vraiment dommage, dis-je.

— Ah bon, tu trouves ?

— Enfin, je… et pourquoi vous êtes-vous séparés ?

— Parce que je ne l'aime pas, répondit Ben en me regardant droit dans les yeux.

Je jouai avec un modèle de genou posé sur son bureau.

— C'est ce qui m'est arrivé avec Jan, confessai-je.

Il ne fit aucun commentaire et je n'eus pas envie de m'étendre sur ce sujet.

— Bon, à lundi, alors, repris-je.

Je sortis de son bureau en me demandant si la râleuse de tout à l'heure irait se plaindre à l'ordre des médecins des patients à assurance privée qui font traîner les consultations en longueur. Sur le trajet entre l'hôpital et l'arrêt de bus, j'avais envie de sauter au cou de tous les passants que je croisais. La princesse Franziska était de l'histoire ancienne ! Quelle journée mémorable !

Chapitre 22

Où je joue cartes sur table et remets les pendules à l'heure afin que tout soit bien clair et fais une déclaration d'amour de premier ordre.

Les journées suivantes furent consacrées à mes visites à Otto et à mon travail. Tout en me réjouissant de ces nouvelles responsabilités, je restais un peu interdite devant la charge que cela impliquerait de diriger la librairie seule à l'avenir. Certes, Otto m'avait initiée à la comptabilité au fil des mois, mais je manquais encore d'expérience. Je pouvais heureusement compter sur Rüdiger et Susanne. Rüdiger me fit cadeau d'un vieux PC dont il n'avait plus besoin et sur lequel il m'installa un programme de comptabilité. Il venait chaque soir m'expliquer patiemment comment m'y prendre, en me recommandant la plus grande rigueur.

— Il faudrait aussi que tu parles du compte en banque avec Otto si tu veux t'en sortir dans la gestion. Il faut que tu aies accès à ce compte dès que possible, me dit-il.

Je dus admettre que je n'y avais pas encore pensé.

— Et les impôts ? s'enquit Susanne un soir où nous buvions un capuccino chez Rüdiger. Est-ce qu'Otto t'a dit quand tu devras payer l'impôt sur le chiffre d'affaires et ce qu'il en est pour la retenue de la TVA ?

— Non, avouai-je, penaude.

Elle poussa un soupir.

— Lena, diriger un magasin, ça ne consiste pas seulement à décorer une vitrine et à organiser des séances de lecture, dit-elle.

— Merci du renseignement ! rétorquai-je en lui lançant un biscuit à l'amaretto.

Elle posa la main sur mon bras.

— Je ne disais pas ça méchamment. Tu ne peux pas imaginer comme je planais à mes débuts : je croyais qu'il suffirait de tailler quelques jolies robes et de les vendre pour que le tour soit joué. Sans l'aide de Rüdiger, j'aurais coulé à pic, et c'est ce que je voudrais t'épargner.

Je remuai la mousse de mon capuccino en méditant ces paroles.

— Je me débrouillerai d'une manière ou d'une autre, affirmai-je.

— Bien sûr. Et Rüdiger et moi-même serons toujours là si tu as besoin d'aide.

Encouragée par les recommandations de Susanne, j'achetai des livres : *Prêt pour la gestion d'entreprise : comment relever les défis et assumer les responsabilités* et *La Comptabilité pour les nuls*, que je passai plusieurs nuits à potasser.

— Mais je ne peux pas dire que ces bouquins m'aient vraiment aidée, racontai-je à Ben, alors que nous buvions une bière chez Aurel un vendredi soir. Je me suis inscrite à un cours de création d'entreprise et à un cours de comptabilité de la chambre de commerce et d'industrie qui commencent dans deux semaines.

Ben sourit et me regarda avec une curieuse expression.

— Qu'est-ce qu'il y a ? demandai-je.

— Je me souviens du soir où tu étais assise ici devant moi, il y a un an environ.

Il enfonça la tête entre ses épaules et m'adressa un regard timide.

— « Dis-moi ce qui plaît aux hommes, Ben... je veux devenir sexy et irrésistible pour qu'un magnifique Monsieur Propre tout en blanc m'emporte à cheval sur son balai vers le soleil couchant... » déclama-t-il en imitant ma voix.

— Je n'ai jamais dit ça !

— Si, en substance. Et maintenant, regarde-toi. Tu es devenue une vraie femme d'affaires. Bon, tu es toujours aussi timbrée qu'avant, bien sûr, mais je ne t'avais encore jamais vue aussi résolue.

Je le regardai en me demandant s'il me faisait marcher, mais il paraissait très sérieux. Je crus même lire de la fierté dans son regard. Je secouai la tête.

— Disons que mes priorités ont changé, répondis-je. En ce moment, je n'ai vraiment pas une minute pour Monsieur Propre.

— Eh bien, tant pis pour lui, déclara Ben avant de reprendre une gorgée de bière.

Nous avons ensuite parlé d'Otto. Sa réconciliation avec Frank lui avait visiblement rendu des forces et ses progrès étaient lents, mais réguliers, si bien qu'une nouvelle chimiothérapie devenait envisageable. Les médecins nous laissaient toujours entendre que les espoirs de guérison étaient très minces, mais il était crucial qu'il gagne du temps, c'était sa seule chance de s'en sortir et il avait décidé de la saisir.

Le matin de mon anniversaire, je fus comme d'habitude réveillée par le passage du train de marchandises de six heures cinquante-deux et l'odeur du dal de la famille Bakshi à l'étage supérieur. J'avais trente et un ans. Un an plus tôt exactement, je pleurais sur le lit de la chambre d'amis de Michel la perte de ma jolie petite vie bien protégée. Je me blottis dans mon lit, le sourire aux lèvres. J'ignorais encore à l'époque que je m'en étais tirée à bon compte, car j'étais désormais sûre d'une chose : c'est vraiment moche d'être abandonnée à la veille de son mariage et je n'aurais voulu le revivre pour rien au monde, mais il aurait été mille fois pire d'épouser Simon. Ma vie actuelle était riche et passionnante comme elle ne l'aurait jamais été à ses côtés. Je me représentais la gentille petite femme que j'aurais pu être dans sa belle petite maison de la banlieue résidentielle de Hambourg, avec un nain de jardin pseudo-ironique devant l'entrée, une élégante machine à expresso dans la cuisine et un tank urbain dans le garage. Je n'étais plus cette femme. En réalité, je ne l'avais jamais été. Pas plus que je n'étais la femme ambitieuse, cool et sexy que j'avais voulu devenir.

Je cherchai le plan en trois points que j'avais dressé et le retrouvai soigneusement plié dans le livre de développement personnel, *Ne t'en fais pas et épanouis-toi* que Juli m'avait offert pour Noël. Je ne pus m'empêcher de sourire à sa relecture, tant ces résolutions me paraissaient maintenant ridicules, comme par exemple le: «Agir de manière 100 % spontanée (à mettre au point)». Je déchirai les deux feuilles en petits morceaux et les jetai dans la corbeille à papier. Fini les listes!

Non, je n'étais pas la nouvelle Lena que je souhaitais devenir, mais la vraie Lena, et il n'y avait pas de plus beau cadeau d'anniversaire.

Comme je n'avais pas envie d'organiser une grande fête en raison de la santé d'Otto, j'avais invité seulement ma famille et Ben. Juli et Michel étaient rentrés la veille de leur voyage de noces et j'avais hâte d'entendre ce qu'ils avaient à me raconter. Après le départ du dernier client, je repoussai les étalages vers les murs pour installer au milieu du magasin une grande table sur laquelle je disposai des assiettes, des verres, des bougies et un gros gâteau au chocolat offert par Rüdiger. Ma mère devait apporter le reste du repas. Ensuite, comme je n'avais plus rien à faire, je m'assis à la table.

Perdue dans mes pensées, je jouai avec la cire chaude d'une bougie. Je pensais à Otto comme cela m'arrivait si souvent ces derniers temps. Il comptait beaucoup pour moi et il me manquait terriblement. Et sa triste histoire avec Frank m'avait appris une chose: il ne fallait jamais remettre au lendemain tout ce qui comptait, car à force de le repousser à plus tard, on risquait de passer à côté et je ne voulais pas commettre cette erreur. Il n'y avait pas de bon moment pour profiter de tout ce qui était important. Le bon moment était chaque instant de notre vie.

J'allais donc dire à Ben que je l'aimais, et dès ce soir. J'inspirai, puis expirai à fond. Ce ne serait pas facile, mais il fallait reconnaître qu'il avait changé. Il était devenu bien plus sérieux. Bien entendu, il me tapait encore sur les nerfs, mais il pouvait aussi se montrer vraiment charmant et attentionné. Dans ces conditions, pourquoi n'éprouverait-il pas pour moi ce que je ressentais pour lui ?

Soudain, comme tirée par des fils invisibles, je me retournai et me pétrifiai : Ben se tenait devant la librairie et me faisait signe. Les genoux flageolants, le cœur battant, j'allai lui ouvrir.

— Joyeux anniversaire, mon petit rayon de soleil ! dit-il en m'embrassant sur la joue. Tiens, ajouta-t-il en me tendant une bouteille remplie d'un liquide jaune, avec les meilleurs vœux de Gisela !

Je pris le cadeau en faisant la grimace.

— Miam, de la liqueur d'œuf ! m'exclamai-je.

— Désolé, lança-t-il avec un hochement de tête.

— Bah, ça me fait plaisir qu'elle ait pensé à moi, répondis-je avec un sourire. Mais, dis-moi… te serais-tu réconcilié avec elle et ton père ?

— Oui, quelqu'un de ma connaissance m'a fait comprendre qu'il était temps de tourner la page et de faire la paix. Et après mûre réflexion, j'ai dû reconnaître que ce quelqu'un avait raison.

La porte de la librairie s'ouvrit et j'entendis la voix de ma mère.

— Coucou, Lena ! Joyeux anniversaire !

Mince alors ! Elle pouvait difficilement tomber plus mal ! Je dus laisser Ben pour aller embrasser mes parents.

Mon père observa le magasin avec intérêt, examina les rayons, passa la main sur le comptoir et le tapota comme pour en éprouver la stabilité.

— Ça m'a l'air tout à fait bien, conclut-il.

Les invités arrivèrent les uns après les autres. Ma mère déposa les plats qu'elle avait apportés sur la table et chacun les dégusta sans lésiner. Pourtant, je ne parvenais pas à me détendre complètement et à profiter de la fête, car il me restait deux missions à remplir. Je picorais nerveusement dans ma salade de pommes de terre en écoutant à peine les conversations autour de moi, trop occupée à chercher mes mots.

Je me jetai enfin à l'eau. Quand toutes les assiettes furent vides, je frappai mon verre de mousseux avec ma fourchette et me levai.

— J'ai une nouvelle importante à vous annoncer, déclarai-je. Je ne ferai finalement pas le stage qu'on m'a proposé chez Maurien & Thews.

Ma famille me dévisagea avec incrédulité, tandis que Ben m'adressait un sourire d'encouragement. Je m'éclaircis la voix avant de poursuivre.

— J'ai décidé de rester ici, de travailler dans cette librairie, chez Otto, repris-je en regardant mon père sans ciller. Peut-être serez-vous déçus parce que ce n'est pas l'avenir que vous imaginiez pour moi ou parce que ce choix ne vous semble pas raisonnable. Mais, contrairement à Michel et Katja, je ne brille pas en tout et ce travail est le seul que j'ai envie de faire. J'espère vraiment que vous le comprendrez.

Personne ne pipa mot. Enfin, mon père se leva, son verre à la main.

— À la santé de Lena ! Elle a toujours été unique en son genre et je pense que nous pouvons être fiers d'elle ! dit-il.

— À la santé de Lena ! s'écrièrent tous les autres avant de trinquer.

J'étais vraiment émue, mais je devais encore prendre sur moi.

— J'ai une autre nouvelle à vous annoncer, repris-je. Une nouvelle à laquelle j'ai moi-même encore du mal à croire : Otto m'a fait don de cette librairie. Elle m'appartient désormais.

Après un instant de silence absolu, ce fut le chaos le plus total. Tous parlaient en même temps, posaient des questions, me serraient dans leurs bras et m'embrassaient. Je versai du mousseux à tout le monde et déposai un gros morceau de gâteau au chocolat dans mon assiette en me disant qu'après tout je l'avais bien mérité. Ma première mission était accomplie. Quant à la seconde, je préférais ne pas y penser pour l'instant.

— Et ton plumitif, pourquoi n'est-il pas là ? s'enquit mon père pendant une pause dans la conversation.

— Parce qu'il n'est plus mon plumitif, répondis-je la bouche pleine.

— Eh bien, tant mieux ! commenta Katja.

— Et toi, Ben ? demanda ma mère avec curiosité. Comment ça va avec cette Franziska ?

— Ce n'est plus ma Franziska. Nous ne sommes plus ensemble.

Je vis Juli et Michel échanger un large sourire à l'autre bout de la table.

— Ça alors ! s'exclama Michel. Mais tel que je te connais, je parie que tu as déjà trouvé une remplaçante, non ? dit-il en allongeant une bourrade à Ben.

Ben s'éclaircit la gorge.

— À vrai dire, cela ne vous regarde absolument pas, mais en effet, j'ai rencontré quelqu'un.

C'était reparti, j'avais de nouveau la sensation de m'être coupé le doigt sur le tranchant d'une feuille de papier. Je reposai ma fourchette et avalai péniblement ma bouchée de gâteau.

— Tu es vraiment un sale con, Ben ! déclarai-je.

— Lena a dit « con », observa Anna avec désapprobation.

Ben me regarda, déconcerté.

— Ah oui ? Et pourquoi ? demanda-t-il.

— Pourquoi ? Je n'en reviens pas ! Tu viens à peine de rompre avec Franziska et hop ! Tu as déjà recommencé à baiser ailleurs !

— Ça veut dire quoi, « baiser » ? interrogea Paul avec curiosité.

— Qui a dit une chose pareille ? lança Ben. Et d'abord, je ne vois pas pourquoi tu t'énerves comme ça !

— Non, bien sûr, tu es le dernier à remarquer quoi que ce soit !

— Oh, j'en connais d'autres, intervint Katja.

— Je suis le dernier à remarquer quoi que ce soit ? répéta Ben.

Je plantai ma fourchette dans le gâteau avec la brutalité d'un psychopathe.

— Laisse tomber ! répondis-je. C'est sans doute une femme racée comme un dalmatien et surtout pas un petit bâtard ébouriffé. Je te souhaite bien du plaisir avec elle !

— Moi aussi, je voudrais avoir un chien, annonça Paul.

Ben roula sa serviette en boule et la jeta sur la table.

— Bon sang, tu as fini avec ces clébards, Lena ?

— C'est toi qui as commencé avec ces comparaisons, grommelai-je. Tu récoltes ce que tu as semé !

— Non, on dit : qui sème le vent récolte la tempête, rectifia Michel.

— On peut aussi dire : on récolte ce qu'on a semé, observa Lars.

Ben me toisait d'un œil furibond.

— Très bien, si tu veux le savoir, je me contrefous des femmes racées et je ne veux surtout pas de dalmatien ! lança-t-il.

— C'est plus raisonnable, approuva mon père. Un dalmatien de pure race, ça coûte une fortune.

Juli pouffa.

— Qu'est-ce que ça signifie ? demandai-je.

— Eh bien, expliqua mon père, il faut aller chez un éleveur…

— SILENCE ! tonnai-je. Ça suffit, maintenant ! Cette conversation ne concerne que deux personnes, alors tous les autres sont priés de LA FERMER !

Un silence tendu tomba sur la salle et tous les regards convergèrent vers moi. Je me levai et enjambai mon banc.

— Ben, peux-tu venir avec moi dans la cour ? lançai-je.

— Pourquoi ? répondit-il sans bouger d'un millimètre.

— Je voudrais te parler seul à seul.

— Me parler ou me casser la gueule ?

— J'y songe, crois-moi. Alors, tu viens ?

Ben se leva et me suivit.

J'entendis la voix de Paul qui demandait: « Pourquoi Ben ne veut pas de chien ? », suivie d'un éclat de rire, avant que la porte se soit refermée sur nous.

Ben s'adossa au mur de la maison voisine, les bras croisés.

— Alors ? demanda-t-il. Qu'est-ce qui cloche ?

Quel sale con arrogant ! Rien que cette manière de se camper devant moi…

— Je vais te le dire, fais-moi confiance ! ripostai-je. Je commence à en avoir ma claque et je me fous éperdument que ça te gêne ou que tu aies déjà une nouvelle gonzesse, alors je vais te le dire et tu feras avec !

— Je n'en ai pas.

— Quoi ? demandai-je, désorientée.

Bon sang, il m'avait fait complètement perdre le fil !

— Je n'ai pas de nouvelle gonzesse, expliqua-t-il.

— Ah bon ? Mais tu viens de dire…

— Non, c'est toi qui viens de le dire. J'ai dit que j'avais rencontré une femme, mais pas que je couchais avec elle.

— Ah bon…

Et merde, je n'y comprenais plus rien ! Je fermai brièvement les yeux et secouai la tête.

— Enfin, quoi qu'il en soit, je crois qu'il est grand temps de jouer cartes sur table et de remettre les pendules à l'heure pour que tout soit bien clair, déclarai-je. Et c'est ce que je vais faire séance tenante.

Mais qu'est-ce que je racontais comme foutaises ? « Pour que tout soit bien clair ! » J'avais envie de rentrer sous terre. Le cœur battant, j'attendis une réponse, une réaction de Ben, mais il se taisait pour écouter ce que j'allais lui dire. Il était probablement choqué ou tellement blessé que les mots lui manquaient.

— Ouf! dis-je quand je fus incapable de supporter plus longtemps ce silence. Maintenant, l'abcès est vidé. Tu n'es pas obligé de dire quoi que ce soit, Ben… Je préférerais même que tu t'abstiennes. Ce serait parfait. Bon, et maintenant, je vais rentrer.

Je me dirigeai vers la porte et j'allais l'ouvrir quand Ben m'adressa la parole.

— Lena ?

— Oui ? demandai-je en me retournant.

— Je ne comprends pas comment l'abcès peut être vidé, alors qu'en réalité tu n'as encore rien dit.

Vraiment ? Je me mordillai la lèvre inférieure en essayant de me rappeler mes paroles. Oui, il se pouvait que je n'aie pas été assez explicite sur certains points. Misère, j'allais devoir tout reprendre depuis le début ! Et ce serait encore plus difficile parce que Ben m'avait coupé l'herbe sous le pied. J'inspirai à fond et me jetai à l'eau.

— Voilà, il m'est arrivé quelque chose de vraiment bête, dis-je. Mais ce n'est sûrement qu'une phase et je suis certaine que nous pourrons bientôt en rire de bon cœur. C'est vraiment la dernière chose que j'aurais souhaité… je veux dire… inutile de se voiler la face : tu n'es pas précisément l'homme de mes rêves. Enfin, voilà, c'est malheureux, mais il se trouve que je… t'aime.

J'avais prononcé les derniers mots à voix basse et les yeux baissés.

— Que tu quoi ? demanda Ben.

— Tu as très bien compris !

— Non, j'ai seulement entendu à la fin de ta phrase quelque chose qui ressemble à « queujeutème ».

— Je t'aime, crétin !

Il tressaillit, mais resta impassible.

— Ne m'as-tu pas déclaré tout récemment que tu ne voulais pas de moi ? interrogea-t-il.

— Que veux-tu que je te dise ? J'ai menti, voilà !

— Tu as menti, répéta-t-il en hochant la tête. Voilà qui est gênant, vraiment pénible, même.

Quelle imbécile ! J'aurais mieux fait de la fermer. C'était un vrai cauchemar !

— Ça l'est d'autant plus que j'ai rencontré quelqu'un avec qui c'est on ne peut plus sérieux, poursuivit Ben. Tellement sérieux que ça m'a flanqué une frousse terrible et que j'ai passé un temps fou à essayer de l'oublier. Mais je ne peux pas et, en réalité, je ne veux pas.

En entendant ces paroles, je dus prendre sur moi pour ne pas pleurer tout haut.

— Crois-moi, je sais ce que tu ressens, car je ne comprends pas moi-même pourquoi il a fallu que je tombe amoureux justement de cette femme, alors qu'il y en a tant d'autres de par le monde. Elle a une très mauvaise opinion de moi, elle me prend même pour le roi des idiots…

J'avais envie de me boucher les oreilles, mais je tins bon.

— Ça m'a l'air gentil tout plein, lançai-je courageusement.

— À vrai dire, elle n'est pas du tout mon genre. Elle me rend dingue et à l'idée de passer le reste de ma vie avec elle, je serre les dents. Mais comme je ne peux pas vivre sans elle et que je ne supporte pas l'idée qu'elle puisse taper sur les nerfs d'un autre que moi, je n'ai pas vraiment le choix.

— Eh bien, tant mieux pour toi, dis-je d'une voix tremblante. Je te souhaite bonne chance avec elle.

Ben se tordit les mains.

— Elle est parfois dure à la détente et une conversation avec elle peut être un vrai parcours du combattant, reprit-il. Elle est devant moi et elle n'a toujours pas compris que c'est d'elle que je parle.

— Hein ? fis-je, les sourcils froncés.

— Mon Dieu, Lena, c'est de toi que je parle !

J'eus un mouvement de recul. De moi ? Qu'est-ce qu'il racontait ? Mais ses paroles faisaient lentement leur chemin jusqu'à mon cerveau en ébullition.

— Dis-moi, c'est censé être une déclaration ? demandai-je.

— Bravo, elle a enfin compris !

J'en suffoquai d'indignation.

— On ne se déclare pas comme ça ! protestai-je.

— Et comment, alors ? Comme toi, peut-être ?

— Bon, d'accord, je n'ai pas fait des étincelles, mais moi, au moins, j'ai prononcé les trois mots magiques au lieu de me payer ta tête ! affirmai-je en agitant mon index sous son nez.

— Ce n'est pas vraiment mon impression !

— Si je comprends bien, toi aussi, tu as menti quand tu m'as dit que tu ne voulais pas de moi ?

— Ça m'en a tout l'air !

— Donc, tu m'aimes ?

— Évidemment !

Face à face tels Wladimir Klitschko et Alexander Povetkin, nous nous lancions des regards furieux sans bouger d'un millimètre.

Après quelques secondes, je vis frémir les commissures des lèvres de Ben et je sentis un sourire s'épanouir sur les miennes devant l'absurdité de la situation. Ça nous ressemblait vraiment !

Nous avons éclaté de rire. Je ressentais un tel soulagement que mes jambes tremblaient. Nous avons volé dans les bras l'un de l'autre, Ben m'a soulevée et mes jambes ont enlacé ses hanches. Des millions d'abeilles bourdonnaient sur la mélodie de « Love is in the air » dans mon cœur qui menaçait d'éclater de joie. Nous nous sommes embrassés et nous avons ri en même temps.

— Bon, afin que tout soit bien clair, déclara Ben pendant que nous reprenions haleine, en réalité je te trouve formidable.

— C'est réciproque, répondis-je. Et je ne crois pas qu'il s'agisse seulement d'une phase.

— Parfait. Et tu es tout à fait mon genre. J'ai bien l'intention de partager mes ours gélifiés avec toi jusqu'à la fin des temps.

Les rides de gaieté que j'aimais tant étaient apparues aux coins de ses yeux. Je touchai doucement la cicatrice au-dessus de son œil. Il fallait pourtant en finir avec ce béguin d'adolescente… pourquoi, au fait ?

Nous nous sommes de nouveau embrassés avec plus d'ardeur et d'impatience.

— Et maintenant, qu'allons-nous faire… je veux dire, à plus long terme ? demandai-je un instant plus tard.

Ben embrassa un endroit particulièrement sensible derrière mon oreille et je fermai les yeux.

— On se la joue relax… et on verra bien, répondit Ben.

C'était exactement la réponse que j'attendais.

— Oui, on verra bien, dis-je avec un sourire.

— Pour commencer, on devrait aller au lit, et sans traîner, déclara Ben avec le plus grand sérieux, mais ses yeux pétillèrent. Sa main se glissa sous mon T-shirt et me caressa le dos en laissant des frissons dans son sillage.

— Mmmh, ça me paraît tout à fait raisonnable, approuvai-je.

— Mais la priorité, c'est ton retour chez moi. Dès que nous aurons mis ton insupportable famille à la porte, nous irons chercher tes affaires.

— Et ma super colocation, alors ?

— Aux oubliettes la coloc ! répondit Ben en me serrant plus fort. Et, afin d'éviter tout malentendu, il s'agit bien de vivre ensemble. Pas en colocataires, ni en amis, et surtout pas à titre provisoire. Si tu es d'accord, bien sûr.

Je m'écartai un peu de lui pour mieux le regarder.

— Tout à fait d'accord, répliquai-je, et le soulagement que je lus sur son visage me réchauffa le cœur. Je me demande seulement ce que tu veux dire par « on se la joue relax ».

— Eh bien, on prend tout notre temps. Mais en fait, c'est ce que nous faisons déjà depuis bientôt trente ans, non ? Si on donnait un petit coup d'accélérateur ?

S'ensuivit un nouveau baiser, mais je m'écartai à nouveau.

— J'ai encore une question, repris-je. Est-ce que les chiens sont admis dans ton immeuble ?

— Je n'en sais rien. Pourquoi ?

— Je trouve qu'on devrait s'offrir un petit bâtard ébouriffé, répondis-je avec un sourire.

Un an plus tard…

— C'est la dernière fois que je me marie, dis-je en montant dans le taxi, seule avec mon tout nouveau mari pour la première fois depuis le début de la journée.

— Je l'espère bien, répond-il en me prenant dans ses bras afin que nous puissions nous embrasser à notre aise.

Je peux encore à peine croire à ma chance, car il y a à peine une heure que j'ai épousé l'homme qui embrasse le mieux au monde.

— Bon, on peut y aller, maintenant ? nous demande le chauffeur.

Nous regardons Knut, qui nous adresse un large sourire. Nous avons réservé son taxi pour notre mariage. Il s'est vraiment donné du mal pour le nettoyer et le décorer, mais ce jour-là, même la pire saleté ne me ferait pas reculer, car je ne vois plus que Ben.

— Bien sûr. Vas-y, tu connais l'adresse.

La fête de mariage a lieu au bord de l'Elbe, comme je l'ai toujours rêvé. Je me blottis contre Ben et savoure cet instant avec lui.

— Alors, madame Feldhaus ? Ne trouvez-vous pas que M. Schmitz a chanté à ravir ? demande-t-il.

— Oui, j'en suis encore émue aux larmes, réponds-je en gloussant.

Car c'est M. Schmitz qui nous a mariés. Nous avons eu droit aux mêmes réjouissances que Juli et Michel et nous nous sommes amusés comme des fous.

— Je me demande ce qu'Otto aurait dit, dis-je avec la mélancolie que je ressens dès que je pense à lui. Je crois qu'il aurait été content d'être là.

Ben m'embrasse sur le front.

— Je parie qu'il y était, assis au dernier rang, en train de bougonner : « Quelles foutaises ! Jouer de la guitare à la mairie ! De mon temps, on n'aurait jamais fait de pareilles âneries. »

Otto est mort trois semaines seulement après mon anniversaire. Sa mort nous a surpris, car il était assez bien portant pour tenter une nouvelle chimiothérapie, mais son cœur en a décidé autrement en s'arrêtant. Il n'a hélas pas connu son petit-fils. L'idée qu'il lui est resté finalement si peu de temps à vivre avec sa famille m'attriste encore, mais il a enfin rejoint sa bien-aimée Karin.

Je me blottis dans les bras de Ben avec un soupir.

La librairie porte encore et portera toujours le nom de Jansen en hommage à Otto. Les premiers mois ont été épuisants : entre le travail et les cours du soir, je ne savais plus où donner de la tête, mais j'ai fini par y arriver et c'est maintenant un plaisir de diriger cette librairie. Avec Rüdiger et Susanne, je projette le regroupement de nos trois magasins en un seul établissement où l'on pourra à la fois prendre le café et acheter vêtements et livres.

Les plans sont prêts et les travaux commenceront dès la fin du congé maternité de Susanne.

— Eh, toi, me chuchote Ben à l'oreille.

Je plonge les yeux dans ses yeux bruns et, comme à chaque fois, je sens un essaim de papillons voleter dans mon ventre.

— Quoi ? dis-je.

— T'ai-je déjà dit que tu es vraiment jolie pour une mariée ?

— Non, réponds-je en riant. Tu ne m'as pas abreuvée de compliments aujourd'hui.

— Il n'est jamais trop tard pour bien faire.

Quand on a rencontré l'homme de sa vie, tout devient facile. Avec Ben, tout est simple, ridiculement simple même.

Il aime toujours me taquiner et il nous arrive de repartir dans une de nos bonnes vieilles prises de bec, mais c'est sans méchanceté et, au fond, nous y prenons plaisir. Quand Ben m'a proposé le mariage huit mois seulement après mon trente et unième anniversaire, ça m'a vraiment surprise, mais il ne m'est même pas venu à l'idée de répondre autre chose que « oui ». Comme le disait Knut, ce qui apparaît à première vue comme une erreur peut se révéler le bon choix.

Je chantonne « *The smile on your face lets me know that you need me* », Ben se joint à moi et nous fredonnons ensemble jusqu'à ce que Knut nous interrompe.

— C'est quoi, cette horreur ? J'veux plus entendre ça !

— C'est ce que M. le maire nous a chanté, réponds-je. C'est quand même joli, non ?

— Non, les mecs, ça craint vraiment. Faut que je lance une contre-attaque.

Sans ralentir, Knut prend une cassette dans la boîte à gants et l'insère dans le radiocassette.

— Oh, oh, je crois que je devine ce qui nous attend, dis-je, et une seconde plus tard, les cloches de « Hell's Bells » se déchaînent.

Knut, Ben et moi-même agitons la tête en chantant les paroles à pleins poumons. À la fin de l'air, Knut se retourne vers nous (heureusement à un feu rouge).

— Tu te souviens de la première fois que tu es montée dans mon taxi, Lena ? Tu étais toute triste et aussi coincée qu'une pucelle dans un quartier chaud.

— Oui, je m'en souviens vaguement.

— Tu vois, je t'avais dit que tout s'arrangerait. Comme je dis toujours, en amour…

— ... faut pas se laisser abattre ! achevons Ben et moi dans un éclat de rire.

Table

Chapitre 1
Où j'ai l'impression que je dois jouer en Ligue 1, alors que je suis seulement en District. 9

Chapitre 2
Où j'assassine sauvagement un nain de jardin ! 23

Chapitre 3
Où les moyens de communication modernes causent ma perte. 37

Chapitre 4
Où je conclus que je peux difficilement dégringoler plus bas. 55

Chapitre 5
Où je fête mon anniversaire envers et contre tout, me découvre une âme sœur dans la dégustation d'ours gélifiés et dresse un plan en trois points. 67

Chapitre 6
Où je découvre que je suis un petit bâtard ébouriffé et décide de devenir aussi racée qu'un dalmatien. 83

Chapitre 7
Où, à la suite de mon enquête sur les secrets d'Otto, je me retrouve de nouveau au chômage. 99

CHAPITRE 8
Où j'ai un rendez-vous avec Christian Baumann, ainsi qu'avec Juli, Michel et Ben. *111*

CHAPITRE 9
Où je suis brièvement la petite amie de Ben avant de rompre avec lui. *129*

CHAPITRE 10
Où j'embrasse deux hommes en une heure. *147*

CHAPITRE 11
Où je ne ressemble pas du tout à Conchita Wurst ! *163*

CHAPITRE 12
Où je commence à comprendre certaines choses et reçois de Knut un conseil lourd de conséquences. *177*

CHAPITRE 13
Où le Méphisto de Goethe me bat froid. *195*

CHAPITRE 14
Où je survis à un attentat à la saucisse au curry, dégringole de ma chaise et brille au hockey sur glace. *207*

CHAPITRE 15
Où Ben en reste baba (et moi aussi, ma foi). *225*

CHAPITRE 16
Où on se retrouve avec un beau gâchis. *247*

CHAPITRE 17
Où j'arrête (ou presque) de me mêler de ce qui ne me regarde pas. *259*

CHAPITRE 18
Où je suis prise de nostalgie. *275*

Chapitre 19
Où tout baigne! *289*

Chapitre 20
Où tout prend fin *307*

Chapitre 21
Où tout repart. *325*

Chapitre 22
Où je joue cartes sur table et remets les pendules à l'heure afin que tout soit bien clair et fais une déclaration d'amour de premier ordre *343*

Un an plus tard… *357*

Remerciements *365*

Remerciements

Je tiens à remercier du fond du cœur les personnes suivantes, sans lesquelles ce roman dormirait probablement encore dans les replis de mon cerveau ou sur le disque dur de mon ordinateur :

En premier lieu mon mari : merci pour ton soutien, tes coups de pied au cul quand c'était nécessaire et ta compréhension quand j'étais ailleurs, perdue dans d'autres univers. Merci surtout d'avoir cru en moi aussi inébranlablement dès la première ligne que j'ai écrite.

Nancy Wittenberg et Iris Geisker, qui m'ont relue, pour leur critique constructive, leurs précieux conseils et leur soutien moral. Sans vous, je ne m'en serais jamais sortie !

Anita Ludwig, Anja Saga et Sophia Pietrek pour leurs avis si utiles, leurs compliments et leurs blâmes.

Le terme de blâme me rappelle que je dois également remercier mes supérieurs passés et actuels qui m'ont permis d'inventer de A à Z l'histoire de l'épouvantable chef de Lena. Voilà un aveu qui ne me coûte guère.

Julia Aumüller, ma merveilleuse agente littéraire de chez Thomas Schlück, pour sa confiance en mon roman et en moi, son travail remarquable et notre échange régulier d'e-mails entre Bali et Garbsen. Et merci de ne pas avoir envoyé une équipe de la caméra cachée m'accueillir à mon arrivée à l'aéroport. Un grand merci aussi, bien sûr, à Franka Zastrow, qui a si merveilleusement pris soin de moi !

Marion Labonte pour la finition de mon texte, un travail parfois douloureux, mais ô combien nécessaire !

Toutes les gentilles abeilles si actives de Bastei Lübbe qui ont contribué à la fabrication et à la parution de ce livre, et en premier lieu ma fantastique lectrice Friederike Achilles. Merci pour ton enthousiasme et ton infinie patience avec la maman poule survoltée de ce roman. Je tiens également à exprimer toute ma reconnaissance à Claudia Müller. C'est vraiment un plaisir de travailler avec vous !

Enfin, merci mille fois à tous ceux qui ont acheté et lu ce livre. J'espère que vous ne l'avez pas regretté. Si je le pouvais, j'offrirais à chacun de vous un Irish Flag ou une Tequila Paf ! Ou je partagerais avec vous des sacs d'oursons gélifiés et je vous laisserais même… les blancs !

Cet ouvrage a été composé
par Atlant'Communication
au Bernard (Vendée)

Achevé d'imprimer sur Roto-Page
par l'Imprimerie Floch à Mayenne
en avril 2018
pour le compte des Éditions de l'Archipel
département éditorial
de la S.A.S. Écriture-Communication

Imprimé en France
N° d'impression : 92587
Dépôt légal : mai 2018